Schlampenacker 3.0

Sylvia Natrop

Schlampenacker 3.0

Das große Finale, ganz mit ohne KI

Bibliografische Information der Deutschen Nationalbibliothek:
Die Deutsche Nationalbibliothek verzeichnet diese Publikation in
der Deutschen Nationalbibliografie; detaillierte bibliografische Daten sind im Internet über dnb.dnb.de abrufbar.

Verlag: BoD · Books on Demand GmbH, In de Tarpen 42,
22848 Norderstedt, bod@bod.de
Druck: Libri Plureos GmbH, Friedensallee 273, 22763 Hamburg

ISBN: 978-3-7693-2079-4

Haftungsausschluss:

Auch im letzten Teil meiner Buchreihe hafte ich nicht für Unfug, den ich eventuell und ganz unbeabsichtigt verzapft haben könnte. Ich habe nämlich alle über die bloße Handlung hinausgehenden Gegebenheiten wieder einmal selbst recherchiert.

Sylvia Natrop

Dank:
Danke an alle, die unfreiwillig oder freiwillig mitgewirkt haben. Danke, dass ihr immer so großartiges Geschichtenmaterial liefert.

Danke geliebte Schwester, dass du dich auch noch ein drittes Mal um meine grammatikalischen Katastrophen gekümmert hast.

Danke Leben, dass du da bist.

Instagram: sylvias_schwedengeschichten

Prolog

Oops, I did it again. Es ist nämlich einmal eine Sylvia gewesen, die sich vorgenommen hat ein Buch zu schreiben. Eine Trilogie soll es werden, die Schlampenacker-Trilogie. Ein recht tollkühnes Unterfangen, das schon nach dem ersten Teil am Desinteresse der Buchagenturen zu scheitern droht. Doch dann hat uns das Selfpublishing gerettet und hier sind wir nun, Schlampenacker 3.0 ist da!

Im letzten Teil drehen wir dann auch noch einmal so richtig auf. Noch wahnwitziger sind unsere Erlebnisse und Geschichten, noch amüsanter meine ganz persönlichen Rückblicke auf mein bisheriges Leben.

Und weil es nun einmal so ist, dass der dritte Teil einer Trilogie unweigerlich der letzte Teil ist, wird auch dieses Buch wieder dick, denn wir wollen doch nicht, dass uns irgendwelche Schlampenacker-Geschichten nur wegen Platzmangel am Ende noch durch die Lappen gehen.

Die liebgewonnenen Protagonisten stehen schon in den Startlöchern und natürlich ist auch Papa wieder mit dabei, um uns in altbekannter Weise völlig ungefragt mit seinem ganz persönlichen, unreflektierten Blick auf das Universum zu beglücken.

Hoch die Tassen auf ein allerletztes Mal Anekdoten, Geschichten und Firlefanz aus Schlampenacker. Auf geht's ins große Finale!

Hüttenzauber

Es ist Silvester und fast 2023. Wir haben beschlossen, den letzten Abend mit Barbara, Jörg und meinen Eltern in deren Grillhütte zu verbringen. Bis Mitternacht wird es wahrscheinlich keiner von uns aushalten, doch ein paar gemütliche Stunden bei Snacks und Getränken wollen wir uns gönnen.

So eine Grillhütte ist eine feine Sache. Eine runde Holzhütte, rundum Bänke und in der Mitte eine Feuerstelle. Papa hat die Hütte schon mal auf ungefähr 145 Grad vorgeheizt. Ich wusste nicht, dass wir auch noch saunieren wollten. Außerdem hat unser Vater heute ein sehr rauchiges Feuer entfacht. Also werden wir beim Schwitzen gleich noch geräuchert, ganz in guter alter Indianermanier. Der Feuermeister selbst ist jetzt schon von seinem Debakel genervt und wir reißen erstmal die Tür auf. Ein bisschen Abkühlung und Frischluft kann uns allen nicht schaden. Nicht, dass wir wegen schleichender Kohlenmonoxidvergiftung das neue Jahr gar nicht mehr erleben.

Der Windhauch tut Papas Feuer allerdings gar nicht gut, denn jetzt zieht der Rauch nicht mehr durch den Kamin ab, sondern verteilt sich immer mehr in der Hütte.

-Wat'n Scheiß, poltert mein Vater.

-Tür zu, ruft Jörg.

-Wir können ja ins Haus gehen, wirft Mama ein.

Papa rumpelt raus in seinen Holzschuppen, fluchend und schimpfend sucht er besseres, rauchfreies Brennholz.

-Das hier, ruft er triumphierend, ist noch übrig aus 2015. Das ist auf jeden Fall trocken.

-Jau, denke ich, und noch so'n bisschen und es zerfällt zu Staub oder versteinert.

2015! Wer hat denn noch so altes Holz liegen?

Wir feiern weiter und da ich sowieso keinen Alkohol mehr vertrage, wegen Clusterkopfschmerzen bekommen und so, opfere ich mich bereitwillig als Fahrer. Die anderen trinken sich derweil die Hütte rauchfrei.

Nach dem fünften Eierlikör möchte Papa noch etwas über mein Buch sagen. Und zwar, wie ich denn so gemein zu meiner Mutter sein könnte! What? Was ist denn jetzt los? Ja, ich hätte Mama als herzlos und gemein dargestellt. In der Geschichte, wie sie alle meine Stofftiere verbrannt hat.

Ah ja, das. Verstehe. Ich habe das auch herzlos und ganz schlimm empfunden, aber in der Geschichte geht es primär auch noch um etwas anderes als nur um meine verbrannten Stofftierfreunde.

-Ja, giftet Papa, du wolltest Mamas alte Puppe kaputtmachen.

-Nee, darum geht es in der Geschichte nicht.

-Doch.

-Nee.

-Doch, sagt Papa.

-Und damit kommst du jetzt? entrüste ich mich, jetzt wo ich nichts mehr machen kann, weil das Buch schon auf dem Markt ist?

Immerhin haben alle Protagonisten mein Buch Monate vorher zum Probelesen und Abnicken bekommen.

Papa behauptet steif und fest, dass das so nicht in der Probeversion gestanden hätte.

-Doch.

-Nee.

-Doch.

-Nee, Papa bleibt stur.

Mama sagt, sie hätte sich gar nicht beschwert.

-Da bin ich mir nicht so sicher, nuschelt meine Schwester.

9

Ich auch nicht. Ich kenne Mamas Ich-sag-gerade-nicht-so-ganz-die-Wahrheit-Gesicht.

Boah, das hier nervt mich jetzt gerade sowas von. Zumal mir einfällt, dass wir sehr wohl schon einmal über Mamas Stofftierfail und meine schriftliche Verarbeitung dieses Traumas gesprochen haben. Und zwar irgendwann im Sommer, als wir einmal alle zusammen nach dem Hunde-Gassi-gehen im Garten gesessen haben. Da sagt Papa lachend und scherzend sowas wie, Anita wäre ja eine Rabenmutti, alle Stofftiere hätte sie verbrannt, kicher, kicher. Dann grinst auch Mama noch ein bisschen. Ja, was soll ich da denn machen? Für mich ist die Geschichte somit abgenickt und kommt ins Buch. Sogar Michel erinnert sich noch daran. Herr Jesus, warum reden die denn auch nicht mit mir? Also vorher, nicht nachher. Und schon gar nicht nach fünf Eierlikör!

Papa kommt jetzt so richtig in Fahrt. Ich hätte Tante Röschen als Alkoholikerin dargestellt. Was sollen denn nur die Leute von uns denken? Und wenn das die Familie liest? Und und und….

Mir ist jetzt auf jeden Fall die Lust aufs gemütliche Zusammensein vergangen. Ich will lieber nach Hause, aufs Sofa, mit Wärmflasche und Chihuahua unter die sichere Decke. Ich will tröstschmusen und totgekuschelt werden. Und Bude bauen will ich auch.

Zum Glück gehen wir morgen noch zum Neujahrs-Sauerkrautessen zu Rienk und Astrid. Das wird sicher und ganz bestimmt schön. Auf jeden Fall schöner als unser Hüttenzauber.

Frohes Neues Jahr, der Anfang ist gemacht. Jetzt kann es ja eigentlich nur noch anders schlimm werden.

Lieber Herr Bielendorfer

Mein Name ist Sylvia und ich habe ein Buch geschrieben. Ein Buch über mich, mein Leben und meine Familie. Kommt Ihnen das bekannt vor? Die Idee ist mir nämlich fast zeitgleich mit der Lektüre Ihrer Bücher gekommen.

Es hat mir sehr viel Spaß gemacht, dieses, in meinen Augen, lustige Buch zu schreiben, auch wenn es mich zum Schluss dann noch oft an den Rand eines Nervenzusammenbruchs gebracht hat. Doch jetzt bin ich stolz auf mein Werk und kann es kaum erwarten zu erfahren, was die große Welt von meinem Debüt hält.

Und damit komme ich auch schon zu meinem Problem und meiner Frage.

Sie schreiben doch auch Bücher über Ihre Familie. Bücher, in denen es oft hoch her geht und ich stelle mir immer wieder die Frage, wie Sie es geschafft haben, dass Ihre Eltern noch mit Ihnen reden. Denn ich bin mir nicht mehr so ganz sicher, ob meine das noch machen, wenn ich jetzt auch noch Teil zwei und drei meiner Trilogie herausbringe. Dabei finde ich, dass ich eigentlich durchweg nett über sie schreibe. Und ist es nicht nett, dann doch zumindest lustig, finde ich. Doch da scheiden sich in letzter Zeit leider manchmal die Geister.

Auch scheint mein Buch mit einer Tendenz zur Peinlichkeit behaftet zu sein, denn was sollen jetzt bloß die Leute von uns denken?

Wie gesagt, ich finde den ganzen Familienklimbim in Ihren Büchern viel schwerwiegender und stelle mir also die Frage, wie Sie es geschafft haben, trotz gleich vier Büchern über sich und Ihre Eltern doch noch scheinbar regelmäßigen Kontakt zu ihnen zu haben. Wie macht man sowas? Wo kann man das lernen?

Ich für meinen Teil finde, dass ich alles getan habe um meinen Protagonisten das Leid, ungefragt in meinen Geschichten aufgetaucht zu sein zu erleichtern. Alle durften lange vor der Veröffentlichung Probelesen und ich habe geflissentlich alles, also fast alles, was mir aufgetragen wurde, entschärft und verändert. Trotzdem kommen mir jetzt hin und wieder Klagen. Aber jetzt ist es halt zu spät. Die Geschichten aus Schlampenacker sind mit 38 verkauften Exemplaren quasi schon auf dem Weg zum Bestseller. Was kann ich da jetzt noch machen?

Ich sollte mir ein dickes Fell zulegen. Ich weiß. Ich sollte es als Übung sehen, denn da draußen, in der großen Welt, gibt es bestimmt noch ganz viele Leute, denen meine Geschichten nicht gefallen und über kurz oder lang werde ich sicherlich recht unsanft davon in Kenntnis gesetzt werden.

Ich habe mir ganz fest vorgenommen, mich dieser Kritik zu stellen, fürchte aber, dass sie mich jedes Mal treffen wird und ich dann wieder tagelang neben der Spur hänge und nächtelang nicht schlafen kann und immer wieder darüber nachdenke, wie das denn bloß jetzt wieder passieren konnte. Wie machen Sie das nur, sich einfach trauen immer weiterzumachen, nicht den Glauben an Ihr Projekt, Ihr Können zu verlieren?

Denn da komme ich gleich schon zu meinem nächsten Problem. Die Freunde und Bekannten. Viele meiner mir bekannten Menschen haben sich sehr für mein Buch interessiert, was mich sehr gefreut hat, sich dann eines gekauft, mich davon in Kenntnis gesetzt und mir mitgeteilt, dass man ganz bald mit dem Lesen meines Werkes beginnen würde. Und dann? Nichts mehr.

Ist das normal? Ich mache mir nämlich wirklich große Sorgen darüber, viele Leute bitter enttäuscht zu haben.

Wahrscheinlich wissen sie nur nicht, wie sie es mir schonend beibringen sollen und natürlich traue ich mich nicht nachzufragen. Was sollen sie mir dann auch sagen? Ich denke nur immer wieder, dass in diesem einen spezifischen Fall, keine Nachrichten keine guten Nachrichten sind, denn die Leute wissen doch schon, dass ich hungernd nach Anerkennung auf ihr Urteil warte, oder nicht? Oder haben sie einfach vergessen, mir zu sagen, was sie von meinen Schreibereien halten?

Können Sie mir vielleicht einige Tipps geben, wie ich mit dieser Unsicherheit und all meinen Gedanken umgehen soll? Ich möchte nämlich nicht so gerne darin versinken und mir am Ende womöglich ganz unnötig Sorgen machen.

Wo lernt man, sich eine dicke Haut zuzulegen und nicht immer schon bei der leisesten Kritik den Boden unter den Füßen zu verlieren? Oder lernt man das mit der Zeit von ganz allein? Ich würde mich sehr über eine Antwort von Ihnen freuen.

Ihre *Sylvia*

8-18=kalt

Die Temperaturen fallen. Es soll richtig winterlich werden, obwohl ich es eigentlich schon winterlich genug finde, mit minus zehn Grad und 40 cm Schnee. Winterlich und wunderschön.

Im Haus haben wir frische 13 Grad, aber ach, für Winter-Wonderland und den Traum vom alten Häuschen muss man eben etwas übrighaben. Außerdem gewöhnt man sich irgendwann an die recht kühlen Temperaturen im Haus und nichtsdestotrotz will ja auch am Holz gespart werden. Und am Strom. Diesen Winter bleiben Luftwärmepumpe und Heizung im Bad und Michels Zimmer aus, dafür aber drinnen alle Türen offen, was immer für eine frische Brise im Haus sorgt. Wie gesagt, man gewöhnt sich an alles und wenn man morgens erst einmal eine halbe Stunde draußen ist, alle Tiere versorgt, die Vögel füttert und dann zähneknirschend haufenweise Holz reinholt, ja dann sind die morgendlichen 13 Grad im Haus geradezu Copa-Cabana-warm. Während Michel am Frühstückstisch friert, reiße ich mir die Klamotten vom Leib, wobei es auch durchaus sein könnte, dass meine morgendlichen Hitzewellen zu meinem Copa-Feeling beitragen.

Nach dem Frühstück steht die große Hunderunde an. Bis wir uns und die vier Hunde in die dicken Winterklamotten eingepackt haben, ist es fast schon Mittag und wir liegen, wie immer, schon wieder meilenweit hinter unserem Tagesschema zurück.

Als wir wieder nach Hause kommen, werden wir mit Temperaturen um die 16 Grad verwöhnt. Fast schon sommerlich warm und nach dem langen Spaziergang friert auch Michel nicht mehr.

Jetzt heißt es, die Wärme im Körper festzuhalten und sich in allerlei Tagesaktivitäten zu stürzen, während die Öfen das Haus so nach und nach auf muckelige 18 Grad erwärmen.

-Du könntest auch noch den Wohnzimmerofen anmachen, sagt der Mann.

Geht's noch? Wie sollen wir denn da Holz sparen?

Er wolle aber kein Holz sparen, er wolle es warm haben.

-Nur über meine Leiche. Hallo! Ist man Wikinger oder ist man Wikinger, lamentiere ich.

Er wäre kein Wikinger und wolle auch keiner sein. Er hätte es gerne etwas wärmer. Aber hier führe ich das Regiment über Öfen und Holz und das mit eiserner Hand. Darum bleibt der Wohnzimmerofen aus und das Haus frisch.

Er ertappt mich dabei, wie ich mir die erste Wärmflasche des Tages mit kochend heißem Wasser fülle. Er meint, ich würde mogeln. Hö? Er kann sich ja auch ein Fläschchen machen. Er wolle aber lieber den Ofen.

Ja gut, an mir soll's nicht liegen, aber dann muss er auch den ganzen Tag darauf aufpassen, denn nichts und niemand brennt sich so lästig und ist so zickig wie unser hypermoderner, sündhaft teurer Kaminofeneinsatz im Wohnzimmer. Eine falsche Bewegung, ein falsches Stückchen Holz, eine Millisekunde zu spät nachgelegt und der Ofen bestraft einen sogleich damit, stundenlang nur noch vor sich hinzuräuchern und dabei weder aus- noch anzugehen. Eben die Ofenklappe öffnen und nachlegen oder gar Luft hineinblasen ist völlig ausgeschlossen, denn dann explodiert das super-duper-tolle, von irgendeinem Hirnfuzzi ausgedachte, Vakuumsystem und der Ofen verwandelt sich in einen aschespeienden Drachen, der das Haus bis in die allerletzte Ecke ausräuchert. Wenigstens haben böse Geister bei uns dann keine Chance mehr.

Jetzt soll es also richtig kalt werden. Als ich abends ins Bett will, sind es -14 Grad. Geht ja noch. Ich stelle trotzdem die Gießkanne unter den Küchenkran und lasse ihn tropfen. Nichts ist nerviger, als wenn einem morgens das Wasser eingefroren ist. Haben wir alles schon gehabt, früher. Mittlerweile sind wir mit Wämekabel und besseren Leitungen gegen Winterkälte gerüstet, aber trotzdem.

Ich nehme auch die Hunde mit ins Bett, dann haben wir es alle schön warm und gemütlich. Schon beim Vogelgezwitscher- der Wecker zwitschert- merke ich am nächsten Morgen, es ist kalt. Kälter als sonst. Eine geschlagene Dreiviertelstunde kämpfe ich mit mir und meinem inneren Schweinehund, dann stehe ich endlich bibbernd in unserer Küche. Draußen sind es -18 Grad, drinnen plus acht. Das ist auch für uns ein neuer Kälterekord. Drinnen, nicht draußen. Ich schmeiße meine Holzsparpläne über Bord. Sofort werden alle Öfen ordentlich angeheizt. Acht Grad ist zu kalt, das ist nicht gut, gar nicht gut.

Der Wasserhahn tropft zumindest noch, allerdings ist uns das warme Wasser in der Küche eingefroren. Was soll's, Wasser kann ich auch auf dem Ofen warm machen.

Unseren Hühnern und Enten geht es gut. Die sind absolut winterfest. Auch alle Wildvögel warten schon am Futterhaus auf ihr Frühstück. Der ganze Garten ist voller Rehspuren.

Michel und ich frühstücken in unserer eisigen Küche und werden mit einem grandiosen Sonnenaufgang belohnt. Es ist wunder wunderschön. Die Luft, das Licht, die Stille.

Nach dem Frühstück zeigt das Thermometer draußen -14 und wir beschließen, trotz Kälte einen langen

Morgenspaziergang zu machen. Solange man sich bewegt, ist es gut auszuhalten und ich bin mal wieder erstaunt darüber, wie winterfest doch auch der kleinste Chihuahua ist, wenn man ihn nur lässt.

Ich muss Wäsche waschen, sonst habe ich bald keine Schlüppis mehr im Schrank. Doch leider ist uns auch die Wasserleitung zur Waschmaschine eingefroren. Michel föhnt eine halbe Stunde lang die Wand und dann läuft das Wasser wieder.

Den Rest des Tages verfeuern wir ungeahnte Mengen Holz, bewachen die Öfen und versuchen uns mit bewegungsintensiven Aktivitäten warm zu halten. Nachmittags ist es dann geschafft, die Solltemperatur von 17 Grad ist erreicht und wir können uns endlich auf dem Sofa entspannen.

Es ist immer eine ganz besondere Erfahrung, Wärme einmal nicht als etwas Selbstverständliches zu erfahren. Trotzdem bin ich froh, dass solche Kälteperioden, die zwar immer mal wieder vorkommen, meist nur einige Tage anhalten. Ehe wir uns versehen, laufen wir wieder schwitzend bei nur -5 Grad viel zu dick angezogen durch den Wald.

Pünktlichkeit ist eine Tugend

Mein ganzes Leben lang renne ich schon meinem eigenen Zeitplan hinterher. Als Kind renne ich jeden Morgen dem Schulbus hinterher. Ich stehe eigentlich nur unter Androhung eines kalten, nassen Waschlappens, den meine Mutter mir unter die Bettdecke legen will, auf. Das ist nervig und stressig und sicher nicht gesund. Das mit dem Stress habe ich in den letzten Jahren aber eigentlich ganz gut hinbekommen. Ich habe es in fast allen Lebenslagen akzeptiert, dass mein eigenes Zeitkonzept einfach illusorisch und nicht zu managen ist. Sollen sich doch die anderen deswegen ärgern, dass ich immer zu spät bin. Obwohl, immer zu spät auch nicht immer stimmt. Meistens bin ich ja da, aber halt eben auf den allerletzten Drücker.

Arbeitgeber, Kollegen, Freunde, Familie, mein Alltagsheld und ganz besonders mein Vater leiden unter meiner chronischen Unpünktlichkeit. Also, eigentlich leidet mein Vater nicht wirklich unter meiner Unpünktlichkeit, er versteht sie einfach nicht. Aber genauso wenig verstehe ich seine pedantische Überpünktlichkeit.

Das muss man sich mal vorstellen. Ich wohne damals noch zu Hause, wir wohnen auf dem Land, weit und breit nichts, außer direkt bei uns gegenüber, also wirklich direkt nur einmal über die Straße, 60 Sekunden Fußweg, liegt die Ziegelei, Papas Arbeitsplatz. Geht der Mann doch jeden Morgen eine halbe Stunde vorher los! Das ist für mich völlig unbegreiflich, all die schöne, verplemperte Lebenszeit. Man hätte damit so viele andere tolle Sachen machen können.

Aber gut; denn genauso wenig versteht mein Vater mein Zeitmanagement. Ich arbeite damals noch am

Theater. Fahrzeit, wenn alles total glatt läuft, was allerdings selten der Fall gewesen ist, 25 Minuten. Ich habe mir bis zum letzten Tag eingebildet, dass ich diese Strecke auch in 15 Minuten schaffen könnte, wenn ich mir nur ganz viel Mühe geben würde.

Es hat mir dann auch wirklich nicht besonders geholfen, dass mein Vater mir regelmäßig Erbsen in die Schuhe gelegt oder Kaugummi auf das Türschloss vom Auto geklebt hat. Zu seinen Favoriten hat es gehört, mein Autoradio auf volle Lautstärke zu drehen, so dass ich morgens beim Starten jedes Mal einen Herzinfarkt inklusive Hörsturz hätte bekommen können.

Und dabei gibt es hier in Schweden so ein schönes Wort für Leute wie mich: Tidsoptimist.

Zeitoptimist, das klingt doch so großartig und positiv, da kann man doch schon gar kein schlechtes Gewissen mehr haben, wenn man immer zu spät ist.

Es gibt hier auch noch mehr tolle Wörter für Sachen, die sich in Deutschland schon mal gleich gar nicht so positiv anhören.

Stiefmutter z.B., da ist doch das Böse schon vorprogrammiert. Eine Stiefmutter kann doch per se schon mal gar nicht nett sein. Bonusmamma klingt doch viel besser. Die ist Bonus, die ist extra, die ist eine von den Guten.

Genauso wie das Bonuskind. Das ist doch viel netter als das nicht erwünschte, einfach schon da gewesene Stiefkind. Ein Bonusbarn ist das kleine Extra. Das Sahnehäubchen auf dem Kaffee, die Kirsche auf der Sahnetorte, die Olive im Martini, was Positives, was Schönes, was Besonderes.

Da ich jedoch weder Bonusbarn noch Bonusmamma bin oder jemals sein werde, will ich doch wenigstens der immer positive, ewig rennende Tidsoptimist sein.

19

Ausgeleiert

Der Wecker zwitschert und der ewige Kampf zwischen mir und meinem inneren Schweinehund geht in eine neue Runde. Draußen ist es dunkel, im Bett ist es so schön warm und ich bin noch so müde. Ich habe schlecht geschlafen, denn auch heute Nacht haben mich wieder unliebsame Hitzewellen heimgesucht. Das ist mein neues Ich, entweder verglühe ich in meinem Bett oder ich erfriere. Dazwischen gibt es nichts. Obwohl, gerade jetzt, wo der Wecker zwitschert, ist es so wohlig warm und schön im Bett, dass ich immer wieder einschlafe.

Im Bett ist es warm, draußen aber eigentlich auch. Die ganz große Kälte ist erst einmal vorbei. Das ist gut für den Holzvorrat, aber ganz schlecht fürs Gemüt, denn der schöne Schnee ist geschmolzen und es ist matschig und dunkel. Kein Aufstehwetter.

Trotzdem, wenn ich nicht schon vor Tagesanbruch hinter meinem Schema hinterherrennen will, dann sollte ich jetzt langsam mal in Gang kommen.

Der innere Schweinehund flüstert mir noch einmal zu, wie schön es gerade unter der Bettdecke ist, wie schlecht ich doch geschlafen habe und dass ich darum noch so müde bin.

Außerdem ist es sicher im Bett. Solange ich liegen bleibe brauche ich nichts zu machen, nicht zu funktionieren, kann ich einfach nur da sein. Säusel, säusel. Schluss jetzt! Ich wälze mich jammernd und stöhnend aus der warmen Sicherheit.

Michel grinst mich an.

-Was is'n so komisch? frag ich.

-Deine Oberschenkel, lacht der Mann.

-Meine Oberschenkel?

-Ja, da hast du das ganze Straßennetz von London drauf verzeichnet.

What? Ich habe die Straßen von London auf meinen Oberschenkeln? Was ist denn hier los?

Aber es stimmt. Auweia, bei genauerer Inspektion meiner Beine sehe ich tatsächlich ein grobliniges Gestrichel auf meinen Innenschenkeln. Das muss von meiner Wärmflasche kommen. Winter gleich kalt, gleich übermäßiger Wärmflaschenkonsum. Ich habe solche feinen Linien schon eher mal auf meinen Beinen beobachtet, aber das hier sind keine feinen Linien mehr. Das sind vierspurige Autobahnen.

-Geht das wieder weg? erkundigt Michel sich.

-Ich hoffe, stöhne ich.

Das hier sieht aber mal sowas von schlimm aus und mir ist das auch schon eher aufgefallen, also dass es dieses Jahr schlimmer ist als in anderen Jahren. Darum habe ich mir schon vor einiger Zeit Oberschenkel-Innenseite-Wärmflaschenverbot erteilt und mir das gute Stück lieber immer mal wieder auf den Bauch gelegt.

-Sieht man, kichert mein Alltagsheld.

What? Och nee, ne! Das darf doch nicht wahr sein! Auf meinem Bauch zeichnet sich das gleiche Autobahnmuster wie auf meinen Schenkeln ab. Adonis lacht sich schlapp. Ja, haha, als ob der so gar keine Alltagszipperleinchen hat mit seinem Hubschrauberlandeplatz und den Love-Handles, die er einfach nicht mehr loswird. Außerdem liegen seit dem letzten Besuch der Zahnfee jetzt jeden Abend zwei Zähne an einer Metallplatte in einem Glas mit Corega-Taps im Badezimmer und warten auf ihren morgendlichen Einsatz.

Trotzdem, das mit meinen Oberschenkeln ist doof und unsexy, denn irgendwie, und das ist mir schon im

21

Sommer aufgefallen, sind meine Schenkel ausgeleiert. Die kleben an der Innenseite zusammen und rede ich mir erst noch ein, dass das die Sommerwärme ist. Jetzt ist aber keine Sommerwärme mehr da und trotzdem schubbern und kleben meine Schenkel aneinander. Das ist gar nicht gut und total lästig. Irgendwie ist mir auch meine Taille abhandengekommen. Ich muss schon wieder Hosen aussortieren, in die ich nicht mehr hineinpasse. Meine geliebten Camouflage-Shorts gehen zwar noch gerade zu, aber dann kann ich überhaupt nicht mehr atmen und meine Galhøpiggen-Wanderhose geht gar nicht mehr über meine Hüfte. Das ist nicht gut und je mehr ich mir vornehme, dass das alles wieder in Ordnung kommt, um so größer wird mein Heißhunger auf Pommes, Chips und Schoki.

Manchmal bin ich morgens im Gesicht so verquollen und aufgedunsen, dass ich die Frau im Spiegel gar nicht erkenne, falls ich sie durch meine aufgequollenen Augenlider und ohne Brille überhaupt sehen kann.

Jetzt habe ich also Klebeschenkel, keine Taille mehr und wenn ich ganz ehrlich bin, habe ich letztens im Spiegel auch bei mir Love-Handles entdeckt. A-Linie nennt man das wohl.

Eher kegelförmig. Oben ganz schmal und knochig und dann nach unten hin weit ausladend, dicker Hintern inklusive. Unförmig. Ich bin unförmig und ausgeleiert. Aber hey, was soll's, es könnte Schlimmeres geben....

Die Puberbande

Alle Hunde im Team Slättåkra stänkern gerne am Gartenzaun. Die kommen dann so richtig in Fahrt. Alles und jeder wird angepöbelt und kommt gerade keiner, dann kläffen wir einfach ins große, weite Nichts hinein, denn irgendwann wird schon hoffentlich jemand die Frechheit besitzen, an unserem Haus vorbeizugehen oder vorbeizufahren. Und dann ist hier mal wieder die Hölle los.

Ganz besonders schlimm ist es abends, beim letzten Gartenpipi. Dann stürmt das ganze Rudel nach draußen, als ob es kein Morgen gäbe und jeder imaginäre Feind wird auf Nimmerwiedersehen verjagt. Wenn ich mein eigener Nachbar wäre, wüsste ich nicht, ob mich das nicht jeden Abend so spät noch total nerven würde. Aber Gott sei Dank scheinen unsere Nachbarn Nerven wie Drahtseile zu haben.

Im Winter habe ich jede Menge Rehspuren im Garten gesehen und der Efeu ist überall bis auf Rehkopfhöhe abgefressen. Natürlich mache ich mir sofort Sorgen, dass meine blutrünstige Meute abends die Rehe jagt und womöglich noch etwas passiert. Vor Jahren ist einmal ein Reh beim Versuch über unseren Zaun zu springen mit beiden Hinterläufen darin hängen geblieben und verendet. Wir haben morgens ein totes Reh am Zaun hängen gehabt und ich habe immer noch Angst, dass so etwas wieder passieren könnte. Den Anblick vergesse ich nie mehr.

Nachmittags machen wir jetzt immer die Runde über das große Feld und treffen da regelmäßig auf eine Gruppe Rehe. Das sind bestimmt die Spurenleger und Efeufresser. Mal sind sie näher bei uns, mal weiter weg, aber nie scheinen sie wirklich Angst vor uns zu haben. Sie gucken nur, ob wir auch wirklich den von ihnen gewünschten Sicherheitsabstand einhalten und ansonsten beachten sie uns kaum. Sie scheinen regelrecht gelangweilt zu sein von uns, sehr zum Ärger der Stänkerer. An einem Tag sind sie nur knapp 25 Meter von uns entfernt und gucken zu uns hinüber. Laufen dann sogar an unserer Nase vorbei, langsam, ganz langsam. Die kennen uns und sind das ewige Gekläffe von den Hunden wahrscheinlich schon längst gewöhnt.

Am allerschlimmsten ist es, wenn meine Nachbarin Anna mit ihren Hunden vorbeiläuft. Dann dreht das ganze Rudel komplett durch, denn mit Annas Hunden haben wir eine Fehde am Laufen und unser Team würde nichts lieber machen, als Annas Hunde zu zerfleischen, oder zumindest in die Flucht zu schlagen.

Wir sind uns nämlich mal beim Spazierengehen im Wald begegnet. Damals haben wir nur Hampus und Milow und die laufen verbotenerweise los. Anna kommt mit Kinderwagen und ihren drei Hunden an der Leine angelaufen und unser Milow hat nichts Besseres im Sinn als hinzurennen und auf dicke Hose zu machen. So nach dem Motto; das alles hier ist mein Wald, weg mit euch. Als Annas Hunde so richtig wütend sind, stürzt Milow sich mitten ins Rudel. Die schafft er doch noch alle drei mit links. Wohlgemerkt, Anna hat drei große Hunde und außerdem ist ihre Alphahündin jetzt wirklich total angepisst, weil Milow viel zu dicht an den Kinderwagen kommt.

Ich komme gerade bei dem Tumult an, als sie beschließt, dem kleinen Scheißer den Garaus zu machen. Sie beißt ordentlich zu, so ordentlich, dass sich ihre Kiefer verschließen und nicht mehr zu öffnen sind, und fängt an den Chihuahua zu schütteln.

-Das war es jetzt, denke ich noch.

Jetzt stürzen sich gleich alle Hunde ins Getümmel und wir können nur noch zusehen, wie sie sich gegenseitig zerfleischen. Oder besser gesagt, wie ihre Hunde meine kleinen Chis zerfleischen.

Wir versuchen alles, um die Hunde zu trennen. Michel muss alle aufgeregten Hunde im Zaum halten und wir versuchen mit allen Mitteln Milow wieder freizubekommen. Aber da geht gar nichts. Der sitzt fest und schreit wie am Spieß. Sein ganzes Machogehabe ist grenzenloser Panik gewichen und so beißt er jetzt auch noch wild um sich. Anna, mich und wir fangen beide an zu bluten.

-Du musst meinem Hund mit einem Stein auf den Kopf hauen, sagt Anna.

-Ich muss was?

-Draufhauen, sagt sie, sonst lässt die nie los.

Ich suche den kleinsten Stein und fange an, ihrem Hund zaghaft gegen den Kopf zu ticken.

-Hau drauf, sagt sie.

Ich traue mich aber nicht wirklich. Ich will ihren Hund nicht auch noch verletzen und außerdem habe ich auch Angst, dass der mich dann beißt, wenn er den kreischenden Milow loslässt. Ich will aber auch meinen Chi zurückhaben, auch wenn ich mittlerweile sicher bin, dass der total kaputt gebissen ist und große, irreparable Schäden davontragen wird. Vor meinem inneren Auge sehe ich klaffende Wunden im Rücken, offen liegendes Rückgrat, freier Blick auf die Organe. Ich schlage zu, denn ich will jetzt sofort meinen kleinen Mann wieder haben. Annas Hund lässt los, Milow beißt mich zum Dank noch einmal ganz fest und rennt dann weg. Zumindest ist er nicht querschnittsgelähmt. Anna heult vor Wut über ihren Hund und ich blute ziemlich doll an meiner Hand.

Michel, der jetzt die anderen Hunde wieder loslassen kann, fängt den Chi ein und wir machen uns auf das Schlimmste gefasst. Aber er scheint nur zwei Löcher im Fell zu haben, aus denen kaum Blut kommt.

Anna entschuldigt sich immer noch heulend und ich sage ihr, dass das alles ja auch unsere Schuld ist. Unsere Hunde sind nicht angeleint gewesen und haben sich wie ungezogene Bengel benommen. Ich habe genau gesehen, was mein Milow gemacht hat.

Am nächsten Tag will Milow nicht essen. Ist doch was Schlimmeres passiert? Irgendwie sieht der auch komisch aus und bei genauerem Hinsehen merke ich, dass sich die gesamte obere, vordere Zahnreihe gelockert hat. Die steht jetzt einfach waagerecht nach außen ab. Der hat sich wortwörtlich die Zähne an mir ausgebissen.

Nach einer Akutzeit beim Tierarzt, damals zum Glück noch ohne Röntgen und großes Blutbild (andere Geschichte, anderes Buch) und 500 Euro ärmer, sind wir alle wieder glücklich und wohlbehalten zu Hause.

Einziger bleibender Schaden. Milows Zungenbremse ist weg und jetzt hängt ihm immer mal mehr oder weniger die Zunge aus dem Mund. Was ihn nicht gerade superklug, aber superniedlich aussehen lässt.

Und seitdem herrscht bei uns also Krieg am Gartenzaun!

Närproducerad

Meine Arbeitskollegin schlürft ihren Kaffee, rührt frische Erdbeeren in den Joghurt und zerquetscht eine Avocado auf ihrer Brotscheibe. Sie isst jetzt gesund, sagt sie, und närproducerad, also nur noch Produkte, die in der Nähe, im eigenen Land, hergestellt werden.

Ich ziehe eine Augenbraue hoch. Sie reagiert nicht. Ich werde ein wenig deutlicher und zeige mit dem Finger auf ihren Joghurt.

-Frisches Obst ist ja so gesund, sagt sie.

Ich verweise kurz auf einheimisches Obst, denn müssen es mitten im Winter unbedingt gerade spanische Erdbeeren sein? Ich merke, ich werde ihr lästig. Aber sie hat ja mit dem närproducerad angefangen.

Ja, aber sie habe eher Fleisch und so gemeint, dass die armen Tiere nicht erst durch halb Europa reisen müssen, bevor ihnen der Garaus gemacht wird. Oder all die Garnelen, die man erst nach Tunesien zum Pellen schickt.

Ich erwähne noch kurz, dass ihre spanischen Erdbeeren auch viel Mensch- und Tierleid verursachen, weil jetzt ganze Landstriche kein Wasser mehr haben, sie aber dafür frische Erdbeeren. Sie hört mir allerdings schon nicht mehr zu. Ich bin mal wieder in die Besserwisserfalle getappt.

Das heißt hier wirklich so: Besserwisser. Die Schweden haben tatsächlich ein deutsches Wort für eben jene Besserwisser. Das finde ich ganz unglaublich.

Trotzdem, ich freue mich ja, dass immer mehr Leute sich Gedanken über ihr Essen und ihr Leben machen, aber ich bin halt ein wenig allergisch, wenn es darum geht, dem gleich das Label Ich-mache-jetzt-nur-noch-in-närproducerad aufzudrücken. Wenn wir wirklich einmal nachdenken, wie viel von dem, was wir jeden Tag so essen, trinken oder gebrauchen ist denn überhaupt närproducerad?

Der leckere Apfel, der so süß ist, aber leider aus Neuseeland kommt? Er schmeckt uns einfach so viel besser als unsere eigenen kleinen Winteräpfel. Der Kaffee? Auf meiner Arbeit noch immer der Billigste vom Billigen. Weder ökologisch noch Fairtrade. Und wer hat eigentlich meine Thermoskanne gemacht?

Kleidung aus Bangladesch. Das Leder unserer Schuhe kommt nicht vom Schlachter um die Ecke. Meistens werden irgendwo im entlegensten Winkel der Erde halbwilde Kuhantilopen unter widrigen Bedingungen geschlachtet und Menschen stellen dann unter noch widrigeren Bedingungen unser billiges Leder her. Mit fatalen Folgen für ihre Gesundheit.

Unsere Wolle kommt aus Australien, unsere eigene Wolle ist nämlich nichts mehr wert. Die schmeißen wir lieber weg.

Närproducerad geht so viel weiter als nur das Stückchen Fleisch, das durch halb Europa reist, ehe es auf unserem Teller landet, oder besser nicht. Leider sind nicht einmal alle veganen Sachen närproducerad. Und hinter vielen Produkten versteckt sich auch noch Staatsfeind Nummer eins; Nestle. Da denkt man, man tut etwas Gutes, aber ach…

Und dann all die Leute, die plötzlich Selbstversorger werden wollen. Ich finde das ganz toll, eigenes Gemüse im Sommer anbauen, ernten, einlegen, einkochen und Marmelade machen. Aber um sich Selbstversorger nennen zu können, gehört schon wesentlich mehr dazu. Und das muss doch auch gar nicht sein. Ist so hoch im Norden auch fast gar nicht möglich. Man bräuchte ein großes, beheiztes Gewächshaus. Am besten natürlich mit selbst hergestelltem Strom.

Wir kaufen Samen im Supermarkt, die fast ausschließlich und auf vielen Umwegen von Monsanto kommen. Das hat mit Selbstversorgung so gleich mal gar nichts zu tun. Und wer weiß das eigentlich oder denkt mal darüber nach, wo das meiste unseres Saatgutes herkommt? Wer stellt heute noch seinen eigenen Dünger her? Und diejenigen, die ihre Hühner schlachten und somit ihr eigenes Fleisch haben, bauen die denn das Getreide für ihre Hühner oder zum Brot backen selbst an?

Ich glaube, wir haben eigentlich schon lange keine Ahnung mehr, was es heißt, Selbstversorger zu sein, wie viel Arbeit und Verzicht das mit sich bringt.

Eigentlich ist das auch egal, Hauptsache wir machen etwas, denken nach, treffen bewusste Entscheidungen, informieren uns, aber wir sollten uns nicht dazu hinreißen lassen unseren mickrigen Versuchen Label wie Nur-noch-närproducerad oder -Ab-jetzt-sind-wir-Selbstversorger aufzukleben. Denn durch solche Aussprachen zeigen wir nur einmal mehr, wie weit wir uns schon von der Natur entfernt haben. Die meisten von uns haben einfach gar keinen Plan.

Außerdem hätte strikt närproducerad und selbstversorgend auch einen ganz entscheidenden Nachteil. Wir leben nicht mehr wie vor hundert Jahren, die Welt hat sich verändert, wir haben uns verändert und ist es nicht von essenzieller Wichtigkeit für uns und unsere derzeitigen Zusammenlebensbündnisse, dass wir auch Handel miteinander betreiben? Alle wollen ex- und importieren und mal ganz ehrlich, das Leben wäre doch auch viel weniger schön, wenn wir nicht die Sachen mitgenießen könnten, die unsere Nachbarn haben, aber wir nicht. Das haben übrigens auch schon die alten Selbstversorger so gemacht; du meine Schweineschwarte, ich dein Sauerkraut.

Holland bei Lidl

Bei Lidl ist holländische Woche und das können sich meine niederländischen Schwiegereltern natürlich nicht entgehen lassen. Dick und rot steht der Tag der Tage im Kalender markiert.

Der Lidl hat wirklich groß ausgepackt. Alles, was das Herz des holländischen Wahlexilers begehrt, soll es geben- Kroketten, Bitterballen, Haring, Frikandel (wird übrigens Frikandell, mit Betonung auf dem L ausgesprochen, kriegt aber irgendwie kein Deutscher hin), Kaassouflé, Hagelslag und Vanillevla.

Als echter Holländer hat man grundsätzlich und immer Angst, etwas Gutes zu verpassen. Und so stehen Traudi und Cees am D-Day pünktlich morgens um 8 Uhr vor dem verschlossenen Lidl. Überbieten sich zwar die Supermärkte darin, wer denn der früheste Vogel ist, so macht der Lidl da einfach nicht mit. Geöffnet wird um neun und damit basta!

Also müssen sich meine Schwiegereltern die Zeit erstmal in einem anderen Supermarkt vertreiben, denn auch alle anderen Geschäfte öffnen in Schweden nicht vor zehn Uhr. Ladeninhaber scheinen hier seit jeher Langschläfer zu sein.

Um Punkt neun sind die fliegenden Holländer wieder beim Discounter und drängeln sich dem vermeintlichen Schlaraffenland entgegen. Aber nichts ist da. Rein gar nichts. Auf Nachfrage erfährt man, dass die Waren so früh am Morgen noch nicht ausgepackt worden sind. Um zwölf könne man es noch einmal versuchen, dann wäre bestimmt schon was im Laden.

Es bleibt den beiden nichts anderes übrig, als unverrichteter Dinge wieder nach Hause zu fahren. Dass sie ausgerechnet heute auch noch Gäste zum Essen erwarten, kommt ihnen gerade so gar nicht gelegen. Es nützt nichts, Traudi muss in der Küche das Essen vorbereiten und Cees wird mit der verantwortungsvollen Aufgabe betraut, Punkt zwölf mit Einkaufsliste beim Lidl zu stehen und endlich die lang ersehnte Beute heimzuholen.

Cees wird bei dem Gedanken, die alleinige Verantwortung für das Gelingen der SOKO holländische Woche zu haben, ein wenig mulmig. Sein letzter Solo-Einkaufsversuch hat immerhin eine gesperrte Bankkarte zur Folge gehabt.

Also klingelt bei uns um 11.15 Uhr das Telefon, ob Michel denn nicht eventuell mitkommen und seelischen Beistand leisten könne. Der Mann des Hauses, natürlich selbst Holländer, und auch schon lange auf Entzug, sieht seine Chance, um extra früh an all die leckeren Sachen ranzukommen und willigt nur allzu gerne ein.

Und so ziehen sie los. Die Männer gehen auf die Jagd, während die Frauen zu Hause am Herd stehen und die Stellung halten. Punkt zwölf und siehe da, im Lidl liegen ein paar Pakete Frikandell. That's it. Man(n) stellt das Personal zur Rede und erfährt, dass mehr einfach noch nicht angekommen ist. Vielleicht morgen. Vielleicht aber auch nicht. Bei so viel schwedischer Lethargie kocht das Blut des Holländers fast über.

Völlig enttäuscht und mittlerweile bereit, einen Mord für ein Kasssouflé oder eine Krokette zu begehen, kehren die zwei in den Schoß der Familie zurück. Michel bekommt den Auftrag, am nächsten Tag, auf seiner eigenen Einkaufsrunde, unbedingt noch einmal den Lidl akribisch abzusuchen.

Aber auch am Dienstag gibt es nicht viel mehr. Es scheint ein landesweites Problem zu sein, dass die holländischen Waren nicht dort sind, wo sie sein sollten. Dafür schlägt man sich jetzt überall mit meuternden und wütenden Niederländern herum. Es nutzt nichts, es ist wie es ist. Enttäuschung macht sich breit. Doch am Einsatz meiner Familie liegt es nicht, dass die holländische Woche schon wieder vorbei ist, bevor sie überhaupt erst richtig angefangen hat.

Als kleiner Trost sei noch gesagt, dass so nach und nach tatsächlich noch einige holländische Leckereien eintrudeln. Zwar nicht das, was meine Schwiegereltern so gerne gehabt hätten, aber immerhin kauft Michel dann doch noch das ein oder andere Trösterchen. Und wieder einmal mehr hat der blau-gelbe Discounter bewiesen-lohnt sich doch nicht.

Der Wolf muss weg

Schweden hat bestimmt, dass wir viel zu viele Wölfe haben. Also hat man beschlossen, die bis jetzt größte Wolfsjagd abzuhalten. Gleich am ersten Tag haben die fleißigen Jäger 21 Wölfe abgeschossen, denn Schweden muss wieder sicher werden.

Hingerichtet möchte ich es nennen. Der Wolf, der wilde Hund, das kluge Säugetier, ausgefeilte Familienstrukturen, kluge Jagdstrategien, zu Hause in Europas Fauna. Könnten wir eventuell eifersüchtig auf ihn sein? Denn kaum ist er da, muss er auch schon wieder das Feld räumen.

Wir haben in den letzten hundert Jahren nichts dazu gelernt. Manchmal denke ich, dass wir nicht mal besonders viel in den letzten zwei Millionen Jahren dazugelernt haben. Zumindest nicht, was unser eigenes Überleben betrifft. Wir werden in das Geschichtsbuch der Erde eingehen als die Spezies, die nicht nur sich selbst ausgerottet hat. Nein, wir werden es schaffen, auch noch viele andere Tierarten vorher und im Moment Supreme auf immer mit in unser schauriges Grab zu nehmen. Niemanden wird es stören. Die Erde wird froh sein, uns endlich los zu sein, aber vorher rotten wir natürlich noch den Wolf aus.

Denn der Lupus ist böse und gemein. Er vergreift sich an unseren Schafen und das ist ganz schlimm. Nicht weil wir unsere Schafe so lieben oder selbst essen müssen. Nein, wir wollen sie selber essen, denn so haben wir uns das vorgestellt. Alles gehört uns. Wie kann der Wolf es wagen, unser Wild zu jagen, denn auch der Wald gehört uns. Ich warte auf den Tag, an dem die alte Fabel wieder aufersteht und der Wolf anfängt, unsere Kinder zu rauben.

Warum haben wir so viel Angst vor unserer Natur? Wir wollen immer die volle Kontrolle haben und zerstören doch dabei nur mit ungeahnter Kraft unseren eigenen Lebensraum. Das Schlimme ist, dass wir es wissen und doch nichts passiert, denn wir wollen uns ja nicht einschränken. Naturschutz ja, aber bitte, es soll sich doch an unserer Bequemlichkeit nichts ändern. Wir müssen alle den Gürtel enger schnallen, aber doch bitte so, dass wir nichts davon merken.

Leute, die Erde ist viel zu voll, mit uns, dem Parasiten Mensch und wenn wir uns nicht alle unglaublich zusammenreißen, dann hat ganz bald unser letztes Stündlein geschlagen. Schade für uns, aber so geht das nun einmal mit der Evolution. Wer unter den gängigen Lebensbedingungen nicht mehr lebensfähig ist, wird gnadenlos ausrangiert.

Das ist schon den Dinosauriern passiert. Und wäre der große Komet nicht gekommen und hätte den gesamten Jurassic Park von der Karte gefegt, dann wäre Spezies Mensch niemals entstanden, denn Säugetiere haben zu Dinozeiten nie mehr als die Größe einer Maus erlangt. Und gerade dieser Fakt, dass das Säugetier ein Inimini gewesen ist, hat uns den Weg bereitet, denn der Minisäuger kann sich sehr wohl an die neuen, gängigen Gegebenheiten anpassen und in den nächsten Jahrmillionen weiterentwickeln, etwas das den großen Dinos nicht gelungen ist.

Denn das ist noch so ein Ding. Evolution geht langsam, viel langsamer als wir jemals mit unserem klugen Affenhirn erfassen können. Und was lehrt uns das Ganze? Wahrscheinlich nichts, aber lasst euch gesagt sein. Wir sollten immer auch das Kleine schätzen und beschützen, denn wer weiß, vielleicht wird aus etwas Kleinem mal was ganz Großes. Außerdem haben wir ganz andere Probleme als Isegrims Rückkehr in Europa.

Ich sach mal so, wenn die Erde 24 Stunden alt wäre, dann gäbe es den modernen, was immer das auch heißen mag, Menschen erst seit zwei Minuten und wenn wir uns jetzt nicht am Riemen reißen, dann geben wir uns in spätestens zehn Sekunden selbst die rote Karte, ob mit oder ohne Canis Lupus. Hört sich das besonders klug an?

Übrigens gehört unser Haushund der Spezies Canis Lupus Familiaris an. Ich wittere da eine gewisse Gefahr bei so enger Verwandtschaft. Vielleicht sollten wir, nur so zur Sicherheit, auch gleich die gesamte Familiaris ausrotten, im Namen von Homo Sapiens Dummbis….

Im Hier und Jetzt

Ich habe gehört, dass es mir als Homo Sapiens Dummbis besser gehen soll, wenn ich lerne mich im Hier und Jetzt zu befinden. Scheinbar hat unsere Art die Neigung, sich das Leben selbst zu vermiesen, entweder dadurch in der Vergangenheit abzuhängen und schon dagewesene Dinge zu verarbeiten oder angstvoll in die Zukunft zu schauen und allerhand mögliche und unmögliche Pläne zu machen. Und so verpassen wir halt immer den Moment im Hier und Jetzt.

Nun habe ich aber gelesen, dass wir uns gar nicht in der Gegenwart befinden können, weil unser Gehirn nicht in der Lage ist, Momente, die kürzer als 40 Millisekunden sind, festzuhalten. Vielmehr werden solche Millimomente in unserer Schaltzentrale zu größeren Momenten, dem Moment, zusammengebastelt. Also hinken wir sowieso schon immer hinterher. Wir leben und erleben quasi in der Vergangenheit. Aber gut, das hier ist jetzt vielleicht auch ein bisschen Korinthenkackerei.

Wer wünscht es sich nicht manchmal, die Zeit einfach anhalten zu können. Und tatsächlich müssten wir uns dazu nur ganz genau mit Lichtgeschwindigkeit durch unser Universum bewegen, denn dann bleibt die Zeit einfach stehen. Nicht schneller, dann würde die Zeit rückwärtslaufen und wir könnten uns dann selbst bei unserer eigenen Verjüngungskur zuschauen. Wären wir pfiffig genug, könnten wir dabei auch gleich einige kleinere und größere Fehler wieder ausbessern, aber wie ich Homo Dummbis kenne, wären wir viel zu sehr mit unserer eigenen Eitelkeit beschäftigt, als uns auch noch rechts und links mit den kleinen und großen Sünden zu beschäftigen die wir Mutter Erde auf unserer Reise ins Hier und Jetzt angetan haben. Am besten bewegen wir uns gleich so weit rückwärts, dass wir in einer Zeit vor dem Wesen Mensch landen, damals, als die Säugetiere noch klein und unschuldig gewesen sind.

Anyway, ich probiere also, in meinem Hier und Jetzt zu sein und wurschtle mit mir und meinem unruhigen Hirn. Denn wie schön ist es doch, den morgendlichen Hundespaziergang dazu zu nutzen, meinen Tag ein wenig zu planen. Damit ich zumindest ein bisschen Übersicht über mich und meine Prio-Eins-Projekte bekommen kann. Doch laut neuesten Erkenntnissen soll ich das nun nicht mehr machen. Also versuche ich, die Prio-Projekte aus meinem Hirn zu verbannen und mich vollkommen auf den Spaziergang zu konzentrieren. Gelingt mir jedoch nicht und wird dann auch langsam, aber sicher anstrengend.

Wenn ich mich mal so umhöre und natürlich auch auf YouTube umschaue, dann haben unzählig viele andere Leute die gleichen Wurschteleien wie ich und das alles lässt mich zu der Annahme kommen, dass Homo Sapiens vielleicht gar nicht für die Gegenwart gemacht ist.

Setzen wir uns nicht viel mehr aus unzähligen Fragmenten aus unserer Vergangenheit zusammen? Ist es nicht unser Privileg, auch wenn wir nicht besonders sorgsam damit umgehen, dass wir in der Lage sind, Pläne zu machen? Wer noch kann, oder zumindest könnte, Konsequenzanalysen ausführen? Warum soll ich mich auf das Hier und Jetzt konzentrieren, wenn mich das gar nicht ausfüllt und glücklich macht?

Ich hänge gerne, ganz nostalgisch, mal in der Vergangenheit ab oder träume von der Zukunft. Male mir aus, wie sie aussehen könnte oder denke an das, was ich alles schon habe und was mir lieb ist.

Vielleicht ist das mit dem Hier und Jetzt auch gar nicht so gemeint, denn natürlich probiere auch ich die mir besonders wichtigen Momente ganz intensiv zu erfahren, doch ständig und immer würde ich wahrscheinlich irgendwann an Reizüberflutung leiden. Ich klinke mich ganz gerne mal aus.

Ich lass das jetzt mit dem Hier und Jetzt, denn ich bekomme Stress, wenn ich morgens beim Hundespaziergang nicht meinen Tag durchgehen kann, wenn ich beim Couchsurfen mit YouTube nicht vom nächsten Gemüsegartensommer träumen kann und wenn ich mir morgens im Bett nicht mehr ausmalen darf, wie es wäre, wenn….

Trotzdem kann ich auch für mich etwas aus der Hier-und-Jetzt-Regel mitnehmen. Und das versuche ich eigentlich schon seit einigen Jahren. Erstens, keine Angst vor Dingen oder Ereignissen zu haben, die in der Zukunft liegen und auf dich sowieso keinen Einfluss habe. Zweitens, mich nicht für Fehler zu grämen, die ich in der Vergangenheit gemacht habe und die ich jetzt nicht mehr ändern kann. Diese zwei Erkenntnisse machen mein Hier und Jetzt jetzt schon ziemlich gut.

Geburtstagsgeld

Ich habe immer noch mein gesamtes Geburtstagsgeld, aber das soll sich jetzt ändern, denn irgendwann muss ich es ja mal ausgeben. Nicht, dass der Mann meiner Träume sich am Ende von meinem Geld noch ein großes Legogeschenk oder sowas kauft. Es ist auch gar nicht mal so, dass ich nicht weiß, was ich mit den Pinunschen anfangen soll. Da ich sie aber nur einmal ausgeben kann, ist es besser, vorher gut darüber nachzudenken, wofür ich sie denn nun am liebsten ausgeben möchte. Das kann der Michel wiederum so gar nicht verstehen. Also er könne das Geld so eins, zwei, drei ausgeben und das glaube ich ihm aufs Wort.

Zuerst kaufe ich mir eine Ladung gebrauchte Bücher. Da hat man viel Beute für wenig Geld. Dann weiß ich nicht mehr richtig weiter. Ich kann mich nicht entscheiden und werde ganz wuschig von all meinen Eventuellwünschen.

Besser, ich mache mir eine Liste, dann bekomme ich mehr Übersicht. Die wird erst einmal immer länger. Doch je länger ich draufschaue, desto kürzer wird sie. Ich brauche wirklich keinen Kettenanhänger in Bohnenform, auch keinen Oversized Mantel, kein Armband mit Gravurplatte und die Leopardenholzmaske beim Onlineauktionshaus schießt preistechnisch in astronomische Höhen.

Ich kaufe mir ein paar wilde Sommer-Barfußschuhe. Ich liebe die wilden Schuhe, wenn sie doch bloß nicht so teuer wären. Das von mir bevorzugte Paar ist aus japanischem Washi-Papier. Interessant, aber 100 Euro für ein Paar Origamischuhe? Egal, genau für sowas hat man ja Geburtstagsgeld. Die Schuhe werden gekauft und sind dann auch wirklich toll.

Auf meiner Liste steht jetzt noch eine große alte Holzmaske, die ich schon seit Monaten im Online-Auktionshaus beobachte. Sie ist ziemlich alt und teuer und darum will sie auch wahrscheinlich niemand haben. Ich würde schon wollen, wäre da nicht die Sache mit dem Platz. Obwohl, wenn ich in meiner Klavierspielecke nochmal alles so richtig ordentlich zusammenrücke, schaffe ich doch sicher locker Platz für eine 60 cm Monstermaske. Ich könnte es ja einfach mal probieren.

Zwei Tage räume und verändere ich, denn man kommt ja immer vom Regen in die Traufe. Hier kann man nicht einfach so mal etwas verändern, ohne dass nicht gleich die gesamte Einrichtung in Mitleidenschaft gezogen wird. Aber siehe da, der Platz ist auf einmal da und das sehe ich als einen Wink des Schicksals, denn wenn nicht jetzt, wann dann? Also wird die Maske drei, zwei, eins, meins. Sie ist viel schöner als auf dem Foto und der Platz ist wirklich perfekt. Ich freue mich so unglaublich, dass sie endlich nach den vielen Monaten, die ich sie schon anhimmele an meiner Wand hängt.

Dann sehe ich sie. Die kleine Hutschenreuther Prinzessin. Ich habe keine Ahnung, wie sie in mein Leben gekommen ist, aber auf einmal ist sie da. Klein, teuer, kitschig und so unglaublich wunderschön. Ich kann an nichts anderes mehr denken als an diese kleine Figur. Die Prinzessin in ihrem blauen Kleid, mit der kleinen goldenen Krone, wie sie ganz versunken in ihren Gedanken dasteht und ein Rehkitz mit einem Salatblatt füttert. Ich bin hin und weg. Das bringt mich ganz durcheinander, denn eigentlich wären Hutschenreuthers Bremer Stadtmusikanten das nächste Objekt der Begierde auf meiner Liste gewesen. Ich weiß nicht, was ich machen soll, doch als sich im Auktionshaus die Stunde der Wahrheit nähert, kann ich es nicht lassen und auch die kleine Figur zieht noch bei mir ein. Als sie ankommt, packe ich sie mit zittrigen Händen aus und sie ist wirklich ganz entzückend.

Dann hängt mein Seelenheil auf einmal von einer Ukulele ab. Ein Check auf meiner Liste zeigt mir, dass Ukulele bis dato noch nicht in meiner Haben-will-Welt aufgetaucht ist. Ein Blick in mein Portemonnaie sagt, dass es noch möglich wäre. Spontan beschließe ich, dass die Uke Vorrang vor allen anderen Sachen auf meiner Liste bekommt und bestelle sie mir, denn nichts scheint mir im Moment mehr Spaß machen zu können als Ukulele spielen zu lernen. Nächste Woche kommt sie an. Ich kann es kaum erwarten. Und jetzt bin ich happy, aber pleite.

Schornstein fegen

Es soll ein paar Tage lang mildes Wetter geben und diese Gelegenheit nutzen wir dann gleich mal aus, um unsere Schornsteine zu fegen. Wir sind mitten in der Heizperiode und da wir diese Saison früh angefangen haben zu heizen, weil wir ja Strom sparen wollen, können unsere Kamine sicher ein bisschen extra Zuwendung gut gebrauchen.

Zum Glück fegt Michel inzwischen unsere Schornsteine selbst und so können wir das immer ein bisschen planen. Es darf nicht zu kalt sein, nicht regnen und ich muss unbedingt frei haben, denn Schornstein fegen zieht unweigerlich einen Hausputz hinter sich her. Oh mein Gott, ich darf gar nicht dran denken, an all diesen Feinstaub, der sich bis in die letzte Ritze durchschlängelt.

-Du stellst dich an, sagt der Mann.

-Tu ich nicht, kontere ich.

-Du hast Paranoia, sagt er.

-Ich kann den Feinstaub förmlich riechen, gebe ich zurück.

Ist ja auch egal. Ein bisschen extra saubermachen kann im Hause Schlampenacker ja grundsätzlich nicht schaden.

Also legen wir los. Der Tag ist perfekt. Kein Wind und recht mild, so dass wir auch ohne Heizung nicht gleich erfrieren und ich habe zwei Tage frei. Ich kann also nach meinem Putzekzess einen ganzen Tag lang wieder zu Kräften kommen. Michel schwingt sich in seine Schornsteinfegerklamotten und ich suche das Weite. Ich mache heute die ganz große Runde mit den Hunden. Die größte, die ich finden kann, denn bin ich beim Fegen in der Nähe, kann ich womöglich nie wieder aufhören zu putzen.

-Doch Paranoia, grinst Michel.

Ich lasse das besser unkommentiert und mache mich davon. Lange und ausgiebig gehe ich im Wald spazieren und versuche nicht an die Verwüstung zu denken, die mein Mann gerade zu Hause anrichtet. Nein, ich bin ganz im Hier und Jetzt. Atmen, ganz ruhig bleiben und an nichts anderes denken als an diesen wunderschönen Hundespaziergang. Ganz im Hier und Jetzt und wenn ich nach Hause komme, ist hoffentlich schon das Schlimmste vorbei.

Isses aber nicht. Der Aschesauger streikt. Obwohl was heißt streikt, der Gute, hahaha, überhitzt in null Komma nichts und legt dann immer wieder eine Zwangspause ein. Eigentlich hat Michel mehr Pause, als dass er Asche und Feinstaub aus den Öfen saugen kann. Ich krieg Schnappatmung, doch es nützt nichts. Ich muss aushalten und ausharren, bis er fertig ist und ich endlich das Chaos beseitigen kann.

Und dann hat der Mann meiner Träume natürlich wieder recht behalten. Es ist gar nicht so schlimm. Eigentlich überhaupt nicht schlimm. Er arbeitet ordentlich, mein Mann. Nicht zu vergleichen mit dem Schornsteinfeger. Es ist wirklich fast noch genauso sauber, oder dreckig, je nachdem wie man es sehen möchte, wie vorher.

-Siehste, du brauchst gar nicht putzen, triumphiert der Alltagsheld.

Aber weit gefehlt, natürlich muss ich putzen. Putzen steht auf der To-do-Liste, also wird es auch gemacht. Und wie gesagt, schaden kann es schon mal gleich gar nicht in unserem Haus einmal eine extra Putzschicht einzulegen.

Ich lege los und schon ein paar Stunden später erstrahlt unsere Butze in ungekanntem Glanz. Finden wir zumindest.

Spiel, Satz und Sieg für Team Schlampenacker, Tages-ziel erreicht. Die Schornsteine sind wieder sauber, die Öfen ziehen und werden uns für den Rest der Heizsaison warmhalten und das Haus ist, zumindest vorüberge-hend, wieder schön sauber. Zufrieden sinken wir mit Chips, Bier und Cola, denn Belohnung muss ja sein, aufs Sofa und genießen unseren wohlverdienten Feierabend mit YouTube und Co.

Unlösbar

Huch, was klebt denn da unter meinem Schlappen? Einer meiner Vogelaufkleber hat sich von der Tür im Flur gelöst und klebt jetzt unter meinem Schuh. Ich pappe ihn wieder an die Tür, er fällt wieder runter. Ich pappe, er fällt. Es nützt nichts, ich muss die Treppe hoch und den Kleber holen. Geht wahrscheinlich auch viel schneller, als hier jetzt stundenlang pappend an der Tür zu stehen.

Ich könnte auch mal den super Sekundenkleber von meinem Supermann nehmen, dann muss ich den Vogelaufkleber nicht so lange an der Tür festhalten.

-Aber nur einen Tropfen nehmen, ruft Michel mir noch hinterher, das Zeug ist ergiebig.

Jaja, als ob ich noch nie etwas mit Sekundenkleber geklebt hätte. Ich bin sozusagen die Sekundenkleberexpertin.

Ich erinnere mich noch gut an die Tuben von früher, wo man immer drücken und drücken musste und zum Schluss hat man mitsamt der Tube an dem zu klebenden Gegenstand festgeklebt. Aber das ist jetzt Vergangenheit. Besitzt mein Mann doch eine supersonische Sekundenkleberflasche mit zwei Knöpfen an der Seite, auf welche man drückt und dann wird einem ein feiner, sauberer Tropfen Superleim serviert. Also quasi idiotensicher.

Irgendwas geht trotzdem schief. Wahrscheinlich habe ich doch ein wenig zu vehement auf die Knöpfe gedrückt, in Erinnerung an die alten, stets verklebten Klebetuben. Auf jeden Fall wird mir ein recht großer, ein gigantischer Tropfen Sekundenleim serviert. Egal, dann klebt der Vogel auf jeden Fall richtig gut.

-Klappt's? ruft Michel.

-Jaha, lüge ich.

Denn natürlich läuft gerade ein Riesentropfen Sekundenleim über die Tür. Den versuche ich wacker mit Küchenpapier wegzuwischen und dann nimmt das Unheil seinen Lauf. Das Papier klebt erst an der Tür und dann an meinem verschmierten Finger fest und als ich versuche es abzuziehen, klebt auch mein anderer Finger am Papier fest. Ich habe mir quasi Daumen und Zeigefinger zusammengeklebt und bin gerade im Begriff, mich auch noch an der Tür festzukleben. Das kann ich dann aber buchstäblich in letzter Sekunde verhindern.

Keine Panik, sage ich mir, denn Sekundenleim ist ja wasserlöslich und mit ein bisschen warmem Wasser wird sich das Ganze schon wegwaschen lassen. Wird es nicht. Denn der Sekundenkleber hat zusammen mit dem Küchenpapier zwischen meinen Fingern eine unlösbare Verbindung geschaffen. So etwas gebraucht man auch in der Aquaristik. Man klebt Wurzeln, Steine und Aufbauten mit einer Mischung aus Sekundenkleber und Watte zusammen, damit sie eine auf immerwährende, wasserfeste Verbindung eingehen.

Nagellackentferner muss es jetzt richten. Ich kippe mir die halbe Flasche über die Finger.

Mit sehr überschaubarem Erfolg.

-Was stinkt denn da so? ruft der Mann von oben.

Wenn der jetzt man bloß nicht runterkommt.

-Haste zu viel Kleber genommen?

Mann, halt doch die Klappe!

-Nein, lüge ich nach oben, ich mache mir nur neue Fingerabdrücke.

So langsam fängt es an, weh zu tun. Google muss es richten. Es wird ein Bad in Zitronensaft empfohlen. Oh gut, das habe ich da. Ich bade meine verklebte Hand lange und ausgiebig in Zitronensaft und hoffe inständig, dass Zitronensaft und Nagellackentferner nicht aus einem mir unbekannten Grund irgendeine explosive Mischung ergeben. Obwohl Zeigefinger und Daumen noch immer fest verbunden sind, bilde ich mir ein, dass es besser geworden ist, denn so langsam, aber sicher bekomme ich Panik. Warme Seifenlauge könnte auch helfen, berichtet Google weiter.

Ok, das probiere ich jetzt auch noch mal. Ich tauche meine Klebe-Nagellackentferner-Zitronenhand in warmes Spüli und versuche ruhig zu bleiben. Und siehe da, nach einer gefühlten Ewigkeit bekomme ich meine Finger wieder auseinander. Ich bin gerettet! Allerdings kleben an beiden Fingern immer noch steinharte Reste von der Küchenrolle. Noch Stunden später lutsche und kaue ich an meinen Fingern herum, meine Fingerkuppen sind schon völlig gefühllos und ob ich mich feinmotorisch jemals wieder betätigen kann, steht noch in den Sternen.

-Ich habe es dir ja gleich gesagt, belehrt mich mein Mann und legt damit den Finger noch einmal in die Wunde.

-Die blöde Flasche ist schuld, maule ich, da kommen nur Mammuttropfen raus.

Herzlichen Glückwunsch, es sind Drillinge

Dass ich irgendwann einmal mit drei Büchern gleichzeitig beschäftigt sein würde, habe ich mir in meinen kühnsten Träumen nicht ausmalen können. Eigentlich habe ich mir in meinen kühnsten Träumen so gar nichts ausgemalt. Ich will ein Buch schreiben, viel weiter habe ich nicht gedacht.

Dann habe ich gelernt, dass Buchagenturen Lahmarsche sind und man ewig und meistens auch ganz vergeblich auf seine Absagen warten muss. Weil ich aber in der Zwischenzeit auf gar keinen Fall etwas anderes in Richtung Buchveröffentlichung unternehmen darf, damit ich es mir mit den lahmarschigen Buchagenten nicht verderbe, habe ich einfach weitergeschrieben. Und gewartet und geschrieben, gewartet und noch mehr geschrieben.

Zwei Buchbabys habe ich im vergangenen Jahr mein Eigen nennen dürfen. Das eine hat mir viel Bürokramarbeit gemacht. Korrigieren, noch mehr korrigieren, Briefe verfassen, Vita schreiben, noch mehr Briefe und die unterschiedlichsten Leseproben. Da meine neuen Agenturenfreunde gleich schon auf ihren Webseiten darauf aufmerksam machen, dass man gnadenlos aussortiert wird, wenn man sich nicht an die ganz hauseigenen Spielregeln hält, habe ich mir sehr viel Mühe mit all dem bürokratischen Kram gegeben.

Zur Belohnung nach all dieser Plackerei schreibe ich fleißig an Schlampenacker zwei. Aussortiert werde ich trotzdem. Von allen. Das wird mir nach ein paar Monaten Wartezeit klar. Jetzt habe ich aber schon Baby zwei am Start. So schade, wenn die Welt nun doch nichts von meinen geistigen Auswüchsen erfahren sollte. Also recherchiere ich weiter und ziehe immer mehr die Möglichkeit des Selfpublishings in Betracht. Dann können wenigstens alle meine Freunde und Bekannten meine Geschichten lesen und wer weiß, vielleicht findet ja der ein oder andere mein Buch im großen WWW und zum Schluss zeige ich es allen Agenturheinis und mein Buch wird von ganz alleine ein Bestseller. Selbsteinsicht ist noch nie meine Stärke gewesen.

Wieder viel Bürokram, Computerkram. Ein Buchblock muss her, alles muss neu redigiert werden und ich kriege wochenlang Coverentscheidungsstress. Sowieso bin ich in dieser Zeit immer mit einem Fuß im Grab oder zumindest in der Kardiologie.

Was hilft einem da besser, als viele lustige, kleine Geschichten zu schreiben und so wird Schlampenacker zwei ein dickes, rundes Baby. Viel zu dick, wie ich herausfinde, als ich dann endlich den Buchblock für Teil eins fertig habe. Inzwischen habe ich so viel Material angesammelt, dass ich mehr als ein Buch damit bestücken kann. Mein alter, anfänglicher Traum von der Schlampenacker-Trilogie lebt wieder auf. Wahrscheinlich habe ich darum unbewusst so viel geschrieben, denn ich will diese Trilogie.

Teil eins ist raus und nachdem alle Freunde, Bekannten und andere von mir genötigten Leute mein Buch gekauft haben, herrscht Flaute. Ein Plan muss her. Wie vermarkte ich mein Buch? Teil zwei muss sortiert und korrigiert werden und es juckt mir schon wieder in den Fingern, das große Schlampenackerfinale zu schreiben.

Herzlichen Glückwunsch! Es sind Drillinge. Ich habe keine Ahnung, wie ich Werbung für mein Buch machen soll und ob ich das überhaupt will. Ich habe keine Lust, Schlampenacker zwei zu korrigieren. Wieder stundenlang hinterm Rechner und dumpf und unkreativ schon mal versuchen, die größten Fehler auszumerzen, bevor das Buch zu meiner selbstlosen Schwester Barbara zum Feintuning geht. In meiner Kladde stapeln sich die Ideen für neue Geschichten. Im Moment sind sie ganz schön anstrengend, meine Buchkinder.

Doch irgendwann ist Teil zwei so weit, dass er auf unbestimmte Zeit zu meiner Schwester kann. Ich habe beschlossen, mir mit der Veröffentlichung viel Zeit zu lassen, damit ich nicht wirklich noch im Grab lande. Zwei YouTuber wollen eventuell Werbung für mein Buch machen und nach einem kurzen Ausflug in die mir bis dato völlig unbekannte Welt der Buchblogger beschließe ich, dass die YouTuber erst einmal reichen müssen. Ich habe nämlich gerade ein großes Agentur-Déjà-vus. Die Option geht mir ja auch nicht verloren. Ich kann später noch versuchen, mehrere meiner Bücher gleichzeitig zu bewerben.

Also habe ich endlich wieder Zeit und Ruhe, mich meinem letzten Drilling, Schlampenacker 3.0, zu widmen. Langsam, aber sicher arbeite ich mich durch die unbedingt zu schreibenden Geschichten und harre all der Dinge, die da zweifellos auch in diesem, unserem letzten gemeinsamen Jahr, noch kommen mögen.

Ukulelen

Wir spielen Ukulele. Ja genau, wir. Obwohl man bei mir nicht echt von Spielen reden kann. Vielmehr versuche ich tapfer mir nicht die Finger zu verknoten.

Auf jeden Fall ist Michel total begeistert, als er meine wunderschöne Ukulele sieht. Sie ist aber auch ein Schmuckstück. So klein und fein und mit Blättern und Blüten bemalt.

No panic, it's organic, steht da drauf. So ich! Und kann ich auch noch nicht auf ihr spielen, so liebe ich sie jetzt schon.

Zum Glück ist YouTube-Bernadette-teaches-Musik, sehr, sehr, sehr geduldig. Irgendwann wage ich mich an die allereinfachste Version von John Lennons Imagine. Das geht sogar recht gut, genau so lange, bis ich an den vermaledeiten E-Akkord komme. Hatte ich doch ganz fest die Hoffnung gehabt, dass Imagine ohne E-Akkord gespielt wird. Ich übe mir die Finger wund und bekomme manchmal, sehr selten, so etwas hin, das man mit ganz viel Fantasie als einen entfernten Verwandten eines E-Akkords identifizieren könnte.

Michels Interesse ist geweckt. Immer öfter leiht er sich meine Klampfe und klampft auf dem Sofa rum. In meinen Augen hat er als Bassist einen gigantischen Vorsprung, habe ich mich doch noch nie für ein Saiteninstrument interessiert und wusste bis vor kurzem nicht einmal, wie das überhaupt so funktioniert mit den Saiten, dem Spielen und so.

Er sagt, ein Bass wäre ganz etwas anderes, alles viel größer und sowieso und überhaupt ganz anders gestimmt. Da ist was dran, aber ihm ist zumindest das Prinzip eines Saiteninstruments nicht unbekannt. Und während ich unkontrolliert laute, leise, schiefe und schräpige Töne produziere, klingt das alles bei meinem Mann doch schon viel besser. So lange, bis auch er am E-Akkord scheitert. Das beruhigt mich ungemein, dann besteht also noch Hoffnung für mich und die Uke.

Michel hat spätestens jetzt auch das Ukulelenfieber gepackt und in unseren YouTube Algorithmus schleichen sich immer mehr Ukulelenvideos. Daniel Schusterbauer ist Michels neuer Ukulenenguru. Doch der Mann meiner Träume braucht etwas Größeres, was Männlicheres als meine Blätterukulele. Und spätestens als sich auch immer mehr Ukulenenkaufvideos bei uns einschleichen, rieche ich Unrat.

Tagelang wird gejammert und gestöhnt über die Entscheidung, ob es denn nun eine Konzert- oder Tenorukulele werden soll. Ich komme gar nicht mehr an Bernadette ran, der Mann blockiert mit seiner Entscheidungsfindung mal wieder unseren ganzen Alltag.

Dann ist es vollbracht. Eine Tenoruke muss es sein. Wieder tagelanges Jammern und Stöhnen, denn jetzt muss man sich für den allerbesten Kandidaten entscheiden und als auch dieses Wunder vollbracht ist, kann ich mich endlich wieder Bernadette und meiner ganz eigenen Version von Imagine widmen.

Für Michel beginnt nun das lange Warten. In dieser so unglaublich langen und aufreibenden Wartezeit, warten ist halt nicht seine Stärke, lernen wir gleich noch einiges an Theorie und Praxis von unserem Daniel Schusterbauer. Obwohl mir ehrlich gesagt, in Folge sieben schon angst und bange wird. All diese wahnsinnig avancierten Sachen werde ich niemals auf meinem Instrument spielen können und dann sind wir erst bei Folge sieben im Anfängerkurs. Für mich sind das alles böhmische Dörfer. Ich habe schon mit dem gleichmäßigen Strumming die größten Probleme. Wie soll ich da jemals rhythmisches Schlagen auf den Ukulelenhals einbauen? Rhythmus ist sowieso nicht meine stärkste Seite.

Da liegt der Bassist ganz weit vorne, wie sich zeigt, als auch die Tenorukulele endlich ankommt und wir zusammen üben. Dass er allerdings Imagine rhythmisch einfach irgendwie spielt, weil ihm das so besser gefällt, finde ich richtig doof. Imagine ist Imagine und soll auch wie Imagine gespielt werden und nicht einfach in irgendeiner Hans-Doodle-Version, weil ihm das so besser gefällt. Er ist da völlig schmerzfrei, total egal ob man das Lied noch erkennt oder nicht. Hauptsache, die Akkorde stimmen ist seine These.

Ich weise ihn freundlich, aber bestimmt darauf hin, dass auch sein E-Akkord noch sehr zu wünschen übriglässt.

Ein wirklich ernstes Wort rede ich mit meinem Supermann, als ich ihn dabei erwische, wie er im 3,2,1 meins Aktionshaus auf eine Ukulele bietet.

Wäre aber so billig und außerdem ein Konzertmodell, das hätte er noch nicht. Nee, wird er auch nicht bekommen, nicht dass wir hier nachher auch noch Ukulelen im zweistelligen Bereich haben. Jemand anderes darf sich ein paar Tage später über eine schöne Konzertukulele freuen und der Michel muss erst weiter Imagine mit E-Akkord üben.

Nöjet

Meine Arbeitskollegin Malin hat eine neue Arbeit bekommen und wird uns verlassen. Darum wollen wir alle zusammen noch einmal ausgehen und ihren Abschied gebührend feiern. Ich finde das eher schaurig schön, brodelt doch in unserer Arbeitsgruppe immer noch unterschwellig unser Mobbingissue. So richtig gut läuft es nicht und ich bin mir nicht ganz sicher, ob ich einen Abend lang gute Miene zu bösem Spiel machen kann.

Außerdem hat Michel am geplanten Ausgehtag das große Finale seiner Revue mit anschließendem rauschendem Fest und braucht unser Auto. Ich nehme das als willkommenen Anlass, mich aus der Gruppe auszuklinken.

-Ich kann nicht, sag ich.

-Leider, lüge ich noch hinterher.

Mehrere Kolleginnen scheinen das Gleiche zu denken wie ich und die Gruppe wird immer kleiner. Das ruft wiederum bei mir das schlechte Gewissen auf den Plan. Malin kann schließlich nichts dafür, dass wir uns irgendwie immer noch in den Haaren liegen. Also sage ich meinem Traummann, dass ich mich dazu bereit erkläre ihn mitten in der Nacht, wann immer er will, abzuholen, wenn ich im Gegenzug das Auto haben kann.

Ich bin mit an Bord und auch eine andere Kollegin überlegt es sich noch wieder anders. Eher zu meinem Leidwesen, aber was soll's, jetzt habe ich A gesagt und muss auch B sagen. Wir gehen Tapas essen. Das ist richtig cool und sündhaft teuer. Ich esse lieber zu Hause schon mal ein bisschen vor, damit wir nicht den Rest der Woche nur noch Geld für Wasser und Brot haben. Tapas essen hätte ich lieber mit meinem Lieblingsmenschen gemacht, aber ach. Jetzt ist es so wie es ist und ich versuche das

Beste daraus zu machen und bestelle mir einen mega teuren, mega leckeren alkoholfreien Drink. Wenn schon, denn schon. Meine Kolleginnen picheln ordentlich. Drinks, Wein, noch mehr Drinks. Die müssen nachher sicher astronomisch hohe Rechnungen bezahlen. Und immer alberner werden sie und immer lauter.

Nach dem Essen geht es nach Nöjet. Ah ok. Noch nicht nach Hause?

-Auf gar keinen Fall, kreischen meine Kolleginnen.

Ich verpasse den Absprung und noch ehe ich mich versehe, lande ich in einer kombinierten Disco, Spielhalle, Bowlingbahn. Oh, Bowling ist cool, aber nein. Wir spielen Shuffleboard. So eine Art Curling auf einem Tisch mit ohne Eis, dafür aber mit Sand. Mehr Drinks, mehr Gekreische und niemand ist mehr in der Lage, mir die Regeln richtig zu erklären. Also spielen wir einfach irgendwie, wild durcheinander. Meine Kolleginnen merken es nicht mehr und mir ist sowieso gerade alles egal. Wo bin ich hier nur gelandet und wie konnte das schon wieder passieren?

-Im Shufflelen bin i pitze, wenn isch nüchtern bin, lallt meine Kollegin mich an.

Nach dem Shufflen setzen wir uns direkt an der Tanzfläche an einen Tisch. Die Musik ist jetzt viel zu laut zum Reden und viel zu seltsam zum Tanzen und so stehen und stolpern dann auch nur ein paar total betrunkene Mitfünfziger auf der Tanzfläche herum und bieten uns anderen gerade die peinlichste Performance ihres Lebens.

Meine Kollegin fängt an mir alkoholfreies Bier zu spendieren. Das will ich eigentlich nicht. Wahrscheinlich denkt die, dass ich kein Geld habe, aber ich habe einfach keinen Durst mehr. Jetzt kann ich mich auch nicht mehr einfach so verdrücken. Ich muss den richtigen Moment abwarten. Nach diesem Bier und vor dem nächsten Bier, aber auch nicht zu schnell nach dem Bier, damit ich nicht zu unhöflich wirke. Mensch, das hier wird richtig anstrengend. Hauptsache, ich warte nicht so lange, bis ich auch noch eine Runde bestellen muss, denn das würde bei den Preisen wahrscheinlich wirklich mein Budget sprengen.

Überall laufen junge Frauen herum, die fast nur Unterwäsche anhaben. Die meisten sind betrunken. Der Schuppen ist rammelvoll. Alt, jung, Hauptsache betrunken.

-Die meisten haben zu Hause schon vorgetankt, sagt meine Kollegin, denn Alkohol ist ja so sündhaft teuer hier in Schweden.

Also betrinkt man sich schon zu Hause und zieht dann erst los. Ich fühle mich in meinem braunen Strickpullover sowas von deplatziert. Es ist einfach zu lange her, dass ich ausgegangen bin. Um halb eins schaffe ich dann doch endlich den Absprung.

Ich kann mein Auto auf dem Parkplatz nicht mehr wiederfinden. Dort, wo ich es geparkt habe, ist nur noch ein Riesenhaufen Vogelkacke. Ich habe bei Ankunft auf dem Parkplatz schon gesehen, dass scheinbar alle städtischen Dohlen in dem Baum neben, wohlgemerkt, neben meinem Auto schlafen. Trotzdem haben die Vögel es geschafft, das ganze Auto vollzuscheißen. Über und über ziert den Duster die Vogelkacke. Das darf doch nicht wahr sein! Jetzt muss ich mitten in der Nacht bei Minusgraden auch noch das Auto waschen.

Zu Hause begrüßen mich die besten Hunde der Welt. Es ist sternenklar und diese Stille. Herrlich. Nachdem das Auto einigermaßen sauber ist, sinke ich in mein Bett, kann aber lange nicht einschlafen. Bin ich wirklich so alt und langweilig geworden? Mir hat das Nöjet-Dingens einfach so gar keinen Spaß gemacht. Ich mache eben lieber andere Sachen. Gerade bin ich eingeschlafen, da möchte auch Michel von seiner Feier abgeholt werden. Es würde ihm jetzt reichen, eigentlich schon länger, aber er hätte irgendwie den Absprung zum richtigen Zeitpunkt nicht hinbekommen. Willkommen im Club.

Schwedischer Schmuddelwinter

Wir haben Schmuddelwinter. Erst ist es lange viel zu warm, dann auf einmal viel zu kalt. Dann schneit es und einmal angefangen, hört es erstmal nicht mehr auf. Es schneit und schneit und schneit. Jippie, der Winter ist da!

Aber weit gefehlt, denn schon nach ein paar Tagen fängt es an zu tauen und die ganze weiße Pracht verschwindet. Als es dann wieder friert, nur ein paar klitzekleine Minusgrade, mit viel Wind, damit es sich auch ordentlich kalt anfühlt im Haus und draußen, verwandelt sich die Welt in eine einzige Eisbahn. Das Positive daran ist, dass es endlich wieder viel Wasser gibt. Es ist einfach überall und nach ein paar Tagen bekommen wir Plusgrade und noch mehr Tauwasser. Nachbars Teich füllt sich nach vielen Monaten endlich wieder mit Wasser und auch unser Brunnen ist wieder voll. Das ist gut, richtig gut.

Im Wald haben sich alle Wassergräben gefüllt und es sprudelt und rauscht überall. Es ist lange her, dass ich so viel Wasser gesehen habe. Ich finde das sehr befriedigend und beruhigend, aber andere Menschen haben wesentlich mehr Pech mit all den Wassermassen. Ich lese was von Hochwasser und Überschwemmungen, aber erst als ich zufällig auf meiner Arbeit im schwedischen Fernsehen sehe, wie schlimm das Hochwasser wirklich ist, wird mir klar, hier sind gerade abnormale Wassermassen unterwegs. Ganze Straßen stehen unter Wasser, Häuser sind unbewohnbar geworden, Bächlein haben sich in tosende Wasserströme verwandelt. Nicht hier bei uns, zum Glück.

Und dann bleibt es lange, sehr lange Schmuddelwetter. Grau, Regen, etwas Frost, damit es glatt und gefährlich wird, dann wieder Regen und grau. Die ganze Zeit über ist es furchtbar windig. Es wäre ja auch zu schön gewesen, hätte man in einem recht milden Winter Holz sparen können. Denn das hat sich der Holzknauserer in mir hier so gedacht. Wenn schon kein richtiger Winter, dann wenigstens so viel Holz wie möglich in die nächste Saison retten. Aber weit gefehlt. Der Wind zischt aus Nordost, es ist eiskalt und zieht ganz furchtbar im Haus. Fußkalt, wie Mama immer sagt. Obwohl es bei uns eher ganzkörperkalt ist. Der Vorratsraum gleicht einem Gefrierfach und in meinem Mal-, Puzzle-, Schreibzimmer zischt der Wind so unglaublich durch die Fußleisten, dass man meinen könnte, man sitze auf dem Gipfel des Mount Everest.

Ich verwachse mit meiner Wärmflasche und habe immer mindestens drei Lagen Pullis und Jacken an. Ich rede mir ein, dass ich mich schon an die Temperatur im Haus gewöhne, meistens friere ich jedoch ganz erbärmlich. Der Mann des Hauses poltert, ich solle mich jetzt endlich mal dazu durchringen, auch den Wohnzimmerofen, Keddy-Superkompliziert, anzuheizen. Mein Holzgeiz wäre ja schon fast krankhaft. Ich weiß, dass der Mann heimlich heizt, denn immer, wenn ich arbeiten bin, schwindet mein heiß gehüteter Holzvorrat schneller als ich blinzeln kann. Am liebsten würde ich Michel Holzschuppenverbot geben.

Er fragt mal kurz nach, was denn passieren würde, wenn wir viel Holz verbrauchen würden, und erinnert mich wieder einmal daran, dass beides nicht geht. Holz und Strom sparen. Also, was so genau passiert, kann ich auch nicht sagen. Ich weiß ja, dass wir immer genug Holz haben, der ganze Schuppen liegt voll, trotzdem kann ich nicht aufhören Reihen zu zählen und zu versuchen auszurechnen, wie lange wir noch mit diesem oder jenem

Stapel auskommen. Zähneknirschend sehe ich also zu, wie mein geliebter Holzvorrat schneller schwindet als mir lieb ist und ich wünsche mir, dass wir doch dann wenigstens einen echten Winter haben können. Mit Schnee, blauem Himmel und Kälte.

Mein Wunsch wird erhört. Es wird kälter, der eisige Wind bleibt und es fängt wieder an zu schneien. Im Haus bleibt es kalt, mein Holz verschwindet in rasendem Tempo, aber die Sonne lässt sich jetzt immer öfter blicken. Wunderbar!

Und mit der Sonne können wir auch wieder das ein oder andere Watt Solarstrom gewinnen. Sehr befriedigend! Jetzt kann ich immer mal meine Wäsche auf Solarstrom waschen und wenn wir dann schon kein Holz sparen können, dann doch vielleicht wenigstens ein bisschen Strom. Denn sparen, den Gürtel ein wenig enger schnallen, das müssen wir sowieso und unbedingt.

-Wieso? fragt Michel.

Ich weiß es eigentlich nicht, aber irgendwie ist in mir der Sparfuchs erwacht. Ich will einfach irgendetwas sparen, weil uns halt die ganze Zeit gesagt wird, dass wir sparen müssen und wenn dann die wirklich schlechten Zeiten kommen, bin ich schon an das Sparen gewöhnt.

Dem Mann ringt so viel Unlogik nur ein ungläubiges Kopfschütteln ab.

Wir sind Maximalisten

Wir haben uns ein Bild bei Daniel gekauft. Daniel Douglas, Maler, YouTuber und Neuschwede. Wir haben uns sozusagen online kennengelernt. Daniel macht wahnsinnig tolle Kunst und natürlich mussten wir unbedingt eines seiner Werke haben. Also kein Original, denn die liegen weit, sehr weit, unerreichbar weit über unserem Budget. Aber für Leute wie uns hat der liebe Daniel Poster von seinen Werken angefertigt und so kann dann doch noch ein echter signierter Douglas bei uns einziehen und das ganz ohne das wir uns für den Rest unseres Lebens verschulden müssen.

Zum Glück ist das Original vom Objekt der Begierde auch schon lange verkauft, so dass jedwede Versuchung, ein Original zu kaufen, sofort im Keim erstickt wird. Daniel will Amanita Muscaria persönlich bei uns vorbeibringen. Dann können wir gleich noch einmal zusammen Kaffeetrinken, bevor er zwei Monate lang zu Percy und Iris nach Taiwan verschwindet. Wir sind völlig begeistert, aber es ist wie es ist, wir haben keinen Platz mehr. Also, Platz und Platz, aber so ein schönes Bild braucht natürlich auch einen würdigen Platz an der Wand. Ein anderes Bild muss weichen. Das ist uns noch nie passiert und schweren Herzens entscheiden wir uns dazu ein Aquarell abzuhängen. Jetzt hängt Amanita unter meinem alten Janoschposter. Mein geliebtes Janoschposter mit einem Ausschnitt aus der Geschichte, Oh wie schön ist Panama. Ich finde, die beiden Bilder passen super zusammen und wer weiß, vielleicht finden wir ja doch noch einen Platz für unser Aquarell. Denn die Hoffnung stirbt ja bekanntlich immer zuletzt.

-Ihr habt schon viele Sachen, sagt der Daniel.

-Oh ja, erwidere ich, wir sind Maximalisten.

Das habe ich gerade so aus dem Stehgreif erfunden, Maximalisten, wow, das gefällt mir richtig gut. Endlich habe ich eine Bezeichnung für mich und meinen Einrichtungsstil.

Lange habe auch ich versucht mich dem Trend des Minimalismus anzupassen, denn wenig Besitz macht frei und glücklich, hat man mir erklärt. Wer weniger besitzt, fühlt sich besser. Lange hat man überall gehört, dass zu viele Sachen Unruhe schaffen. Ich hab's wirklich versucht, mir viel Mühe gegeben und bin kläglich gescheitert. Ich liebe Dinge. Ich liebe mein vollgestopftes Haus. Meine Bude, mein Refugium. Mich erfüllen alle meine Sachen mit Freude. Ich fühle mich sicher und geborgen zwischen ihnen. Ich fühle mich ich.

Lange habe ich ein schlechtes Gewissen gehabt, wenn ich im Loppis wieder etwas gekauft habe. Etwas, das ich gar nicht brauche und für das ich eigentlich auch gar keinen Platz mehr habe. Immer voller ist es geworden. Wände, Schränke, Regale, alles ist kunterbunt vollgestopft. Wenn ich einmal das schlechte Gewissen, dass ich so ein schlechter Minimalist bin außer acht gelassen habe, dann habe ich mich eigentlich immer sehr glücklich mit all meinem Plunder gefühlt. Ich bin ein Mensch mit vielen Facetten und brauche scheinbar viele Sachen, Hobbies, Tiere, an denen ich mich spiegeln kann. Warum will man mir einreden, dass das nicht gut ist? Dass ich nur gut und richtig bin, wenn ich weniger habe. Ich finde nicht, dass weniger mehr ist. Ich finde mehr ist mehr und ich will mehr.

Mich stört auch das Putzen nicht, denn da bin ich dann Minimalist. Ich habe so meine tägliche, kleine Runde und putze immer mal hier und da noch ein bisschen. Und manchmal habe ich dann Hausputz. Großputz und so Sachen wie Frühjahrsputz oder den hier so geliebt gehassten Vorweihnachtsputz, habe ich ersatzlos aus allen meinen To-Do-Listen gestrichen. Das habe ich für mich abgeschafft. Als ich noch ein minimalistisches Haus haben wollte, sollte es auch klinisch rein sein. Ein fast unmögliches Unterfangen bei vier Hunden und drei Katzen.

In einem vollgestopften Haus, passt klinisch sauber sowieso und überhaupt schon einmal gleich gar nicht ins Konzept. Das ist so ungesellig und zerstört die kreative Unordnung. Ok sauber muss reichen und damit hat sich das böse Man-muss-bei-vielen-Sachen-viel-putzen-Gerücht auch schon in Luft aufgelöst. Poff!

Nein, ich bin kein Minimalist, ich habe viele, sehr viele Sachen, liebe sie alle und stehe auch dazu. Meine Persönlichkeit braucht scheinbar viel Krempel, um sich entfalten zu können. Ich bin eine glückliche und zufriedene Maximalistin.

Neue Wege gehen

Ich bin unglücklich. Seit dem Sommer fällt es mir immer schwerer, zu meiner Arbeit zu gehen. Eine Arbeit, die ich eigentlich liebe und nie, nie, niemals hätte ich mir vorstellen können, einmal an den Punkt zu kommen, dort nicht mehr arbeiten zu wollen.

Es ist nicht die Arbeit selbst. Ich liebe die Pflege, kümmere mich gerne um meine kranken Patienten, aber die Umstände machen es mir fast unmöglich so arbeiten zu können, wie ich es für gut und richtig halte.

Langsam hat sich bei mir das Gefühl eingeschlichen, dass ich nicht mehr genüge, mich eigentlich klonen müsste, dass ich meinen Patienten nicht mehr das geben kann, was sie brauchen. Wie sie mir helfen könne, fragt mich meine Chefin.

-Mehr Zeit, wir brauchen mehr Zeit. Für uns, unsere Patienten, für alle Aufgaben, die wir erledigen müssen.

Sie wären dabei das Problem zu lösen, ist die Antwort. Und das stimmt auch. Wir haben eine extra Küchenkraft bekommen, aber gleichzeitig wird schon wieder ein neues Krankenzimmer vorbereitet. Wir bekommen extra Ressourcen, wenn wir ganz viel zu tun haben. Die müssen wir allerdings mit den anderen Abteilungen teilen. Wir bekommen eventuell eine neue Arbeitskraft am Wochenende oder wir müssen in Zukunft die Wochenenden mit zwei geteilten Diensten arbeiten.

All die Wenn und Aber, all diese Oder, falschen Hoffnungen, Versprechungen, die sich in der Theorie anders anhören, als sie sich später in der Praxis anfühlen, all dieses Warten auf bessere Zeiten, während unsere Patienten unter unserem Zeitmangel leiden, hat mich mürbe gemacht.

Die Menschen, die zu uns kommen, sind so schwer krank, die haben eigentlich bessere Hilfe verdient. Früher haben wir auch eine Krankenschwester am Abend und am Wochenende gehabt und vielleicht, vielleicht, ganz vielleicht bekommen wir die auch wieder, irgendwann.

Ich glaube, ich kann darauf nicht mehr warten und hoffen. Mir geht es schlecht, ich fühle mich unsicher, ausgenutzt und hingehalten. Dass unsere Arbeitsgruppe sich immer noch nicht von dem Mobbingproblem erholt hat, macht die Sache auch nicht besser. Auch dass die gemobbte Kollegin kündigt nicht. Sie fehlt mir und als sie mir dann immer öfter erzählt, wie schön es auf ihrer neuen Arbeit ist, wie nett ihre neuen Kolleginnen sind und dass sie dort viel mehr Zeit für ihre Menschen haben, lässt das in mir den Wunsch aufkeimen, auch woanders arbeiten zu wollen.

Das erschreckt mich sehr. Ist die palliative Pflege doch immer mein größter Wunsch gewesen und fast zehn Jahre lang bin ich mit so viel Freude und Elan zur Arbeit gegangen. Davon ist jetzt allerdings nicht mehr viel übrig. Ich verstecke mich im Büro, fühle mich gestresst, kann keine Begeisterung für meine Arbeit aufbringen, ganz davon zu schweigen mich für eine bessere Zukunft zu engagieren. Ich habe einfach keine Lust mehr mitzumachen.

Eine tiefe Trauer ergreift von mir Besitz. Ich trauere um meine Arbeitsfreude und um mein verlorenes Gefühl eine gute Pflegekraft zu sein, bekomme Bauchschmerzen und immer wieder Kopfschmerzen. Zu guter Letzt kann mich kaum noch dazu bewegen, zur Arbeit zu gehen. Ich bin nervös und habe immer das Gefühl, dass die nächste Katastrophe schon auf uns lauert. Ich gehe mit mir ins Gericht und komme zu dem Entschluss, dass ich mir über kurz oder lang eine andere Arbeit suchen muss, wenn ich gesund bleiben will. Also fange ich an, Bewerbungen zu schreiben.

Von dem Moment an geht es mir besser und ich kann mich wieder in die Arbeitsgruppe einbringen, habe mehr Elan und versuche alle meine Aufgaben gewissenhaft zu erledigen. Der Gedanke, dass es so nicht mehr endlos weitergeht, gibt mir Ruhe und Kraft. Fast denke ich, dass ich gar nicht mehr wechseln muss. Doch dann kommen die ersten Absagen und ich bin enttäuscht. Das bestärkt mich nur noch mehr und ich werde beinahe besessen davon Jobangebote durchzustöbern und Bewerbungen zu schreiben.

Ich möchte immer noch in der Pflege arbeiten und lege mich mächtig ins Zeug mit meinen Bewerbungen. Ich bin viel zu schade, um so verheizt zu werden und könnte mir inzwischen vorstellen, beinahe überall in der Pflege zu arbeiten. Dennoch bekomme ich erst nur Absagen und das tut meinem ohnehin schon angeknacksten Selbstbewusstsein überhaupt nicht gut. Warum möchte mich denn niemand zu einem Bewerbungsgespräch einladen? Immer wird über den großen Pflegefachkraftmangel gesprochen und hier bin ich, Leute, eine 1a Pflegekraft, mit viel Erfahrung in der Königsdisziplin und niemand will mich auch nur treffen und mit mir reden? Was ist denn hier los?

Um meinem Selbstbewusstsein nicht noch mehr zu schaden, beschließe ich eine Bewerbungspause einzulegen. Vielleicht geht's ja jetzt doch wieder besser auf der Arbeit. Jedoch geht es weder besser noch kann ich den Jobangeboten widerstehen und dann, als ich schon fast nicht mehr daran geglaubt habe, bekomme ich mein erstes und bis jetzt einziges Bewerbungsgespräch.

Bewerbungstalk

Ich bin nervös, mega nervös, so nervös, dass ich am liebsten gar nicht mehr zu meinem Bewerbungsgespräch gehen will. Ich bleibe am besten einfach zu Hause, dann kann auch nichts schiefgehen. Dieser Wunsch steigert sich ins Unermessliche, als mir schmerzlich bewusst wird, dass ich mir am Abend zuvor so richtig die Kante mit Michels selbstgemachter Knofibutter gegeben habe. Frei nach dem Motto, wird schon nicht so schlimm sein. Wird es aber doch, denn auch wenn ich mich selbst nicht riechen kann, sagt mir der Geschmack in meinem Mund, dass ich meilenweit gegen den Wind nach Knoblauch stinke und jeden Vampir im Umkreis von 60 Kilometern verjagt habe. Will ich beim Jobgespräch nicht gleich wegen Mundgeruch aussortiert werden, dann sollte ich mir schleunigst etwas einfallen lassen. Google muss es richten.

Kaffeesatz, lese ich. Kaffeesatz? Wie jetzt? Was jetzt? Soll ich jetzt etwa Kaffeesatz essen? Ich bin entsetzt, aber zu allem bereit. Dann lese ich, dass der Kaffeesatz eher für knoblauchstinkende Hände gedacht ist. Hallelujah! Für den stinkenden Mund werden Zitronenscheiben, check, habe ich da, Petersilie, jau inner Friese und Ingwer, auch da, angeraten.

Beim Ingwer solle man allerdings vorsichtig sein, wegen der Schärfe. Ah wat, ich liebe Ingwer, ich liebe scharf, was kann da schon schiefgehen? Ich entscheide mich für den Ingwer, denn so ein bisschen Ingwer am Morgen vertreibt sicher Kummer und Sorgen. Ich schneide mir ein Scheibchen ab, stecke es mir in den Mund und fange an zu kauen. Und Feuer zu spucken. Wie kann das bisschen Ingwer denn so scharf sein? Mir zerfetzt es die

Geschmacksnerven, Tränen laufen mir über die Wangen, aber aufgeben ist keine Option. Ich kaue noch ein wenig weiter und schlucke den brennenden Brei runter, wo er dann in meinem Magen eine wilde Party feiert. Mein Mund ist taub. Das ist sicher ein gutes Zeichen, der Ingwer hat den Knofi in meinem Körper ermordet. Auch aus meinen Poren wird jetzt kein Knoblauchdüftchen mehr kommen und wer will denn nicht nach würzig aromatischem Ingwer duften. Nach Fernost und orientalisch. Da ich jetzt nichts mehr schmecke, hat sich auch die Frage nach dem Mittagesser fast schon in Luft aufgelöst und warum ich mich dann ausgerechnet für gewürzte Ofenkartoffeln entscheide, wird wohl für immer ein Rätsel bleiben.

Zuerst verwechsle ich das Paprikapulver mit dem Kreuzkümmel. Ich bin sowieso kein Fan von Kreuzkümmel, schon gar nicht von zu viel Kreuzkümmel und überhaupt und sowieso hat Kreuzkümmel nichts, aber rein gar nichts auf Ofenkartoffeln zu suchen. Dann passiert mir auch schon der nächste Schnitzer mit den Kartoffeln, denn ich würze meine würzigen Ofenkartoffeln immer mit reichlich Curry und jetzt sehen meine Hände aus, als ob ich Kettenraucher bin.

Ich krieg die Krise! Google rät die Hände mit einer Mischung aus Zucker und Olivenöl zu peelen und dann das Ganze unter warmem Wasser gründlich abzuwaschen und eventuell noch mit Zitrone nachzuspülen. Ich peele und spüle, aber auch nach einer halben Flasche Zitronensaft sehen zumindest meine Fingernägel noch sehr gelb aus. Ich werde einfach meine Hände die ganze Zeit unterm Tisch verstecken müssen.

Dass der Knoblauchgeschmack in meinem Mund wieder da ist, versetzt mich in Panik. Noch mehr Ingwer verträgt mein Körper nicht, also esse ich die halbe Packung gefrorene Petersilie, nur um dann sehr lange zwischen meinen Zähnen mikroskopisch kleine Petersiliefitzelchen rauszupulen.

Dabei schaue ich mir mein Spiegelbild etwas genauer an und stelle fest, dass ich mir die Haare hätte waschen sollen. Haarwaschexperimente hin oder her. Es gibt einfach Grenzen, die sollten nicht überschritten werden. Wie steh ich denn jetzt bei meinem Bewerbungsgespräch da? Mit fettigen Haaren, gelben Fingernägeln und ja, der Knoblauchgeschmack in meinem Mund ist auch nach der halben Packung Petersilie immer noch da. In meiner Panik esse ich jetzt auch noch zwei Zitronen. Danach brauche ich kein Mittagessen mehr.

Ingwer, Zitrone und Aufregung haben dafür gesorgt, dass meine Därme kapitulieren und sich jetzt ganz unaussprechliche Dinge auf unserer Toilette abspielen. Ich bin fix und fertig. Dieses Bewerbungsgespräch steht einfach unter einem ganz schlechten Stern. Ich gehe da besser wirklich nicht hin. Obwohl, schlimmer kann es ja jetzt eigentlich nicht mehr werden, oder?

Ich gehe dann doch. Das Gespräch ist super. Ich vergesse meine gelben Nägel, fettigen Haare und meinen Mundgeruch. Der Job scheint mir unglaublich interessant zu sein. Etwas ganz anderes, als ich bis jetzt gemacht habe. Mit Behinderten arbeiten und trainieren. Ganzer Fokus auf die Person.

Kein duschen, putzen, Wäsche bestellen und Hin- und Hergerenne mehr. Keine langen Wochenend- und Abenddienste. Geregelte Arbeitszeiten, viermal die Woche 8-16 Uhr. Ich bin begeistert und will am liebsten sofort anfangen. Weg von meinem Job, der mir in der letzten Zeit so oft die Luft zum Atmen nimmt, mich manches

Mal in Angst und Schrecken versetzt und mir neuerdings schlaflose Nächte und Herzrasen beschert. 70 Bewerbungen hat es auf zwei Stellen gegeben und sieben Leute hat man zum Gespräch eingeladen. Ich rechne mir gute Chancen aus und bin dann auch sehr beflügelt in den nächsten Tagen. Mir macht sogar meine Arbeit wieder Spaß, ich rege mich nicht mehr über das System auf, das System, dem ich bald schon vielleicht den Rücken kehren kann.

Die ersten Tage warte ich noch gespannt auf Antwort, dann flacht mein Interesse ab und ich ertappe mich dabei, wie erste Zweifel aufkommen. Ah wat, das ist bestimmt nur ein Schutzmechanismus, einfach ignorieren. Ich gehe weiterhin gerne zur Arbeit, verstecke mich nicht mehr im Büro, nehme meine vernachlässigten Aufgaben wieder wahr und schlafe wieder gut, denn bald bin ich ja hier weg.

Weg im Tagesdienst. Jeden Morgen früh aufstehen, jeden Tag um vier zu Hause. Alle Freizeit kompakt gedrückt ins Wochenende. So, wie ich es immer nicht haben wollte. Ich müsste auch wieder mehr arbeiten, würde aber nicht mehr verdienen. Egal. Hauptsache, die Arbeit macht Spaß. Doch ich weiß ja gar nicht, ob mir die neue Arbeit Spaß machen würde.

Eine laute innere Stimme ruft mir zu, dass ich das auch nie wissen werde, wenn ich es nicht probiere! Genau! Probieren geht über studieren. Ich höre auf meine innere Stimme. Ich will den Wechsel, den Tagesdienst, das Regelmaß, jeden Tag Mikrowellenessen, nicht mehr zu Hause zusammen kochen, nicht mehr morgens mit Papa Hundelaufen, mitten in der Woche paddeln oder wandern gehen, nicht mehr ausschlafen können. Ich will das alles! Nicht!

Meine innere Stimme wird immer leiser und verstummt dann ganz. Ich heule mich bei meiner Kollegin aus, stelle mir ernsthaft die Frage, was denn bei mir nicht stimmen könnte. Erst will ich monatelang nichts lieber als eine neue Arbeit und dann, als sie endlich in Reichweite ist, auch noch eine tolle, abwechslungsreiche, neue, spannende, bekomme ich immer mehr Zweifel? Ich ertappe mich immer wieder dabei zu denken, wie schön es doch wäre, wenn ich die Stelle nicht bekommen würde. Dann müsste ich mich wenigsten nicht entscheiden.

Und während ich am Arbeitswochenende so richtig Gas gebe, Patienten versorge, tröste und die allgegenwärtigen Probleme löse, fühle ich mich wie ein Fisch im Wasser. Sehnsüchtig warte ich jetzt noch auf meine Absage. Ich wäre der glücklichste Mensch auf Erden.

So hold sind mir die Götter aber dann doch nicht gesinnt. Nach drei Wochen ruft die nette Chefin mich mit der Zusage für den Job an. Ich bekomme Schnappatmung! Was soll ich denn jetzt machen?! Ich muss jetzt was sagen, sofort, irgendwas, nur was? Ich sag einfach, wie es ist, berichte von meinen Zweifeln und dann ist sie vorbei, die Chance auf eine neue Stelle und ich bleibe mit gemischten Gefühlen zurück.

Ich fühle alles gleichzeitig. Trauer, Erleichterung, Nervosität. Doch vor allem schäme ich mich. Für meine Unsicherheit und dafür, dass ich die netten Menschen, die mir eine Stelle anbieten wollen, enttäuscht habe, dass ich ihre Zeit in Anspruch genommen und dann gekniffen habe. Vielleicht hätte ich es doch wenigstens versuchen sollen? Tagesschicht hin oder her, weniger Geld hin oder her. Sich mal frischen Wind um die Nase wehen lassen. Natürlich bekomme ich postwendend einen gigantischen Anfall von Selbstmitleid.

Der Klopfer

Wir haben ein neues Vogelhaus. Ein kleines, durchsichtiges Plexiglashaus, das wir mit Saugnäpfen an unsere Küchenscheibe gepappscht haben. Man kann die Vögel dann wunderbar und ganz aus der Nähe beim Futterholen beobachten. Natürlich habe ich das wieder in einem meiner YouTube-Videos gesehen und musste das unbedingt haben. Mein armer Mann hat Stadt und Land nach diesem Häuschen abgesucht, letztendlich einen lächerlich hohen Preis für das bisschen Plastik bezahlt und jetzt hängt es dort, verlassen und still, an unserem Fenster. Alle Vögel von nah und fern tummeln sich am Vogelhaus im Garten.

-Die finden das niemals, sagt der Mann, wieso sollten die auch jemals Richtung Küchenscheibe fliegen, um dort nach Futter zu suchen?

Warum sie das tun sollten, kann ich meinem Mann jetzt auch nicht erklären. Ich finde allerdings, dass sie das absolut tun sollten, und zwar schnell. Tun sie aber nicht. Ganze zwei Tage lang hängt der Plexiglaskasten einsam und verlassen an unserem Küchenfenster und als wir die Hoffnung schon fast aufgeben wollen, ja, da kommt auf einmal eine kleine Blaumeise vorbei und schnappt sich einen Sonnenblumenkern. Ich erschrecke mich, sie auch. Dann bleibt es erstmal wieder still.

Irgendwann kommt Vogel Nummer zwei, oder eins ist Wiederholungstäter. Ich bin entzückt. Immer mehr Meisen kommen und holen sich Sonnenblumenkerne, erschrecken sich aber jedes Mal, sobald sie eine Bewegung hinter dem Fenster wahrnehmen.

Vielleicht ist das Häuschen mehr Stress als Hilfe für unsere Vögel und einfach wieder nur so ein YouTube-Hipp-

Hype-Gadget. Fabrikneuer Sperrmüll, würde Papa sagen.

Doch dann bricht am Glashaus die Hölle los. Scheinbar hat es sich unter den Meisen rumgesprochen, dass Team Slättåkra eine neue Bude aufgehängt hat. Sonnenblumenkerne bis zum Abwinken. Es herrscht ein stetes Kommen und Gehen, eh Fliegen. Die Vögel stehen sogar Schlange im Rosenbusch. Das mit dem Erschrecken ist auch ziemlich schnell vorbei und ich bin mal wieder total begeistert, kann ich doch jetzt den ganzen Tag lang Vögel beim Futterholen beobachten. Und Vögel, die mich mit traurigem Gesichtchen angucken, wenn der Kasten leer ist. Ich fülle und fülle und fülle.

Dann klopft es am Fenster. Ich gucke raus und im Kasten sitzt eine Meise. Hat die jetzt ernsthaft angeklopft, weil das Futterhaus leer ist? Nein, hat sie natürlich nicht. Da ist noch genug Futter, aber es gibt nun mal Meisen und superkluge Meisen. Während sich die anderen Kohl- und Blaumeisen immer einen Sonnenblumenkern holen, davonfliegen, ihn zerhacken, fressen und sich dann wieder in die Rosenbuschschlange einreihen, hat Meisschen-Supergrips eine viel bessere Idee gehabt.

Sonnenblumenkern gepackt, auf dem Häuschenrand umgedreht, Sonnenblumenkern am Rand zerhackt, klopf, klopf, klopf, Sonnenblumenkern gefressen, sich umgedreht, nächsten Kern gepackt. Warum sich die Mühe machen und wegfliegen, nur um sich dann wieder in einer Endlosschlange anstellen zu müssen. Ich bin beeindruckt. Ich finde das klopf, klopf, klopf an meiner Scheibe ganz hinreißend und ab sofort heißt Superhirni, der Klopfer.

Dann fällt mir auf, dass der Klopfer ständig da zu sein scheint. Es klopft unentwegt an meinem Fenster. Bei genauerer Beobachtung stelle ich fest, dass der Klopfer nicht nur klüger als die anderen Meisen ist, sondern auch noch ein Arschlochgen besitzt. Der bleibt einfach die ganze Zeit da am Vogelhaus sitzen und lässt keinen anderen mehr an die Leckerbissen ran. Vor meinem Küchenfenster spielen sich wahre Dramen ab.

-So geht es hier aber nicht mein Freund, denke ich und schreite zur Tat.

Ich klopfe nun meinerseits von innen mal ordentlich gegen das Fenster. Der Klopfer guckt mich nur irritiert an und ich könnte schwören, dass er mir den Stinkefinger gezeigt hätte, wenn er denn gekonnt hätte. Die Reihe im Rosenbusch wird immer länger und irgendwann reißt einem der Vögel der Geduldsfaden. Mit ordentlich Schwung und einer gehörigen Portion Mut stürzt er sich auf den Klopfer, der das Gleichgewicht verliert und vom Rand des Häuschens fällt. Während der Arschlochvogel sich irgendwo die Wunden leckt und sich von diesem hinterhältigen Angriff erholt, können die anderen Meisen in Ruhe, Ordnung und der Reihe nach fressen.

Bis, klopf, klopf, klopf, der Klopfer wieder da ist und sein Revier verteidigt. Und so geht es jetzt bei uns am Küchenfenster jeden Tag, so lange, bis mir irgendwann mittags auffällt, dass der Klopfer noch nicht dagewesen ist. Oder sollte ich mich einfach so sehr an das Geräusch gewöhnt haben, dass ich es nicht mehr wahrnehme? Ich lege mich hinter der Scheibe auf die Lauer und tatsächlich, es geht gesittet und ordentlich am Futterhaus zu. Rosenbuschreihe, anfliegen, Sonnenblumenkern packen, wegfliegen, zerhacken, fressen, Rosenbuschreihe. Alle kennen die Regeln, jeder bekommt etwas ab und alle sind glücklich und zufrieden.

Alle, außer ich. Denn die Ruhe am Futterhaus kann nur eines bedeuten. Den Klopfer hat es erwischt. Er ist nicht mehr unter uns. Und ist er auch ein Arschlochvogel, so habe ich ihn dennoch gemocht, diesen klugen kleinen Kerl. Ich bin ganz traurig, sitze lange am Fenster und warte vergebens. Sollte am Ende etwa unsere Dimma den Klopfer zerlegt haben? Das wäre ganz furchtbar und ich wage gar nicht daran zu denken. Aber was sollte ihm anders passiert sein? Ist der fette Vogel etwa in den Magen unserer wilden Katze gewandert? Und wenn ja, will ich das gar nicht wissen. Hoffentlich finde ich nicht im Garten, oder noch schlimmer, im Haus, in irgendeiner Ecker ein Häuflein Klopferfedern.

Und während ich noch so auf meiner Küchenbank sitze und Trübsal blase, bahnt sich vor meinem Küchenfenster das nächste Drama an und dann höre ich es auch, klopf, klopf, klopf. Natürlich ist der kluge Klopfer noch da und nicht in den Magen unserer dicken, faulen Dimma gewandert. Wahrscheinlich hat er nur mal eine große Runde durch die Gemeinde gemacht und ist jetzt, zum Leidwesen der anderen Vögel, hungrig wie ein Wolf, an seinen Futterplatz zurückgekehrt. Und den gilt es gegen alles und jeden zu verteidigen. Klopf, klopf, klopf....

Winnie 2.0

Bei uns gibt es viele bunte Gestalten in der Familie, aber einer schlägt sie alle, Paul, der jüngste Sohn meiner Schwester und unsere immerwährende Pippi Langstrumpf. Denn Paul macht sich die Welt, wie sie ihm gefällt. Völlig kompromisslos sieht er nie Probleme, nur Lösungen, im besten Falle noch Herausforderungen. Geht nicht, gibt es nicht.

Inzwischen ist er erwachsen geworden und dank eines starken Teams im Rücken ist Kinder- und Jugendzeit auch fast fleckenlos verlaufen, also wenn man mal von den zehn furchtbaren Jahren Schulzeit absieht und dem ein oder anderen Fauxpas.

Schon früh fällt uns also auf, der Paul ist anders. Anders als wir alle, denkt anders, fühlt anders, lebt anders. Obwohl, bei genauerer Betrachtung unterscheidet er sich eigentlich gar nicht mal so sehr von unserem Vater. Er ist halt nur eine modernere Version, sozusagen Winnie in 2.0.

Als Paul zwei Jahre alt ist, beobachte ich mit fasziniertem Entsetzen wie er seine Eltern ganz geschickt gegeneinander ausspielt. Wie kann das sein? Ein Zweijähriger, ein Drei-Käse-Hoch. Wie kann der so ausgekocht und so abgebrüht sein in dem Alter? Später wird mir klar, hier ist kein Egoismus am Werk, sondern einfach jemand, der eine ganz andere Logik hat als wir.

Die Schulzeit wird zur Katastrophe. Ein unendlicher Leidensweg für ein Kind mit großem Bewegungsdrang und außergewöhnlichen Interessen. Es ist unmöglich so viele Stunden am Tag still zu sitzen und aufmerksam zu sein, wenn doch zu Hause so viele tolle und wichtigere Projekte warten. Wenn er dann, nach stundenlangem

Bemühen, den Unterricht stört, sind die Lehrer genervt. Die ganze Situation spitzt sich im Laufe der Jahre immer mehr zu, die Noten werden immer schlechter, die Lehrer immer genervter.

Irgendwann kommt dann die Diagnose Asperger, milde Form. Das erklärt einiges und ab jetzt sollte es doch auch in der Schule besser klappen. Aber nichts ist minder wahr. Es wird immer nur noch schlimmer. Nicht sehr rühmlich für eine Schule, die sich damit schmückt, für jeden Schüler das richtige Lernprogramm finden zu können. An Paul scheitert das Schulsystem final und mein Neffe und seine Eltern drohen auf immer und ewig in einer Dauerschleife aus Schulalptraum hängen zu bleiben.

Bis irgendwann auch dem müdesten Lehrer klar wird- wir können dieses Kind auf immer und ewig zwingen diese Schule zu besuchen, aber letztendlich graben wir uns damit nur unser eigenes Grab. Und so verlässt Paul dann doch noch die Gesamtschule, mit dem wahrscheinlich schlechtesten Abschlusszeugnis aller Zeiten und das obwohl er einen IQ an der Grenze zur Hochbegabung hat.

Schon früh fallen uns seine außergewöhnlichen Interessen auf. In einem Jahr sind es nur Rohre. Rohre, Rohre, Rohre. Aller Art, Form und Größe. Hauptsache hohl von innen. Papa gibt sein Bestes, das ganze Jahr über alle Rohre und Rohrreste, die er finden kann zu sammeln. Doch im nächsten Jahr interessiert Paul sich nur für Kronkorken. Kronkorken aller Art. Dabei ist es ihm völlig egal, ob er ein Exemplar schon ein-, zwei- oder ein dutzendmal hat. Alle Kronkorken müssen gesammelt werden.

Danach ist es Pi. Ein Kind, das versucht, so viele Stellen hinter dem Komma wie möglich zu behalten. Ein kluges Kind, ein Kind, das niemals aufgibt und sich den ganzen Sommer über damit beschäftigt, sich eine unendlich lange

Zahlenfolge zu merken und die gemachten Fortschritte jeden Tag den einzelnen Familienmitgliedern vorträgt.

Ich bin beeindruckt, aber inzwischen kann der Junge so viele Stellen hinter dem Komma, dass man aufpassen muss, unterwegs nicht irgendwo einzuschlafen oder die Aufmerksamkeit zu verlieren.

Die Pubertät kommt früh. So früh, dass wir gar nicht schnallen, dass es schon so weit ist und dafür ist er dann schon lange mit dem Thema durch, als der Rest seiner Klassenkameraden den Hormonkick bekommt und anfängt dummes Zeug zu machen. Paul ist seinen Mitschülern einen ganzen Schritt voraus. Fastfood, Justin Bieber-Haarschnitt und Parfümwolke sind schon lange Vergangenheit. Gesundes Essen, Aleppoamseife, lange Haare und BMX-Rad-Fahren sind angesagt.

Und auch das BMX-Fahren wird bis zur Perfektion gelernt, denn geht nicht, gibt's eben nicht. So manches Mal halten meine Schwester und ich den Atem an, wenn Paul uns seine neuesten Flüge und Sprünge auf Video zeigt.

Nach der Schule beginnt eine viel bessere Zeit. Paul lernt zum ersten Mal, dass es auch Unterricht gibt, in dem man nicht den ganzen Tag stillsitzen muss, wo man kreativ sein kann, etwas Handwerkliches lernt und wo Eigeninitiative geschätzt und gefördert wird. Paul fängt an, sich für das Schmieden zu begeistern und weil Paul nun einmal Paul ist, wird eine komplette Schmiede im Garten gebaut und eingerichtet. Meine Schwester seufzt laut auf. Ich lege ihr tröstend den Arm um die Schulter.

- Er hätte sich auch ein Cracklabor im Keller einrichten können. Da ist Schmieden doch eine ganz tolle Alternative.

Wochen- und monatelang wird das Internet nach alten Maschinen abgesucht und egal wie groß und schwer die sind, wie weit weg die zu verkaufen sind, auch hier sieht Paul immer nur die Möglichkeiten. Es macht ihm nichts aus stundenlang mit schwerem Gerät im Zug zu sitzen oder sich mit einem Kumpel irgendwo ein Auto mit Anhänger zu leihen. Und was soll ich sagen, er kriegt es hin sich eine komplette Schmiede im Garten einzurichten, in der er alte Werkzeuge repariert und neue Sachen im alten Stil schmiedet.

Paul macht Filme und auch hier ist er völlig kompromisslos. Von der Geschichte, über das Drehbuch, alles ist bis ins kleinste Detail geplant und wird akribisch ausgeführt. Wenn das selbst geschriebene Drehbuch vorsieht-spring im Dezember in den Schlossteich und lass dich dabei von deiner Mutter filmen- dann springt der Paul im Dezember in den Schlossteich und lässt sich dabei von seiner Mutter filmen.

Immer öfter stelle ich mir die Frage, wie unsere Welt aussehen würde, wenn mehr Menschen so wie Paul wären.

Menschen, die sich trauen, ihre Träume zu leben, die an ihre Träume glauben und sich nicht dafür schämen. Die kompromisslos und ohne Angst ihren Weg gehen. Wer von uns will denn nicht auch insgeheim eine Pippi Langstrumpf sein?

Hol doch mal jemand das Dingens ab

Jetzt, wo meine Schwester im nächsten Jahr auch nach Schweden auswandern will und schon mit ihrer Gemüsegartenplanung begonnen hat, ja jetzt fällt unserem Vater auf, dass er seiner Gartenhonda, den er damals bei seiner eigenen Auswanderung im Haus in Deutschland gelassen hat, schmerzlich vermisst.

Der Gartenhonda ist in meiner Erinnerung ein recht seltsames Gefährt gewesen. Ein Zwischending zwischen Rasenmäher, Kultivator und kleinem Trecker. Papa hat auch einen Anhänger für seinen Gartenfreund gebaut und ich bin mir ziemlich sicher, dass er immer auf diesem Hänger gesessen hat und mit seinem Gefährt durch die Gegend gefahren ist. Warum Honda dann nicht mit nach Schweden ausgewandert ist, weiß ich nicht und Papa wahrscheinlich auch nicht mehr, denn immer öfter hören wir ihn über den Verlust vom Gartenhonda jammern. Und dieses Gejammer hat mit dem bevorstehenden Gemüsegarten meiner Schwester seinen vorläufigen Höhepunkt erreicht.

Immer wieder gibt er verschiedenen Familienmitgliedern den Auftrag, Honda doch mal bei unserem alten Haus abzuholen. Bis dato ohne Erfolg, da ein jeder, der nur halbwegs normalo tickt, sich schlichtweg weigert, diese Mission zu erfüllen. Wie das Gefährt dann nach Schweden kommen soll, ist eine Sache, aber dass meine Eltern ihr deutsches Haus vor über zwanzig Jahren mitsamt Gartenhonda und inzwischen auch anderen schmerzlich vermissten Schrauben, Nägeln, Hämmern und Meißeln, verkauft haben ist die andere Sache. Außer Papa leuchtet jedem von uns ein, dass der Honda entweder ein geliebtes und geschätztes Familienmitglied der jetzigen Eigentümer ist oder dass man keine Verwendung für ihn gehabt hat und er schon vor vielen Jahren weitergezogen ist. In ein anderes Heim, zu einer anderen Familie, die einen seltsamen Gartenhelfer dringend nötig gehabt hat. Doch Papa weiß es besser. Ganz bestimmt steht der Honda ungeliebt und vergessen in irgendeiner Ecke rum und wartet nur darauf, wieder mit ihm vereint zu werden und wenn sich jetzt nicht bald jemand von uns erbarmen würde, dann müsse er sich wohl oder übel selbst ins Auto setzen, nach Deutschland fahren und seinen Gartenkumpel abholen. Zur Not auch in einer Nacht und Nebel Aktion entführen.

Doch dann ist ihm das Schicksal hold. Paul ruft bei meinen Eltern an und verkündet, dass er jetzt seinen Führerschein hat und das Erste, was Papa dazu einfällt ist, dass er dann ja jetzt endlich den Honda in unserem alten Haus abholen kann. Und der Paul findet das nur mehr als logisch. Natürlich wird er sich irgendwann ins Auto setzen und seinem Opa den Honda holen, natürlich ist das ganz normal nach über zwanzig Jahren bei wildfremden Leuten anzuklingeln.

-Ähm, Entschuldigung. Mein Opa hat euch vor fast einem Vierteljahrhundert das Haus verkauft und seinen Gartenhonda vergessen. Den will ich jetzt nur kurz abholen, wenn es keine Mühe macht. Wenn ich dann auch noch kurz in der Garage nach ein paar Schrauben und Nägeln suchen könnte, die da sicher noch liegen und in Schweden so schwierig zu bekommen sind, dann wäre das ganz wunderbar.

Es gibt doch nichts über eine echte Buchstaben-Verwandtschaft. Die verstehen sich, halten zusammen, durch dick und dünn.

Mama, Max, Feuer machen und die Sache mit dem Wasser

Mama ruft mich an und verkündet mir, dass sie meine Nachricht mit meiner neuen Telefonnummer bekommen hat. Da ich keine neue Telefonnummer habe, ahne ich Böses. Ihr wäre das auch schon so komisch vorgekommen. Ich hätte also nicht mein Handy verloren?

-Nein, hast du die Nachricht geöffnet und irgendwo draufgedrückt? Leichte Panik macht sich breit.

Nein, hätte sie nicht. Gott sei Dank, denn das haben wir unseren Eltern mehr als einmal eingetrichtert. Nirgendwo draufdrücken! Das sind Links, dann könnt ihr einen Virus oder Schlimmeres bekommen. Nicht, dass die Eltern wüssten, was ein Link oder ein Virus ist. Die denken im schlimmsten Fall, dass sie per Sprachnachricht dann die Grippe bekommen können, aber egal. Hauptsache sie hören ab und zu mal zu und machen keine Dummheiten mit den Handys, die dann nachher nicht mehr zu reparieren sind.

Ein paar Tage später kommen meine Eltern vorbei, denn Mama hat jetzt auch noch eine Nachricht bekommen, dass ihre neue Brille fertig ist und sie sie in Timbuktu abholen kann. Da hat sie wohl jemand verwechselt. Und sie wüsste auch nicht, wer dieser Max Burger ist, der ihr immer wieder Nachrichten schickt.

Ich nehme mir ihr seniorenfreundliches Handy einmal zur Brust. Dazu muss ich wieder einmal erwähnen, dass seniorenfreundlich gleichbedeutend ist mit böhmischen Dörfern für den normalen Handynutzer. Nach etlichen Fragen des Telefons, was ich denn gerne als nächstes machen wollen würde, bin ich endlich in der richtigen App und kann mir die Nachrichten einmal genauer ansehen.

-Mama, ist dir das denn gar nicht komisch vorgekommen, dass ich dir eine SMS geschickt habe, obwohl wir doch nur Kontakt über WhatsApp haben? Das hätte sie so gar nicht bemerkt. Nachricht ist doch gleich Nachricht, oder?

-Das ich dir auf schwedisch geschrieben habe, ist dir gar nicht spanisch vorgekommen? frage ich nochmal nach. Doch schon, darum hat sie sich ja auch umgehend bei mir gemeldet. Wie wir denn jetzt der armen Patricia zu ihrer neuen Brille verhelfen könnten, will sie noch wissen.

-Ich glaube, Mama, das können wir vernachlässigen, denn auch da sollst du wieder auf irgendeinen Link drücken, was du hoffentlich nicht gemacht hast. Die Patricia will keine neue Brille, aber wahrscheinlich auf irgendeinem illustren Weg an deine Pinunschen.

Und dann ist da also auch noch der nette Max, Max Burger, der Mama in letzter Zeit immer mal wieder eine Nachricht schickt, die sie aber nicht versteht. Sie könne da irgendwas bekommen. Schon ein Blick auf den Namen sagt mir, dass es sich bei dem netten Max Burger um die Burgerkette Max handelt, dem schwedischen Burger King. Die wollen nichts weiter als aus meiner über 80-jährigen Mutti noch einen Fastfood-Junkie machen. Hat sie mir doch schon beigebracht; keinen Kontakt mit fremden Männern, auch wenn sie noch so nett sind.

Papa hätte da auch noch eine Neuigkeit. Er mache jetzt immer Feuer von oben, denn die im Fernsehen hätten gesagt, dass das viel besser wäre, als Feuer im Ofen von unten zu machen. Das würde super funktionieren, sollten wir auch einmal ausprobieren und wäre so viel besser für die Umwelt, sagen die im Fernsehen.

-Sylvia, das funktioniert wirklich, berichtet Papa.

Ich krieg Schnappatmung, denn es ist ja nicht so, dass ich das meinen Vater nicht schon seit Jahren zu erklären versuche. Dass die kleinen Flämmchen sich nicht erst durch einen Berg Holz ihren Weg an die frische Luft bahnen müssen, dass man sofort ein großes Feuer einlegen kann und somit gleich viel Wärme in den Ofen bekommt, was wiederum den Schornstein schont, da unmittelbar ein guter Zug entsteht und dass sich die Flammen wirklich ganz einfach und von selbst von oben durch das Holz nach unten durchfressen. All meine Argumente hat Papa mit einer Handbewegung weggewischt. Seine Mutter würde sich im Grabe umdrehen, wenn sie diesen Firlefanz hören würde. Feuer hätte man seit Menschengedenken immer von unten gemacht, basta.

Und dann ruft auch noch Schwiegervater Cees an. Er hätte da ein kleines Wasserproblem. Also eigentlich hätten sie gerade gar kein Wasser, weil da wäre irgendwas in der Pumpe kaputt gegangen und das hätte er auch schon repariert, aber irgendwie würde jetzt gar kein Wasser mehr laufen. Es könne aber sicher nur etwas ganz Kleines sein und es wäre eigentlich ziemlich akut. Ob Michel eben langskommen und gucken könne.

Also, nicht jetzt direkt, denn jetzt würden sie essen, aber dann so in einer halben Stunde? Natürlich fährt mein Alltagsheld gucken, kann aber auch nicht wirklich etwas ausrichten. Das Ersatzteil scheint richtig eingebaut zu sein, alle Knöpfe und Hebel, die Cees in seinem wilden Reparaturversuch verstellt hat, stellt er wieder in die richtige Position, aber Wasser will einfach keines laufen. Michel muss sich geschlagen geben. Ein Experte muss ran. Unverrichteter Dinge fährt er nach einem Nachmittag vergeblicher Fehlersuche zerknirscht wieder nach Hause. Unterwegs bekommt er noch einen Anruf von Cees. Er hätte den Fehler gefunden! Es würde wieder Wasser laufen. Das kann doch gar nicht sein! Immerhin sind die beiden den ganzen Nachmittag lang gemeinsam auf Fehlersuche gewesen und jetzt hat Cees das Problem allein in nur knapp fünf Minuten gelöst?

-Ja, sagt der Schwiegervater leicht zerknirscht.

Ihm wäre da noch eingefallen, dass er ja noch einen zweiten Wasserabsperrhahn hat, den er zur Sicherheit auch noch zugedreht und dann total vergessen hat....

Der Frühling und Väterchen Frost

Frühling liegt in der Luft und ich marschiere Linea recta raus in den Garten, werkle hier ein bisschen, stochere dort ein wenig in der noch gefrorenen Erde herum und begrüße jeden einzelnen Winterling und jedes noch so kleine Schneeglöckchen, das sich schon aus der Erde heraus getraut hat, persönlich.

Ich überlege, ob ich die Wetteraussichten für die kommenden Tage einfach ignorieren soll, denn irgendein gemeiner Wettermensch behauptet, es solle schneien und wieder kalt werden, und mich mit dem Dampfi bewaffnet zur Generalreinigung ins Gewächshaus verziehen soll. Doch dann siegt tatsächlich die Vernunft und das Wissen um den Zeitmangel, der mich in den kommenden Tagen davon abhalten wird, mich eingehender mit dem Dampfi und dem Gewächshaus auseinandersetzen zu können und so genieße ich einfach ein paar Stunden ungezwungene Gartenarbeit ohne irgendetwas wirklich schaffen zu müssen oder von irgendeiner Liste wegstreichen zu müssen.

Wobei ich in diesem Jahr doch tatsächlich keine To-Do-Liste gemacht habe und sogar in Erwägung gezogen habe, das Gewächshaus gar nicht sauberzumachen und mich einfach an seiner grünen Patina zu erfreuen. Ich bin nämlich immer noch in meinem gemütlichen Wintermodus und vielleicht kann ich dieses schöne, entspannte Gefühl in diesem Jahr einfach einmal beibehalten.

Abends, als ich mich meinem 10-Jahres-Tagebuch widme, übrigens eine tolle Sache, denn man sieht genau, was man an denselben Tagen der vergangenen Jahre gemacht hat, fällt es mir wie Schuppen von den Augen: im letzten Jahr habe ich das Gewächshaus und auch schon die Glasveranda mit Hilfe von Dampfi sauber gehabt. Doch anstatt jetzt in eine Ich-liege-hinter-meinem-Vorjahresschema-Panik zu verfallen, denke ich einfach nur, wie gut es doch ist, dass wir Menschen das Wetter nicht beeinflussen können. Mann, was würden wir Kriege ums liebe Wetter führen. Und so ganz nach dem Motto: kann ich ja nix dafür, dass das Wetter dieses Jahr nicht mitspielt, zucke ich nur mit den Schultern und harre der Dinge, die da kommen mögen.

Ich könnte ja auch mal was ganz Abgefahrenes machen. Glasveranda und Gewächshaus bei Hitze im Bikini sauber machen oder einfach mal irgendwann, wenn Zeit, Lust und Laune da sind und nicht, wenn mein imaginäres Schema mich dazu nötigt, egal ob ich mir dabei die Finger abfriere und eine Erkältung hole. Jetzt ist sowieso alles egal, denn ich liege nun eh schon im Vergleich zum letzten Jahr zurück und wenn die Wetteraussichten stimmen, dann liege ich nicht nur hinten, sondern meilenweit, ach was sag ich, lichtjahreweit hinten.

Komischerweise ist mir das jetzt gerade tatsächlich fast wurscht. Sollte ich letztendlich doch noch altersgemütlich werden oder verfliegt dieses wunderbare Ist-mir-doch-egal-Gefühl, sobald es wirklich richtig Frühling wird? Ich mache mir auf jeden Fall den Plan, dass ich mir keinen Plan mache und einfach mal schaue, was, wo, wie, wann gemacht oder auch nicht gemacht wird.

Und ich setze auf den Mai. Ich habe da so ein Gefühl, dass der Mai in diesem Jahr prächtig wird. Im letzten Jahr ist er ja komplett ausgefallen und dieses Jahr kann der Mai darum einfach nur besser werden und dann hole ich alles wieder auf. Sauber machen, pflanzen, Kompost machen, Holz spalten und stapeln, paddeln, wandern, Gemüsebeete fertig machen, Unkraut jäten, Fenster putzen,

Winterfenster herausholen. Ich hoffe nur, dass der Mai dann in diesem Jahr auch doppelt so lang wird wie sonst.

Jetzt meldet sich auf jeden Fall erst einmal Väterchen Frost zurück. Erst bedeckt er alle und jeden, der schon zu neugierig aus dem Boden hinausgeschaut hat, mit einer dicken Schicht Schnee und dann wiegt er Winterling und Co. ganz sanft zurück in den Winterschlaf. Es wird kalt, sehr kalt. Die Vögel fressen uns wieder die Haare vom Kopf, der Klopfer klopft am Küchenfenster, jedes Fünkchen Gartenlust erlischt und unser schon fast sicher geglaubter Holzvorrat schwindet in so rasantem Tempo dahin, dass mir mal wieder angst und bange wird.

Dafür werden wir mit Sonnenschein, strahlend blauem Himmel und Solarstrom belohnt. Es ist wunderschön draußen, allerdings hätte dieses Wetter wesentlich besser in den Januar gepasst. Aber hey, was soll's? Wir können das Wetter nun einmal nicht beeinflussen und der Mai wird es schon richten, irgendwie und irgendwann.

Regel ohne Regeln

Mein Hitzewellen-Klimakterium geplagter Körper hat etwas Neues für mich inpetto. Die Regel ohne Regel. Als ob es nicht schon reichen würde mit Hitzewellen, Kopfschmerzen, Menstruationsschwankungen und dem Gefühl, dass niemand, aber dann auch wirklich niemand gerne mit mir darüber reden möchte, so hat mein hormongesteuerter Körper jetzt das nächste Level gezündet.

Ich fühle meinen Zyklus. Auch wenn er unregelmäßig geworden ist, aber er ist noch da. Irgendwo da ganz tief in mir drinnen. Und dann kommen sie, meine Tage. Ich habe mein ganzes Leben lang die Uhr nach meinem Zyklus stellen können, aber jetzt lässt er mich bitter im Stich. Er macht, was er will. Kommt und geht, wie es ihm gefällt. Lang, kurz, mit extremen Schwankungen.

Kann ich mich das eine Mal kaum aus dem Haus trauen und habe zwei Wochen lang Sorge zu verbluten, presst mein Körper ein anderes Mal gerade mal zwei Tröpfchen Blut hervor. Wohlgemerkt, nachdem ich mich auf das Schlimmste vorbereitet und mich für alle Eventualitäten von oben bis unten in Pampers eingewickelt habe. Vorsorgliche Krankschreibung inklusive.

Dann merke ich, dass ich zwei, drei Monate gar keine Regel mehr gehabt habe. Halleluja, ich hab's geschafft! Ich bin durch! Nein, natürlich bin ich nicht durch, denn postwendend bekomme ich wieder meine Tage. Ob nun lang, kurz, heftig, deftig, mit oder ohne Migräne, mit oder ohne Bauchschmerzen, ja das bleibt eine Überraschung. Mein Körper ist auf jeden Fall zu allem bereit und mein Selbstbewusstsein schrumpft auf Hobbitgröße. Ich kann mich auf rein gar nichts mehr verlassen. Selbstmitleid macht sich breit.

Ganz besonders lästig wird dieser Zustand, wenn man verreist, bei Freunden und Familie übernachtet, aus seiner Komfortzone heraus ist. Denn dann, genau dann bekommt der Körper Regelschmerzen und lauter andere Symptome, die mich glauben lassen, dass die nächste rote Laolawelle nur einen Atemzug weit entfernt ist. Am besten, ich ziehe mir zur Sicherheit 24/7 eine Riesenpampers an. Ich muss aufpassen, dass ich mich nicht auf meine imaginären Regelschmerzen fokussiere. Und dann, dann passiert nichts. Nicht, dass ich jetzt scharf darauf bin zu jeder unpassenden Gelegenheit meine Tage zu bekommen, aber die ganze Zeit über diese Androhung; mimimimi, gleich bekommst du deine Regel, warte mal ab oder heute Nacht, wenn du in einem fremden Bett schläfst, oder morgen, wenn du dich mit einer Freundin treffen willst oder oder oder. Oder vielleicht auch nicht. Oder doch. Vielleicht auch mal wieder Migräne?

Aber nein, nichts dergleichen passiert und ich fühle mich fast schon sicher und habe mich an das neue Regelschmerzen-ohne-Regel-Gefühl gewöhnt, da, ja da hält mein Körper noch etwas ganz Besonderes für mich parat. Hitzewellen im Endstadium, denn wenn ich gedacht habe, dass die Hitzewellen, die ich bis dato gehabt habe, die mich nachts aus meinen Träumen reißen, mich abends auf dem Sofa heimsuchen und mir morgens das Leben schwer machen, also wenn ich gedacht habe, dass das schon alles gewesen ist, ja dann habe ich mich wohl getäuscht.

Ich wache jetzt nachts schon immer vor der eigentlichen Hitzewelle auf. Damit ich sie auch in vollen Zügen genießen kann. Ich werde also wach, denke eine kleine glückliche Sekunde lang, dass meine Welt in Ordnung ist und dann kommt sie auch schon. Würde ich nicht schon liegen, würde mich diese Welle glatt aus den Latschen hauen. Schweißgebadet versuche ich, meine Decke wegzudrücken. Diese scheint auf einmal mindestens eine Tonne zu wiegen. Ich bekomme Schnappatmung, durch die Hitze und die schwere Decke. Hilfe! Ich ersticke!! Dann kann ich mich doch befreien. Die Welle legt nochmal nach. Ich stelle mir ernsthaft die Frage, ob man durch übermäßiges Schwitzen austrocknen kann und ob ich mir jetzt jede Woche eine neue Matratze kaufen sollte.

Ich muss wohl über meinen eigenen Grübeleien eingeschlafen sein, denn zitternd und bibbernd werde ich wieder wach. Mir ist eiskalt und was gerade noch schweißgebadeter Schweiß gewesen ist, hat sich nun in Eiswasser verwandelt. Ich kuschle mich unter meine Decke, am besten auch den Kopf ganz drunter, denn es ist so kalt und so versuche ich dann einzuschlafen. Das will mir aber nicht so recht gelingen. Sauerstoffmangel und jetzt muss ich auch noch pinkeln. Ich habe die Wahl, entweder ich versuche irgendwie wieder warm zu werden und trotz voller Blase einzuschlafen oder ich schäle mich unter meiner Decke hervor, hopple durch das eiskalte Haus und werde noch vor dem Badezimmer von der nächsten Hitzewelle gefällt. Geil.

Super, könnte man denken, dann ist es gleich wieder warm. Aber nein, es gibt warm und warm-warm, heiß, total überhitzt und Hitzewelle. Ich glühe, ach was sag ich. Ich verglühe, ich krieg kaum noch Luft und schwindelig wird mir auch. Mit voller Wucht erwischt es mich und nur mit Mühe und Not komme ich ins Bad und sitze erstmal auf der Toilette fest. Ich habe keine Kraft, um wieder zurück auf den Mount Everest zu steigen, wo mein Bett steht. Irgendwann mache ich mich dann aber doch auf den Weg. Mein Herz rast in Überschallgeschwindigkeit.

Ich versuche ohne Decke einzuschlafen, was mir wahrscheinlich auch gelungen ist, denn jetzt werde ich frierend wieder wach.

Morgens, abends und nachts ist es am schlimmsten mit der Hitze. Inzwischen werde ich auch regelmäßig auf meiner Arbeit heimgesucht. Dann renne ich mit hochrotem Kopf auf der Abteilung rum oder ich stehe klatschnass geschwitzt und helfe einem Patienten beim Duschen. Nee, ich sehne mich zurück nach der guten alten Zeit. Die Zeit der Regelschmerzen ohne Regel und mit ohne Laolahitzewellen

Vem bor här

Das schwedische Fernsehprogramm ist, gelinde gesagt, gewöhnungsbedürftig. Klar gibt es hier auch alle amerikanischen 0815 Serien, die es inzwischen fast überall auf der Welt gibt. Einheitsbrei auch beim Fremdbeschallen, aber es gibt eben auch die ganz typischen schwedischen Programme und die sind für den zugewanderten Otto Normalverbraucher nur schwer zu begreifen und noch schwerer anzusehen.

Man nehme z.B. på Spåret, auf der Spur. Zur besten Primetime sitzt ganz Schweden vor der Flimmerkiste, um sich zwei Spielteams, bestehend aus jeweils zwei Personen, anzusehen die zusammengequetscht in etwas sitzen, das wohl die Lokomotive eines Zuges darstellen soll und sich einen Endlosfilm anschauen, auf dem nur eine Schienenstrecke zu sehen ist. Sinn des Spieles ist es, die Bahnstrecke zu erraten, auf der man gerade entlang juckelt. Zu diesem Zweck zieht man eine Notbremse, die dann ein lustiges Signal von sich gibt.

Oder Bingo-Lotto. Präsentator, Stargast und Publikum sitzen zusammen mit einer Band im Studio und spielen Bingo. Und ganz Schweden sitzt vor der Glotze und spielt mit. Während man die Zahlen zieht, begleitet die Band das Ganze musikalisch. Wobei man jedem einzelnen Bandmitglied den Gedanken -I did it for the money- nur so im Gesicht ablesen kann. Wer dann zu Hause Bingo hat, versucht im Studio anzurufen und wer dann noch das Glück hat, durchzukommen, kann in irgendeinem seltsamen Spiel einen Preis gewinnen. Es werden farbige Türchen umgedreht, Glücksräder geschwungen oder farbige Bällchen platziert. Musikalische Untermalung inbegriffen.

Doch es gibt auch einige nette Programme. Zwei, um genau zu sein. Husdrömmar und Vem bor här. Bei Husdrömmar, Hausträume, begleitet man Menschen, die ein Haus bauen, umbauen oder kernsanieren. Vom Anfang bis zum bitteren Ende. Oft über mehrere Jahre.

Vem bor här, wer wohnt hier, ist mein Lieblingsprogramm. Fünf Leute gucken sich fünf Häuser an und zum Schluss muss man raten wer wo wohnt. Ich rate immer mit, bin mir immer total sicher und liege meistens doch voll daneben. Das Tolle ist, dass man nicht das typische durchgestylte Scandihome sieht, sondern kreative und liebevoll eingerichtete Heime. Eher untypisch für den nüchternen Schweden. In vielen dieser Häuser und Wohnungen könnte ich mich ohne Weiteres zu Hause fühlen. Oft bekomme ich neue Inspirationen. Sehr zum Leidwesen meines Mannes.

Und dann ist da diese eine Wohnung in Stockholm, so gemütlich, so ich und von oben bis unten vollgestopft mit den wahnsinnigsten Bildern. Groß, klein, bunt und fantasievoll. Meisters mit Mädchen, die auf den ersten Blick lieb und niedlich erscheinen, aber bei genauerer Betrachtung auch eine dunkle Seite haben. Die gucken dich echt so an von: was willste? Ich bin total begeistert. Am Ende der Sendung falle ich aus allen Wolken, als ich erfahre, wer die Künstlerin ist. Nein, das hätte ich wirklich nicht gedacht.

Ich gebe zu, ich schaue mir die Wohnung mehr als einmal an, Streaming sei Dank. Sosi heißt die Künstlerin und ich google mal fröhlich drauflos. Natürlich gibt es eine Website, natürlich sind ihre Bilder teuer, allerdings nicht unerschwinglich. Sie malt auf Holz. Ich bin total begeistert, bis ich mit Entsetzen feststelle: fast alles verkauft. Nein! Wie kann das sein? Streaming sei Dank, denn der originale Sendetermin liegt schon ein paar Monate lang zurück und ich Schnarchnase bin zu spät gekommen. Wieder Fragment anschauen. Ja, da hängen sie alle noch. Die tollen Bilder, in der tollen Wohnung, mitten in Stockholm. Und jetzt sind sie fast alle weg.

-Du hast sowieso keinen Platz, sagt der Träumeverderber.

Zähneknirschend muss ich zugeben, dass er wahrscheinlich recht hat, aber so einfach möchte ich mich dann doch nicht geschlagen geben. Tagelang pirsche ich durch unser Haus und versuche eine 70x90cm freie Stelle zu finden. Sehr zur Belustigung meines Mannes. Dann fällt mein Blick auf mein Klavier. In der Rückwand sitzt ein großes Oval, das ich derzeit mit Schmetterlingen beklebt habe. Ich habe schon immer was anderes damit machen wollen, was Kreativeres. Vielleicht einen Daniel Douglas? Doch in der Größe müsste ich dafür einen Kleinkredit aufnehmen. Eine Sosi könnte ich mir aber eventuell leisten. Wenn ich doch nur wüsste, wie ich die große Klavierrückwand nach Stockholm und wieder zurück bekomme. Und wie sage ich es meinem Mann?

Der nimmt kurzerhand die ganze Rückwand aus dem Instrument und guckt sich die Sache mit dem Oval mal etwas genauer an. Und siehe da, das Ganze funktioniert wie ein Bilderrahmen. Man kann das Oval einfach herausnehmen. Ich bin natürlich mal wieder total begeistert und schreibe sofort eine feurige E-Mail an meine neue Lieblingskünstlerin.

Postwendend bekomme ich Antwort. Sie mache keine Aufträge, denn das würde selten befriedigend sein. Nein! Nein, nein, nein!

Aber was ich mir denn eigentlich so vorgestellt hätte? Nur so aus Neugierde. Ich erkläre ihr lang und breit, was ich an ihren Bildern so toll finde und dass ich mir gar nichts Genaueres vorstelle. Ich wolle nur mindestens ein freches Mädchen auf meinem Bild haben, viel Farbe und es soll viel passieren auf dem Bild. Es wäre also quasi gar kein richtiger Auftrag, sondern nur ein etwas anderes Format. Ich spüre Hoffnung.

Also, wenn ich ihr ein genaues Muster von der Form schicken könnte und sie sich das ganz in Ruhe überlegen könnte und ich sie nicht treiben würde, dann könne sie ja mal darüber nachdenken. Ich solle mir aber nicht zu viel Hoffnung machen. Ja, ja, ja, ich will! Ich tue alles!

Dann fragt sie nach Farben und wie mein Einrichtungsstil so ist. Ich mache ihr ein Video von unserem Wohnzimmer. In meiner Euphorie habe ich ganz vergessen, nach einem Preis zu fragen. Als ich auch darauf Antwort bekomme, sage ich sofort zu. Das hatte ich mir teurer vorgestellt und Sosi sagt, ich müsse das Bild auch nicht nehmen, wenn es mir nicht gefällt.

Schon nach zwei Wochen bekomme ich ein fast fertiges Bild zu sehen. Zwei freche Mädchen schauen mich an, umringt von Vögeln, Bienen, Wasser und bunten Blumen. Im Hintergrund eine gigantische Sonne. Ob mir das eventuell gefallen könnte, fragt die Künstlerin.

Gefallen? Ich bin ganz hysterisch. Ich bin begeistert, geflasht und überglücklich. Ich hatte gar nicht damit gerechnet, die nächsten Monate überhaupt etwas von Sosi zu hören, und jetzt bekomme ich Fotos von einem fast fertigen, wahnsinnigen Bild, das schon ganz bald mein Klavier schmücken wird. Eine Woche später stehe ich aufgeregt bei der Post und hole ein großes ovales Paket ab. Das Bild ist der Hammer, es passt perfekt und mein geliebtes Klavier ist das hippste Klavier auf der ganzen Welt, geziert von zwei frechen, arroganten Girlies auf einer

97

Blumenwiese im Sommer am Wasser, umringt von Bienen und Vögeln. Ich kann mich gar nicht sattsehen.

Und auch Sosi findet das Ganze sehr gelungen und sagt, dass vielleicht nicht alle Aufträge schlecht wären. Vor allem, wenn es eigentlich gar keine richtigen Aufträge sind, sondern nur besondere Formate.

Die Grippe

Ich lese gerade eine Auswanderergeschichte und leide. Ich leide so sehr, dass ich mich fast die ganze Zeit schlecht fühle und das, obwohl ich weiß, dass am Ende doch noch alles gut wird.

Bis es so weit ist, treffen mich die Tiefen dieser Auswanderung mit voller Breitseite. Sie, die eigentlich recht unvorbereitet mehr oder weniger für ihren Mann nach Schweden auswandert. Er, der unbedingt hier leben und Blockhäuser bauen möchte. Mit Kind, Kegel und einem Pferdeanhänger voller Sachen kommen sie hier an, nachdem sie ihren Selbstversorgerhof in Deutschland verkauft haben. Jetzt wohnen sie in einem wunderschönen Haus am Fluss und wollen sich dort ein neues Leben aufbauen.

Und dann fühlt er sich nicht wohl, kann nicht erden. Nicht im Haus, nicht in Schweden, nicht in seinem neuen Leben. Während sie sich sofort wohlfühlt und auch die Kinder sich recht schnell an das neue Leben gewöhnen, wird er immer missmutiger, vermisst Deutschland, will zurück, weg oder einfach nur woanders hin. Die Grippe nennt sie das in ihrem Buch. Die Grippe, die immer wieder zuschlägt, mal mehr, mal weniger heftig, aber sie kommt immer wieder zurück.

Fast drei Jahre lang versuchen sie auf ihrem neuen Hof heimisch zu werden, sich einzuleben, einen Weg zu finden, so dass alle glücklich und zufrieden sind, und doch leidet sie in dieser Zeit so unglaublich. Denn auch sie kann so nicht heimisch werden, fühlt sich nie sicher, hat immer Angst, ihr Zuhause wieder aufgeben zu müssen. Diese Gefühle beschreibt sie in ihrem Buch so eingehend, dass ich wirklich die ganze Zeit ihren Schmerz fühle und mit ihr leide. Wie gesagt, zum Schluss wird alles gut.

Nicht im Haus am Fluss, sondern auf einem Waldbauern-hof, der eigentlich am Anfang nicht mehr als eine Ruine ist. Doch dort finden die beiden endlich ihr Zuhause und ihre Ruhe.

Sie kommt zu dem Schluss, dass alle Auswanderer hin und wieder an der Grippe leiden, wegwollen, sich nicht wohlfühlen in ihrem neuen Leben, Heimweh haben. Ich horche mal in mich hinein. Bekomme ich regelmäßig die Heimwehgrippe? Oder habe ich sie am Anfang immer mal wieder gehabt? Nein, eigentlich nicht.

Natürlich fühlt man sich am Anfang ein wenig fremd im neuen Leben, aber bei mir hat immer die Abenteuer-lust überwogen. Ich bin viel zu aufgeregt gewesen, um Heimweh zu haben. Schweden ist ja auch schon meine zweite Auswanderung gewesen. Ich bin sozusagen ein al-ter Auswandererhase. Mit allen Auswandererwassern gewaschen.

Nee, ich habe auch gerne in Holland gewohnt und als ich es nicht mehr gerne gemacht habe, ist es Zeit gewesen weiterzuziehen. Doch Heimweh, zurückverlangen nach dem Alten, Vertrauten. Nein, das habe ich nicht gehabt. Ich wollte viel mehr etwas Neues, meinem Traum ein bisschen näherkommen. Vielleicht habe ich darum nie Heimweh verspürt, weil ich noch zu weit von meinem Leben, wie ich es mir gewünscht habe, entfernt gewesen bin. Doch auch heute könnte ich mir vorstellen, etwas an-deres zu machen. Vanlifen mit dem Womo, Leben in ei-ner Aussteigerkommune oder irgendwo ganz einsam wohnen. Würde ich Schlampenacker vermissen? Ich habe keine Ahnung, möchte es aber auch nicht darauf ankom-men lassen, denn jetzt ist hier mein Zuhause, hier möchte ich im Moment nicht weg. Ich habe nicht das Bedürfnis, nochmal etwas anders zu machen. Ich könnte, aber ich verspüre nicht den inneren Drang. Und der Mann meiner Träume sowieso und schon mal gleich gar nicht. Den bekommt man hier nicht mehr weg. Der ist total verwurzelt mit seinem Leben hier und das ist auch gut so. Wie viel Glück wir eigentlich gehabt haben, einen Platz zu finden, an dem wir beide erden wollen und können.

Nein, ich habe keine Grippe. Manchmal merke ich, dass ich anders bin. Andere Wurzeln habe. Ich bin komme aus dem Ruhrpott und trage mein Herz auf der Zunge. Das findet der normale Svensson eher sonderbar, lästig und unheimlich. Während ich die immerwährende Zurückhaltung und Feigheit der Schweden als unangenehm erfahre. Ich kann die Menschen hier einfach nicht lesen, weiß nie was sie wirklich denken oder fühlen. Oft sind meine Reaktionen zu direkt, zu wenig durchdacht, zu ehrlich und zu spontan. Zu Ruhrpott halt. Ach, was soll's. Zum Glück bin ich nicht die Sorte Mensch, die viele soziale Kontakte braucht. Ich kann mich ganz prima selbst beschäftigen.

Und dann sind da ja auch noch die Freunde, die Menschen von früher oder manchmal eben auch neue Menschen. Heutzutage ist es doch so einfach, Kontakt zu halten, dass richtiges Vermissen kaum noch besteht. Gerne treffe ich mich mit alten Freunden, wenn ich in Deutschland bin, aber wirklich vermissen tue ich sie nicht.

Vielleicht könnte noch den weltbesten Pommesladen in meiner alten Heimatstadt vermissen. Obwohl es den wahrscheinlich schon ganz lange nicht mehr gibt und er sicher auch nur in meiner verschrobenen Erinnerung der weltbeste Pommesladen gewesen ist.

Mit viel Mühe könnte ich unser altes Haus vermissen. Das Haus, in dem ich die ersten 20 Jahre meines Lebens verbracht habe. Doch wenn ich ganz ehrlich bin, dann müsste ich mich für dieses Gefühl ganz doll anstrengen. Ich bin nicht sentimental, was meine Kindheit betrifft. Ich habe schöne Erinnerungen an mein altes Zuhause, aber es ist auch total ok, dass jetzt eine andere Familie unser Haus ihr Eigen nennt und dort ihre eigenen Erinnerungen schafft. Hoffentlich gute. Meine Erinnerungen bleiben mir für immer erhalten, egal, wo ich lebe.

Manchmal wünsche ich mir, ich hätte ein Pferd bei meiner Cousine stehen und wir würden regelmäßig zusammen im Wald ausreiten. Aber hey, ich habe hier Wald, Natur, Seen und Wanderwege ohne Ende und kann dort jeden Tag mit meinen Hunden herumstreunen.

Heimatfest in Haltern wäre toll. So wie früher und dann wieder mit den alten Leuten abhängen und wenn ich das wirklich möchte, dann hindert mich nichts und niemand daran, dort hinzufahren.

Nein, ich vermisse nichts. Ich habe keine Grippe. Sie hat Unrecht. Nicht alle Auswanderer bekommen Lagerkoller und wollen manchmal wieder nach Hause. Ich nicht, auch wenn ich mich hier oft wie der Elefant im Porzellanladen fühle, bin ich inzwischen doch so tief mit unserem Haus verwurzelt und fühle mich so wohl, dass ich auf gar keinen Fall hier weg möchte. Ich habe nur einen Wunsch. Und zwar den, dass ich hier noch viele lange Jahre bleiben und glücklich sein darf. Mit Michel und den Tieren.

The Last Of Us

Michel spielt ein Videospiel. The last of us. Die Welt wird von klickenden, beißenden Zombies heimgesucht. Jeder, der gebissen wird, mutiert auch zu einem klickenden und beißenden Zombie. Nur das Mädchen Ellie nicht. Ellie wird gebissen und ist immun und das macht Ellie sehr wertvoll für eine Gruppe revolutionärer Terroristen, die in Ellie die Person sehen, die die Welt retten kann. Joel fällt mehr oder weniger unfreiwillig die Aufgabe zu, Ellie in ein weit entferntes Krankenhaus zu bringen, wo man ein Gegenmittel gegen die Zombiekrankheit entwickeln will.

Und so kämpft Michel sich wochenlang mit Ellie und Joel durch einen Wirrwarr aus Zombies, Klickern, Mord und Todschlag, um Ellie letztendlich auf einem Operationstisch abzuliefern, wo man ihr das Gehirn entnehmen will. Joel dreht durch, schießt kurzerhand alles und jeden über den Haufen und flieht mit Ellie. Ellie überlebt. Doch ein Heilmittel gegen Zombies wird es nicht geben. Aber natürlich einen zweiten Teil von, The last of us. Und eine Serie.

Michel ist ganz Feuer und Flamme. Es soll eine Serie geben und die müssen wir gucken, sobald alle Teile zu streamen sind. Ui, damit muss ich mich erst beschäftigen. Keine Ahnung, ob ich wirklich tagelang eine Zombieserie sehen möchte. Fast stündlich kontrolliert Michel den Streamingdienst, ob es schon D-Day ist und dann ist es so weit.

-Guckste jetzt mit oder nicht? will der Zombieheld meine Träume wissen.

Ach, warum eigentlich nicht. Also stürzen wir uns ins Serienabenteuer. Nach der ersten Folge bin ich schon fix und fertig. Die Apokalypse ist da, die gesamte Menschheit wird von einem Pilz heimgesucht, der Brei aus dem Gehirn macht und alte Omas mutieren plötzlich zu bissigen Pitbullterriern. Innerhalb von einem Wochenende vergeht die Zivilisation. Ich muss sagen, so kurz nach unserer realen Coronapandemie lässt mich die Geschichte so ganz und gar nicht kalt. Ich bereite mich auf eine Woche Schnappatmung beim Fernsehgucken vor. Zombies hinter jeder Ecke, blutrünstige Bestien, Chaos, Action.

Und dann ist da noch die eine Sache, die ich nicht verstehe. Ellie. Wie konnte es in Himmels Namen passieren, dass ausgerechnet dieses Mädchen Ellie spielt? Muss ich mir jetzt echt tagelang jeden Abend dieses nichtssagende Kind anschauen? Ist das die beste Ellie, die sie finden konnten? Es gibt doch so viele hübsche, niedliche Mädchen. Aber diese Ellie? Ich bin mir nicht mal so ganz sicher, ob ich die überhaupt vor irgendeinem beißenden Zombie beschützen würde.

Doch schon in Folge zwei werde ich eines Besseren belehrt. Ellie spielt sich immer mehr in mein Herz und so schnell wie in der Serie ein gebissener Mensch zu einem hirnlosen Zombie mutiert, mutiere ich zu Hause auf dem Sofa zum allergrößten Bella Ramsey Fan. Mein Gott! Dieses Mädchen spielt die Sterne vom Himmel und sie ist die allerallerallerbeste Ellie auf der ganzen Welt. Wie konnte ich nur daran gezweifelt haben!

Dann wird die Geschichte von Bill erzählt. Bill, der Prepper, der hat keinen Bock auf Quarantänezone hat und sich in seinem Keller versteckt als sein Dorf geräumt wird. Danach lebt der Mann sich so richtig aus, besorgt sich im ansässigen Baumarkt alles, was er braucht, und baut sich einen Zaun ums Gelände, jagt Wild und lebt glücklich und zufrieden. Bis Frank in eine seiner Fallen tappt. Aus Misstrauen wird Geselligkeit, aus Geselligkeit, Freundschaft und dann ganz schnell die große Liebe. Ich bin mittendrin in der allerschönsten Liebesgeschichte, die ich je gesehen habe. Und das mitten in einer Zombieserie. Bill wird älter, Frank wird krank und zum Schluss entscheiden die beiden, einen letzten wunderschönen Tag miteinander zu verbringen und dann gemeinsam zu sterben. Ich sitze auf dem Sofa und heule Rotz und Wasser.

So geht es jetzt jeden Abend weiter. Zombies, Action und Blut stehen gar nicht im Mittelpunkt. Vielmehr treffen Ellie und Joel auf ihrer langen Reise die unterschiedlichsten Menschen, die auf total verschiedene Art und Weise mit der Pandemie umgehen. Manchen geht es gut, anderen schlecht. Viele sind gefährlich, plündern, rauben, morden, andere leben zivilisiert. Es gibt Gruppen, zweifelhafte Gruppierungen und Einzelkämpfer. Es ist nicht so sehr der Zombie der Feind des Menschen, sondern vielmehr ist der Mensch selbst einmal wieder sein eigener größter Endgegner.

Langsam, aber sicher erfährt man immer mehr über die Pandemie, über Joel und Ellie und warum sie so sind, wie sie sind. Man wird Zeuge, wie sich eine wunderbare Freundschaft zwischen den beiden entwickelt. Nur durch ihr grenzenloses Vertrauen und ihre Treue erreichen sie endlich die Stadt, in dem sich das Krankenhaus befindet. Dann ist es auf einmal vorbei.

Wir sind in der letzten Folge angekommen, der Folge, in der Ellie beinahe stirbt, Joel zum Berserker wird und er schließlich mit ihr flieht. Die kluge Ellie wittert Unrat und nimmt Joel das Versprechen ab, sie über den Ausgang ihrer Mission nicht angelogen zu haben. Ein letzter zweifelnder Blick von ihr in die Kamera- aus, vorbei, abgelaufen.

Wir sitzen still auf dem Sofa und denken darüber nach, ob es für uns ein Leben nach The last of us gibt. So ganz sicher sind wir uns da nicht.

Ein Hauch von Frühling

Es liegt ein Hauch von Frühling in der Luft.

-Gar nicht wahr, sagt der Spielverderber.

-Wohl wahr, kontere ich, die Temperaturen sind mild, die Winterlinge haben die Knospen geöffnet, es summt und brummt im Garten. Wir verbrauchen auf einmal viel weniger Holz. Der Frühling ist fast da.

Die Sonne würde aber nicht scheinen, murmelt der Mann.

-Hä? Na und?

-Ohne Sonne, kein Frühling. Nein, es ist noch Winter, beharrt Michel auf seinem Standpunkt.

Ja, mir ist das gerade ziemlich wurscht. Sonne oder nicht. Es sind Plusgrade, es ist windstill und ich habe den ganzen Morgen Gänse zurückkehren sehe. Ich habe Kraniche im Dorf gehört. Außerdem habe ich frei und nach dem Mittagessen muss ich unbedingt ein wenig raus in den Garten.

-Nee, viel zu kalt.

Boah, manche sind echt einfach unverbesserlich. Er kann ja drinnen bleiben, ich gehe auf jeden Fall raus. Vielleicht ein bisschen mit dem Dampfi ins Gewächshaus? Da ist es sicher schon richtig warm.

-Du willst was mit Wasser machen? japst meine bessere Hälfte.

-Ja, will ich.

Nur einen klitzekleinen Anfang machen. Nur mal so gucken, wie sich das anfühlt. Ich meine, ich habe ja auch schon die Beete aufgeräumt. Schon beim ersten Mal Frühlingshauch, da werde ich ja wohl ein kleines Stündchen Wassergedampfe im Gewächshaus aushalten können. M rollt mit den Augen. Soll er doch, ich gehe nach dem

Essen raus. Sonne oder nicht. Mein Gott, der soll sich jetzt mal nicht so anstellen. Ich hätte ja auch eine viel schlimmere Idee haben können. Anpaddeln zum Beispiel.

Gesagt, getan. Also Gewächshaus, nicht anpaddeln. Dank meiner neuen YouTube-Helden weiß ich jetzt auch, wie man Wein beschneidet und greife beherzt zur Rosenschere und schneide mir erst einmal den Weg ins Gewächshaus frei. Danach dampfe ich mich um Kopf und Kragen und siehe da, nach nur knapp zwei Stunden ist der Wein beschnitten und das gesamte Gewächshaus von innen sauber gedampft. Ich bin mehr als nur zufrieden mit mir.

Leider informiert mich meine Wetter-App darüber, dass dieser Frühlingshauch auch dieses Mal nur ein kurzes Intermezzo ist und der Winter tatsächlich in ein paar Tagen noch einmal zurückkommen wird. In ein paar Tagen, aber nicht jetzt. Ich nutze meine freien Tage und dampfe mich auch noch durch meine Glasveranda.

Ha, bei diesem Tempo hole ich die verlorene Zeit im Vergleich zum letzten Jahr locker wieder auf. Ich fange auch noch auf der Terrasse an. Als ich kurz davor bin, die Sitzkissen rauszuholen, um draußen zu Fikan, zeigt Michel mir einen Vogel. Trotzdem bringt er mir brav zwei Paletten Stiefmütterchen aus der Stadt mit.

-Ein Frühling ohne Stiefmütterchen ist kein Frühling, kläre ich meinen Mann auf.

-Es ist auch noch nicht Frühling, sagt er.

-Die können aber ganz viel Frost ab.

Der Mann braucht wirklich immer noch ganz viel Faunanachhilfe.

Das ist die Belohnung. Nachdem ich lustlos das Terrassendach von innen abgewaschen habe und so pro forma noch ein wenig an der Balustrade rum geputzt habe, pflanze ich also Stiefmütterchen. Sauber machen kann ich ja auch noch ein anderes Mal.

Dazu kommt es allerdings erst einmal nicht mehr, denn der Winter kehrt schnell wieder zurück. Mit Schnee, Eis und Dauerfrost. Es weht ein eiskalter Wind, der die Gefühlskälte in den zweistelligen Minusbereich sinken lässt. Nach zwei Tagen Winterwetter trage ich meine halb erfrorenen, traurigen Stiefmütterchen in die Glasveranda.

-Siehste, sagt Michel.

Ja, seh ich, doch ich habe wenigstens wieder ein paar Tage lang den Vorfrühling genießen dürfen.

Landluft

Nicht nur ich freue mich über die milden Tage. Auch der Großbauer aus dem nächsten Dorf scheint nur auf die paar warmen Tage gewartet zu haben, damit auch er endlich so richtig loslegen kann. Klammheimlich holt er in den frühen Morgenstunden zu seinem Vernichtungsschlag aus.

Wie immer wache ich viel zu unausgeschlafen auf. Morgens ist nun einmal nicht meine Zeit, die Nacht ist wieder einmal viel zu kurz gewesen. YouTube sei Dank. Ich will noch gar nicht wach werden, aber es ist mir auch völlig unmöglich weiter zu schlafen. Es stinkt! Es stinkt ganz gewaltig im Schlafzimmer. Mir dreht sich fast der Magen um. Es stinkt nach Gülle. Wie kann das sein? Wieso riecht es morgens in meinem Schlafzimmer nach Gülle? Und das mitten im Fast-noch-Winter, wie der Mann meiner Träume vor ein paar Tagen behauptet hat.

Ich versuche den Geruch zu ignorieren, will noch weiterschlafen, noch nicht aufwachen. Vor allem will ich nicht darüber nachdenken, warum es so stinkt.

Doch dann höre ich es schon. Großbauers Monstermaschine. Schon seitdem es wärmer geworden ist habe ich ihn immer wieder bei uns in der Nähe gesehen. Mit seinem Monstertrecker und dem 1 000 000 Liter Gülleanhänger. Er hat sich langsam immer dichter an unser kleines Dorf angepirscht und heute Nacht hat er uns dann unter einer wahren Güllesintflut begraben. Während wir den Schlaf des Gerechten geschlafen haben, ist er die ganze Nacht zwischen seiner Tierfabrik und den flachen Äckern hin und her gefahren und hat unser Dorf im wahrsten Sinne des Wortes in Schlam(pen)acker verwandelt. Wir schwimmen sozusagen in Gülle, jedes noch so kleine

Fleckchen ist befleckt. Und da der Boden noch gefroren ist, sickert der Fäkalienfluß auch nicht ab.

Ich bin sofort wieder in aller höchster Alarmbereitschaft. Wir benutzen immer noch unseren alten, gegrabenen Brunnen. Das gute Stück hat uns noch nie im Stich gelassen und liefert zuverlässig schon mehr als hundert Jahre lang bestes Trinkwasser. Wehe, wenn da nur ein einziger Tropfen Gülle in unser gutes Wasser kommt! Ich habe große Angst, dass Großbauerns Fäkalien unser Trinkwasser versauen.

Es stinkt einfach überall, draußen, drinnen, die Hunde stinken, unsere Wäsche stinkt, wir stinken. Es ist unglaublich, welche Mengen Scheiße der hier Tag und Nacht auf die ganze Landschaft knallt. Ich muss für unser hauseigenes Abwasserreinigungssystem tief in die Tasche greifen, Michel macht extra eine Ausbildung, wir füllen haufenweise Unterlagen aus und führen akribisch Buch darüber, was wir wann, wo und wie kontrolliert, gewartet, erneuert und kompostiert haben und dann kommt der und spritzt 1 000 000 Liter von Scheiße in unserem Dorf herum. Das ist ungerecht, böse und gemein, finde ich. Sollte ich mir jemals noch einmal ein Haus in der Natur kaufen, dann darf im Umkreis von 100 Kilometern kein Großbauer sein!

Einen kleinen Trost gibt es dann doch noch, denn als es wieder schneit und die weiße Pracht die braune Schande unter sich bedeckt, sieht die Welt zumindest wieder ganz in Ordnung aus. Auch den widerlichen Gestank riechen wir Dank Minustemperaturen nicht mehr.

Man munkelt, dass Großbauer sich jetzt eine Biogasanlage anschaffen will. Von mir aus kann er da mitsamt seiner Gülle und seinen Monstermaschinen auf Nimmerwiedersehen drin verschwinden.

Sylvia Oversized

Ich brauche Frühling, unbedingt und ganz dringend. Nicht nur weil sich Körper und Geist jetzt nach Sommer, Sonne, Garten, Paddeln und Draußensein sehnen, sondern weil ich sonst bald aus allen Nähten platze. Meine Hormondiskrepanz bringt nämlich neuerdings auch Heißhunger- und Fressattacken mit sich. Gerne gegessen habe ich schon immer. Kontrolliert gerne gegessen, aber das hier ist ganz was anderes. Unkontrolliertes Fressverhalten trifft es wohl am besten. Totaler Verlust der Impulskontrolle.

Dieser nicht zu bremsende, nicht zu zügelnde Heißhunger auf irgendwas. Meistens etwas, was dick macht und ungesund ist. Dick macht. Genau das ist das Stichwort. Früher, ja, da kann ich essen, was ich will. Ich werde einfach nicht dick. Das ist cool, das ist super.

Als Teenie wäre ich allerdings gerne etwas dicker gewesen oder hätte zumindest gerne mehr Brust gehabt, viel mehr Brust. Überhaupt Brust wäre auch schon gut gewesen. Oder einen runden Hintern, oder oder.

Lange kann ich mir in Sachen Essen ungestraft den einen Schnitzer nach dem anderen erlauben, doch diese Zeiten sind nun auf immer und ewig vorbei und mein Heißhunger ist, wie gesagt, unendlich groß.

Ich könnte auch mit zwei Schnitten morgens ganz gut meinen Tag starten, esse zur Sicherheit aber lieber drei. Nur um ganz bestimmt richtig satt zu sein, bis wir mit den Hunden vom Spaziergang zurückkommen, denn dann steht die erste Fika des Tages an. Das ist auch sowas Neues. Wir haben immer nur nachmittags gefikat, also Käffchen mit was dabei. Jetzt geht das, ganz nach guter schwedischer Tradition, schon morgens um elf los.

Plätzchen sind meine neue Leidenschaft. Ich kann mich einfach nicht beherrschen und stopfe die kleinen Scheißerchen gleich händeweise in meinen Mund. Völlig außer Kontrolle gerate ich bei gefüllten Waffeln. Fange ich einmal damit an, kann ich einfach nicht mehr aufhören. Die Option, gar nicht erst mit den Wäffelchen anzufangen, gibt es bei mir nicht. Diesen Punkt habe ich schon vor längerer Zeit überschritten.

Beim Mittagessen sind meine Portionen um ein Vielfaches größer als die von Michel. Trotzdem habe ich immer Angst, nicht satt zu werden. Ganz besonders schlimm ist es, wenn wir Cheattag haben und der gelb rote Donken dran ist. Ich schaffe es nicht mehr mit einem Supersize-Menü. Wir kaufen zwei Menüs und während mein Mann seinen Burger isst und eventuell noch ein paar dazu gekaufte Chillikäsedinger, stopfe ich im wahrsten Sinne des Wortes Burger, zweimal große Pommes und eine große Cola in mich rein. Hoffentlich werde ich satt.

Noch schlimmer wäre es, hungrig ins Bett zu gehen. Was für ein Alptraum. Mit knurrendem Magen schläft es sich so schlecht. Also muss ein ausreichend großes Abendessen kredenzt werden, immerhin liegt die Nachmittagsfika ja auch schon wieder einige Stunden zurück.

Ich habe zu anfangs erwähnt, dass das alles leider nicht mehr ohne Spuren an mir vorüberzieht und so ziehe ich vorsichtshalber nur noch meine Hosen mit Gummizug an. An die anderen traue ich mich schon gar nicht mehr ran. Das Fettpolster, das über dem Gummizug wabbert verstecke ich unter langen, weiten Shirts. Ja, ich habe für obenrum den Oversize-Look für mich entdeckt. Und da kommen wir auch gleich zu meinem nächsten Problem. Ich bin nämlich nicht der Typ Wuchtbrumme. Also gleichmäßig füllige Frau, mit runden Formen, vollen

Lippen, großen Brüsten. Nein, ich bin die untypische extreme A-Linie. Kleiner Kopf, kleines Gesicht, große Brille, knöcherige Schultern, lange dünne Arme und ab der Taille eröffnen sich ungeahnte Weiten. Wobei, meine Taille lässt auch sehr zu wünschen übrig. Gefällt mir das Bäuchlein, eh der Bauch schon nicht, so habe ich doch mit Entsetzen festgestellt: ich habe jetzt richtige große Love-Handles! ICH HABE LOVE HANDLES!!! An beiden Seiten! Wie konnte das passieren? Und viel wichtiger, wie werde ich die wieder los? Auf den Schock habe ich mir erst einmal eine Tafel Schokolade gegönnt. Zum Trösten und zum Nachdenken. Mit vollem Bauch denkt es sich einfach so viel besser.

Ich habe einfach keine Taille mehr. Da, wo sich noch vor ein paar Monaten der Mittelpunkt meines Körpers befunden hat, gibt es jetzt Bauch und Love-Handles. Dicker Po, ausgeleierte Oberschenkel, gerade, undefinierte Beine. Und ich habe schon wieder Hunger, einen Mordshunger. Ich könnte sogar drei Donken Menüs schaffen heute.

Darum brauche ich den Frühling, denn da ich meinen Hunger nicht kontrollieren kann, brauche ich körperliche Betätigung. Ich muss Schubkarren mit Erde durch den Garten schieben, Kompost machen, Holz spalten und stapeln. Ja, Holz, viel Holz, ganz viel Holz. Wir müssen dieses Jahr unbedingt unglaublich große Mengen Holz machen. Wandern, ich werde ganz Schweden durchwandern und mir alle Seen im näheren und ferneren Umkreis erpaddeln. Am besten wandere ich mit meinem Boot im Schlepptau dorthin. Nachdem ich vorher stundenlang Holz gemacht habe. Ich muss unbedingt Kalorien loswerden und Kilos, denn sonst platze ich wirklich bald aus allen Nähten.

Puzzlefreaks

Meine Schwester Barbara ist dem Puzzeln noch mehr verfallen als ich. Hier ist der Winter jetzt fast vorbei und ich habe die Puzzlesaison für dieses Jahr beendet. Im Moment kümmere ich mich natürlich auch intensiv um mein Buch und meine neuen Geschichten. Puzzeln hat bei mir gerade einfach keine Priorität. Das macht aber nichts, denn der nächste Winter kommt bestimmt. Jetzt warte ich erstmal sehnsüchtig auf die Gartensaison.

Nicht so meine Schwester. Fast wöchentlich erreichen mich Berichte mit Fotos von neuen Puzzles, die sie irgendwo billig beim Second Hand aufgetrieben hat.

Das Muss eines jeden Puzzlefreaks ist eine Puzzlematte. So eine große Filzmatte, auf der man das Puzzle legen kann und bei Bedarf rollt man das Ganze einfach auf und legt es weg und später kann man es wieder hinlegen. Glaubt immer keiner, dass das wirklich funktioniert. Tut es aber. Auch meine Schwester ist total begeistert, als ich ihr meine Matte demonstriere, denn zu Hause hat sie nur einen großen Tisch, der auch als Esstisch und als Tisch-für-alles funktioniert.

Es ist auch durchaus praktisch, wenn man das Puzzle mal schnell wegpacken kann, wenn z.B. Leute vorbeikommen, die nicht sofort sehen sollen, dass man puzzelt. Obwohl fast jeder mehr oder weniger freiwillig zugibt gerne zu puzzeln, macht man es doch irgendwie immer noch hinter vorgehaltener Hand und mit zugezogenen Gardinen.

Auf jeden Fall räumt Barbara ihr Puzzle lieber weg, als der Handwerker kommt, um meinem Schwager Jörg bei einer kniffligen Frage zum Badezimmer renovieren zu helfen. Teils wegen dem Fremdschämgefühl über das

1500 Teile Cinderella-Disney-Puzzle, aber auch weil die Männer den Allzwecktisch für ihre Pläne brauchen. Die Besprechung ist fertig und die zwei verschwinden im oberen Stock zur Baustellenbegehung und meine Schwester rollt die Cinderella wieder raus.

Doch dann kommen die beiden Männer völlig unerwartet noch mal nach unten und Barbara kriegt die Cinderella nicht so schnell vom Tisch. Und das ist ihr auf einmal irgendwie peinlich. Eine gestandene Frau mit einem 1500 Teile Disney-Cinderella-Puzzle.

Sofort erlischt beim netten Handwerker jedes Interesse für das unfertige Badezimmer im Obergeschoss. Er findet die Cinderella auf einmal viel wichtiger und vor allem die Puzzlematte. Mein Schwager ist fassungslos, aber es ist wie es ist, sein Handwerker ist ein begeisterter Puzzler und dann noch einer von der äußerst seltenen Sorte; Mann und schämt sich nicht.

Während Barbara und er die verschiedenen Puzzlequalitäten diskutieren, welche Marken die besten sind, wo man am besten Puzzles kaufen kann, welche am meisten Spaß machen und darüber fachsimpeln, ob jetzt 500 Teile Puzzles eigentlich zu klein sind oder gerade gut für mal eben schnell zwischendurch, und ob 3000 Teile mega sind oder eigentlich schon zu groß, geraten mein Schwager und das unfertige Badezimmer im Obergeschoß immer mehr ins Abseits. Als meine Schwester dann auch noch die Puzzlematte vorführt, sind Jörg und sein Badezimmer völlig vergessen, denn davon hat der nette Mann noch nie etwas gehört und gesehen. Als Handwerker hat er sich einen eigens zum Puzzeln entworfenen Klappmechanismus aus Sperrholz gebaut. Aber diese Puzzlematte, einfach genial. Die wird er sich auch gleich kaufen. Was, die gibt es auch für Puzzles mit mehr als 3000 Teilen?

Mein Schwager steht völlig vergessen und abgeschrieben daneben und rollt nur noch mit den Augen. Hier kann er einfach nix mehr machen.

Papa und die toten Kreuzottern

Papa hat einen neuen Weg zum See entdeckt. Einen kleinen Trampelpfad, der sich durch den Wald windet, an wunderschönen, moosbewachsenen Stellen vorbeiführt und letztendlich unten an seinem geliebten Saljen rauskommt. Direkt an der Stelle, die früher einmal unsere geheime Lieblingsbade- und Bootanlegestelle gewesen ist. Früher, bevor der Bauernhof, zu dem diese Stelle gehört, verkauft worden ist. Papa kann es nach all den Jahren immer noch schwer verkraften seine Traumstelle an die neuen Eigentümer verloren zu haben, aber manchmal geht er doch noch dorthin. Inzwischen gibt es dort einen Badesteg und eine Feuerstelle. Die Neuen, wie Papa immer noch sagt, haben sich dort richtig eingenistet.

Schon seit Monaten quengelt er, dass wir doch endlich einmal mit ihm dorthin gehen sollen, aber meistens ist uns das zu weit. Doch heute, wo das Wetter so toll ist und die Sonne endlich wieder scheint, könnten wir wirklich einmal runter zum See gehen. Auf dem Weg dorthin erzählt mein Vater mir, dass er im Herbst auf dem Badesteg fünf tote Kreuzottern gesehen hat. Im Herbst? Das finde ich seltsam.

-Doch, doch, behauptet der Mann, ich habe die dann alle ins Wasser gekickt, dann haben vielleicht wenigstens die Fische noch was davon.

Das wage ich zu bezweifeln und ich denke den ganzen Weg darüber nach, warum sich die Kreuzottern zum Sterben auf den Badesteg gelegt haben. Der Weg ist wirklich schön und auch am See ist es wunderschön. Ich bin schon lange nicht mehr dort gewesen. Viele Erinnerungen haben wir an den Platz und Papa wird auch gleich wieder wehmütig.

-Ey kumma, da liegen schon wieder Schlangen auf dem Steg, ruft er auf einmal.

Das kann jetzt aber wirklich nicht sein. Auch wenn heute die Sonne scheint und es relativ mild und fast Frühling ist, aber es ist eben auch nur fast Frühling. Es ist immer noch Winter und es herrschen immer mal wieder kalte Temperaturen. Keine Schlange, die noch recht bei Trost ist, würde sich bei dieser Witterung aus ihrer Winterstarre herauswagen und schon gar nicht, um sich auf einen Bootssteg zu legen, um was zu tun? Sich zu sonnen? Dort zu sterben?

Außerdem sieht Papa schlecht. Die drei eingeringelten Kleckse da auf dem Steg könnten auch etwas ganz anderes sein. Nicht mal ich kann das auf diese Entfernung erkennen. Papa ist sich seiner Sache jedoch ganz sicher. Da liegen Schlangen auf dem Steg, basta.

-Wir gehen da jetzt hin und gucken nach.

-Wirste schon sehen, brummelt er.

OK. Gehen wir halt hin und schauen nach, dann können wir dieses Schlagenmysterium vielleicht ein für allemal aufklären.

Hö? Da liegen wirklich drei Schlangen auf dem Steg. Ich traue meinen Augen nicht. Das kann nicht sein. Nicht hier und schon mal gleich gar nicht jetzt.

-Siehste, ruft Papa, hab ich dir doch gesagt.

Er schubst die erste Schlange mit der Fußspitze an.

-Mausetot, konstatiert er.

Ich schaue mir die Schlange noch mal ein wenig genauer an. Piekse erstmal ganz vorsichtig mit dem Finger rein. Vielleicht macht die ja doch nur ein bisschen Siesta hier auf dem Steg. Ich will auf gar keinen Fall jetzt auch noch von einer wütenden Kreuzotter gebissen werden, nur weil ich ihr das erste Sonnenbad des Jahres durch mein Gepiekse vermiest habe. Aber nein, da tut sich nix. Die muss schon länger tot sein, denn die fühlt sich schon ganz gummiartig an. Auch die anderen Schlangen liegen genauso eingerollt wie die erste und sind gummiartig

Das ist mehr als seltsam. Papa redet die ganze Zeit auf mich ein, dass er es mir doch gleich gesagt hat. Bei mir siegt die Neugierde. Ich hebe mal eine Schlange hoch. Eingerollt wibbelt sie in meiner Hand, gummiartig. Und sie bleibt so gut in Form, viel zu gut. Ich weiß nicht, was ich mir vorgestellt habe, aber dieser Schlangenmummie ist einfach irgendwie zu, eh unecht? Der Schlange hängt jetzt auch noch die Zunge aus dem Mund und ich nutze die Gelegenheit mir so einen Kreuzottermund mitsamt Giftzähnen einmal genauer anzuschauen. Alles aus einem Guss.

-Eh Papa, die sind nicht echt. Die sind aus Gummi, sag ich.

-Is ja gar nicht wahr! Natürlich sind die echt, Papa ist entrüstet.

-Nee, antworte ich, guck mal hier. Alles aus einem Guss. Die sind aus Gummi. Zunge, Zähne, alles aus Gummi.

Papa glaubt mir nicht, denn wieso um alles in der Welt sollte jemand Gummischlangen auf den Steg legen. Was für ein Unsinn. Ich zeige ihm die Gummizunge mal aus der Nähe und sogar eine Gummigussnaht ist zu sehen. Papa ist jetzt richtig sauer, auf sich, mich, die Schlangen, die Neuen und die ganze Welt. Wütend kickt er mit dem Fuß den Gummidummie ins Wasser.

Ja, warum sollte sich jemand die Mühe machen und mitten im Wald Gummischlangen auf einen privaten Badesteg legen? Mir kommt da so eine Idee. Könnte es nicht sein, dass der Bauer im Herbst und Frühjahr die

Dummies auf den Steg legt, um Gänse abzuschrecken? Damit die sich nicht auf den Steg setzen und den vollkacken? Ich finde das eine sehr plausible Erklärung. Papa will aber keine plausiblen Erklärungen, grummelnd fischt er die Schlange wieder aus dem Wasser und legt sie zum Sterben auf den Steg.

Bücher, Bücher, noch mehr Bücher

Ich liebe Bücher und ich liebe es zu lesen. Das ist aber nicht immer so gewesen. Mir fällt der Anfang schwer. Ich finde es unglaublich mühsam und schwierig lesen zu lernen und meine Grundschullehrerin prophezeit meinen Eltern dann auch, dass aus mir nie eine Leseratte werden wird. Aber weit gefehlt. So hat sie sich auch in manch anderer Prophezeiung, was mich betrifft, getäuscht. Eigentlich habe ich meine Grundschulzeit recht harmonisch in Erinnerung. Klar, ich will immer gerne Bandenchef sein, habe auch mal andere Kinder geärgert, aber im Allgemeinen habe ich immer gedacht, dass ich doch ein recht fröhliches und beliebtes Kind gewesen bin, das gerne und leicht gelernt und gute Noten bekommen hat.

So habe ich mir wohl meine kindliche Welt und die Grundschulzeit im Nachhinein schöngeträumt. Denn als ich mal in meinen alten Zeugnissen nachschaue, dann lese ich so ganz andere Beurteilungen wie ich sie in meiner Erinnerung habe und auch meine Noten sind viel schlechter. Aber was soll's, aus mir ist ja doch noch was geworden. Ich komme auf jeden Fall ganz gut durchs Leben und Lesen gelernt, liebe Frau Brüggemann, habe ich auch noch. Ich scheine sogar auch recht gut und amüsant schreiben zu können, bin recht ausgeglichen und kein Verbrecher oder Terrorist geworden. Das ist wahrscheinlich schon mehr, als meine Lehrerin sich damals von mir erhofft hat.

Das mit dem Lesen dauert also ein wenig. Ich muss mir das mühsam erarbeiten und Geduld und Durchsetzungsvermögen gehören scheinbar nicht zu meinen kindlichen Eigenschaften. Irgendwie habe ich es dann doch noch geschafft, ich weiß nicht mehr, wann der Knoten bei mir geplatzt ist, aber nach der Grundschule habe ich gerne gelesen und auch gerne geschrieben. Geschichten und hauptsächlich Tagebucheinträge.

Ich habe immer ein, zwei Bücher am Start. Ich liebe es, in eine Welt einzutauchen, eine Welt, in der ich mich mit meiner Fantasie viel freier bewegen kann, als wenn ich mir im Fernsehen vorgefertigte Bilder angucke. Ich erlebe das Gelesene viel intensiver, meine Sinne werden geprickelt.

Und es gibt so unendlich viel, was gelesen werden muss. Sei es über Astronomie, Reiseberichte, Krimis, Abenteuergeschichten, Lustiges, Trauriges, auch mal Fantasie oder ein Feel-Good-Roman. Ich lese und lese und lese. Deutsch, holländisch, schwedisch, das macht mir nichts aus.

Als ich kaum noch Platz für Bücher habe, bekomme ich vom Mann meiner Träume einen E-Reader, vollgepackt mit guten Büchern zum Geburtstag. Erst bin ich skeptisch, will ich doch gerne in einem Buch blättern und das Papier riechen. Aber ganz schnell stelle ich fest, dass so ein E-Reader eine Klasse Sache ist, vor allem abends im Bett. Man kann die Buchstaben so schön riesengroß machen, herrlich. Endlich muss ich mich beim Lesen nicht mehr so anstrengen. Ich kann wunderbar markieren, wo ich eingeschlafen bin, und das erspart mir so manches Doppelgelese. Ich kann endlos viele Bücher haben. Ich werde es in diesem Leben nicht mehr schaffen, das Ding voll zu machen. Ich liebe meinen E-Reader. Er ist mein treuer Einschlafbegleiter. Er wartet jeden Abend schon im Schlafzimmer auf mich.

Aus irgendeinem Grunde hat es sich so ergeben, dass ich tagsüber richtige Bücher lese. Also Bücher aus Fleisch und Blut, eh Papier und Pappe. Ich lese alle meine

National Geographic Reiseberichte, ich habe sicher an die 40 Bände, lese meine Lieblingsbücher zum zweiten, dritten oder sechsten Male, finde immer noch Bücher die mal gekauft, aber nie gelesen wurden und lehne jedes noch so freundliche Angebot von Familienmitgliedern ab, die mir mal ein Buch leihen wollen. Ich habe voll und ganz mit meiner eigenen Bibliothek zu tun.

Hin und wieder kaufe ich mir auch ein Buch, neu oder aber am liebsten gebraucht. Dann noch eins und noch eins und ehe ich mich versehe, bin ich mitten im Buchkaufrausch. In jedem Buch, das ich kaufe, finde ich Tipps für neue Bücher, die ich unbedingt lesen will. Und so geht es nun schon seit geraumer Zeit immer weiter.

In meinem, mittlerweile sehr geliebten, Arbeits-, Mal-, Schreib-, ehemaligen Esszimmer stapeln sich die noch zu lesenden Bücher auf unserem ehemaligen Esstisch und so langsam, aber sich stelle ich mir doch zwei Fragen; kann ich jemals wieder aufhören einen Großteil meines schwer verdienten Geldes in neue Bücher zu investieren und wann zum Teufel soll ich all diese tollen Bücher lesen?

Der Medimops

Richtig schlimm mit mir und den Büchern wird es dann, als ich den Medimops für mich entdecke. Oder entdeckt der Medimops mich?

Was ist das überhaupt für ein komischer Name? Medimops. Ich stelle mir darunter einen dicken Hund vor, der Ramsch verkauft.

-Nee, gebrauchte Bücher, sagt Freundin Annelie.

Bücher? Da werde ich doch gleich mal neugierig und schaue mir den mopsigen Medi genauer an. Und siehe da. Ich bin im Gebrauchtbücher-Kaufen-Paradies gelandet. In Null Komma Nix habe ich eine lange, meterlange, To-Have-Liste auf meinem Zettel. Bücher, die ich unbedingt lesen muss, immer schon haben wollte oder die einfach viel zu schade sind, um beim Medi zu liegen.

-Wann willst du die denn alle lesen? fragt der Herr des Hauses.

Lalalala, ich hör einfach gar nicht hin.

-Und wo sollen die alle stehen? legt Michel noch mal nach.

Boah, Spielverderber. Keine Ahnung, irgendwann, irgendwo. Ist doch egal. Hauptsache erstmal die Beute sichern. Vielleicht können wir ja noch ein neues Bücherregal bauen?

-Wo? will M wissen.

Wo, was weiß ich denn?

-Da, sag ich und zeige auf das Sofa, da könnte man noch ein kleines, schmales Regal hin quetschen. Würde sogar gut aussehen.

Erstmal bekomme ich dafür den bösen Blick, aber ich bin jetzt wild entschlossen alle diese wunderbaren Bücher zu kaufen und dazu brauche ich dieses neue Regal.

Der Mann kapituliert und baut mir tatsächlich ein kleines Bücherregal. Ich bin total begeistert. Alle Bücher, die mein Schreib-, Mal-, Arbeitszimmer schon so lange blockieren, finden darin Platz und sogar ein paar neue Schätze kann ich mir jetzt gönnen und wenn alle Stricke reißen, muss halt der Tisch im Arbeitszimmer wieder herhalten. Kommt Zeit, kommt Rat.

Ich mache meine erste Bestellung und bin selig. Ich finde das so toll nachhaltig gebrauchte Bücher zu kaufen. Die kleine Stimme in meinem Kopf, die mir zuflüstert, dass davon aber kein Autor leben kann, überhöre ich geflissentlich.

Lange muss ich warten, bis mir mein Paket aus Deutschland mitgebracht wird, denn natürlich will ich meine Bücher auch noch portofrei hierher bekommen und da ich sowieso noch so viele Bücher zu lesen habe, kann ich auch warten.

Das Problem an der ganzen Sache ist nur, dass ich schon wieder neue Bücher gefunden habe, die ich beim Mops kaufen möchte, nein muss.

Das ist auch doof, dass Leute immer ganze Buchreihen schreiben müssen, denn dann will ich die immer alle haben. Am besten schon, bevor ich das erste Buch überhaupt gelesen habe, denn allein der Titel und das Cover sagen mir altem Bücherfuchs schon genug. Der Autor ist ganz bestimmt ganz toll, von dem muss ich alles lesen. Und so kommt es, wie es kommen muss. Ich mache noch eine Bestellung. Ja mein Gott, bei den Preisen muss man ja auch zuschlagen. So billig bekomme ich nie wieder so großartige Bücher. Und außerdem dauert das ja eh noch eine ganze Zeit, bis meine Schwester mit meiner neuen Bücherkiste nach Schweden kommt. Eigentlich ist das sogar noch für den guten Zweck, denn dann können

Barbara und alle anderen schon mal die Bücher lesen. Nachhaltiger geht es wohl kaum noch.

Und natürlich dauert es gar nicht mehr lange, bis mir wieder ein Buchtipp vor die Nase flattert. Natürlich ist auch diese Autorin Wiederholungstäterin und ich fühle mich gezwungen, mich ihres gesamten Oeuvres zu bemächtigen. Michel deutet auf mein inzwischen übervolles Buchregal, rollt mit den Augen und zuckt mit den Schultern. Ja, weiß ich auch nicht. Kommt Zeit, kommt Platz?

Gemeinsam sind wir stark

Ich habe mich angemeldet. Zu einem Kursus über Angst. Mich hat daran interessiert, dass der Kurs für alle Menschen offen ist. Betroffene, Angehörige oder einfach nur Interessierte. Es ist eine Mischung aus einer Vorlesung, eigenen Reflektionen und Diskussionen mit der Gruppe. Ich bin total begeistert, finde das Ganze aber auch schaurig schön. Ich melde mich auf jeden Fall erstmal an und dann schaue ich mal. Ein bisschen mulmig wird mir schon, je näher der Kursstart kommt.

Warum ich mich angemeldet habe? Ich treffe bei meiner Arbeit auf der Palliativstation so viele Menschen, die Angst haben. Viele können gut mit ihren Ängsten umgehen, aber es kommen immer mehr Patienten zu uns, die vorher schon eine Angstproblematik gehabt haben und deren Ängste im Angesicht des Todes ins Bodenlose steigen.

Wir haben keine spezielle Ausbildung gehabt, wie man diesen Menschen und ihren Ängsten begegnet. Oft herrscht noch die alt verbreitete Meinung, dass man versuchen sollte, Leute mit Panikattacken abzulenken. Und so sitzen viele meiner Kolleginnen und fangen an, über das Wetter oder anderen Nonsens zu reden. Hilft das nichts, dann haben wir immer die Möglichkeit Beruhigungsmittel zu geben. Und das ist gut so, funktioniert aber längst nicht für jeden. Ich merke es schon seit geraumer Zeit. Eine neue Sorte Patient kommt zu uns. Nicht mehr jeder sagt, ja Doktor, gut so Doktor.

Die Leute sind viel informierter als früher, wollen andere Sachen ausprobieren, verlangen mehr von uns. Wenn wir es jetzt verpassen, uns zu schulen, dann hinken wir in ein paar Jahren hoffnungslos hinterher.

Und dann ist da auch noch etwas anderes. Das mit mir und meinen eigenen Panikattacken. Als ich vor einigen Jahren einen Burnout gehabt habe. Beim ersten Mal bin ich sicher, dass ich einen Herzinfarkt habe und auf der Stelle sterben werde. Ich bekomme keine Luft und mein Herz rast wie wahnsinnig. Der Arzt macht ein EKG und sieht- nichts. Auch bei der zweiten Angstattacke fahre ich zum Arzt. Mit dem gleichen Ergebnis.

Beim dritten Mal erkenne ich die Symptome und obwohl mir auch dieses Mal angst und bange wird, beschließe ich zu Hause zu bleiben. Langsam lerne ich, dass es mir hilft, etwas Schönes zu machen, wenn die Angst kommt. Mit den Hunden rausgehen, versuchen etwas zu lesen, in den Garten gehen oder Video gucken. Ich bekomme meine Ängste unter Kontrolle und je öfter mir das gelingt, desto seltener kommen sie zurück.

Ja, mein Burnout. Was ist da eigentlich los gewesen? So ganz genau werde ich es wohl nie erfahren. Nur, dass es heftig gewesen ist und ich mehr als zwei Jahre gebraucht habe, bis ich mich wieder komplett erholt habe. Und die Gewissheit, dass ich schon lange vor den eigentlichen Symptomen nicht mehr ich selbst gewesen bin. Wahrscheinlich schon viele Jahre lang. Schleichend und langsam, bis zu dem Tag, an dem ich nicht mehr aufstehen mag. Ich habe viel gelernt, viel verändert und auch ich selbst habe mich verändert und heute bin ich wieder richtig glücklich.

Und ich bin mir sicher, ich habe Glück gehabt. Mein Burnout geht einher mit einem kompletten Vitamin D- und B-Mangel. Mein D-Vitamin Niveau ist in der schlimmsten Zeit nicht mehr messbar. Und beides gibt auf Dauer die gleichen Symptome wie ein Burnout. Ich glaube also, dass meine Krankheit eher körperlicher

Natur gewesen ist und nachdem mein Körper das bekommt, was ihm so gefehlt hat, erhole ich mich langsam wieder.

Kursstart. Wir sind zu zehnt. Am Anfang sitzen wir aufgeregt und beklemmt auf unseren Stühlen. Sollen wir uns jetzt wirklich drei Mal jeden Montag treffen? Die Kursleitung schlägt eine Vorstellungsrunde vor. Jeder braucht nur so viel zu erzählen, wie er mag.

Es ist jemand gekommen, der Angst nach einem Stroke bekommen hat und eine Frau, die schon seit über 15 Jahren schwere Angst hat nach einer postnatalen Depression. Der Mann, der seine Frau begleitet, weil sie sich alleine nie getraut hätte, die schwangere Frau, deren Mann zu Hause sitzt und so viel Panik hat, dass er das Haus nicht mehr verlassen möchte.

Die Krankenschwester, die nicht mehr arbeiten kann und sich so alleine fühlt. Ältere, jüngere und alle sind so tapfer. Die Kursleitung ist toll und schnell ist das Eis gebrochen und alle erzählen und reden über sich und ihre Erfahrungen und ich merke- Mensch, das hier tut so gut. In einem Kreis von Leuten, die ich gerade mal kennengelernt habe, die alle wissen worüber man redet sich einfach mal auszutauschen. Einfach mal zu sagen- kennt ihr das auch? In einer ruhigen, sicheren Atmosphäre reden zu können, Wiedererkennung zu finden.

Ich bin so imponiert von den Kursteilnehmern, die trotz ihrer großen Ängste gekommen sind und über sich erzählen. Ausgerechnet diejenigen mit der größten Angst sind es, die sich als erstes öffnen und über ihre Situation reden.

Die 2,5 Stunden vergehen wie im Flug. Ich bin ganz erstaunt, dass der erste Kurstag schon vorbei ist und kann es kaum erwarten, bis zum nächsten Treffen.

Ich bin mir sicher, dass ich hier ganz viel lernen werde. Über mich, aber auch darüber, wie ich anderen Menschen in Zukunft besser beistehen kann.

Noch immer oder schon wieder

Ich stehe in meinem Arbeits-, Mal- und Allzweckzimmer und pikiere kleine Kohlpflänzchen. Lang sind sie geworden und dünn. So lang und dünn, dass sie nun Gefahr laufen umzuknicken. Eigentlich sollten sie schon lange zum Abhärten in der Glasveranda stehen, aber draußen herrscht Winter. Und wenn ich Winter sage, dann meine ich auch Winter. Eisige Winde, -10 Grad und zehn Zentimeter Schnee. Wie konnte das jetzt wieder passieren?

Nicht, dass ich nach fast 20 Jahren Schweden nicht an Winterrückfälle oder Wetterunfälle im Allgemeinen gewöhnt bin, doch das hier? Wenn der Winter in der ihm zugewiesenen Zeitspanne mehr oder weniger durch Abwesenheit geglänzt hat, dann braucht er jetzt, wo eine andere Jahreszeit dran ist, nicht so aufdringlich zu sein. Ich bin doch schon mit Dampfi im Gewächshaus gewesen, alle Frühblüher im Garten haben geblüht, die Summseln sind rumgesummselt, ich wollte draußen Fikan und habe Stiefmütterchen gepflanzt.

Es ist ja auch gar nicht schlimm, einen langen Winter zu haben. Wir haben hier schon Winter gehabt mit durchgängig Schnee und Eis von Oktober bis Ende März. Das ist total ok und legitim. Wetterrückfälle verkrafte ich im Frühjahr auch recht gut. Immerhin wohnt man ja im hohen Norden. Aber erst ist lange kein Winter weit und breit zu sehen, dann Frühling und dann herrscht auf einmal sibirische Kälte. Das finde ich nicht in Ordnung.

Als es vor ein paar Tagen angefangen hat zu schneien, ist es noch wärmer gewesen und zuerst bleibt der Schnee dann auch nicht liegen. Gebannt schaue ich auf meiner Arbeit aus dem Fenster und bin sehr befriedigt. Ha, habe ich es doch gewusst. Die angekündigten Schneemassen haben keine Chance. Aber von wegen. Die Temperaturen fallen und als ich mich nach der Spätschicht auf den Nachhauseweg mache, liegt schon fast 10 cm nasser, glitschiger Schnee. Es ist das zweite Mal in all den Jahren, in denen wir hier wohnen, dass ich den steilen Hügel zu unserem Dorf fast nicht hochkomme. Unsere kleine Straße ist natürlich noch nicht geräumt und ich schwimme mit dem Duster wortwörtlich in der Schneesuppe. Wohlweislich schalte ich schon vor dem Hügel in den zweiten Gang runter und dann mit Vollgas die steile Straße hoch. Vollgas ist nicht meine beste Idee an diesem Tag gewesen, denn der Duster macht sein eigenes Ding und rutscht und schlittert. So komme ich den Berg nicht hoch, doch wenn ich jetzt stehen bleibe, habe ich verloren. Ich rutsche sowieso nur noch im Schneckentempo dahin.

Ich knalle den ersten Gang rein und versuche nochmal ein wenig Gas zu geben. Wir bewegen uns immer noch. Juchhe! Allerdings bin ich mir nicht so ganz sicher, ob ich noch im Zeitlupentempo vorwärtsfahre oder schon langsam zurückrolle. Ich schaukle im Sitz hin und her, als ob ich so den Duster den Berg rauf bekomme. Doch dann bekommt ein Vorderreifen Griff und wir nehmen wieder mehr Fahrt auf. Wir bewegen uns jetzt definitiv in die richtige Richtung, trotzen der Schwerkraft. Und so schaukeln und rutschen Duster und ich uns gemeinsam den Hügel hoch. Fix und fertig und schweißgebadet komme ich zu Hause an.

Natürlich habe ich am nächsten Morgen Frühschicht. Michel steht tapfer mit auf und schaufelt Mengen von nassem Schnee von der Einfahrt. Der Schneepflug ist immer noch nicht da gewesen. Ich muss von unserer Einfahrt aus sofort eine kleine Steigung hoch und wieder rutsche ich im Schneckentempo los. Dann geht es den steilen

Hügel, den ich am Abend zuvor fast nicht hochgekommen wäre wieder runter. Es gibt eine Fahrspur, obwohl der Duster sich im Schneematsch lieber seinen eigenen Weg suchen möchte. Lenken ist ausgeschlossen. Das Auto macht, was es will und ich kann nur hoffen, dass keiner so doof ist und am frühen Morgen den Schlampenackerberg mit seinem Fahrzeug erklimmen möchte. Ich wüsste nämlich nicht, was ich machen sollte, wenn mir jetzt jemand entgegenkäme.

Ich finde das ganz schön gruselig, so ohne jede Kontrolle über mein Auto den Hügel runterzurutschen. Zum Glück ist die große Straße unten schon relativ frei und so komme ich dann doch noch wohlbehalten und fast pünktlich auf meiner Arbeit an. Nachmittags sind die Straßen dann endlich alle geräumt und die Temperaturen auf Sibirienniveau gefallen.

Meine Wetter-App warnt mich vor Grasbränden. Das halte ich für einen ganz schlechten Scherz. Eine Woche lang soll dieses Winterintermezzo noch anhalten, doch dann verspricht man uns Temperaturen im zweistelligen Plusbereich. Hoffentlich, denn sonst könnte es noch passieren, dass der Frühling in diesem Jahr komplett ausfällt und der Winter direkt vom Sommer abgelöst wird und das wäre wirklich sehr, sehr schade.

Der Miniskorpion

Ich liege auf dem Sofa mit Decke, Wärmflasche, Chihuahua und YouTube. Ich guck mir Vicky an, die mit ihrem Camper in Griechenland überwintert und bin total begeistert.

Mein Gott, hat Griechenland blaues Wasser. Mich packt sofort die Reise- und Auswanderlust und wenn es nicht gerade so gemütlich und warm auf dem Sofa wäre, würde ich sofort anfangen meine sieben Sachen zu packen. Aber für heute ist fremdabenteuern genau das Richtige für mich.

Ich bin mittendrin im Griechenlandfieber, da sehe ich es. Es krabbelt was auf meinem Bildschirm herum. Hin und her und hoch und runter. Och nö, ich habe so gar keine Lust mich unter meiner schönen warmen Decke rauszuschälen. Es nützt nichts, das Tierchen muss gerettet werden, sonst kann ich nicht in Ruhe weiterschauen und gucke nur immer auf das Gekrabbel.

Der Schnappi muss her. Schnappi ist bei uns den ganzen Sommer unentbehrlich, denn lebt man auf dem Lande, so findet sich immer der ein oder andere ungebetene Gast im Haus ein Spinnen, Fliegen, Wespen, Hummeln, alle möglichen Insekten mogeln sich durch unsere Fliegengardine, surfen auf den Hunden mit rein, kleben an unserer Kleidung oder sitzen im Brennholz.

Früher habe ich jedes Tierchen immer mit einem Glas und einem Stück Papier gefangen, aber dann ist der Schnappi in mein Leben gekommen. Der Schnappi ist einfach super. Ein Griff mit einer durchsichtigen kleinen Kuppel vorne, die man über das zu fangende Tier stülpt. Und wenn das Tier dann drinnen sitzt, kann man die Kuppel ganz bequem mit einem Schieber zuschieben.

Einfach, tierfreundlich und mittlerweile wir können uns ein Leben ohne den Schnappi gar nicht mehr vorstellen.

Ich sitze also mit Schnappi am Anschlag vor dem Fernseher und gucke fasziniert auf dieses kleine Wesen, das da über den Schirm krabbelt. Ein winzig kleiner Körper, vorne zwei lange Fühler und an deren Enden zwei mikroskopisch kleine Greifzangen sitzen. Alles unglaublich winzig und filigran, aber durch das Gegenlicht im Fernsehen kann ich jedes noch so kleine Detail erkennen. Vorsichtig setze ich den Schnappi an, das Tierchen krabbelt einfach weiter, lässt sich vom Schnappi nicht aufhalten. Ich drück etwas fester zu. Wieder krabbelt der Winzling wie von Geisterhand einfach weiter. Hö? Wie kann das sein? Auch ein dritter Versuch scheitert.

Ich halte den Schnappi unter das Insekt und versuche es vorsichtig mit dem Finger hineinzuschnipsen. Aber da ist nichts zum Schnipsen. Einfach nur glatter Bildschirm. Das ist mehr als seltsam, aber dann wird mir klar, der kleine Kerl sitzt gar nicht auf meinem Bildschirm. Der sitzt auf Vickys Linse. Die hat einen Miniskorpion auf ihrer Kameralinse gehabt und es nicht bemerkt.

Der Film geht weiter, die unterschiedlichsten Frequenzen wechseln sich ab und der Mini bleib hartnäckig genau da, wo er ist, nämlich auf Vickys Linse. Er krabbelt immer wieder über den ganzen Bildschirm. Dann kommen Drohnenaufnahmen. Griechenland ist auch von oben wunderschön, aber nee, warte mal. Der Mini fliegt auch Drohne? Das geht nicht, da stimmt was nicht. Das ist ja ein ganz anderes Gerät. Wusste ich's doch, der sitzt doch auf meinem Bildschirm! Und dann probiere ich ernsthaft noch einmal den Skorpi vom Bildschirm in den Schnappi zu schnipsen. Geht aber immer noch nicht. Da ist nichts. Wo vorher nichts gewesen ist, ist auch jetzt wieder nur blanker Bildschirm. Bin ich denn total bekloppt, oder was? Ist das irgendein neues Bildschirmgaget von dem ich noch nichts weiß? Ich stoppe Vickys Griechenlandreise. Der Mini beendet seinen Drohnenflug und folgt mir auf den Menübildschirm.

Bevor ich meinem Gehirn Einhalt gebieten kann, drückt mein Zeigefinger auf das Tierchen und sofort hört es auf sich zu bewegen. Oh Gott, das Kerlchen sitzt im Fernseher, unter dem Bildschirm und jetzt habe ich es kaputt gemacht. Ich fühle mich sofort ganz schlecht, ich will dem Tierchen doch nichts antun und wie soll ich meinem Mann erklären, dass wir ab jetzt einen geplätteten Miniskorpion mitten auf der Mattscheibe haben? Verzweiflung macht sich breit, aber dann rafft der Mini sich wieder auf und krabbelt munter weiter. Juhu, er lebt noch!

Mit meinem Latein am Ende mache ich ein Video und schicke es an meinen Alltagshelden, der gerade noch in der Stadt ist. Er weiß bestimmt, was zu tun ist.

Auweia und ein Grrrsmilie ist seine Antwort. Damit kann ich jetzt nicht wirklich etwas anfangen. Wir werden das Problem Miniskorpi auf später vertagen müssen.

Ich gucke wieder auf den Schirm und sehe gerade noch, wie der Mini in der Netflix-App verschwindet. Wie kann das sein? Eben noch da, krabbelt er auf das weiße Logo und biegt scheinbar nach innen ab. Wo isser jetzt? Ich habe keine Ahnung. Wahrscheinlich innen drin im Fernseher, aber wie kann der bei Netflix in das Innere unserer Flimmerkiste abbiegen? Mir klappt die Kinnlade runter und wenn ich nicht das Beweisvideo hätte, könnte ich mir unter Umständen sogar vorstellen, dass ich gerade ein bisschen gaga geworden bin und halluziniere. Genauso klammheimlich wie Skorpi auf der Mattscheibe erschienen ist, verschwindet er auch wieder.

Macramé olé

Seitdem Michel mir vor über einem Jahr ein Buch über Macramé aus dem Bücherausverkauf mitgebracht hat, juckt es mir in den Fingern, das auch einmal auszuprobieren.

Ich erinnere mich noch an meine erste und einzige Macraméerfahrung aus meiner Schulzeit. Damals knote ich mir mit viel Mühe und eher schlecht als recht aus einem durchfallbraunen, knüppelharten Sisalfaden eine eher hässliche Blumenampel. Stolz bin ich trotzdem. Mittlerweile erlebt das gute alte Macramé jedoch eine regelrechte Renaissance, ist hipp und modern und das will ich natürlich ausprobieren.

Ich möchte mir wieder eine Blumenampel machen und habe mir schon vor Monaten tolles grau grünes Garn und total coole, bunte Totenkopfperlen bestellt. Leider sind sämtliche Blumenampeln in meinem Buch für große moderne Fenster gedacht und nicht für die uralten Minifenster in unserer kleinen Butze. Da ich keinen Plan habe, wie ich so ein Knotenmuster verkleinern kann und wieviel Garn ich dann benötige, liegt das Projekt Macraméblumenampel monatelang auf Eis. Bis mich eines Tages das gute alte YouTube rettet. Kurz mal kleine Blumenampel eingegeben, werde ich mit den tollsten Tutorials bombardiert und als ich mich dann nach stundenlangem Hadern endlich für ein Muster entschieden habe steht meinem Projekt Blumenampel 2.0 nichts mehr im Wege.

Mich packt's sofort. Ich bin regelrecht im Knotenfieber. Mir macht das so viel Spaß und in null Komma nichts hat man ein wunderbares Resultat. Das hier ist toll, das ist mega. Ich bin hin und weg von meinem Erstlingswerk und mache mich sofort an Blumenampel Nummer zwei.

Dieses Mal will ich auch meine bunten Totenköpfe einarbeiten. Doch leider passt das Garn nicht durch die Perlen. Warum ist das jetzt schon wieder so? Ich bin furchtbar enttäuscht, aber der Mann meiner Träume verspricht mir, meine Perlen aufzubohren, damit ich doch noch die Ampel mit den Totenköpfen machen kann. Viele Stunden und zwei kaputte Bohrer später hat Michel meine Perlen auf die richtige Größe aufgebohrt, allerdings muss ich ihm versprechen, nur noch Perlen zu kaufen, die auch wirklich für Macramé gedacht sind. Ja, ja, ist schon recht, aber jetzt kann es endlich losgehen mit dem etwas komplizierten Blumenmuster und den bunten Totenköpfen.

Als ich mit der dritten Blumenampel beginne, fragt der Mann meiner Träume mal kurz nach, ob ich denn für all das Gebimsel noch Platz hätte. Ja, haha, als ob ich das nicht im Griff habe. Eine Blumenampel kann ich noch machen, dann wird es allerdings ein bisschen eng in meinen kleinen Fenstern. Wie es dann allerdings weitergehen soll, mit mir und dem Macramé, weiß ich auch noch nicht, denn ein entscheidender Nachteil am Knotenhobby ist, dass all die schönen Sachen, die man sich ruckzuck zusammenknoten kann, auch irgendwo hängen müssen. Und das mit dem Platz ist ja so eine Sache bei uns.

Leider hat mein neues Hobby noch einen Nachteil. Dass man sich in kürzester Zeit tolle Dinge knoten kann, kann nämlich auch ganz schnell dazu führen, dass man sich ganz nebenbei in die eigene Insolvenz knotet. Beim Macramé verbraucht man unglaublich viele Meter Garn.

Die wunderschöne Gardine z.B. die ich für unsere Eingangstür machen wollte und die mich definitiv auch länger als nur ein paar Stunden beschäftigt hätte, verbraucht sage und schreibe 500 Meter Garn! 500 Meter! Einen halben Kilometer nicht ganz billige Macraméschnur! Geht's noch? Die Tür wäre so ein schöner Platz gewesen, um noch etwas aufhängen zu können, aber 500 Meter...

Ich habe eine neue Idee. Ich könnte für andere Leute knoten, ein wahres Macraméimperium aufbauen. Ich verkaufe einfach meine Kreationen im Internet. Im World Wide Web. Ich könnte so viele Menschen mit meinen fancy Blumenampeln beglücken, aber schon der erste Blick ins Online 3,2,1, meins zeigt mir, dass vor mir schon tausende andere Leute die gleiche Idee gehabt haben und das ganze Internet voll mit fancy Blumenampeln steht.

Ich werde mich wohl oder übel schon wieder von meinem neuen, liebgewonnenen Hobby verabschieden müssen. Und das nach nur knapp zwei Wochen, denn nach der dritten Blumenampel zückt der Mann des Hauses die rote Vetokarte. Ich könnte eventuell was ganz Kleines für unseren Microwohnwagen Woody machen. Aber dann ist doch echt Schluss. Ein bisschen wehmütig fühle ich mich, denn gerne hätte ich mich durch den Rest meines Lebens geknotet. Doch dann kommt das gute Wetter und tröstet mich über den Verlust aller nie geknoteten Blumenampeln hinweg.

Endlich Frühling

Es wird warm. Endlich. Spät ist er dieses Jahr gekommen. Der echte Frühling, wo die Blumen sprießen, das Gras wächst, die Bienen summen, die Vögel zwitschern und wo die Sylvia von Null auf Hundert in den Gartenmodus katapultiert wird.

Die Winterfenster sollen raus, damit das gute Wetter rein ins Haus kann. Der Giersch will gejätet werden und die Überwinterungspflanzen können über Tag draußen schon mal ein bisschen frische Luft schnuppern. Ich will Kompost machen und den Gemüsegarten vorbereiten, die dicken Decken aus dem Bett schmeißen und waschen, den Hühnerstall sommertauglich machen, Gemüse säen und jeden Tag lange Spaziergänge durch meinen Garten machen.

Und ich will das alles sofort und gleichzeitig tun, was mich natürlich wieder in die ungeliebte Zeitnot bringt. So ein Tag hat einfach viel zu wenig Stunden, um all die tollen und weniger tollen Dinge erledigen zu können, die man im Frühjahr eben gerne machen will oder machen muss.

Außerdem brauche ich noch Zeit zum Wandern und Paddeln und schon ganz bald steht auch sicherlich der erste Ausflug mit unserem kleinen Woody Wohnwagen an. Ich kann es gar nicht erwarten und auch wenn ich noch vor ein paar Tagen recht zufrieden mit meinen zahlreichen Drinnenhobbies gewesen bin, hält es mich jetzt nicht mehr im Haus. Obwohl ich irgendwie dauermüde bin, sei es die ungeliebte Frühjahrsmüdigkeit oder das noch ungeliebtere Älterwerden, so bin ich jetzt gleichzeitig voller Energie und Tatendrang und stürze Hals über Kopf in mein neuestes Sommermärchen.

Dieses Jahr passiert dann auch ein Wunder. Ich fühle mich gar nicht gestresst von all meinen Aufgaben, auch wenn sie mir immer im Kopf rumschwirren, arbeite ich gut gelaunt und Punkt für Punkt meine imaginäre To-Do-Liste ab und freue mich über jedes imaginäre Häkchen, das ich machen kann.

Gewächshaus, Terrasse und Glasveranda bekommen mit der groben Bürste einen ordentlichen Abwasch verpasst. Danach stochere ich schon einmal ein bisschen in meinem Komposthaufen herum, pikiere meine Kohl- und Gurkensämlinge und starte die erste Unkrautjäterunde des Jahres. Ich nehme mir viel Zeit für meine Johnnisbeerhecke, versuche jeden noch so kleinen Gierschie mit Wurzel und allem aus dem Boden zu ziehen, kämpfe mich danach einen geschlagenen Tag durch das Unterholz, um auch dort ein ernstes Wörtchen mit dem Giersch zu reden und erfreue die Hühner mit eimerweise gutem, energiereichem Grünfutter.

Meistens habe ich im Frühjahr keine Lust, arbeiten zu gehen oder zumindest bilde ich mir ein, dass ich keine Zeit habe, arbeiten zu gehen. Eigentlich habe ich im Frühjahr keine Zeit für gar nix, aber auch das ist in diesem Jahr anders. Seitdem ich mich ganz bewusst wieder für meinen Arbeitsplatz entschieden habe, gehe ich jedes Mal frohen Mutes dorthin und bin voller Elan. Sollte ich am Ende doch noch alt und weise werden? Alt auf jeden Fall, denn das sagt mir mein Körper ganz deutlich nach ein paar Stunden Holzspalten. Denn unsere arme, havarierte Tanne liegt ja auch noch auf dem Holzplatz und wartet darauf, zu Brennholz verarbeitet zu werden.

Der Stamm ist ganz schön dick. Der Holzspalter und ich müssen uns ziemlich ins Zeug legen, um so dicke Stücke überhaupt bewältigen zu können. Es ist eine recht traurige Arbeit, meinen geliebten Baum zu Brennholz zu verarbeiten. Er fehlt mir noch jedes Mal, wenn ich in den Garten komme. Kein großer, imposanter Baum, der mir das Gefühl von Geborgenheit und Wald gibt. Viel zu viel offene Fläche. Michel verdreht bei so viel Melancholie die Augen. Mir ist natürlich völlig klar, dass ich meinen großen Baum nicht beerdigen kann und auch liegenlassen und verrotten ist keine Option. Er wird uns einen letzten Dienst erweisen und uns im übernächsten Winter wärmen. Wenn ich mich denn bis dahin durch die riesigen Baumstammstücke gearbeitet habe.

Und da fällt mir doch auf, dass unser Holzbauer auch in diesem Jahr wieder super spät mit unserem Holz dran ist. Hätten wir nicht längst schon ein bisschen Holz machen können, bei dem schönen Wetter? Was mich letztes Jahr noch zur Weißglut gebracht hat, lässt mich heute nur milde lächeln. Was soll's, wir haben eh die ganze Zeit andere Sachen zu tun gehabt. Er kommt eben, wenn er kommt. Hauptsache, er bringt dann ausnahmsweise auch mal das Holz, das wir bestellt haben.

Aber das ist eine andere Geschichte. Und so genieße ich in diesem Jahr einen arbeitsamen, doch entspannten, recht späten Frühling und als Frau Holle an einem Tag meint, sie müsse unbedingt noch einmal ihre Betten ordentlich ausklopfen, setze ich mich hin und schreibe wieder Geschichten.

Boulevard

Der Tag fängt schon nicht gut an. Ich habe viel geträumt und wache mit Kopfschmerzen auf. Das könnte Migräne werden. Zum Glück habe ich heute nur die kurze Frühschicht, die schaffe ich meistens auch noch mit Kopfschmerzen. Pech ist; es ist leider Montag und da haben wir meistens rasend viel zu tun.

Mir ist nach meiner Jeanspumphose. So lange hat sie fast vergessen hinten im Schrank gelegen, meine coole, enge Jeanspumphose, aber jetzt will ich sie unbedingt anziehen und passe natürlich nicht mehr rein. Das wäre an sich nicht so ein großes Problem, denn wie gesagt, sie ist eng und wir haben gerade einen langen Muckelwinter mit viel Donken und Hormonschwankungen hinter uns gebracht und da kann man schon mal das ein oder andere Fettpölsterchen, sprich Bauch mit Love-Handle, haben.

Was dann aber wirklich schlimm ist, ich bekomme die Hose nicht einmal mehr über meine Oberschenkel. Aber nicht mit mir! Ich ziehe und zerre, was das Zeug hält. Bin ich erst einmal über den kritischen Punkt, dann krieg ich die Hose schon irgendwie an. Wie ich sie auf meiner Arbeit jemals wieder auskriegen soll, daran denke ich lieber erst gar nicht.

Ich presse meine Oberschenkel ganz dicht zusammen und jetzt ein fester Ruck und die Hose rutscht tatsächlich hoch, aber entsetzt stelle ich fest, dass mindestens zehn Zentimeter fehlen, um sie auch zumachen zu können. Auweia, das mit dem Winterspeck ist viel viel schlimmer als ich dachte. Schnell versuche ich wieder aus der Hose zu kommen, was natürlich unmöglich ist. Als ich es dann doch schaffe, verschwindet das Korpus Delikti wieder ganz hinten im Schrank. Am besten, ich vergesse sie dort für immer.

Durch das ganze Hosendebakel hinke ich jetzt hinter meinem Zeitplan hinterher und das ist gar nicht gut. Mit Kopfschmerzen versuchen, Zeit aufzuholen, um noch pünktlich zur Arbeit zu kommen, ist schier unmöglich.

Ich bin dann auch nur ein ganz kleines bisschen zu spät auf der Arbeit. Mit ein bisschen Glück hat es niemand bemerkt. Wie befürchtet haben wir rasend viel zu tun und das gefällt meinem Kopf überhaupt nicht. Irgendwie krieg ich die Schicht rum und schaffe es noch nach Hause. Dort bekomme ich dann von Michel erst einmal eine Zwangspause auf dem Sofa verordnet. Da zerfließe ich dann ein, zwei Stunden vor Selbstmitleid, was aber auch nicht so wirklich richtig hilft. Der Red Bull verleiht mir heute auch keine Flügel mehr.

Ich brauche Reis mit Ei. Trostessen. Reis mit Ei wird es schon richten. Aber wir haben keine Tomaten mehr. Das ist in meinem Zustand eine ganz schlimme Katastrophe, denn jetzt muss ich Reis mit Ei ohne Tomate essen und das ist gar nicht gut.

Im Wohnzimmer läuft Boulevard im Fernsehen. Wie immer um die Abendessenszeit. Boulevard gucken und Abendbrot essen gehört für Michel nun einmal untrennbar zusammen. Sehr zu meinem Leidwesen. Boulevard; holländische Leute reden über andere für mich völlig uninteressante holländischen Leute. Neue Modetrends werden vorgestellt und die neuesten Lästereien aus aller Welt werden besprochen. Eine ganze Stunde lang und dazwischen haufenweise Reklame. Und das jeden Tag. Boulevard ist schlimmer als jedes Guilty-Pleasure, denn Boulevard kommt sieben Tage in der Woche, egal ob Sonn- oder Feiertag, Sommerloch oder Weltuntergang, auf

Boulevard können wir uns immer verlassen. Die sind immer am Start.

Michel hat extra seine Essgewohnheiten an Boulevard angepasst. Jeden Tag um Punkt 18.30 bekommt er Hunger und sprintet erst zum Fernseher, um sich schon mal das Programm zu sichern und dann in die Küche zum Essen holen.

Ich habe dann die Wahl, alleine in der Küche zu essen oder mich kurz zu Michel und Boulevard zu setzen, mein Essen einzunehmen und wieder zu verschwinden.

Und genau da fängt mein eigentliches Problem an, denn sobald ich dort sitze und Boulevard an mir vorbei flimmert, mit all seinen für mich völlig uninteressanten Beiträgen über Menschen, die ich im besten Falle seltsam finde, also sobald ich dort sitze, komme ich nicht mehr weg. Ich sitze und glotze und glotze und glotze. Und während ich gebannt auf den Bildschirm gucke, ärgere ich mich über diese schöne Stunde, die jetzt verloren geht.

Boulevard ist mein ganz persönliches Waterloo. Im besten Falle schaffe ich den Absprung in einer der unzähligen Werbepausen. Dann muss ich mich nur noch darauf konzentrieren nicht mehr ins Wohnzimmer zu schleichen, wenn es nach der Reklame wieder weitergeht.

Hosendesaster, Kopfschmerzen, Reis mit Ei ohne Tomate und Boulevard; ich habe wirklich schon bessere Tage gehabt.

Noch was von Venus und Mars

Das Michel und ich jetzt schon ziemlich lange ein gutes Team sind, können wir beide aus vollem Mund bejahen. Aber natürlich haben wir auch unsere ganz eigenen Schrulligkeiten, die mehr oder weniger liebenswert sind. Z.B. Michels eigenwillige Art zu gähnen. Das ist so ein Geräusch zwischen Brüllaffe und Hyäne und dann sagt er immer so etwas wie labbeblabbelabbelab dabei. Oder meine Angewohnheit, mit ihm zu reden, auch wenn er schon längst außer Hörweite ist. Dass er das Radio den ganzen Tag anhat, aber oft so leise, dass man nicht versteht, was gesagt wird. Dass ich jeden Abend sage, dass ich gleich ins Bett komme, weil ich auch müde bin und dann doch wieder vor dem Fernseher versacke. Er möchte gerne in Schlafanzug und Bademantel frühstücken, ich muss vor dem Frühstück immer erst schon alle Tiere versorgen und das Holz für den gesamten Tag reinholen. Er kann kein Brot schneiden. Auf jeden Fall nicht in dünne, gerade Scheiben. Michel schneidet Brotkeile und darum darf er auch mein selbst gebackenes Brot nicht mehr anrühren.

Und dann gibt es da noch die Venus- und Marssachen. Dinge, die uns echt am anderen nerven, weil wir sie einfach nicht verstehen.

Ich kann keine Verpackungen öffnen, finde aber, dass das überhaupt nicht an mir liegt. Die Verpackungserfinder kriegen es in meinen Augen einfach nicht hin ordentliche, funktionierende Öffnungsmechanismen herzustellen. Sehr zu meinem Ärger und Michels Leidwesen. In unserem Haus wimmelt es nur so von Verpackungsleichen aller Art. Eben all das, was ich nicht vernünftig offen bekommen habe. Halb eingerissene Tüten oder Dosen, an denen der Öffner abgebrochen ist, zerknitterte Blisterverpackungen, Flaschen, auf denen die Deckel schief sitzen, verfrummelte Plastikbecher. Ich kann es einfach nicht. Ich kann keine Verpackungen ordentlich öffnen und das ärgert den Mann meiner Träume sehr.

Jedoch nicht so doll, wie mich die Zahnpastaflecken im Bad ärgern. Überall die Kleckse. Am schlimmsten auf dem schwarzen Fliesenboden. Fast unmöglich, das aus den schwarzen Fugen zu bekommen. Wenn ich gewusst hätte, dass der Mann beim Zähne putzen in unserem zwei Quadratmeter großen Badezimmer herumwandert, ich hätte mich damals durchgesetzt und wir hätten den hellen Fliesenspiegel bekommen.

Dafür behauptet er, dass es in meinen Schränken so unglaublich unordentlich wäre. Er bräuchte eigentlich einen Schutzhelm, wenn er etwas aus dem Schrank haben will. Da könnte ich ihm eventuell zustimmen, aber ich habe nie nie niemals behauptet, dass das meine Schränke sind. Und das sage ich ihm dann auch.

-Gefällt dir meine Art von Ordnung nicht, bitte, du kannst gerne aufräumen.

Nee, aber so weit geht der Frust dann auch wieder nicht.

Darum muss er jetzt beim Zähne putzen still vor dem Waschbecken stehen. Was er auch macht. Allerdings schaut er sich dabei im Spiegel an. Also, er schaut dabei zu, wie sein Spiegelbild immer mehr hinter Zahnpastaspritzern verschwindet. Sauber machen muss ich das jeden Tag, denn er sieht nix Fleckiges.

Er sagt, er müsse immer auf mich warten, weil ich jedes Mal, wenn wir weg wollen, noch ganz viel machen muss, wenn er schon längst fertig ist. Oft steht er im Winter komplett angezogen draußen und wartet, während ich noch hunderte kleine Dinge machen muss, die ich in seinen Augen auch noch später erledigen könnte. Das mit dem Holz für den ganzen Tag nervt ihn eigentlich auch sehr, wie er mir gesteht. Morgens dauert alles schon immer so lange und Holz holen kann man auch später. Ich fühle mich halt sicher und geborgen, wenn das Holz morgens schon im Haus ist, auch wenn das für ihn bedeutet, dass er noch mehr warten muss.

Und immer dieser Abwasch! Immer steht so viel Abwasch bei uns. Abwasch ist hier Männersache, aber er dürfte gerne ein bisschen öfter abwaschen. Es ist so nervig, wenn alles, was man gerade braucht, im Abwasch liegt.

Am allerschlimmsten sind die Brotkrümel in der Spüle. Mars hat die Angewohnheit alle Brotkrümel in die Spüle zu schmeißen, wo sie dann liegen, sich mit Wasser vollsaugen und eine Blubbermasse bilden. So ekelig und völlig unbegreiflich.

Er kann anscheinend nur sonntags duschen. Ich finde das fast autistisch. Aber er behauptet, er brauche das Regelmaß, sonst würde er das Duschen vergessen. Also, immer wieder sonntags und dann auch mit einem festen Programm und zur festgelegten Zeit. Natürlich vor Boulevard.

Meine Duschintervalle werden von meinem Arbeitsschema bestimmt. Ich könnte auch ganz prima nur mit Babywipe-Showers leben, aber ich glaube, meine Kolleginnen finden das schon schön, wenn ich geduscht auf der Arbeit erscheine.

Ihn nervt mein ewiges Haarewaschdrama. Haarewaschtag ist halt ganz schlimm. Ich wasche meine Haare schon echt selten, eigentlich würde mich auch einmal brennend interessieren, was passieren würde, wenn ich ganz aufhören würde, mir die Haare zu waschen. Aber auch das möchte ich meinen Mitmenschen nicht zumuten.

Als Fußnote sei anzumerken, dass wir uns sehr wohl jeden Tag gründlich waschen, nur um eventuelle Missverständnisse vorzubeugen.

Schlimm wird es, wenn sein Sonntagsduschen und mein Schemaduschen, womöglich auch noch mit Haarewaschtag, zusammenfallen. Dann will jeder unbedingt zuerst duschen, denn für den Zweiten reicht das warme Wasser meistens nicht mehr aus und der Zweite muss auch die Duschwanne saubermachen. Obwohl das nur ein paar Minuten dauert, versucht sich jeder davor zu drücken und schon beim Mittagessen werden harte Ich-will-zuerst-Duschverhandlungen geführt, die länger dauern als das Saubermachen selber. Doch hier geht es ums Prinzip!

Was wäre doch unser Leben ohne die kleinen und großen Missverständnisse? Ruhiger, ja, aber wahrscheinlich auch unglaublich langweilig.

Haare waschen

Mit meinen Haaren habe ich also schon das ein oder andere durch. Früher habe ich mir meine Haare jeden zweiten Tag gewaschen, also ganz früher. Einen Tag offen getragen, nächsten Tag Zopf und abends gewaschen. Hat auch was von autistischen Zügen gehabt.

Dann hat es jahrelang gut mit zwei Mal in der Woche funktioniert.

In den letzten Jahren habe ich meine Haare auf immer längere Intervalle zwischen dem Waschen trainiert. Zwei Wochen geht prima, finde ich zumindest. Manchmal strecke ich es auch noch ein paar Tage länger. Aber nur, wenn ich nicht arbeiten muss. Ansonsten ist zwei Wochen das Maximum. Meinen langen Haaren tut das nur gut, aber es hat ziemlich lange gedauert, bis ich das richtige Haarwaschmittel gefunden habe.

Früher habe ich ganz normales Shampoo genommen, dann biologisches. Dann veganes und dann will ich ganz auf die Plastikflaschen verzichten.

Eine Zeitlang versuche ich es mit der No-Poo-Methode. Also nur mit Wasser waschen. Als ich mehr Schuppen als Haare auf dem Kopf habe, muss ich zähneknirschend aufgeben und vorerst wieder zur Shampooflasche greifen. Dann versuche ich es mit Alepposeife. Was sich als super Alternative zu Duschgel entpuppt, mögen meine langen Haare allerdings überhaupt nicht. Sie werden schwer, stumpf und hängen fettig, träge um meinen Kopf herum. Und sie sind so widerspenstig, dass ich kaum noch mit der Bürste durchkomme, von Kämmen ganz zu schweigen.

Ich lese was über Haare waschen mit Roggenmehl und obwohl ich erst ein bisschen skeptisch bin, mir die Haare mit einem Lebensmittel zu waschen, beschließe ich der ganzen Sache eine Chance zu geben. Schließlich reibe ich mich ja auch mit Arganöl ein, welches meine Schwester in der Salatsoße gebraucht.

Also lege ich los. Erster Nachteil, beim Duschen geht es nicht. Ich würde wie ein paniertes Fischstäbchen aus der Dusche kommen. Also Haare waschen extra. Es ist ungewohnt, gewöhnungsbedürftig, funktioniert aber auf den ersten Blick besser als gedacht. Das Mehl verteilt sich recht gut und ich habe wirklich das Gefühl, mir die Haare zu waschen. Beim Ausspülen verstopft der Abfluss, auweia. Ich spüle und spüle mit Wasser und zum Glück löst sich der Teigklumpen irgendwann dann doch noch auf. Zweiter Nachteil; man braucht für den Teigklumpen viel zu viel Wasser und es besteht jedes Mal akute Gefahr, dass sich der Abfluss trotz vehementen Wasserspülens verstopft.

Ich schlinge mir ein Handtuch um den Kopf und lasse mein Haar antrocknen. Beim Auskämmen merke ich, dass doch noch recht viel Mehl in meinen Haaren sitzt. Ich kämme und kämme, aber meine Haare sind noch zu feucht. Ich bekomme immer mehr Teigklümpchen auf dem Kopf. So hatte ich mir das nicht vorgestellt. Man hatte mir schönes, glänzendes Haar versprochen. Ich könnte heulen. Das hier wird genauso ein Desaster wie damals, als ich mir die Olivenölhaarmaske aus meinem Natürlich Schön-Buch gemacht habe. Ich habe nur unwesentlich mehr Öl genommen als im Originalrezept gestanden hat und habe danach Wochen gebraucht, bis mein Haar nicht mehr total fettig gewesen ist.

Während mein Haar also jetzt so langsam trocknet, verliere ich immer mehr Mehl. Ich lege eine richtige Mehlspur durch das ganze Haus. Michel läuft die ganze Zeit mit dem Staubsauger hinter mir her und macht blöde Witze. Im Laufe der nächsten Stunden verliere ich zum Glück das meiste Mehl aus meinen Haaren und, was soll ich sagen, sie glänzen wirklich richtig schön. Nachteil drei; der ohnehin schon nervige Haarewaschtag wird durch das Waschen mit Roggenmehl zur reinen, tagesfüllenden Tortur. Und Nachteil vier offenbart sich mir dann auch schon nach ein paar Tagen. Nie und nimmer werde ich zwei Wochen warten können bis zur nächsten Haarwäsche. Es gibt sogar für mich Grenzen, die sollten nicht überschritten werden.

Zum Glück ist dann doch noch alles gut geworden. Ich finde eine schöne, rein natürliche Shampooseife, wasche meine Haare fortan zwei Mal und spüle danach mit Essigwasser nach. Haare lieben es sauer. Meine Haare werden sauber, glänzend und schön. Sie sind gesund und stark und bleiben auch wirklich fast die ganzen zwei Wochen zwischen den Wäschen schön.

Trotzdem mag ich Haarewaschtag immer noch nicht.

Frisuren Desaster

Natürlich hat es bei mir durch die Jahre hinweg immer wieder sowohl modische als auch frisurentechnische Entgleisungen gegeben. Dieses Gefühl, wenn man vom Friseur kommt, mit einer total verhunzten Frisur und man weiß, es wird lange, vermutlich sogar sehr lange dauern, bis man sich wieder unter die Leute wagen will. Aber viel zu schnell ist es wieder Montag und man muss zur Schule oder zur Arbeit. Dabei will man doch einfach nur Bude bauen, in Selbstmitleid zerfließen und sich für den Rest des Jahres in den wohlverdienten Winterschlaf verabschieden.

So geht es mir, als ich in der Ausbildung zur Herrenschneiderin bin. Ich habe erst lange Haare, dann eine Dauerwelle, die nicht hält, dann halblange Haare mit einer neuen Dauerwelle, die auch nicht hält. Schließlich einen langen Bob mit einem Rest Dauerwelle. Und dann will ich an diesem folgenschweren Samstag etwas anderes. Ich weiß aber nicht was und da dieses Gefühl recht spontan in mir aufgekommen ist, habe ich auch nirgendwo einen Termin gemacht. Ist aber nicht so schlimm, denn der kleine Friseurladen bei meiner Oma in der Straße arbeitet immer noch ohne Termine. Also rein in den Bus und auf zur neuen Frisur. Ich bin voller Vorfreude auf mein neues Ich und gebe der Friseurin freie Hand. Die wird es schon richten, die weiß, was ein junger hipper Mensch möchte.

Meine Tante Christel geht zum gleichen Friseur und trägt zu dieser Zeit eine Frisur, bestehend aus kurzem Bob, Mekkiestacheln am Oberkopf und kurzem Pony. Wenn ich jetzt damals auch nur im Entferntesten geahnt hätte, dass genau eben jene Mekkieponybobfrisur die

Standardfrisur bei dem Friseur für alle Unentschlossenen ist, dann hätte ich niemals nicht in diesem Friseurstuhl Platz genommen. Ehe ich mich versehe, schneidet sie mir schon mit einem einzigen beherzten Schnitt einen kurzen, sehr kurzen Pony. Und dann fallen meine Haare. Sie wird doch nicht? Doch sie wird. Sie schnippelt und schnippelt und ich kann gar nichts anderes machen als völlig entsetzt zu zuschauen, was da gerade auf meinem Kopf entsteht.

Als exakte Kopie meiner Tante verlasse ich völlig fassungslos den Salon. Ich renne heulend zu meiner Oma und versuche durch mehrmaliges Waschen, meine Haare irgendwie zu retten. Aber da geht gar nichts mehr. Die Mekkiestacheln sind furchtbar, egal ob sie hochstehen oder platt wie eine gigantische Stufe am Kopf kleben. Ich bin mir ganz sicher, dass der Busfahrer mich auf dem Rückweg nach Hause die ganze Zeit im Spiegel anguckt.

Es ist Samstag und eigentlich wollen wir in die Disco gehen, aber stattdessen vergrabe ich mich heulend im Bett. Ich bin untröstlich und habe damals monatelang gelitten. Ich hätte einfach auf die Idee kommen sollen, mir einen richtigen hippen Kurzhaarschnitt zu verpassen, anstatt ohne jegliches Selbstbewusstsein durchs Leben zu gehen. Aber damals will ich einfach nur wieder lange Haare haben und so vermeide ich es monatelang, unnötig in den Spiegel zu gucken, geschweige denn in irgendeine Disco zu gehen.

Der Duft von Polyester

18 Grad, Sonne und windstill. Ich verordne uns einen Tag auf dem Wasser. Anpaddeln ist angesagt. Nicht, dass es uns in diesem Jahr so ergeht wie letztes Jahr. Da haben wir die ersten warmen Tage zum Paddeln verpasst und dann ist es im Mai so kalt gewesen, dass an paddeln nicht zu denken gewesen ist und meine Stimmung in die Kelleretage gesunken ist. Ich habe mich fast den ganzen Sommer über nicht mehr von unserem verspäteten Anpaddeln erholt. Das darf mir nicht noch einmal passieren. Also ist ein Tag auf dem Wasser angesagt und zum Glück leistet der Rest vom Team Schlampenacker auch keinen nennenswerten Widerstand.

Bedingung ist allerdings, dass wir es ruhig angehen lassen und erstmal morgens ganz in Ruhe die Boote aus dem Schuppen holen, die Ausrüstung überprüfen und dann gegen Mittag, wenn es wärmer ist, paddeln gehen.

Gesagt, getan. Ich freue mich so wahnsinnig mein Paddelboot, meine Vega, nach der langen Winterpause endlich wiederzusehen. Michel findet meinen Enthusiasmus ein wenig übertrieben, aber ich feiere ein regelrechtes Wiedersehensfest auf unserer Einfahrt. Wie schön sie doch ist, mit allen ihren bunten Aufklebern. Und so schön rot. Feuerrot und glänzend kommt sie aus dem Winterschlaf. Ich hole meine Ausrüstung aus dem Schuppen, kontrolliere alles und fange an, mein Boot einzuräumen. Oh, dieser Duft. Alleine schon dieser Polyesterduft macht mich sehr glücklich und zufrieden. Ich brauche fast schon gar kein Wasser mehr unterm Kiel.

Michel verdreht bei so viel Idiotie nur die Augen, aber er kann das eben auch gar nicht verstehen. Ich bin quasi im Boot geboren, bin schon als kleines Kind mit meinen

Eltern und dem Kanuclub auf unzähligen Paddeltouren gewesen und habe mit sieben meinen ersten eigenen Einer gehabt, den Pluto. Der Duft von Polyester erweckt in mir einfach so viele Kindheitserinnerungen. Dieser Duft ist der Duft der großen, weiten Welt. Der Duft von Abenteuer und Freiheit und sei es auch nur für ein paar Stunden Anpaddeln auf unserem kleinen Stausee. Denn auch das ist sicher. Angepaddelt wird, wie jedes Jahr, in guter, alter Tradition, auf dem Aspödammen, dem aufgestauten Delta vom Fluss Emån. Doch erstmal machen wir uns eine ordentliche Brotzeit zurecht, Fika, und dann ist es auch schon mittags. Ich schlage vor, zum See zu fahren und dort am Wasser zu picknicken. Dann können wir satt und zufrieden unsere Paddeltour starten.

Es ist einfach wunderbar. Es ist warm, sonnig, windstill und das Plätschern von Wasser unter meinem Paddel ist einfach wundervoll. Ich bin so glücklich und zufrieden. Lilly sitzt vorne in meinem Boot und genießt die erste Ausfahrt genauso wie ich. Mein kleiner Paddelkompis. Sogar Milow macht heute der Ausflug Spaß und wir bleiben vom Schmettern unendlicher Seemannslieder verschont. Ich glaube, dem Chi hat das Paddeln noch nie so viel Spaß gemacht.

Wie immer paddeln wir gegen die Strömung aus dem kleinen Flussdelta und in Richtung des nächsten Dorfes. Dort merken wir schon, dass die Strömung viel stärker ist als im letzten Jahr. Der lange Winter macht sich noch bemerkbar und so sehr wir uns auch anstrengen, irgendwann kommen wir nicht mehr gegen die Strömung an und paddeln nur noch auf der Stelle. Wir lassen uns wieder flussabwärts treiben, sehen Reiher, Enten, brütende Gänse und Möwen. Ich rette unzählige Insekten vor dem Ertrinken. Zeitweise wimmelt es nur so auf meinem Boot von den kleinen Krabblern. Michel verdreht die Augen. Ja, aber mich macht es halt traurig, wenn so viele kleine Tiere schon am ersten warmen Tag ertrinken. Die sollen auch noch ein bisschen länger genießen können. Dann sehe ich surfende Spinnen. Echt wahr! Ich habe noch nie in meinem Leben eine surfende Spinne gesehen. Die Spinnen auf dem Wasser schießen lange Fäden in die Luft und lassen sich dann vom Wind treiben. Und die sind verdammt schnell. Ist schon ein lustiges Gefühl, wenn man beim Paddeln von einer surfenden Spinne überholt wird. Einmal kann ich mich im letzten Moment noch ducken, sonst hätte ich so einen klebrigen Surffaden mitten ins Gesicht bekommen.

Nach drei Stunden sind wir wieder an unserem Anlegeplatz. Glücklich und zufrieden. Ich helfe den letzten Krabblern vom Boot auf das sichere Land und dann geht es ans Aufladen. Zuhause belohnen wir uns mit einer riesigen Portion Pommes aus dem Backofen. Manchmal braucht es nicht viel, um glücklich zu sein.

Von gemusterten Tapeten

Natürlich bleibt das Wetter nicht so warm und schön wie an diesem einen ganz besonderen Anpaddeltag. Da ich aber jetzt aus meiner Winterlethargie erwacht bin, brauche ich ein Schlechtwetterprojekt und was gibt es da Besseres als zu tapezieren?

-Wir haben keine freie Wand mehr, sagt der Pessimist.

-Wir könnten doch was übertapezieren. Eigentlich habe ich mich an der weißen Tapete mit den silbernen Rauten schon lange satt gesehen, säusel ich.

-Die Tapete geht hinter dem Aquarium lang, meutert der Spielverderber.

-Och, da finden wir schon eine Lösung, sage ich optimistisch.

-Welche? will der Mann wissen.

Oh, Mann. Irgendeine halt. Das werden wir schon sehen, wenn es so weit ist. Aber er hat ja auch recht, denn der einzige Grund, dass diese Tapete noch hängt, ist der, dass sie auch hinter dem Aquarium her geht. So gerne ich auch das Unmögliche möglich machen will, dass Aqua abzubrechen, nur um tapezieren zu können, also davor graust es selbst mir.

Ich stürze mich erstmal in den Tapetendschungel. Das wird mich schon eine ganze Zeit beschäftigen, denn natürlich muss ich mir erst alle 1 500 000 Tapeten, die es gibt, anschauen. Um nicht bis zu meiner Rente Tapetenmuster durchschauen zu müssen, grenze ich meine Suche etwas ein. Ich will was Dunkles, mit Blatt, dschungeliges, aber ohne Tier. Ich will nicht, dass nachher immer halbe Tiere hinter meinen Bildern hervorschauen. Das finde ich komisch. Also, dunkel, Dschungel mit Blatt, mit ohne Tier. Bezahlbar wäre auch gut und nee, keine Fototapete. Seit wann gibt es eigentlich fast ausschließlich nur noch Fototapeten? Zumindest im Dschungelsegment. Oder Vinyl. Nee, aber Vinyl will ich auch nicht. Vinyl ist mir suspekt. Plastiktapeten im alten Holzhaus. Es gibt einfach Grenzen, die sollten nicht überschritten werden. Auf einmal ist fast gar keine Tapete mehr da, die in Frage käme. Hö? Wie kann das sein? Als ich endlich eine finde, ist die auf einmal ausverkauft. Frust macht sich breit. Ich habe keine Lust mehr zu suchen und Michel atmet erleichtert auf. Ich schiebe das Tapezierprojekt auf die lange Bahn.

Doch als wir Husdrömmar, Hausträume, im Fernsehen gucken, sieht Michel auf einmal eine Tapete, die er unbedingt haben möchte. Das ist mal was Neues, dass er was haben will. Also, dass er eine Tapete haben will. Doch da mir die Tapete auch gefällt, ergreife ich die Gunst der Stunde und mache mich mal wieder in der großen, weiten Onlinewelt auf die Suche.

Dunkle Tapete mit orangenen Eichenbäumchen, lautet mein Suchbegriff und tatsächlich, nach einigem Scrollen, finde ich sie. Sie ist schön, kein Vinyl, bezahlbar und nicht ausverkauft. Alles könnte so perfekt sein. Könnte, wenn ich nicht auf meiner Suche gerade eben über meine absolute Traumtapete gestolpert wäre.

Es ist Liebe auf den ersten Blick. Dunkel ist sie, fast schwarz, und viele verschiedene Farnblätter in Grün- und Brauntönen zieren sie. Die muss ich haben, koste es, was es wolle. Mittlerweile recht desillusioniert, was mich und die Tapeten angeht, wage ich es kaum, mich auf die Suche zu machen. Doch nach einigem Hin und Her finde ich sie. Und yeah, sie ist zu bestellen und bezahlbar ist sie auch. Ich lege ein feuriges Plädoyer für diese Tapete bei meinem Mann ein und zu meiner grenzenlosen Freude wird sie tatsächlich abgenickt.

Ein paar Tage später flattert sie auch schon ins Haus und ich kann es gar nicht erwarten endlich mit meinem Tapezierprojekt anzufangen.

-Und das Aqua? meint der Mann.

-Das sehen wir, wenn es so weit ist. Ich versuche einfach so weit wie möglich dahinterzukommen, sage ich positiv und motiviert.

Und dann mal hoffen, dass man den Pfusch nicht sieht. Mein kluger Mann macht sich die Mühe, all unsere Bilder auszumessen, damit wir nachher alles wieder ordnungsgemäß an den richtigen Platz hängen können. Das erweist sich als eine sehr gute Idee, denn sonst hätten wir wahrscheinlich nie wieder alles an die Wand bekommen.

Dann legen wir los und schon bei der ersten Bahn wird mir wieder klar, dass alte schiefe Häuser und Mustertapeten keine gute Kombination sind. Warum will ich doch auch immer wieder so unmögliche Projekte machen? Habe ich denn echt gar nichts dazugelernt in den letzten 20 Jahren?

Dann kommt die zweite Bahn. Es ist schwierig das Muster richtig hinzubekommen, die Tapete klebt erst nicht so gut an den Rändern und dann lässt sie sich oben nicht passend abschneiden.

Ich bekomme eine gigantische Hitzewelle mit Schnappatmung. Ich habe sowas von die Schnauze voll, jetzt schon und außerdem habe ich Hunger. Gigantischen Hunger. Ich bin's satt. Heulend laufe ich weg und Michel muss es richten. Ich muss erstmal was essen.

Das hier ist echt das allerletzte Mal, dass ich tapeziere! Nie wieder Mustertapete! Ich schwöre! Nach dem Essen zwingt Michel mich weiterzumachen.

-Du wolltest das haben, jetzt musst du es auch fertig machen, sagt er.

Ja, ja blablabla. Also versuche ich mich zusammenzureißen und mit vollem Magen geht es dann auch besser. Michel schneidet, ich klebe und er macht dann die Feinarbeiten. Dann kommen wir beim Aquarium an und ich recke und strecke mich, was das Zeug hält. Wenn man mal davon absieht, dass ich ziemlich viel Tapetenkleister ans Aqua geschmiert, mich verrenkt habe und das Muster vielleicht nicht ganz perfekt aufeinander klebt, also sieht man mal von all den Kleinigkeiten ab, dann klappt es eigentlich besser, als ich zu hoffen gewagt habe. Ich komme weit genug hinter das Becken, um die weiße Tapete zu verdecken und als wir nach zwei Tagen ruckzuck unsere Bilder wieder aufhängen, bin ich mehr als zufrieden. Das ist so toll geworden! Noch viel besser, als ich gedacht habe. Viel, viel besser. Wunderschön, dunkel, edel und gemütlich.

Doch jetzt findet Michel, dass unsere hellgraue Wand nicht mehr zur Tapete passt. Er wünscht sich was anderes, mehr Farbe, mehr Wärme. Und so dauert es nur ein paar Tage, bis wir alle Möbel von den Wänden rücken und die restlichen Wände im Wohnzimmer lindgrün streichen. Wie ich allerdings hinter das Klavier kommen soll, welches sich standhaft weigert, sich auf seinen kleinen Rädern von der Wand rollen zu lassen, ja das ist mir noch ein Rätsel. Kommt Zeit, kommt Rat...

Chicks

Es ist leer im Hühnerstall. Seitdem mir im Winter innerhalb von einer Woche vier Hühner gestorben sind, ist die Gruppe nicht mehr das, was sie einmal gewesen ist. Der kleine Zwerghahn ist immer noch damit überfordert, die restlichen Hühner zu führen, hat er sich doch in der Rolle des Vizes ganz wohl gefühlt. Die beiden großen Hühner wollen sich von dem Zwerg sowieso nichts sagen lassen und machen ihr eigenes Ding.

Ich selbst finde vier Hühner auch zu wenig, denn jetzt habe ich zwei Zweiergruppen und so können sie sich im nächsten Winter nicht einmal mehr nachts im Stall warmhalten. Neue Chicks müssen her und da die mysteriöse Krankheit im Hühnerhof genauso schnell wieder verschwunden ist wie sie über uns hereingebrochen ist, fühle ich mich nach einigen Monaten Aufnahmestopp sicher genug, neue Hühner bei uns willkommen zu heißen.

Also mache ich mich auf die Suche. Eigentlich habe ich mich schon vor einiger Zeit auf die Suche begeben und klappere immer wieder das große, weite Netz nach neuen Mädels ab. Doch irgendwie scheinen Hühner Mangelware geworden zu sein. Oder zumindest die Hühner, die ich suche. Zwei bis drei erwachsene Hühner, nicht allzu weit weg und wenn sie bezahlbar wären, wäre das auch ganz gut. Es gibt die ersten Küken und irgendwie auch haufenweise Hühner in Timbuktu, aber nicht in der Nähe und nach einigen Wochen bekomme ich fast Panik und sehe mich schon wieder auf dem verhassten Kleintiermarkt im Juni. Da will ich aber auf keinen Fall hin. Das ist so deprimierend da und sowas von gegen meine Prinzipien. Es muss doch möglich sein, ein paar Hühner kaufen zu können!

Schließlich frage ich jemanden, der auch Bruteier verkauft. Ja, er könne sich vorstellen, mir zwei Hennen vom letzten Jahr zu verkaufen. Für 1000 Kronen wären sie mein.

What? 1000 Kronen? Will der mich verarschen? Nein, will er nicht. Ich kann mir so gerade noch die Frage verkneifen, ob die dann auch goldene Eier legen. 1000 Kronen, geht's noch? Ich lehne dankend ab, oder vielmehr, ich mache es einfach so wie die Schweden. Ich melde mich nicht mehr. 1000 Kronen...

Dann sehe ich eine Annonce mit zwei Hühnern, gar nicht weit weg. Jetzt aber! Nein, ich bin zu spät. Jengelnd versinke ich am Küchentisch in Selbstmitleid, doch dann schreibt die Frau, dass sie da vielleicht doch noch was für mich hätte, denn sie hätte recht viele Hühner und müsse ein wenig Platz für die neuen Küken schaffen. Nach einigem Hin und Her ist der Deal rund. Ich kann drei Hühner bei ihr aus zwei verschiedenen Gruppen kaufen. Ein dickes goldenes, das ich gleich Goldmarie nenne. Goldmarie legt grünlich gefärbte Eier. Also die Schalen, nicht das Innere des Eies. Goldmarie findet schnell ihren Platz in der Gruppe und genießt es endlich raus an die frische Luft zu kommen, denn dort wo sie herkommt, haben die Hühner in einer Scheune gelebt. Und sie weiß schon am zweiten Tag, dass man abends zusammen mit den anderen in den Stall geht.

Anki ist ein schlankes, schwarz-weißes, schickes italienisches Huhn. Nicht besonders hoch im Rang, wie mir ihr zerpickter Kamm zeigt. Anki fürchtet sich am Anfang vor meinen Hühnern, aber schon nach ein paar Tagen findet auch sie abends den Weg in den Stall. Allerdings hält sie sich erst noch immer in Türnähe auf, falls die große Mia sich mal wieder auf sie stürzt. Ja, es gibt Zickereien, doch nichts Gravierendes. Mia und Dina, die Alteingesessen, wollen halt ihren Rang behalten. Gogo, der Zwerghahn, ist gleich raus. Der ist total überfordert und bleibt mit seiner kleinen Pearl in der Zweiergemeinschaft. Der will gar nicht der Chef über so viele große Hühner sein. Also legt sich unsere Mia ordentlich ins Zeug und so wird die neue bunte Gruppe wohl fortan als Matriarchat unter Queen Mia geführt werden.

Und dann ist da noch das Wölkchen. Wölkchen kommt aus der gleichen Gruppe wie Anki. Wölkchen ist ein sogenanntes Wollhuhn. Google lehrt mich, das Wölki einen Gendefekt hat, wodurch ihre Federn doppeldaunig sind. Sie hat Doppel-D. Sie sieht halt aus, als wäre bei ihr der Föhn explodiert. Das ist weiter nicht gefährlich oder so und Wölkchens Zauselfrisur hält sie im Winter auch genauso warm wie das tadellose Federkleid der anderen Hühner. Wölkchen ist unglaublich niedlich, zahm und auch ein bisschen dumm. Sie findet den Futterspender nicht und als sie ihn findet, versteht sie nicht, wie er funktioniert. Dabei muss sie einfach nur picken, das Futter läuft dann von alleine nach.

Wölki braucht auch lange, um all die ganzen neuen Leckereien zu erkunden, die die Hühner bei uns jeden Tag bekommen. Immer ist sie die Letzte und meistens möchte sie dann doch noch mit mir zusammen in den Stall gehen, damit ich ihr noch einmal den Futterspender erkläre. So viel Einfalt geht der pfiffigen Mia gehörig auf die Nerven und so wird Wölkchen bei jeder Gelegenheit gepickt. Tagelang stehe ich mit Herzschmerz hinter dem Wohnzimmerfenster und mache mir Sorgen. Jeden Abend muss ich ihr in den Stall helfen und meistens rennt sie mir wie ein kleiner Hund hinterher, sobald ich in den Hühnerauslauf komme. Doch so langsam findet auch Wölkchen ihren

Platz im Matriarchat, zwar ganz unten an der Hackordnung, aber Mia hat immer seltener das Gefühl, sie in die Schranken weisen zu müssen. Irgendwann findet sie auch den Weg in den Stall und so kehrt wieder Ruhe ein. Ich kann nicht gerade sagen, dass ich jetzt eine homogene Gruppe habe, aber ach, die patchworken sich schon zusammen und bis zum nächsten Winter, wo sie sich gegenseitig warmhalten müssen, ist es noch lange hin.

Lotta soll leben

Heute führt Zwerg Gogo das Regiment im Hühnerstall, obwohl also eigentlich Queen Mia, aber das weiß der Gogo nicht. Der allererste Chef im Hühnerhof ist Karl Gustav gewesen. Und obwohl auch er nur ein kleiner Zwerghahn gewesen ist, hat er seine Sache gut gemacht. Damals haben wir noch kein Netz über dem Auslauf und nie ist auch nur ein einziges Huhn weggekommen. Niemals auch nur ein klitzekleines Küken.

Karl Gustav hat seine Aufgabe sehr ernst genommen, aber irgendwann wird er alt, sehr alt und nur wenig später ist er tot. Er war bis zuletzt im Amt. Nach ihm nimmt eines der ranghohen Hühner das Zepter in den Flügel. Aber ein Hühnervolk ohne Mann im Hause ist doof. Hühner sind so unglaublich tussig und schnell gibt es Streit und Gezeter um alle möglichen Kleinigkeiten. Es herrschen Sodom und Gomorrha, der feste, aber liebevolle Flügel fehlt. Jeder macht, was er will und uns wird klar, dass es so nicht weitergehen kann.

Dann kommt Daniel, ein wunderschöner, großer, schwarzer Hahn. Daniel ist ein Idiot. Das merken auch die Hühner sofort und erstmal wird der Neue so richtig gemobbt. Keiner will etwas mit ihm zu tun haben, bis eine der rangniedrigeren Hennen die Gunst der Stunde wittert und Daniel ihre Avancen macht. Und damit ist dann das Interesse aller anderen Hühner sofort geweckt, denn was die eine hat, wollen alle anderen auch haben. Daniel ist in null Komma nichts der Star im Hühnerhof und genießt sein Leben. Damit hat sich in seinen Augen auch schon seine Lebensaufgabe erfüllt. Er ist einfach nur da, chillt mit den Mädels und lässt sich die Sonne auf den Bauch scheinen.

Dass die Elstern den kleinen Zwerghühnern alle Küken unter den Flügeln wegstehlen, merkt er gar nicht. Nee, aufpassen ist nicht so sein Ding und so passiert dann auch im Winter was passieren muss, der Raubvogel schlägt zu. Wir kommen vom Einkaufen nach Hause und der ganze Auslauf liegt voller Federn. Lotta hat es erwischt, aber auf wundersame Weise hat sie sich zur Wehr gesetzt und den Vogel irgendwie in die Flucht geschlagen. Nun steht sie da, unter Schock, schwer verletzt und es ist bitterkalt. Ich nehme sie erst einmal mit ins Haus. Sie hat viele tiefe Wunden von den Krallen und ihr Kropf ist kaputt, Futter und Wasser tropfen aus einem großen Loch heraus. Ich muss heulen. Da hat sich die kleine Maus so tapfer zur Wehr gesetzt und dann ist alles umsonst gewesen. Aber nicht mit mir! So leicht geben wir uns hier nicht geschlagen.

Ich befrage, wie immer in solchen Situationen, das große, weite Web und werde fündig. Sekundenkleber soll es richten. Der scheint nämlich genau die gleichen Eigenschaften zu haben wie medizinische Kleber, außer dass er natürlich nicht steril ist. Aber was soll's, besser als nichts. Also reinige ich alle Wunden sorgfältig und klebe letztendlich ihren Kropf wieder zusammen. So zerfleddert und lädiert können wir Lotta nicht zu den anderen Hühnern zurücksetzen und so bleibt sie erst einmal bei uns im Haus, im Badezimmer. Sie wohnt jetzt in unserer Badewanne, die wir zwei Duschmuffel ja sowieso eher selten benutzen.

Es stellt sich heraus, dass eine Badewanne eine tippitoppi Krankenstation ist, und Lotta gewöhnt sich schnell an ihr neues Leben in der Wanne.

Am nächsten Morgen ist erstmal wieder Stress und Geheule angesagt. Lotta isst und trinkt, aber der Kropf ist nicht dicht, alles läuft wieder aus ihr heraus. Google muss es richten und so lerne ich, dass Sekundenkleber scheinbar wasserlöslich ist. Das hatte ich mir so nicht vorgestellt, habe ich mich am Vortag doch schon auf der Zielgeraden gefühlt. Was nun?

Beherzt greife ich zu Nadel und Faden. Ich bin nicht bereit jetzt aufzugeben. Ich nehme den guten, blauen, starken Polyesterfaden und nähe meinem entsetzten Huhn kurzerhand den Kropf zu. Das Herz klopft mir bis zum Hals und die Tränen rollen mir über die Wangen, aber jetzt gibt es kein Zurück mehr, noch ordentlich Kleber drauf. Doppelt gemoppelt hält hoffentlich besser und dann darf sich mein Huhn erstmal von mir und der Strapaze erholen.

Und genau das tut sie auch, der Kropf ist dicht und Lotta geht es jeden Tag ein bisschen besser. Immer öfter sitzt sie oben auf dem Badewannenrand und guckt, was wir so treiben. In unserem Badezimmer breitet sich ein unglaublicher Geruch aus und ob wir die Wanne jemals wieder sauber kriegen, wissen wir nicht.

Nach zehn Tagen ist Fäden ziehen angesagt. Alles ist gut verheilt. Ich kann es kaum glauben und nach ein paar weiteren Tagen geht es für Lotti zurück zu den anderen in den inzwischen übernetzten Auslauf. Dort lebt sie noch viele Jahre und brütet im nächsten Jahr sogar ihre eigenen Küken aus, die sie alle liebevoll großzieht.

Großkampftag

Die Heizsaison ist beinahe vorbei und das bedeutet, dass der hauseigene Schornsteinfeger beschlossen hat, die Kamine zu fegen. Ich bin ja sehr froh, dass Michel inzwischen unsere Schornsteine selbst fegt. So gründlich wie er hat das hier noch kein Schornsteinfeger gemacht. Außerdem können wir jetzt selbst bestimmen, wann wir fegen, denn Schornstein fegen bedeutet putzen. Auch wenn der Schornsteinfeger meiner Träume steif und fest behauptet, er mache ja gar nichts dreckig, so kann ich doch den Feinstaub in allen Ecken und Ritzen förmlich riechen. Sowieso schadet es ja auch nichts, mal wieder ein bisschen gründlicher zu putzen.

Wie immer verziehe ich mich während des eigentlichen Fegevorganges mit den Hunden in den Wald. Wäre ich dabei, könnte ich wahrscheinlich nie wieder aufhören zu putzen. Den Staub riechen ist eine Sache, ihn aber im ganzen Haus umherschwirren zu sehen, eine ganz andere Nummer. Michel rollt mit den Augen, sagt jedoch nichts. Ich glaube, der ist ganz froh, wenn ich ihm nicht die ganze Zeit vor den Füßen herumwusele.

Jetzt nur schön lange wegbleiben und dann hoffen, dass das Gröbste vorbei ist, wenn ich zurückkomme. Mein Plan geht auf und ich kann nach meiner Rückkehr schon in der Küche mit dem Saubermachen anfangen. Was für ein Timing! Ich weiß nicht, obwohl der Mann wirklich gar nicht so viel Dreck gemacht hat, sieht die Küche bei genauerer Inspektion irgendwie ganz schön verlebt aus. Der lange Winter mit Hund, Katz, Holzfeuer, Wäsche, Kochen und der Küche als Lebensmittelpunkt hat dem kleinen Raum arg zugesetzt und so mache ich etwas, was ich eigentlich sonst nie mache. Ich halte

Großkampftag ab, Frühjahrsputz ist angesagt. Ja, ich mache einen richtigen Frühjahrsputz. Und das nicht nur in der Küche. Ich werde den ganzen Tag meiner Wohnung widmen und alles auf Vordermann bringen, wohl wissend, dass all die Saubermachfeen und Marie Kondos dieser Welt die Hände über dem Kopf zusammenschlagen würden, würden sie sehen, was ich da so als Frühjahrsputz bezeichne.

Jeder kleine und allerkleinste Friemel, der sich im Laufe erfolgreicher Loppisjahre in meiner Küche angesammelt hat, wird liebevoll abgewaschen. Fast jeder, also die meisten, na ja einige. Der Rest wird mit dem Swiffer abgeswiffert. Das geht entschieden schneller und laut Reklame ist das ja auch der allerbeste Staubmagnet auf der ganzen Welt. Also swiffere ich mich durch meine Küche und bin nach gut zwei Stunden sehr zufrieden mit mir und meinem Werk.

Bei so viel Einsatz habe ich keine Zeit zum Kochen und sowieso und überhaupt finden wir, dass wir uns jetzt schon eine kleine Belohnung verdient haben. Also laden wir uns auf ein supersized Menü vom gelb-roten Donken ein. Dass das weder gesund noch ökologisch besonders verantwortungsvoll ist, da wir ja immerhin 20 Kilometer für das Essen fahren, ignorieren wir einfach. Weil wir es können, basta. Heute ist Großkampftag, da kann man schon mal alle Fünfe gerade sein lassen.

Nach der Stärkung ist dann der Rest dran. Ich swiffere, als ob mein Leben davon abhängt und auweia, jetzt wo wieder mehr Licht ins Haus kommt, sehe ich doch tatsächlich einige Traumfänger von der Decke baumeln. Das wäre mir früher nicht passiert. Aber darum habe ich ja nun den Frühjahrsputz. Jetzt wird endlich alles wieder auf Vordermann gebracht. Michel bringt den Küchenofen auf Hochglanz und ich putze mich durch Wohn- und Esszimmer.

Nach einigen Stunden sind wir müde, aber sehr zufrieden mit unserem Werk. Es ist vollbracht. Die Kamine sind gefegt und unser Haus sieht wieder sauber und ordentlich aus.

Ich bin sowieso recht angetan von mir selbst in diesem Jahr. Bin ich doch jetzt schon mit dem Putzen durch. Terrasse check, Hauseingang check, Glasveranda check, Fenster putzen check, Kompost machen check und jetzt kann ich auch noch ein imaginäres Häkchen an einen imaginären Frühjahrsputz machen, den ich eigentlich gar nicht mache. Ich bin bereit, die Gartensaison kann jetzt so richtig losgehen. Und sobald das Wetter mitspielt, kann ich dann auch endlich im Gemüsegarten loslegen.

Es ist so weit

Ich lasse meine Wetterapp nicht mehr aus den Augen. Noch vier kalte Nächte, noch drei, noch zwei, noch eine und dann ist der Tag gekommen. Die Wettervorhersagen geben keine Nachtfröste mehr an. Ich fange an, meine Pflanzenkinder abzuhärten. Dieses Jahr will ich alles richtig machen. Ich habe mir so viel Mühe mit meinen Kohl- und Gurkensämlingen gegeben, das darf ich jetzt nicht durch Ungeduld verpfuschen.

Also trage ich jeden Tag mein junges Gemüse raus und wieder rein. Der Wind ist immer noch eiskalt und heftig und nach den ersten Tagen Pflanzenbootkamp sehen einige meiner Sämlinge ganz schön zerzaust aus. Die Blumenkohlis bekommen Sonnenbrand und fast stündlich muss ich meinen durstigen Kindern Wasser geben. Michel kann das alles nicht verstehen, wo es doch so einfach ist, Gemüse im Supermarkt zu kaufen, doch ich bin total in meinem Element. Vor allen Dingen, als ich sehe, wie die Pflänzchen immer kräftiger und widerstandsfähiger werden.

Für meine Gurken habe ich mir sogar extra ein kleines Foliengewächshaus gekauft, das genau auf meinen Frühbeetkasten passt. Bis es dann endgültig so weit ist und meine Sämlinge in den Gemüsegarten ziehen können, beschäftige ich mich damit, die Beete optimal vorzubereiten, den neuen Frühbeetkasten zu befüllen und die nicht allzu empfindlichen Gemüsesorten auszusäen. Akribisch halte ich mich an meinen Pflanzplan und dokumentiere alles ganz genau. Ich bin begeistert davon, wie viel Platz mein kleiner Gemüsegarten hergibt.

Auch auf der Terrasse lege ich mich richtig ins Zeug und immer mehr Pflanzen und Blumen ziehen raus. Es wird immer bunter und voller. Und weil es so schön auf der Terrasse ist, zwinge ich uns zum gemeinsamen Fikan und Mittagessen nach draußen. Meistens sitzen wir mit unseren dicken Jacken da und essen und trinken gegen den eiskalten Wind an. Doch dann, ganz plötzlich werden die Winde wärmer, bleiben die Jacken drinnen und wir verbringen immer mehr Zeit auf unserem Freisitz. Es wird still am Vogelhaus. Dafür suchen jetzt alle Vögel im Hühnerauslauf nach Daunenfedern und auch Lillys ausgebürstetes Winterfell findet dankbare Abnehmer.

Ich schlafe die erste Nacht ohne Wärmflasche. Und dann noch eine und noch eine. Den Küchenofen machen wir nur noch kurz zum Kochen an. Die Wäsche trocknet jetzt draußen und dann explodiert die ganze Natur. Die Obstbäume öffnen ihre Knospen! Es ist eine wahre Pracht. Alles wird grün und fängt an zu blühen, die Vögel singen, die Sumseln summen und ich bin mittendrin.

Ich habe sogar Urlaub! Zwei ganze Wochen, in denen Michel allerdings ziemlich viele Termine hat. Also sitze ich ohne Auto zu Hause. Keine Ausflüge, kein Paddeln. Dafür viel Zeit für mich, mein Buch und meinen Garten. Ich mache so richtig Urlaub. Hänge viel auf der Terrasse und lese, verschwinde lange in meinem Gemüsegarten und bin rundum zufrieden. Sogar der Bauer bringt uns dieses Jahr Holz, an dem ich nichts auszusetzen habe. Vom Preis einmal abgesehen und davon, dass er natürlich mal wieder viel zu spät dran ist.

Jetzt ist es so weit. Ich pflanze meine ersten zwei Gürkchen in mein Plastikgewächshaus und sie danken es mir damit, dass sie sofort die Köpfe hängen lassen und so aussehen, als ob sie unmittelbar das Zeitliche segnen wollen. Auch meine Kohlpflanzen sind so gar nicht begeistert davon, raus in die große, weite Welt zu ziehen. Obwohl ich doch extra ganz viel Vlies von der Arbeit mitgebracht habe. Wir haben nämlich neue Matratzen bekommen und diese sind alle in Vlies eingewickelt, das sich in meinen Augen ganz wunderbar dazu eignet, meine Kohlis vor mordlüsternen Raupen zu schützen. Dieses Jahr will ich eben alles ganz professionell machen und was machen meine Pflanzen? Drohen mit Massenselbstmord. Das ist nicht fair!

Jetzt stehe ich hinterm Fenster und mache mir nicht nur Sorgen um meine Hühnerschar und das Wölkchen, sondern muss auch noch ein Stoßgebet nach dem anderen für meine Sämlinge gen Himmel schicken. Wohlweislich habe ich erst einmal nur ein paar ausgepflanzt. Die größten und stärksten, die Pioniere und so schleppe ich weiterhin meinen Kasten mit den übrigen Pflanzenkindern von drinnen nach draußen und draußen schleppe ich gießkannenweise Wasser heran, um meine Sämlinge zu retten.

Michel runzelt nur einmal mehr die Stirn. Doch dann bekrabbeln sich die Pflanzen, recken und strecken sich und fangen an zu wachsen. Yeah, läuft! Immer mehr Gemüse zieht raus in den Garten und jeden Tag sitze ich auf meiner kleinen Bank in der Sonne und überlege, welches Gemüse ich denn heute aussäen möchte. Ich fühle mich so reich und ganz im Gegensatz zum letzten Jahr macht sich eine innere Ruhe in mir breit. Im Moment ist einfach alles gut, so wie es ist. Wunderbar!

Mama und die Rätsel

Mama liebt es, Kreuzworträtsel zu lösen und das bringt Papa an seine Grenzen. Nervt ihn schon das ewige Bettengemache, so bringt ihn Mamas Vorliebe für Kreuzworträtsel endgültig auf die Palme. Der könnte selbst noch die am höchsten hängenden Kokosnüsse pflücken. Eigentlich weiß keiner von uns so genau, wann das angefangen hat, dass mit unserer Mutter und den Kreuzworträtseln. Und laut Papa ist das Ganze nun komplett aus dem Ruder gelaufen.

Wir sind nicht ganz unschuldig an dieser Misere, haben wir doch Mama letztes Jahr zum Geburtstag ein mega dickes Kreuzworträtselbuch geschenkt.

Jetzt ist es also ganz schlimm geworden. Hat sie vorher immer nur eine recht begrenzte Anzahl deutsche Rätsel zur Verfügung gehabt, so scheint dieses Rätselbuch eine niemals enden wollende Flut an Kreuzworträtseln zu besitzen und Mama sitzt wie im Spinnennetz gefangen. Das scheint ihr allerdings gar nichts auszumachen. Sehr zum Leidwesen von Papa.

-Sie hat das Essen anbrennen lassen, klagt mein Vater.

-Kann doch mal passieren.

-Sie hat im Wohnzimmer gesessen und gerätselt, während die Küche fast abgebrannt ist.

-Du übertreibst, sage ich.

-Aber nur ein bisschen, sagt er, die macht nichts anderes mehr. Immer wieder schleicht sie ins Wohnzimmer zu ihrem Buch.

Mein Vater macht sie darauf aufmerksam, dass es staubig im Haus ist und sie doch vielleicht mal ein wenig saubermachen könnte. Sie sagt, dass sie halb blind ist und den Staub nicht mehr sieht.

-Aber ihr doofes Buch, das sieht sie, wettert Papa, die hat einfach keine Lust, sauber zu machen, die macht lieber ihre Rätsel. Schenkt der bloß nie wieder so ein Buch! Einen Tag, dann nehme ich den ganzen Mist und steck den in den Ofen.

Ich finde das ja eher bewundernswert. Einfach die To-Do-Liste ausblenden und sich hinsetzen und das machen, wozu man am meisten Lust hat. Ich kann das nicht und Papa auch nicht und insgeheim keimt in mir der leise Verdacht, dass mein Vater auch ein bisschen eifersüchtig sein könnte auf die Ich-mach-jetzt-nur-noch-was-ich-will-Mentalität von Mama.

Am schlimmsten wird es allerdings abends, wenn sie zusammen im Wohnzimmer sitzen und Fernsehen gucken wollen. Also, Papa will gucken. Mama macht natürlich Kreuzworträtsel. Allein das nervt ihn schon.

-Nicht einmal einen Film können wir zusammen gucken, weil sie mittendrin anfängt mit ihren Kreuzworträtseln.

Es interessiere sie eben nicht so wirklich, was da gerade im Fernsehen laufe, kontert meine Mutter. Sie hätten da halt nicht den gleichen Geschmack.

-Seit wann? fragt mein Vater.

-Seit immer, sagt sie

Und weil es im Wohnzimmer eigentlich zu dunkel zum Rätseln ist und die beiden das große Licht beim Fernsehen nicht anmachen wollen, setzt Mama sich die Stirnlampe auf. Und als ob das noch nicht schlimm genug für Papa wäre, wenn Mama abends mit Lampe auf dem Kopf sitzt und rätselt, nachdem sie mittags fast die Küche abgefackelt und danach die Hausarbeit verweigert hat, so guckt sie dann auch noch jedes Mal neugierig hoch, wenn was Interessantes im Fernsehen passiert und leuchtet mit ihrer Lampe geradewegs in den Bildschirm. Und jetzt, genau jetzt ist der Punkt erreicht, an dem es meinem Vater endgültig zu viel wird. Er verzieht sich mit Hund Betty ins Männerzimmer, wo zum Glück noch ein Fernseher steht, und guckt in Ruhe weiter, während Mama im Wohnzimmer wieder über ihren Rätseln brütet.

Kaufstopp

Ich glaube, ich muss für mich selbst einen Kaufstopp verhängen. Ich bin Flohmarktsachenretten süchtig. Ich brauche nicht viel um glücklich zu sein, kaufe keine Kleidung, aber ich rette alles, was andere nicht mehr haben wollen. Als ich mich vor ein paar Jahren nicht gut gefühlt habe, habe ich die Seiten gewechselt. Ich habe Sachen weggegeben, denn ich will es zu Hause auf einmal leer und clean haben. So einfach wie möglich. Aber das bin ich nicht und kaum aus dem langen, tiefen Tal der Tränen herausgekommen, fängt auch schon das Sammeln wieder an. Und es hört nicht mehr auf. Eine Zeitlang kann ich Sachen ganz gut im Loppis stehenlassen, damit sie jemand anderes kaufen und sich daran erfreuen kann, aber mittlerweile fällt mir das immer schwerer. Denn irgendwie hat sich auch mein Geschmack verändert. Ich mag neuerdings die schaurig schönen Sachen, die sonst wahrscheinlich niemand haben will und die ein trauriges, staubiges Dasein im Secondhand-Laden fristen werden, wenn ich sie nicht alle mit nach Hause nehme und in neuem Glanz erstrahlen lasse.

Ich bilde mir nämlich ein, dass genau diese Sachen gerade bei mir erst richtig gut zur Geltung kommen, ihre wahre Seele entfalten können.

Mir tun die halt alle so leid, sicher einst geliebt von einer alten Omi und jetzt im Secondhand gelandet. Und dann komme ich und nehme sie mit nach Hause. So wie die große blaue, unglaublich klobige und hässliche Katze, die zudem auch noch recht teuer gewesen ist. Aber auf meinem weißen Esszimmerschrank, hinter den bunten Dosen, wo man nicht so viel von ihr sieht, da kommt sie richtig toll raus. Fast richtig toll, aber ok, auf jeden Fall gar nicht mehr so schlimm und ich verspreche ihr, dass ich mich immer gut um sie kümmern und sie nie und nimmer weggeben werde. Das ist lächerlich, das ist mir völlig klar, aber auch völlig egal.

Ich liebe mein vollgestopftes Haus. Ich mache lange Schlechtwetterspaziergänge durch meine Zimmer und gucke mir alles mit viel Freude an. Ich teile auch nicht die Meinung, dass etwas besser zur Geltung kommt, wenn man weniger hat. Ich kann mich gar nicht sattsehen an dem Überfluss an Figuren, Sachen, Porzellan, Bildern, Masken, Kissen....

Und trotzdem stehe ich jetzt vor einem Problem. Es ist voll. Also voll voll. Ich habe einfach keinen Platz mehr, um noch mehr hinzustellen. Es geht einfach nichts mehr rein ins Haus. Also gehe ich nicht mehr in den Loppis. Ich bleibe besser zu Hause, aber Michel geht.

Und weil er ein guter Superman ist, schickt er mir von allem, was er für mich sieht, Fotos. So bin ich natürlich auch wieder mit dabei und das ist schlimmer als selber shoppen, eh retten. Denn nun habe ich die Sachen nicht selbst in der Hand, sehe nur ein Foto, muss nicht mal bezahlen und so ist es mir dann auch völlig unmöglich, nein zu sagen.

Ja, der schöne Holzelefant ohne Stoßzähne muss mit und die kleine Bärenfamilie. Die Hunde? Auf jeden Fall! Davon habe ich schon einen, die sind richtig alt. Ich wusste gar nicht, dass das ein Set gewesen ist. Wie schön, jetzt wieder alle beieinander zu haben. Ein kleiner Streuselaffe? Her damit. Die zwei Porzellanhunde auf ihren Porzellansesseln mit den leuchtenden Augen sind so ein typischer Fall von schaurig schön. Aber wer, wenn nicht ich?

Das hübsche Gipsmädchen, das seinen Hund so liebevoll umarmt. Jaaaaaa, das bin ich! Natürlich muss die auch mit.

Und während Michel für mich all diese wundervollen Sachen rettet, die sicher einmal sehr geliebt worden sind und schon ganz bald wieder sehr geliebt werden, husche ich durchs Haus rücke und schiebe alles noch mehr zusammen. Denn ich muss das schaffen, nur noch dieses eine Mal. Ich werde alle diese schönen Dinge bei mir unterbringen. Und ich schaffe das auch, aber jetzt ist es dann wirklich richtig voll. Es ist kein Quadratzentimeter mehr frei. Das macht mich sehr traurig. Jetzt vor dem Sommer, wo alle Flohmärkte wieder geöffnet sind, Leute ausmisten und ihre Sachen loswerden wollen. Gerade jetzt muss ich mir selber einen Kaufstopp auferlegen. Das ist nicht fair.

Vielleicht tut es ja auch eine Kaufpause? Denn kommt Zeit, kommt Rat. Ein bisschen Platz nur so für die allerdringensten Fälle werde ich schon noch irgendwie machen können.

So sind wir auf den Hund gekommen

Max ist unser erster Hund gewesen. Der gute, der beste, der weltbeste Max. Max, der den Weg frei gemacht hat für all die anderen Rettungshunde, die danach noch zu uns gekommen sind und unser Herz erobert haben. Angefangen hat alles in den frühen 2000er Jahren in Holland. Ich mache damals Freiwilligenarbeit bei der Tierambulanz und irgendwann bekommen wir vier winzig kleine Welpen rein die in einem Erdhaufen gefunden worden sind. Ich bin sofort ganz Feuer und Flamme und will die vier Winzlinge zu mir nehmen und aufpäppeln. Sie sind so klein und haben die Augen noch geschlossen. Beim Tierarzt werden sie untersucht und ich bekomme Milch und einen Futterplan mit nach Hause. Und dann geht es los, Tag und Nacht bin ich jetzt Welpenmama und schon nach ein paar Tagen total übermüdet, aber glücklich.

Natürlich fange ich sofort an zu betteln die Hunde behalten zu dürfen, aber das ist Michel, bis dato erklärter Katzenfan, zu viel des Guten. Einen könne ich behalten, eventuell, vielleicht. Soweit könne er sich noch strecken, aber doch nicht alle vier! Wo kämen wir denn da hin! Ich denke noch, kommt Zeit kommt Rat, denn niemals werde ich mich von diesen niedlichen Babys trennen können. Meine echten, eigenen, kleinen Hundekinder.

Dann öffnen sie die Augen und schauen mich zum ersten Mal an und auch ihre Ohren wachsen. Große, lange Ohren bekommen sie. Und dann sehe ich es bei einer Fütterung. Gespaltene Lippe, große Vorderzähne und wie Schuppen fällt es mir von den Augen. Meine Welpen sind in Wirklichkeit vier kleine Wildkaninchen! Wie konnten wir alle zusammen so dumm sein und glauben, dass wir in einem Erdhaufen kleine Hunde gefunden haben? Wir sind doch Tierretterprofis! Sofort wird der Tierarzt benachrichtigt und der Futterplan umgestellt. Denn Kaninchen müssen anders gefüttert werden als kleine Hunde. Ich gebe weiterhin mein Bestes, aber ob durch das falsche Füttern oder eine Krankheit, so nach und nach hören meine Kaninchenkinder auf zu urinieren und ein paar Tage später sterben sie einer nach dem anderen. Ich bin so untröstlich, mache mir große Vorwürfe, obwohl ich doch die ganze Zeit mein Bestes gegeben habe. Ich bin so furchtbar traurig, hätte meinen Babys so gerne ein gutes Leben ermöglicht.

In mir keimt jetzt immer mehr der Wunsch auf einen Hund zu haben. Ich kann an gar nichts anderes mehr denken und schließlich ist auch Katzenmann Michel mit von der Partie und wir fangen an in näherer und weiterer Umgebung die Tierheime abzuklappern und stellen fest, dass es gar nicht so einfach ist unseren neuen Kumpel zu finden. Wir sind ganz sicher; er ist da irgendwo und wartet nur darauf, dass wir ihn finden.

Der kleine Bullterrier Wotan ist kein Anfängerhund und hat unsere Katzen wahrscheinlich zum Fressen gerne. Ein anderer Terrier ist uns zu nervös. Der Windhund gefällt uns richtig gut. Aber man sagt uns, dass der immer und viel rennen muss. Am besten geht man regelmäßig mit ihm auf die Rennbahn. Ach ja, und Regen mag der überhaupt nicht, da bekommt man ihn nicht aus dem Haus. Irgendwie trauen wir uns das damals noch nicht zu. Ich mag den gestromten. Michel sagt, dass der wie eine Hyäne aussieht. Es gibt viele große Hunde. Wir haben aber nur ein kleines Apartment, in dem schon vier Katzen leben und einen kleinen VW-Bus als Camper, in dem der Hund natürlich auch mitfahren soll.

Der kleine Mischling? Der mit den Kulleraugen.

-Der ist doof, sagt die Tante vom Tierschutz.

-Warum? frage ich nach.

-Der ist so nervös wegen der läufigen Hündin nebenan. Jahaha, da braucht man doch wirklich kein Hundeflüsterer zu sein, um das zu verstehen. Er sei im Wald gefunden worden, sagt man uns. Er wäre erst zwei Wochen im Tierheim und man müsse noch eine Woche warten, ob der rechtmäßige Besitzer sich melden würde. Wenn nicht, dann könnten wir ihn haben. Ja, er würde noch kastriert. Wir fragen, ob wir ihn mal eine Proberunde mit in den Park nehmen dürften. Man guckt uns an, als ob man Wasser brennen sieht. Scheinbar ist die Frage so etwas wie eine bodenlose Frechheit, aber letztendlich bekommen wir ihn gegen unseren Autoschlüssel als Pfand mit. Wir finden ihn richtig klasse. Er soll es sein und Max heißen. Der einzige Wermutstropfen; er ist schon ungefähr sechs Jahre alt. Natürlich wollen auch wir am liebsten einen jungen Hund haben. Denn jetzt bleiben uns nicht mehr so viele Jahre zusammen, wenn er ungefähr zehn, elf Jahre alt werden sollte. Aber vielleicht ist das ja auch ein Vorteil, einen Hund zu adoptieren, der schon ein bisschen ruhiger ist, erwachsen und vernünftig.

Zwei Wochen später können wir ihn endlich zu uns holen. Alles ist so furchtbar spannend. Nicht nur für uns. Wie wird er sich in der Wohnung benehmen? Wird das mit den Katzen klappen? Ist er stubenrein? Uns wird fast ein bisschen mulmig. Was tun, wenn das jetzt nicht so wird, wie wir uns das vorgestellt haben? Aber all unsere Sorgen sind völlig unbegründet.

Max ist vom ersten Augenblick an einfach der beste Hund der Welt. Ruhig im Haus, verspielt draußen, er ist lieb zu den Katzen und stubenrein. Die erste Zeit nimmt

Michel ihn mit zur Arbeit, weil wir uns nicht trauen, ihn alleine zu Hause zu lassen. Dort sitzt er dann in unserem kleinen Wohnmobil und wartet geduldig.

Er ist so ein toller Hund. Er macht jedes Abenteuer mit, egal ob spazieren gehen, am Fahrrad mitlaufen oder vorne im Fahrradkorb sitzen. Nur den Fahrradanhänger mag er, seitdem er einmal damit umgekippt ist, nicht mehr leiden. Er geht mit uns paddeln und ist immer und überall mit dabei.

Ob ein Tag am Strand oder ein Wochenende zur Familie nach Deutschland. Er liebt die damals noch recht jungen Kinder meiner Schwester. Es gibt kein besseres Kindermädchen als unseren Max. Urlaub bei Oma und Opa in Schweden ist toll und das am besten mit der ganzen Familie.

Als wir mit ihm zum Hundekurs gehen, merken wir, dass unsere Namenswahl nicht so originell gewesen ist, wie wir gedacht haben. Der halbe Kursus heißt Max. Aber unser Max ist mit Abstand der beste und fleißigste Schüler. Er kann eigentlich schon alles und ruft sein Repertoire zuverlässig und ganz brilliant ab. Er ist so klug, unser kleiner Hund. Natürlich wird er mit Abstand Klassenbester. Mama ist so stolz….

Als Tilda, unser türkischer, traumatisierter Rettungshund, in unser Leben kommt, ist er ihr immer ein guter Freund und als wir alle zusammen nach Schweden auswandern kann er endlich sein eigenes Landgut bewachen.

13 lange Jahre ist er an unserer Seite und wir haben uns immer wieder gesagt, was wir doch für ein Glück gehabt haben, diesen tollen Hund gefunden zu haben. Wir wussten es ja damals schon. Er hat irgendwo auf uns gewartet, wir mussten ihn nur finden.

Als wir merken, dass ihn die Kräfte verlassen und er nicht mehr viel Zeit hat, machen wir eine Abschiedstour mit ihm. Wir fahren noch einmal an alle seine Lieblingsplätze und er lebt nochmal richtig auf. Er freut sich so wahnsinnig, noch einmal mit uns auf Abenteuer zu gehen. Er ist uns bis zu seinem letzten Tag ein guter Freund gewesen, einen besseren hätten wir nicht finden können und er hat in seinem geliebten Garten hinter einer Buchsbaumhecke seine ewige Ruhe gefunden.

Doofe Rumänen

Heutzutage versüßen Lilly und Ida unseren Alltag. Oder versauern, je nachdem, ob das Glas nun halbvoll oder halbleer ist.

Vier Hunde gehören in unser Rudel. Milow, von dem wir sicher sind, dass er die Reinkarnation von Max ist. Hampeldudel, der die Reinkarnation von einem trockenen Brötchen sein könnte und Lilly und Ida, die beiden Rumänen.

Von Lilly wissen wir nur, dass sie irgendwie schon immer im Tierheim in Rumänien gewesen sein soll. Als sie kommt, ist deutlich, dass sie wirklich noch nie bei Menschen gelebt hat. Aber sie ist klug und lernt schnell. Am Anfang ist mir immer ein bisschen mulmig. Sie kommt, will gestreichelt werden, dann knurrt sie und zeigt die Zähne. Ich krieg Stress, sie auch. Ich krieg Schiss, sie noch mehr. Ich heule, sie knurrt.

Was habe ich jetzt nur wieder gemacht? Drei lange Monate habe ich auf sie gewartet, sie ist gar nicht im Adoptionsprogramm gewesen, hat sich nur im richtigen Moment mit auf ein Foto gemogelt und so mein Herz erobert. Und jetzt das! Am liebsten würde ich sie zurückgeben und schäme mich gleichzeitig für meine Gedanken.

Tief durchatmen Sylvia, nicht aufgeben. Meine Geduld zahlt sich aus und inzwischen ist unsere Lilly eben unsere Lilly und aus unserem Leben und dem Rudel nicht mehr wegzudenken. Sie gehört zu uns mit all ihren Ecken, Kanten und Macken. Am Anfang sind wir ihr richtig unheimlich. Wir merken schnell, dass sie uns nicht lesen kann. Ihr macht es Angst, wenn wir lachen und sie unsere Zähne sieht. Sie weiß dann gar nicht, was los ist. Und wenn sie unsicher ist, wird sie immer gleich Modell Doof.

Aber Lilly ist auch total toll. Sie liebt Abenteuer aller Art. Wandern, paddeln, mit dem Wohnwagen weg, Ausflüge machen. Wenn sie zu lange zu Hause ist bekommt sie Lagerkoller. Dann wird sie rotzig zu uns und gemein zu den anderen Hunden. Und obwohl das manchmal recht heftig aussieht, ist in all den Jahren, in denen sie jetzt bei uns ist, noch nie ernsthaft etwas passiert. Sie ist einfach pur, noch viel mehr Urhund als die Chihuahuas. Genau das macht sie auch wieder total faszinierend.

Sie ist gerne in unserer Nähe, wird auch gerne gestreichelt, solange man nicht so großes Aufheben darum macht. Sie steht nicht gerne im Mittelpunkt. Manchmal kommt sie ganz dicht an einen heran, aber ihr Gemüt schlägt schnell um. Dann kann sie direkt neben mir auch mal ihre großen, weißen Zähne zeigen. Nerven wie Drahtseile sind dann gefragt. Auf beiden Seiten. Inzwischen wissen wir, dass das alles nur heiße Luft ist und eigentlich an ihrer Unsicherheit liegt. Sie hat Angst vor Fremden, besonders vor Männern, dann dreht sie sich auf dem Absatz um und rennt nach oben. Versteckt sich ganz hinten in ihrem Bettchen.

Sie ist schreckhaft und hat immer Angst, dass man ihr den Platz streitig macht. Den verteidigt sie dann auch ohne Vorwarnung und heftig. Es kann passieren, dass sie auf einem Hundebett liegt und Katzenomi Pyret zu dicht vorbei geht, und dann schnappt sie sofort zu. Omi erschreckt sich zu Tode über das Monster und Lilly erschreckt sich darüber, dass es nur Pyret ist und kein großer böser Hund, der ihr was antun will. Dann tut es ihr sofort leid, denn eigentlich liebt sie ihre Pyretkatze über alles.

Wir haben ein kleines Loch hier in der Straße gehabt. Auch vor dem hat sie panische Angst. Sie macht jeden

Tag einen riesigen Bogen um die Stelle. Inzwischen ist das Loch schon lange nicht mehr da, aber der Bogen wird immer noch gemacht. Sie tut jedes Mal so, als ob sie darin auf Nimmerwiedersehen verschwinden könnte.

Sie mag es nicht, wenn wir an ihren Bauch fassen, dann rennt sie schreiend weg. Wenn wir zu wild gestikulieren oder eine Plastiktüte raschelt, ist sie auf und davon. Als ob wir sie jemals geschlagen hätten, aber ihre Angst sitzt einfach so tief. Und trotz allem ist unser Mädchen ein glücklicher Hund. Hier bei uns kann sie einfach sein, wie sie ist.

Wir geben ihr Sicherheit und hier hat sie ihre Hundefreunde, die ihr Stärke und Geborgenheit geben. Hier kann sie einfach sie selbst sein und dann ist sie so ein toller Hund, unsere Lilly. Ich möchte sie für nichts in der Welt eintauschen, meine kleine, komplizierte Rumänin, die sicherlich schon viel Schlechtes in ihrem Leben erlebt hat.

Und dann kommt Ida zu uns. Unser Dickkopf. Ein inimini Hündchen, in Rumänien zusammen mit ihren zwei winzigen Welpen in einer Mülltüte ausgesetzt. Zum Glück direkt am Zaun vor dem Tierheim, so dass man sie rechtzeitig gefunden hat. Auch Ida ist schnell unsicher und ängstlich, aber sie ist auch Superwoman oder Bad Girl. Je nachdem, wie man die Sache betrachtet. Sie passt auf. Lange, laut und viel. Sehr viel. Stänkern am Gartenzaun ist ihre Lieblingsbeschäftigung. Auch wenn es gar nichts zu stänkern gibt.

Ida macht ziemlich viel Unsinn. Löcher buddeln im Garten, grundsätzlich nicht hören, jagen -darum jetzt nur noch mit Leine spazieren gehen- und sie nimmt es mit der Stubenreinheit nicht ganz so genau wie wir das gerne hätten. Da muss man aufpassen, wie ein Schießhund und wenn man sie dann ausschimpft, wird sie ganz klein, ja noch viel kleiner, und ganz traurig, aber helfen tut es nicht.

Ida schnarcht wie ein Bauarbeiter. Die sägt im Schlaf ganze Landstriche um. Und sie hat immer Hunger, wirklich immer. Lilly übrigens auch. Und wenn dann was Interessantes im Hühnerauslauf liegt, buddelt sie sich doch einfach unterm Zaun durch und wir müssen die Unterm-Zaun-durchbuddeln-ist-pfui-pfui-pfui-Diskussion zum 150sten Male führen. Wie oft schon hat sie sich hinter mir in den Auslauf geschlichen und ist dann weg. Wie oft schon haben wir in Panik nach ihr gesucht und sie letztendlich zwischen den Hühnern gefunden. Sie hört einfach nicht. Grundsätzlich und überhaupt nicht. Ich meine, also jeder Hund guckt doch zumindest mal hoch, wenn man ihn ruft oder reagiert, wenn sich das ganze Rudel außer Sichtweite begibt, aber nein.

Ida hat Angst vor Autos. Bei jedem Auto duckt sie sich im Straßengraben zusammen, doch kaum ist das Auto vorbeigefahren, ist Superwoman sofort wieder am Start und stänkert dem Angreifer wütend hinterher. So, dem haben wir es aber gegeben! Habt ihr es alle gesehen? Der hat gar nicht gewusst, wie schnell er sich davonmachen soll! Sie ist bestimmt einmal angefahren worden, hat auch einen alten, schlecht verheilten Bruch am Hinterbein. Damit läuft sie ganz wackelig und ulkig, aber es macht ihr überhaupt nichts aus. Sie liebt es zu wandern und ist auch nach zehn Kilometern noch fit wie ein Turnschuh.

Sie ist ein verspielter und glücklicher, kleiner Hund. Sie liebt alle Männer und das ist für einen Rescue-Hund schon mehr als ungewöhnlich. Normalerweise gilt es fremde Männer zu meiden, aber Idchen ist ein echter Maneater und ihr kann dann auch wirklich keiner widerstehen. Sie weiß ganz genau, dass sie zuckersüß ist. Michel sagt immer, er ist ihr Basje -Herrchen auf holländisch. Ich sage immer, er ist ihr Slavje -Sklave auf holländisch. Und es macht ihm nicht mal etwas aus.

Es gibt eben kaum jemanden, der niedlicher und kuscheliger ist als unser Idakind. Keiner, der sich so feste und bedingungslos an einen kuschelt wie Ida. Und keiner kann so fordernd auf einem herumturnen, wenn es fast Essenszeit ist. Reagiert man nicht, wird man kurzerhand in die Nase gebissen. Schreit man dann, wird das Spiel erst richtig wild, denn schreiende Menschen sind ja so lustig. Mit ihren kleinen Zähnen macht sie einem viele neue Piercings am ganzen Körper, völlig unmöglich, ihr Einhalt zu gebieten.

Mein Fazit ist: Rettungshunde sind toll und ich finde, jeder sollte zumindest einmal in seinem Leben einen Hund retten. Sie sind einfach die liebenswertesten, besten, chaotischsten und tollsten Gefährten, auch wenn sie einen immer wieder an die eigenen Grenzen bringen. Es ist einfach ein Way of Life und man muss sich dessen bewusst sein; die haben alle einen an der Klatsche.

Papa und der Dudelsack

Als Kind bin ich im Urlaub eigentlich immer nur mit dem Wohnmobil in Norwegen gewesen. Meine Eltern lieben Norwegen, also geht es jedes Jahr in den Sommerferien dorthin. Oft gemeinsam mit Freunden. Wir paddeln, wandern und fahren immer wieder unsere altbekannten Lieblingsplätze an. Aber für mich sind das auch oft lange, einsame Wochen und manches Mal habe ich mir meine Freundin Alexandra herbeigewünscht oder mir gewünscht, den Urlaub bei ihr verbringen zu dürfen. Doch der gemeinsame Norwegenurlaub ist meinen Eltern heilig.

Warum wir dann Anfang der achtziger Jahre ausgerechnet in Ungarn landen, ist mir bis heute ein Rätsel. Ich glaube meine Mutter will dort entfernte Verwandte besuchen. Aber warum mein Vater auf sein geliebtes Norwegen verzichtet hat, ist mir schleierhaft. Ich erinnere mich auch noch schemenhaft daran, dass wir auf dem Rückweg bei meiner Tante Christel und meinem Onkel Günther in Stuttgart gewesen sind und meine Mutter deren Auto samt mich und meiner damals noch kleinen Kusine Ute nach Datteln gefahren hat. Ich nehme also an, dass meine Eltern Christel und Günther beim Umzug zurück in die alte Heimat geholfen haben.

Ich erinnere mich auch noch an eine riesige Laugenbrezel beim Frühstück und meine Enttäuschung, als ich feststellen musste, dass sie weich und nicht knüppelhart ist, so wie die kleinen Brezeln, die man damals im Freibad kaufen kann.

Ungarn ist auf jeden Fall eine Katastrophe. Viel zu warm, viel zu fremd, damals noch viel zu kommunistisch und vor allen Dingen viel zu viel nicht Norwegen. Heute kann ich mir gut vorstellen, wie das für meinen Vater gewesen sein muss nach dem vergeigten Ungarnurlaub ein ganzes Jahr auf sein geliebtes Norwegen warten zu müssen. Ein Jahr arbeiten gehen zu müssen, bis es endlich wieder so weit ist und er vier wunderbare Wochen lang in das Land seiner Träume abreisen darf.

Einmal sind wir auch in Schottland gewesen, vorher, vor Ungarn. Warum wir dort gelandet sind, weiß ich allerdings auch nicht. Aber Schottland ist ein gutes Land. Nicht so schroff und gigantisch wie Norwegen, aber schön und lieblich. Das mit dem Linksverkehr ist lustig. Meine Mutter kann sich sogar mit ihren paar Brocken Englisch einigermaßen verständigen. Ich erinnere mich daran, dass wir unglaublich viele Burgen und Schlösser, nein Castles, besichtigt haben. Sehr zum Leidwesen meines Vaters, aber Mama und ich haben uns einen ganzen Urlaub lang wie Burgfräulein gefühlt. Wir haben auch dauernd Tramper mitgenommen und das ist total cool und spannend gewesen.

Was meiner Mutter und mir die Castles, sind meinem Vater die Hochebenen. Denn auf jedem Hochplateau steht ein Dudelsackspieler und mein Vater bekommt gar nicht genug von dieser Musik. In meinem bis dato in Sachen Musik völlig desinteressierten, unmusikalischen Vater keimt der Wunsch auf, auch so einen Dudelsack zu besitzen und ein Dudelsackspieler zu werden. Das Burgfräuleindasein von meiner Mutter und mir nimmt ein abruptes Ende, denn ab jetzt jagen wir Papas Dudelsacktraum hinterher. Man sollte doch meinen, dass es im Land der Dudelsackspieler Dudelsäcke in Hülle und Fülle gäbe. Nichts ist minder wahr. Aber irgendwann finden wir ihn. Papas Dudelsack. Ganz hinten in einer Ecke liegt er in einem Hier-kaufe-ich-alles-Laden. Er hat einen rot- blau- weiß- karierten Sack, einen schönen karierten Karton, sogar ein Notenheft ist dabei. Nicht, dass mein Vater Noten lesen kann. Aber er sieht sogleich, dass es sich hier um ein echtes Instrument handelt, denn in den Pipes sitzen richtige Blättchen und Blättchen, so lerne ich nun vom selbsternannten Dudelsackspezialisten braucht man, um einen Ton erzeugen zu können.

Eine geschlagene Stunde lang schleicht Papa um das sündhaft teure Instrument herum und gibt sich dann einen Ruck. Der Dudelsack muss mit, egal auch wenn er damit gerade die Urlaubskasse sprengt.

Abends am Stellplatz soll es passieren. Papa wird meine Mutter und mich mit eigener hausgemachter Dudelsackmusik verwöhnen. Erwartungsvoll sitzen wir im engen Wohnmobil am Tisch und mein Vater bläst, was das Zeug hält, in sein neues Instrument. Aber anstatt der wohlklingenden Dudelsacktöne erklingt nur ein elendes Quietschen. Papa sagt, dass er erst Luft in den Sack pusten müsse, um einen Ton erzeugen zu können und er bläst wieder, was das Zeug hält. Weder füllt sich der Sack mit Luft noch gibt der widerspenstige Dudelsack einen Ton von sich. Papa wird nervös und fängt an in dem engen Auto mit seinem Instrument herumzufuchteln. Entsetzt gehen meine Mutter und ich in Deckung. Viel zu groß ist die Gefahr, dass der Mann uns mit den Piepen Knock-Out schlägt oder uns gar aufspießt.

Die Stimmung schlägt um. Papa kriegt schlechte Laune, aber geht nicht, gibt es bei ihm nicht. Er geht raus, schlägt die Tür zu. Mama und ich gucken uns nur stumm an und harren der Dinge, die da kommen mögen.

Er kommt mit der Luftpumpe zurück, die große, mit der wir unser Boot aufpumpen. Nun versucht er doch tatsächlich mit der Pumpe Luft in seinen Dudelsack zu pumpen. Aber es will einfach keine Luft in den Sack kommen. Das kann doch nicht wahr sein! Es hilft alles nichts, mein Vater beschließt, dass wir zurück zur letzten Hochebene fahren müssen, um den dortigen Dudelsackspieler um Rat zu fragen.

Gesagt, getan. Ein Blick auf Papas Instrument und der Profi weiß genug; Made in Taiwan, only for tourists. Das kann doch nicht sein, so teuer wie unser Dudelsack gewesen ist. Aber ein Blick auf das echte Instrument lässt auch Papa einsehen, dass es sich bei seinem Exemplar leider wirklich nur um ein sündhaft teures Souvenir handelt.

Der Sack des Profis ist um ein Vielfaches größer als das Säckchen meines Vaters und auch die Summe für ein solches Instrument ist astronomisch hoch.

Das Geld ist weg, der Traum vom Dudelsackspielen auch und die Stimmung ist in den nächsten Tagen im Keller. Während meine Mutter und ich wieder Burgfräulein spielen, sitzt mein Vater im Wohnmobil und leckt seine Wunden.

Aber dann hat er ihn doch noch; seinen ganz großen Auftritt. Nicht mein Papa, aber unser Dudelsack. Jahre später leiht Kumpel Dieter ihn sich aus, zieht sich den Schottenrock seiner Frau an, setzt sich eine Baskenmütze auf und stolziert früh morgens mit ohrenbetäubender Dudelsackmusik aus dem Kassettenrekorder, diskret versteckt in einer Bauchtasche, und unserem Dudelsack im Anschlag über den Festplatz beim Wohnmobiltreffen und zwingt so den gesamten, unausgeschlafenen und verkaterten Wohnmobilclub zum gemeinsamen Frühstück.

On Air

Schon morgens fällt mir auf der Arbeit die Frau mit den Kopfhörern auf dem Kopf, dem Mikrofon in der Hand und dem Rucksack auf dem Rücken auf. Sie kommt mir auf dem Flur vor einer unserer Abteilungen entgegen und grüßt mich. Nett schaut sie aus und kurz frage ich mich noch, was die denn wohl so früh schon bei uns im Haus macht.

Dann wachen unsere Patienten auf und ich bin die nächsten Stunden zu beschäftigt, um an die blonde Frau zu denken. Bis meine Chefin mit eben jener Frau auf unsere Abteilung kommt und fragt, ob jemand für das Radio darüber sprechen möchte, wie wir uns damit fühlen, dass es auch dieses Jahr wieder viel zu wenige Aushilfen für den Sommer gibt.

Plötzlich sind alle meine Kolleginnen wie vom Erdboden verschwunden. Agnieszka sagt, sie wäre nur Aushilfe und Mimi winkt mit dem Argument ab, dass sie gerade erst bei uns angefangen hat.

Es wäre kein Zwang, lächelt meine Chefin. Trotzdem habe ich auf einmal das dringende deutsche Bedürfnis, nicht auch auf die gute schwedische Art und Weise meinen Schwanz einzuziehen und wegzulaufen. Immerhin habe ich mich nach dem letzten Sommer so schlecht und unzureichend gefühlt, dass ich zu guter Letzt sogar angefangen habe Bewerbungen zu schreiben und auch, wenn es mir jetzt wieder richtig gut auf meiner Arbeit gefällt, steht schon der nächste Sommer mit dem nächsten vorprogrammierten Chaos vor der Tür.

-Ich mache das, muss nur noch schnell das hier fertig machen und deute auf die dreckigen Schalen, die ich in der Hand halte.

-Kein Problem, sagt die nette blonde Frau und folgt mir. Ich stelle die Schalen in die Spülmaschine und gehe mit ihr in unser Büro. Sie stellt mir einige Fragen. Wie ich denn heiße und ob sie nur meinen Vornamen oder auch meinen Nachnamen benutzen kann. Ich finde eigentlich, dass mein Vorname reicht. Gut.

-Beruf?

-Pflegefachkraft.

Die Frau nuschelt was herum und irgendwie habe ich das Gefühl, dass sie nicht mit mir spricht, sondern mit ihrem Rucksack. Sie lächelt mich an, ich warte auf die Fragen. Es kommen keine.

-Eh, wir können loslegen, oder? frage ich.

-Ja, sofort, lächelt sie mich an, nur noch schnell das Wetter und den Verkehrshinweis, dann sind wir live auf Sendung.

-Sind wir WAS? kreische ich.

Ich bekomme sofort Schnappatmung und ein kaum zu unterdrückender Fluchtinstinkt will sich bedingungslos ausleben. Ich muss hier weg, sofort!

-Alles ganz easy, sagt der Mensch vor mir, du redest einfach nur mit mir, ja?

Ja, nee ist klar. Ich habe auch nicht vorgehabt der ganzen Stadt zuzureden.

-Dem ganzen Landkreis, sagt sie, ich bin von P4.

P4? WTF? P4 ist der größte Sender und so gut wie im ganzen Land zu empfangen! Hallo Schweden, da bin ich! Was ich euch immer schon mal erzählen wollte!

-Noch eine Minute, sagt Frau Radio.

-Was willst du eigentlich fragen? stoße ich panisch hervor, wie lange sollen wir denn reden?

Ich habe jetzt schon Schnappatmung und ganz weiche Knie.

-Och, nur ein paar Minuten. Darüber, wie du dich so vor dem Urlaub fühlst mit dem Wissen, dass noch so viele Aushilfen fehlen.

Ok, Sylvia, jetzt bloß keinen Fehler machen. Sag, was du sagen willst, ohne jemanden anzufeinden, denn sonst haste morgen vielleicht keinen Job mehr. Ich hätte einfach auch, wie meine Kolleginnen, verschwinden sollen...

Ob ich nicht Reklame für mein Buch machen könne, grinse ich noch.

-Ein andermal, sagt die nette Frau und schon sind wir auf Sendung.

Ok. Ich gucke nur mein Gegenüber an. Ich starre mein Gegenüber an. Atmen Sylvia, atmen. Nicht lispeln, nicht verhaspeln, keine Memoiren erzählen, kurz und bündig auf die Fragen antworten. In meinem besten Schwedisch stehe ich Rede und Antwort und bin dann doch recht zufrieden mit mir und der Welt. Ich habe nicht gekniffen und ein Liveinterview im Radio gegeben. Ich bin fast ein bisschen stolz auf mich.

Mein Gegenüber scheint auch zufrieden zu sein und zieht von dannen. Im Laufe des Tages vergesse ich meine fünf Minuten Ruhm, aber schon im Umkleideraum werde ich darauf angesprochen. Und dann nochmal und nochmal. Auweia. Ich kann an den Reaktionen mal wieder so gar nicht raushören was meine Mitmenschen davon halten, doch irgendwie ist mir das auch egal. Denn eigentlich finde ich, dass man nicht immer klagen kann und wenn dann mal jemand kommt und einem die Chance gibt, etwas zu sagen, dann kneifen alle.

Ich hätte vielleicht nur ganz gerne vorher gewusst, dass ich live im Radio zu hören bin.

Als ich Michel abends von meinem Abenteuer erzähle, sucht er sofort den Sender und hört sich mein Interview rückwirkend an. Er ist begeistert. Ich weniger. Nuschele ich wirklich so und mein Gott, ich höre mich an wie eine Deutsche, die schwedisch spricht, und gar nicht so schwedisch, wie ich mir das so vorgestellt habe. Zumindest habe ich meine Zunge im Zaum gehalten und aller Wahrscheinlichkeit auch niemandem mit einer bösen Bemerkung auf den Schlips getreten. Also habe ich auch morgen noch meine Arbeit.

Bauern bauern

Als unser Nachbar Ingemar vor einigen Jahren aufhört, seinen kleinen Bauernhof zu bewirtschaften bin ich sehr froh, dass er sein Land nicht an den Großbauern verpachtet. Zwar ist der neue Herr seiner Ländereien auch gerade kein kleiner Fisch, aber immerhin hat er mehrere kleine Kuhherden, macht die Felder nicht unnötig größer als sie ohnehin schon sind und er fährt keine Gülle. Er kommt jedes Frühjahr mit einem Hänger voller Mist angefahren. Echter Dünger.

Obwohl, Hänger voll? Es sind dutzende Hänger voll und er fährt tagelang auf und ab und das immer mit Vollgas. Nun ist ein Trecker mit vollem Hänger ja nicht besonders schnell, trotzdem merkt man dem Gefährt den Bleifuß hinterm Steuer an und so manches Mal muss ich mich und meine Hunde mit einem beherzten Sprung in den Straßengraben vor dem Überrolltwerden retten. So fühlt es sich zumindest an. Besonders landwirtschaftlich und umweltfreundlich finde ich die ganze Fahrerei ohnehin nicht.

Als Bauer im Herbst vergangenen Jahres anfängt alle Wiesen, die er jahrelang zur Heugewinnung gebraucht hat, umzupflügen, ahne ich noch nicht, welches Martyrium auf mich wartet. Gefallen tut mir das Ganze im Herbst schon mal nicht. Es ist wieder so ein typisches Beispiel von; das haben wir schon immer so gemacht und so machen wir das auch weiterhin. Scheißegal, dass man inzwischen weiß, dass das ganze Gepflüge und Gegrabe gar nicht gut ist. Mal ganz davon abgesehen, immer und ständig mit diesen riesigen, bodenverdichtenden Maschinen auf den Feldern rumzugurken, nur um dann die aufgebrochene Erde schutzlos den ganzen Winter über sich selbst zu überlassen. Und wenn dann das Frühjahr kommt und die Bodenlebewesen anfangen, sich in der verletzten Erde zu regen, die Natur anfängt, den ihr zugefügten Schaden zu reparieren, ja dann kommt man wieder mit der riesigen Maschine angedampft und juckelt tagelang und immer wieder über die jetzt von Sonne und Wind ausgetrocknete Erde, um alles wieder glattzupflügen und zu eggen.

Mein ganz privater Albtraum beginnt. Der Bauer kommt an einem Tag, an dem es recht windig ist. Seine schutzlose Erde ist inzwischen ausgetrocknet und das bisschen Humus, falls überhaupt noch vorhanden, sollte meiner Meinung nach unbedingt beschützt und nicht mit einem Pflug aufgewirbelt werden.

Aber hey, was man im Herbst so grobschollig aufgebrochen hat, muss jetzt natürlich in vielen kleinen Arbeitsschritten wieder zugeschaufelt werden, damit die jetzt in der Erde lebenden Bodenbakterien nochmal so richtig durcheinandergewirbelt werden und die anaeroben Scheißerchen an die frische Luft befördert werden und ihre armen, sauerstoffliebenden Verwandten tief unter der Erde den Erstickungstod erleiden, insofern sie nicht sowieso alle vom Riesentrecker zerquetscht werden.

Doch so weit sollte es gar nicht erst kommen, denn der Wind sorgt dafür, dass die gesamte Bakterienpallette sich in die Lüfte erhebt und auf Nimmerwiedersehen davonschwebt. Aber das Feld ist jetzt schon ein wenig glatter, sieht man mal von den ganzen aufgewühlten Steinen ab, die jetzt ein großer Radlader aufsammelt. Und wieder entschwebt Erde, viel Erde. Ich kann das Haus von meinem Nachbarn hinter mir kaum noch im Sandsturm erkennen und denke noch, der hat so richtig die Arschkarte gezogen, weht der Wind ihm doch den ganzen Dreck ums Haus.

Entsetzt stelle ich einige Stunden später fest, dass auch bei mir viel verirrte Erde gelandet ist. Und zwar direkt auf meiner frisch geputzten, sommerfeinen Terrasse. Ich krieg Schnappatmung. Will ich in den nächsten Tagen draußen sitzen, dann bleibt mir nichts anderes übrig, als alles sauberzumachen und das, obwohl ich weiß, dass Bauer auf seinem Acker noch lange nicht fertig ist.

-Alles halb so wild, schwadroniert der Optimist.

Der Realist zieht einmal mit dem Finger über den Terrassentisch und hält ihn hoch. Der Optimist ist still und versteckt sich die nächste Stunde im Haus.

Ein paar Tage später komme ich nach Hause und da ist Bauer schon auf dem Feld hinter meinem Nachbarn zugange. Ich höre seinen Trecker brummen und sehe die gewaltige Staubwolke über Nachbars Haus schweben. Bei mir ist kaum etwas. Yeah, heute ist mir der Wettergott freundlich gestimmt, denn es ist ausnahmsweise windstill. Doch schon wenig später scheint es in meinem Garten zu brennen, denn es ziehen Rauchschwaden vorbei. Wir rennen raus und draußen ist ein lautes Dröhnen zu hören. Bauer hat heute oben angefangen und pflügt jetzt hinter unserem Haus. Das sind keine Rauchschwaden, das ist das letzte bisschen seiner fruchtbaren Erde, die uns da um die Ohren fliegt.

-Ich hab Erde im Mund, jammert Michel.

Wir verschanzen uns im Haus und ich versuche nicht aus dem Fenster zu schauen und mir nicht vorzustellen, wo die ganze Erde landen wird. Abends mache ich dann wieder sauber. Auf der Terrasse liegt zentimeterdick staubige Erde. Danach ist meine Stimmung im Keller und aus meiner Nase kommen nur noch schwarze Popel.

Ein paar Tage später setzt er zum finalen Schlag an. Der Wind steht in unsere Richtung. Es wird gesät. Entsetzt reiße ich meine Bettwäsche von der Leine und renne ins rettende Haus. Alleine die Tatsache, dass nach dem Säen alles vorbei ist, lässt mich stark bleiben. Mehr als eine Stunde lang wasche ich danach Erde und Dreck von Terrasse, Gartentisch, Fenstern, klopfe den Sonnenschirm und alle Kissen aus. Zu guter Letzt hänge ich die Wäsche wieder auf, gehe ins Haus und falle erschöpft aufs Sofa.

Es ist schon ziemlich spät und plötzlich ist die Sonne ganz weg. Es herrscht Sonnenfinsternis. Das kann und darf doch jetzt echt nicht wahr sein. Wir rennen raus, bergen die Wäsche und sehen Bauer, wie er noch ein allerletztes Mal mit einer Walze über das Feld walzt, wohl, um die Saat festzudrücken.

Obwohl sehen. Ich sehe nix. Nur eine riesige Staubwolke, die Bauers Trecker verschluckt hat. Nachbars Haus kann ich gar nicht mehr sehen. Ich stehe im Garten und schreie. Ich könnte Bauer jetzt echt was antun. Wie kann der denn denken, dass das gut sein kann, wenn ihm die ganze Erde wegfliegt. Ich bin fassungslos. Als er endlich endlich weg ist, gehe ich ein letztes Mal raus und mache wieder alles sauber. Dieses Mal ist mein Wasser im Eimer rot. Immer wieder muss ich neues Wasser holen und schütte rostrotes Wasser weg. Keine Ahnung, was für eine Erdschicht da in meinen Garten geflogen ist, aber Humus kann das nicht mehr gewesen sein.

Und irgendwie hätte ich es vielleicht sogar noch ein bisschen besser verstehen können, wenn der gute Mann dort auf seinem Feld Essen für mich angebaut hätte. Hat er aber nicht, denn das, was da nachher wächst, ist kein Essen für Menschen, sondern einzig und allein für seine Tiere.

203

Ich hoffe derweil auf den lang ersehnten Regen. Nicht nur, weil meine Regentonnen inzwischen schon wieder fast leer sind, sondern auch damit er den letzten Dreck und Staub von Bauers Sünde aus meinem Garten fortwäscht.

Ab ins Holz

Michel fährt ein paar Tage nach Berlin, doch vorher soll er mit mir noch ein bisschen Holz machen. Der Mann meiner Träume findet das ein wenig übertrieben, denn nach seinem Kurzurlaub könne man ja gleich dranbleiben. Ja, nee, mein Freund, nicht mit mir.

Ich halte einen sehr langen Endlosmonolog darüber, dass der Bauer dieses Jahr schon wieder so spät mit dem Holz gekommen ist, dass es schon so gut wie Juni ist, wenn Michel aus Berlin zurückkommt, dass ich schon die große Tanne klein gemacht und in den Holzschuppen geworfen habe und jetzt dringend ein wenig Birken- und anderes Laubholz bräuchte, von dem der Bauer ja Gott sei Dank dieses Jahr viel gebracht hat, um das Ganze mischen und dann stapeln zu können. Außerdem wolle ich nicht den ganzen Sommer über Holz machen, falls wir noch eine zweite Lieferung brauchen, denn im Sommer will ich auch mal etwas Schönes unternehmen.

Er meint, wir hätten doch Zeit für beides. Ich fange an, ihm seine ganzen Musiktermine aufzuzählen, plus alle Proben, die den Vorstellungen vorrausgehen, meine Vorlesungen und er hätte wohl ganz vergessen, dass ich auch noch arbeiten müsse.

-Du wolltest doch entspannt bleiben, dieses Jahr, sagt der Mann.

-Ich bin ganz entspannt, kreische ich und dann fallen mir noch hunderte gute Gründe ein, Holz zu machen.

Michel hat jetzt die Wahl. Eine übereifrige, übellaunige Sylvia zu ertragen oder Holz zu machen. Er entscheidet sich für Letzteres. Das erscheint ihm definitiv das kleinere Übel zu sein, denn er weiß, wenn er ein paar Stunden ordentlich durcharbeitet und Stämme sägt, dann habe ich mindestens zwei Tage lang mit Spalten und Stapeln zu tun und er bis zur Berlinfahrt seine Ruhe.

Also machen wir Holz und wie jedes Jahr fühle ich mich sofort um Jahre gealtert und stelle mir die Frage, wie lange wir das noch so machen können. Ich denke an meinen 85-jährigen Vater, der mir verkündet hat, er hätte dieses Jahr wohl zum letzten Mal Holz gemacht. Er hätte jetzt so viel, das würde für den Rest reichen. Welchen Rest? Ich will gar nicht dran denken. Denken kann ich sowieso viel beim Holz machen. Mit meiner Musik auf den Ohren und der recht meditativen Arbeit des Spaltens kann ich meinen Gedanken freien Lauf lassen. Das ist wie Urlaub fürs Gehirn. Bis die erste Windböe mich mit Sägespänen, Staub und Motorengestank einnebelt.

Ich gestikuliere wild in Richtung Mann. Der zuckt nur mit den Schultern. Ja hallo, merkt denn der nicht, dass er mich hier gerade paniert und vergiftet? Der dreht sich einfach weg und macht weiter. Ich fange an, ihn über die laute Motorsäge hinweg anzuschreien. Er schreit zurück, dass ich ja immerhin Holz machen wollte und mich jetzt nicht so anstellen solle. Geht's noch? So was Ungehobeltes! Ich drehe eine Abkühlungsrunde durch den Garten, dann reiße ich mich zusammen, stelle mich in Staub und Gestank und mache meine Arbeit.

Nach einigen Stunden liegt ein großer Berg Holzstämme zum Spalten vor mir und Michel verlässt triumphierend den Schauplatz und überlässt mich meinem Elend. Ich hätte es ja nicht anders gewollt. Mir tut jetzt schon alles weh. Immerhin habe ich ja in den letzten Wochen schon die Tanne klein gemacht. Ich schmolle und tue mir selber leid. Sehnsüchtig warte ich auf den Moment, wo sich mein Körper auflöst und mein Geist davon driftet. Der Moment, in dem ich für den Rest meines

Lebens Holz machen möchte, wenn nichts anderes mehr zählt. Na ja, so ganz komme ich nicht dahin, aber immerhin verflüchtigt sich mein Selbstmitleid, je kleiner der Holzstapel mit den zu spaltenden Stämmchen wird und um so mehr Holz sicher und trocken im Schuppen landet. Beute! Als kein Holz mehr in den Schuppen passt, klettere ich über den Stapel und fange an, alles fein säuberlich aufzustapeln.

Anzahl der Stunden Arbeit plus Größe des Holzstapels ergeben für mich, im Kopf überschlagen, so drei bis vier Reihen gestapelte Holzscheite. Nach all den Jahren bin ich richtig gut darin geworden, unser Holz zu schätzen. Zwölf Reihen passen für jedes Jahr in den Schuppen und dann wollen wir auch noch die vordere Ecke voll stapeln. Mit unserer Tanne und ein wenig Glück schaffen wir das mit nur einer Wagenladung voller Stämme. Ich staple und staple und staple. Es kommt kein Ende in Sicht und schon ziemlich schnell wird mir klar, dass ich mich zum ersten Mal total verschätzt habe.

Nach zwei Tagen Holzstapeln und ganz ordentlichem Muskelkater ist das halbe Fach für dieses Jahr voll. Sechs ganze Reihen! Das ist super, das ist mega. Wir haben noch kaum angefangen an unserem gekauften Holz zu sägen. So bekommen wir sicher den ganzen Schuppen mit nur einer Wagenladung voll und ich brauche keine Angst zu haben, den ganzen Sommer lang Holz machen zu müssen.

Außerdem könnte ich schwören, dass mein Hintern in den letzten Tagen so stramm geworden ist, dass ich damit Walnüsse knacken kann.

Liebe Leute*innen

Wir gendern nicht! Hier zu Hause nicht und auch in Schweden wird nicht gegendert. Ich verstehe das Ganze gendern auch nicht. Wem ist damit geholfen? Wer fühlt sich dadurch besser? Wer hat das erfunden? Vielleicht bin ich auch einfach nur schon viel zu lange aus Deutschland weg, denn als wir im letzten Sommer Besuch aus deutschen Landen haben, versucht man mir lang und breit den Sinn und Zweck des Genderns zu erklären. Ich nicke brav, aber ehrlich gesagt, ich habe weder verstanden, was die Menschen meinen noch habe ich behalten, was sie gesagt haben. Sollte das etwa an meinem allgemeinen Desinteresse am Gendern liegen? Kann ich mir eigentlich nicht vorstellen, denn als durchweg neugieriger Mensch möchte ich ja alles gerne wissen und so grundsätzlich interessiert es mich ja, warum die/der Deutsche*innen auf einmal so komisch reden und schreiben.

Jedes Mal, wenn die/der im Fernsehen so übertrieben Polizist/Innen sagen oder diese komische Sternchen*Schreibweise*Innen vorbeikommt beömmeln wir uns. Wie konnte das passieren?

Kann ich dann in Deutschland nicht mehr meine Freunde treffen, sondern müssen es gleich immer die Freunde*/innen sein? Und was ist falsch daran, Lehrer und Lehrerinnen zu haben? Was macht es besser, über Lehrer/Innen zu schreiben?

Der Polizist hält mich am Straßenrand an und die Polizistin hat blonde Locken. Jetzt scheint es nur noch Polizist*Innen zu geben. Geschlechtsloser Einheitsbrei. Wir sind alle gleich, alle dasselbe*innen? Das kann doch nicht wahr sein!

Ich will nicht gleich sein. Ich will Frau sein. Mit langen Haaren, Brüsten und nicht Brüste*innen.

Hat man dann auch einen Termin bei seinem/er Aerzte*innen? Was soll das?

Lange habe ich darüber nachgedacht, warum in Schweden niemand gendert und auch das Bedürfnis des Genderns den Schweden gänzlich unbekannt ist.

Hier ist ein Arzt, en Läkare, egal ob männlich oder weiblich oder eslich, um jetzt niemanden auszuschließen. Hen auf schwedisch. Er ist han, sie ist hon und diejenigen, die sich da nicht so genau festlegen wollen sind hen. Die meisten sind han oder hon. Wie gesagt Aerzte*innen ist Läkare, es gibt einfach kein maskulines oder feminines Wort dafür. Die Krankenschwester*in, ist die Sjuksköterska. Ein eher weiblich getouchtes Wort und kein Mann fühlt sich dadurch benachteiligt. Genauso wie bei der Pflegefachkraft*innen. Undersköterska, egal ob mit oder ohne Bart.

Und heute, ja heute geht mir dann auf einmal ein Licht auf, warum wir hier in Schweden doch so herrlich genderfrei leben, lieben, lesen, reden und schreiben dürfen. Wir haben kein er und sie! Das Leben kann manchmal so einfach sein. Es gibt kein der die das und wo es kein der die das gibt, ist das Gendern einfach nicht nötig. Natürlich gibt es Wörter, die dem Klang nach eher weiblichen Geschlechts sind, so wie die Sköterska und es gäbe dann sogar eventuell noch ein männliches Äquivalent, den Skötare, aber und da kommen wir zu den guten, alten, schwedischen Traditionen: wir haben das einfach immer schon so gemacht. Es gibt keinen Sjukskötare, es gibt seit jeher nur die Sjuksköterska, basta.

Hier gibt es En- und Ett- Wörter. Die En-Wörter sind mehr Personen relatiert. En man, ein Mann, en Kvinna, eine Frau und nein, nicht en Barn, ein Kind, sondern ett Barn. Ett-Wörter sind Das-Wörter und warum das Kind, hey im Deutschen also auch ein Sachwort ist, ja das wird wohl für immer ein Geheimnis bleiben.

So, und darum kann ich hier in Schweden ganz entspannt zu en Läkare gehen, wo mir en Sjuksköterska das Blut abnimmt, und ich muss mir keine Gedanken darüber machen, ob mein Arzt nun ein Arzt, eine Ärztin oder ein*e Aerzte/Innen ist. Und ob die Sprechstundenhilfe, jetzt lieber der Sprechstundenhelfer oder die der das Sprechstundenhilfer/helfer*ininnen ist.

Abschließend möchte ich dann noch sagen: Lang lebe Let's Dance! Wo Frauen noch Frauen sein dürfen, mit sexy Kleidern, tiefen Ausschnitten, sexy Kurven und wo Männer noch den Macho raushängen lassen können, den Matador, den Verführer und wo anzügliche Kommentare und zweideutige Anspielungen Tagesprogramm sind. Halleluja!

Wandernde Steine

Huch, was ist denn das? Ich scrolle am Computer mal wieder auf Facebook herum. Das mache ich nicht mehr so oft, aber manchmal eben doch noch und dann auch richtig gerne. Ein paar Meter Facebook scrollen ist beizeiten auch mal ganz nett. Trotzdem bin ich immer noch sehr froh und zufrieden Facebook von meinem Handy verbannt zu haben.

Jetzt scrolle ich mich also durch die letzten Wochen und Monate und auf einmal kommen Steine vorbei gewandert. Wandernde Steine, Wandersteine. Das muss ich mir genauer anschauen. Und schon bin ich in einer neuen Facebookgruppe gelandet, die sich Wandersteine, das Original, nennt. Was ich da sehe, finde ich total toll und da will ich natürlich sofort mitmachen.

Leute bemalen Steine und legen sie dann mit dem Vermerk zur Facebookgruppe irgendwo aus, auswildern nennen die das. Wer einen Stein findet, postet das dann hoffentlich in der Gruppe. Es sind so ganz wundertolle Steine dabei, manche sind richtige kleine Kunstwerke und man darf einen gefundenen Stein behalten oder woanders wieder auswildern.

Ich finde die natürlich alle so schön und würde jeden Stein behalten wollen, wenn ich denn jemals einen finden würde. Die Chance, dass sich einer dieser wandernden Steine einmal in meine Nähe verirrt und das ausgerechnet ich ihn dann auch noch finde, ist null. Minus null. Menno, wenn ich jetzt in Deutschland wohnen würde, dann könnte ich auch Steine suchen gehen. Ich könnte Steine bemalen und auswildern, die Stimme in meinem Kopf, die mir zuschreit, dass ich nicht malen kann, überhöre ich geflissentlich, und ich könnte auf immer und ewig in der Wandersteinegruppe rumhängen und abwarten, ob irgendwer meine Steine findet und seine Geschichte dazu erzählen möchte. Hätte, hätte Fahrradkette, wenn wenn wenn ich doch nur. Aber ich sitze hier in Schweden, im tiefsten Småland und kein Stein weit und breit.

Also, Steine gibt es hier natürlich mehr als genug, doch kein Wanderstein weit und breit. Zumindest nicht, dass ich es wüsste. Ich ziehe ernsthaft in Erwägung eine småländische Spin-Off-Gruppe, Wandersteine im tiefsten schwedischen Wald zu gründen, mich hinzusetzen, Steine ohne Ende zu bemalen und sie dann an all unseren geliebten Stellen im Wald auszuwildern. Doch wer sollte sie hier schon finden?

Da wir ja sowieso immer und überall alleine unterwegs sind, die Schweden wahrscheinlich nichts vom Boden aufheben oder gar nicht erst auf den Boden schauen, um etwas mitzunehmen und ich dann vor dem Bildschirm versauern würde, weil ich rund um die Uhr Wache schieben müsste, ob meine Steinkinder schon gefunden wären. All die vielen schönen Steine, die ich so liebevoll bemalt hätte, müssten einsam und alleine im Wald ihr Dasein fristen und so scheint das Projekt Wandersteine für mich schon gelaufen zu sein, bevor es überhaupt beginnt.

Ich werde weder jemals einen solchen Stein finden noch selbst einen auswildern und gespannt darauf warten, ob jemand ihn findet. Es wird keine Geschichten über mich und meine Steine geben. Ein Anflug von Selbstmitleid kommt auf, denn ich finde die Idee so schön.

Doch mir bleibt nichts anderes übrig, als vorerst nur in der Gruppe all die schönen Steine zu bewundern und die Geschichten anderer zu lesen. Zumindest so lange, bis ich mir einen Schlachtplan, einen sogenannten Masterplan zurechtgelegt habe, wie ich Wandersteine auch hier im tiefsten Wald hipp und top machen kann.

Als Michel vom Einkaufen zurückkommt, hat er mir ein Buch aus dem Ausverkauf vom Grabbeltisch mitgebracht- Steine bunt bemalen. Also manchmal ist der Mann mir richtig unheimlich.

Bitteres Schweden

Papa schwört auf Schwedenbitter. Schwedenbitter ist super, das beste aller Hausmittel überhaupt. Papa behandelt einfach alles damit. Knie, Rücken, Warzen, Halsschmerzen. Schwedenbitter kann alles. Schwedenbitter ist Papas Superkraft.

Ich will die Wunderwaffe auch einmal ausprobieren und frage meinen Vater, woher ich denn dieses tolle Zeug bekomme.

-Aus Deutschland, sagt er.

What? Schwedenbitter aus Deutschland? Das ist mir suspekt, trotzdem bestelle ich es bei Freundin Annelie, die zufällig nach Deutschland fährt und es mitbringen kann.

Korn hätte sie noch im Keller, sagt sie.

-Oh, Korn habe ich selber, sag ich, zum Hühner füttern.

Nee, Korn zum Trinken ist gemeint. Hochprozentiges. Und den hätte sie noch.

Schön für sie, denke ich und vergesse die Sache mit dem Korn.

Einige Wochen später wird mir ein Papiertütchen mit Tee, nee Schwedenkräutern wie sie sagt, gereicht. Und dazu die Flasche Korn.

Ich gucke dumm aus der Wäsche.

-Zum Ansetzen, sagt sie, Schwedenbitter musst du ansetzen und erst einmal ein paar Wochen ziehen lassen.

Ah ja, gut Ding will eben Weile haben. Trotzdem bleibt mir dieses Schwedenbitter suspekt. Ich kann in der Inhaltsangabe keine typischen, schwedischen Kräuter finden. Falls es die überhaupt gibt. Und ich stelle mir ernsthaft die Frage, ob es einen einzigen Schweden gibt, der eine ganze Flasche Hochprozentiges opfern würde, um damit eine Kräuterplürre anzusetzen. Irgendwann ist er dann fertig, mein erster eigener Schwedenbitter. Ich versuche es mit dem Fettknubbel an meiner Augenbraue, lange und oft. Aber nichts passiert. Auch Nagelpilz geht damit nicht weg und Rückenschmerzen habe ich immer noch.

Als ich es zum Gurgeln bei Halsschmerzen einsetze, muss ich mich fast übergeben. Bitterbitter wäre ein passenderer Name gewesen. Nee, wir werden keine Freunde, Schwedenbitter und ich.

Papa kann das überhaupt nicht verstehen, ist der Bitter doch bei ihm ein echter Gamechanger gewesen. Papa fühlt sich so gut wie noch nie und alles ist dem Schwedenbitter zu verdanken.

Jeder hat halt so seine Geheimwaffe. Was dem Papa der Bitter, ist mir der Red Bull. Ja, denn Red Bull verleiht mir an Kopfschmerztagen meistens Flügel. Zumindest sorgt er dafür, dass sich der Schmerz nochmal um mindestens ein paar Stunden nach hinten verschiebt und sich mir so ein kleines Zeitfenster öffnet, in dem ich mich meiner Tages To-Do-Liste widmen kann, bevor ich dann schmerzgeplagt und unter großem Selbstmitleid aufs Sofa sinke und Videos gucke.

Bei mir gibt es Red Bull mit und ohne, je nach Kopfschmerz. Also Red Bull pur oder mit Schmerztablette. Im schlimmsten aller Fälle mit Zäpfchen. Oft genug schon hat mich die pure Variante gerettet und verglichen mit übermäßigem Konsum an Schmerzmitteln scheint mir der rote Bulle eine ganz akzeptable Alternative zu sein. Einzige Nebenwirkung; ich bekomme dann immer den totalen Laberflash.

Papa hingegen erzählt vor versammelter Mannschaft, dass er geraucht hat. Er hat was? Warum fängt der Mann mit über 80 wieder an zu rauchen? Mama zuckt nur müde mit den Schultern.

Ja, er hätte mal wieder Pfeife geraucht. Mama himmelt mit den Augen. Und das war so schön und hat so gut geschmeckt.

-Wo haste denn den Tabak her? frag ich.

-Selber gemacht, sagt er.

Selber gemacht? Wie denn, wo denn? Hat der am Ende ne Plantage im Keller oder so?

Nee, er hätte die gebrauchten Kräuter vom Schwedenbitter wieder getrocknet. Die wären nämlich viel zu schade zum Wegwerfen. Und mit denen hat er dann seine Pfeife gestopft.

Herr im Himmel, wird sich dieser Mann denn niemals altersgerechte Hobbys zulegen?

Fette Näpfchen

Vieles kann man falsch machen, wenn man in ein neues Land kommt und so ist es meistens nur ein kurzer Weg, bis man volle Kanne in das nächste Fettnäpfchen latscht. Sei es nun, dass man nicht vertraut ist mit den landesüblichen Sitten, Gebräuchen und ungeschriebenen Regeln und /oder es liegt an der mangelhaften Kenntnis der neuen Sprache. Natürlich ist unsere Auswanderung da auch keine Ausnahme gewesen und so folgen hier dann auch ein paar Auszüge aus unserem ganz persönlichen Fettnäpfchenmarathon.

Es ist unser erster Winter in Schweden und er ist schneller gekommen als uns lieb ist. Wir haben kein vernünftiges Holz und die Heizungen, die unter den undichten Fenstern hängen sind noch aus der Steinzeit. Wenn wir nicht wollen, dass unser bisschen Erspartes für das Heizen draufgeht, muss Abhilfe her, und zwar schnell. Also ziehen wir los, um uns ein paar neue Heizkörper zu kaufen, die uns im Ernstfall wenigstens vor dem Erfrierungstod im Haus retten sollen. Geplant ist, die alten Heizungen gegen ein neueres Modell auszutauschen. Einfache Heizkörper, die man bei Bedarf einschalten kann, kein kompliziertes System.

Der nette Heizkörperverkäufer guckt uns verständnislos an, als Michel ihm in seinem besten Schwedisch zu erklären versucht, dass er aber eine Heizung mit Öl haben möchte. Ölfüllung bitte. Der Mann guckt uns an, als ob wir nicht alle Tassen im Schrank haben.

- Öl, versucht es mein Mann noch einmal. Das muss der doch verstehen. Aber nein, ungläubiges Achselzucken.

- Öl, nicht die mit Heizstab, die Guten mit Öl, Michel verliert langsam die Geduld.

Das Gesicht des Mannes hellt sich auf, ah, med olja!!
Ja, haha, olja ja. Kann doch nicht so schwer sein. Öl,
olja, so groß ist der Unterschied ja nun auch wieder nicht.
Das Öl auf schwedisch Bier heißt, ist uns bis dato nicht
bekannt gewesen. Und der arme Mann kann sich wohl
überhaupt keinen Reim darauf machen, warum wir Heizungen wollen, die mit Bier gefüllt sind.

Wir müssen etwas umtauschen und gehen zur Umtauschtheke. Wir legen den umzutauschenden Gegenstand auf die Theke, legen den Kassenbon hin und sagen,
dass wir etwas tauschen wollen.

-Retur, vi vill ge detta retur.

Große Augen. Nicht? Kann man hier nicht umtauschen?

-Retour, probiert Michel es noch einmal, aber irgendwie scheint der Groschen bei der Dame nicht zu fallen.

-Is nich gut, är fel, zurückgeben, vi vill ge tillbaka.
Brauchen was anderes.

-Ah retüüürrrr, sagt die Frau und rollt dabei total übertrieben mit dem r und zieht das ü unendlich in die Länge.

Ja, retour, retüüürrrr, was auch immer. Dieses Mal
liegt der Fehler definitiv nicht bei uns. Ein bisschen Fantasie kann man ja wohl noch von seinen neuen Mitmenschen erwarten.

Wir gehen Pommes essen. Um genau zu sein Kebap
Tallrik, aber da ich ja nun mal vegan bin und einfach nur
Pommes mit Salat nicht auf der Karte steht, bestelle ich
immer den Kebap Tallrik ohne Kebap.

Das funktioniert beim Pommesmann meines Vertrauens ohne Probleme. Ist ja auch nicht so schwierig, den Kebap mit dem zahlreichen(tallrik) Zubehör ohne Fleisch zu
bestellen. Ich bekomme immer Pommes mit Salat und
den leckeren Soßen. Bis mir der Pommesmann eines

Tages einen leeren Teller gibt. Was soll denn der Quatsch jetzt?

-Hier, sagt er, dein Kebap Tallrik ohne Kebap.

Hö? Wieso bekomme ich dann einen leeren Teller? Ich verstehe den Witz nicht, werde aber umgehend aufgeklärt.

Tallrik heißt nicht zahlreich oder Zutaten oder was auch immer ich gedacht habe. Tallrik heißt Teller und wenn ich den Kebapteller ohne Kebap bestelle bleibt halt nur noch der Tallrik, Teller übrig.

Irgendwann zu Ostern steht ein kleines Mädchen neben mir im Garten. Sie ist als Hexe verkleidet und hält mir eine kleine Schüssel mit Süßigkeiten hin. Oh mein Gott, ist die niedlich. So ein liebes Kind, sie ist vielleicht 5-6 Jahre alt, und dann bietet sie mir auch noch etwas Süßes an. Kann ich gut gebrauchen, so wie ich die letzten Stunden im Garten geschuftet habe.

Beherzt greife ich zu und bedanke mich freundlich. Das Kind starrt mich einen Augenblick entgeistert an, macht auf dem Absatz kehrt und verschwindet aus meinem Garten. Nanu? Was war das denn? Blitzbesuch der kleinen Hexe? Kinder sind manchmal schon recht seltsam.

Damals habe ich noch nichts von dem Brauch gewusst, dass Kinder sich hier zu Ostern als Hexen verkleiden und in der Nachbarschaft umherziehen und sich Süßes erbetteln. So wie bei uns zu Fasching oder Halloween. Und ich esse dem Kind die mühsam erbettelten Süßigkeiten weg. Seitdem habe ich zu Ostern immer Süßes im Haus, aber kein Kind hat sich je wieder in meinem Garten blicken lassen.

Anfang Mai kommt ein Junge und verkauft Maiblumen. Was? Noch nie von gehört. Ich lasse mir erklären, dass Kinder in ganz Schweden diese Blumen verkaufen und das gesammelte Geld dann wieder Kinder bekommen, denen es nicht so gut geht. Eine prima Sache. Es gibt diese Blumen in verschiedenen Ausführungen. Als Pin oder Anstecknadel, aber auch als Aufkleber. Au ja, Aufkleber sind immer gut.

Ich liebe Aufkleber und jetzt weiß ich auch, was das für eine schöne Blume gewesen ist, die an meiner Küchenscheibe geklebt hat als wir das Haus gekauft haben. Leider sind Blume samt Fensterscheibe beim Versuch das Fenster zu renovieren kaputt gegangen. Aber jetzt bekomme ich eine neue.

Es gäbe jedes Jahr ein neues Modell, sagt der Junge. Toll, dann kann ich ab jetzt Maiblumen sammeln. Ich bin total begeistert.

Ein paar Tage später taucht ein kleines Mädchen mit ihrer Mutter auf und will auch Maiblumen verkaufen.

-Oh, nein danke. Ich habe schon, beklage ich.

Hilfloses Lächeln, dann ziehen sie weiter zum Nachbarn.

-Ich glaube nicht, dass das Sinn macht. Der Junge ist schon überall gewesen und hat seine Blumen verkauft. Alle haben sich schon eingedeckt.

Man nickt mir zu und geht trotzdem noch zum Nachbarn hoch. Bitte, wenn sie es denn unbedingt versuchen wollen. Es dauert ein bisschen, bis ich verstanden habe, dass man Kindern hier in Schweden nie und nimmer nicht etwas abschlägt und schon gar nicht, wenn sie Maiblumen, Plätzchen, Socken, Blumensamen oder was weiß ich noch alles für den guten Zweck verkaufen.

Egal wie viele Maiblumen man schon gekauft hat, kommt ein Kind, setzt man sein schönstes Lächeln auf und kauft im Notfall auch noch die 150ste Maiblume. Die armen Leute, die in der Stadt wohnen.

Und dann ist da noch die Sache mit dem Påtog. Wie fast überall auf der Welt, gehört es auch in Schweden zur guten Sitte jemanden zu fragen, ob er noch etwas mehr möchte. Påtog eben. Zu guter deutsch, Nachschlag. Also frage ich meine Patientin nach dem Mittagessen, ob sie noch etwas Påtog will.

-Det är bra för mig, sagt sie. Das ist gut für mich.

Ich kralle mir ihren Teller, gehe an das Buffet und lege noch mal ordentlich nach. Sie schaut mich ein wenig betreten an.

-Men det var bra för mig, sagt sie.

Ja, gut für dich. Ich weiß.

-Ist gut, ne? frag ich.

-Njaaa, sagt sie.

Na bitte. Damals weiß ich eben auch noch nicht, dass dieses unbestimmte njaaa eigentlich nein bedeutet. Geradeheraus nein darf man in Schweden allerdings auf gar keinen Fall sagen. Das gehört sich nicht.

Sie verdrückt also eine weitere Portion und ich frage wieder.

-Vill du ha påtog?

-Ja, men nu är det bra för mig, kommt dann auch prompt die Antwort. Ja, das ist jetzt gut für mich.

Mensch, die hat aber Hunger heute. Ich will ihr den Teller abnehmen, aber sie lässt nicht los, hält den krampfhaft fest. Was ist denn jetzt wieder? Huhu, du musst schon loslassen, sonst kann Schwester Sylvia dir den Teller nicht wieder voll machen.

-Die will nichts mehr, sagt meine Kollegin.

-Doch, doch, ereifere ich mich, die hat gesagt, det är bra för mig.

-Ja, sagt die Kollegin, und das heißt, dass man nichts mehr möchte.

What? Noch heute fällt es mir schwer zu glauben, dass jemand wirklich nein meint, wenn er doch eigentlich sagt, dass es gut für ihn wäre.

Vegane Extrawürstchen

Freundin Astrid guckt mich beim gemeinsamen Grillen an.

- Weißt du, was ich nicht verstehe? Warum müssen vegane Sachen denn unbedingt die gleichen Formen haben wie Fleischwaren?

Hä? Ich verstehe sie nicht so ganz.

Ja, warum denn so eine vegane Wurst unbedingt wie eine Wurst aussehen müsse und das vegane Gehacktes wie Gehacktes und so weiter.

Ah, bei dieser Diskussion bin ich ganz vorne mit dabei. Geflissentlich ignoriere ich den warnenden Blick meines Mannes, hole tief Luft und lege los.

Also erst einmal möchte ich mich darüber auslassen, dass die Fleischesser Formen wie Würstchen, Schnitzel und Co für sich claimen. Als ob ein Kälbchen als Schnitzel oder ein Schwein als Wurst auf die Welt kommt. Warum sollte es dem Fleischesser vorbehalten sein, aus einem Klumpen Rohmasse eine Wurst zu machen oder ein Schnitzel zu klopfen.

Aber ich bin noch nicht fertig. Nur weil ich Veganer bin, heißt es doch noch lange nicht, dass mir nicht irgendwann auch einmal Spaghetti Bolognese gut geschmeckt haben. Und wenn ich dann jetzt veganes Gehacktes im Supermarkt sehe, dann weiß ich genau, wofür ich das gebrauchen kann. Wieso soll der Veganer nur Gemüse und keine Ersatzprodukte essen dürfen? Was denkt der Fleischesser denn, was er für ein Prestige hat!

Ich komme jetzt so richtig in Fahrt. Dass Astrid schon vor langer Zeit den Faden verloren hat und Michel mir wütend in die Seite piekst, ja da kann ich jetzt leider keine Rücksicht mehr drauf nehmen. Dann hätte sie das Thema mal nicht ansprechen sollen. Ich will auf jeden Fall meinen Vortrag zu Ende halten, denn einen ganz wichtigen Punkt habe ich noch gar nicht erwähnt.

Nämlich den aufgeschlossenen und neugierigen Fleischesser, der vielleicht auch einmal etwas Vegetarisches oder Veganes ausprobieren möchte. Und dann ist es doch ganz wunderbar, dass dieser Mensch etwas findet, was ihm optisch vertraut ist und wovon er sofort weiß, ah, die Wurst da, die mache ich mir auf meinen Hot Dog. Wo kämen wir denn da hin, wenn alles, was vegan ist, irgendwelche Fantasieformen hätte?

Astrid guckt mich an und sagt, sie hätte ja nur gemeint, warum Veganer denn überhaupt so scharf auf Ersatzprodukte wären. Sie hätte eigentlich mehr erwartet, dass ein Veganer sein Essverhalten komplett umstellt.

-Warum? fauche ich zurück, manche machen das, aber das darf ja wohl jeder selber bestimmen, ob er ein veganes Würstchen oder einen Maiskolben grillen möchte.

Immer diese intoleranten Fleischesser!

Und dann mokiert Freund Jens sich auf Facebook auch noch über Analogkäse. Wie man den als Veganer nur essen könne, wo da doch so viel komisches Zeug drinnen wäre und die Veganer doch sonst immer sofort mit dem Finger auf alle anderen zeigen würden und so tun würden, als ob sie nur mega gesund leben würden. Geht's noch?

Wer sind denn die Veganer? Man kann doch nicht einfach eine große Gruppe Menschen so über einen Kamm scheren! Es gibt sicher ganz viele Veggies, die Analogkäse und auch Ersatzprodukte aller Art ablehnen, aber es gibt mindestens genauso viele, die gerne mal etwas essen, das zumindest entfernt an Käse erinnert oder womit man seine Pizza überbacken kann. Und da der Veganer im

Allgemeinen gut darüber informiert ist, was er isst, kann man hier auch nicht von reinlegen sprechen. Denn eine ganz andere Sache ist es, wenn so ein Käse auf einer nicht veganen Pizza landet und als Käse deklariert wird, nur weil er billiger ist. Das geht natürlich gar nicht. Genauso wenig wie Pferdefleisch in der Lasagne schädlich ist, aber dann muss es auch draufstehen. Ich muss doch als Verbraucher die Wahl haben, ob ich Lasagne mit oder ohne Pferdefleisch essen will! Und da bin ich ganz bei dir, mein Freund Jens. Es muss deutlich deklariert sein, was sich in unserem Essen befindet, so dass wir als Verbraucher bewusst wählen können und am Ende nicht vor bösen Überraschungen stehen wie Pferdefleisch in der Lasagne oder Analogkäse auf der Premiumpizza.

Wir kaufen eine Waschmaschine

Nicht Michel und ich kaufen eine Waschmaschine, sondern Papa und ich. Für meine Schwester. Für ihr Haus in Schweden, denn meine Schwester hat zwei Tage vor der Heimreise nach Deutschland ihre schwedische Waschmaschine, den Toplader, geschrottet. Wacker noch eben Wäsche waschen wollen und dann die Trommel nicht richtig zugemacht. Trommel geht unten auf, erbricht die nasse Wäsche in die Maschine, rien ne va plus.

Statt einer schnellen Wäsche kämpfen Mann, Frau und Papa gegen störrische Maschinen und die Schwerkraft der sich erbrochenen Wäsche. Die Wäsche kann nach stundenlangem Schrauben, Fluchen und Beten gerettet werden, die Maschine ist hin. Obwohl, Papa ist vom Tod der Waschmaschine noch nicht ganz überzeugt. Er schraubt und tüftelt und ganz zum Schluss scheint es so zu sein, dass Uwes Zeug es sogar noch wieder richten kann, wäre Papa da nicht kurz vor der Ziellinie dieser kleine Fauxpas passiert. Ihm fällt ein Werkzeug aus der Hand und im freien Fall köpft dieses den extra vorsichtig zur Seite gelegten Temperaturfühler. Alles fluchen, hätte, wenn und aber hilft nichts, die Maschine ist hin und eine neue Gebrauchte muss her.

Und genau diese Maschine holen Papa und ich jetzt ab. Wir müssen gar nicht mal so weit fahren, circa 45 Minuten und schon sind wir am Ziel. Empfangen werden wir von einer fast neuen Waschmaschine, einem sehr geschafften Ehepaar und einem riesigen Haus. Mutti ist verstorben, Jan ist das einzige Kind und eigentlich leben die beiden ganz unten in Südschweden. Jetzt versuchen sie irgendwie das Haus leer zu bekommen. Nur leider sind Mama und Papa nicht wie der typische Svensson-

Schwede minimalistisch und eher spartanisch unterwegs gewesen. Nein, die beiden haben sich Zeit ihres Lebens unterschiedlichsten Sammelleidenschaften hingegeben. Die sind mir post mortem sofort sympathisch, doch die genervte Schwiegertochter sieht das ganz anders.

-Wir sind ganz modern eingerichtet, nichts von alledem hier passt bei uns zu Hause und wir wollen auch nichts haben. Alles muss raus.

-Alles muss raus? frage ich ungläubig.

-Wohin denn? lege ich noch nach.

-Wir versuchen noch das ein oder andere zu verkaufen und der Rest geht wohl zum Müll. Möchtest du noch durchschauen?

Ob ich was? Natürlich möchte ich, unbedingt.

-Du kannst dir alles anschauen, mach ruhig jeden Schrank auf, sagt die nette Frau.

Und das lasse ich mir natürlich nicht zweimal sagen. Ich lasse meinen Vater mit der Waschmaschine alleine, vorläufig zumindest, denn der Mann hat sich ein ausgeklügeltes System ausgetüftelt, wie wir die Maschine am besten ins Auto bekommen. Doch so weit sind wir noch nicht, denn Papa wäre nicht Papa, wenn das gute Stück vorher nicht eine ganze Reihe nur ihm verständlicher Schraubereien durchlaufen müsste.

-Meld dich, wenn wir einladen können. Ich geh noch mal kurz rein und schaue mich um, sage ich und verschwinde im Haus.

Wallhalla. Auch wenn die guten Leute alt gewesen sind, gibt es hier doch einige schöne Sachen. Vor allem Bilder. Viele Bilder, schöne Bilder. Bilder noch und nöcher. So schade, dass ich wirklich keinen Platz mehr an meinen Wänden habe. Ich fotografiere einfach alles und schicke die Bilder meiner Schwester. Und schon hab ich

Antwort. Sie hätte jetzt Schnappatmung, alle Bilder wären so schön. Sie will alle haben. Sie könnte ja so eine Art Wanderausstellung machen und immer wieder andere Bilder aufhängen. So wie die Schweden das mit ihren Gardinen machen. Zu jeder Jahreszeit eine andere Gardine. Also gehe ich rum und frage.

-Was kostet das Bild? Und das hier? Und dieses? Und jenes?

Irgendwann sagt die Frau zu mir, dass ich ihr 500 Kronen geben soll und dann könne ich alle Bilder abhängen, die mir gefallen. Zum Schluss lade ich neun wunderschöne Bilder in unser Auto.

Je länger ich rumgucke, desto mehr schöne Sachen finde ich. Und dann ist Papa fertig mit der Waschmaschine und die nette Frau sagt, es gäbe auch noch einen Keller. What? Winnie verschwindet sofort in den Tiefen des Hauses und ruft dann aufgeregt, dass ich runterkommen soll.

Eine komplette Werkstatt, Sägen, Schraubstöcke, Unmengen an Werkzeugen und Hobel. Ich muss sofort an Paul denken. Wieder reger Kontakt mit meiner Schwester und einem Paul, der total aus dem Häuschen ist. Und wieder die Fragen.

-Was kostet das hier? Und das? Und dieses?

Ich finde alte Telefone, ein Dalarnapferd und zwei Löwenköpfe, die ich schon so lange für meinen Schrank gesucht habe.

Mein gestresstes Gegenüber ist jetzt vollends überfordert und sagt nur, wenn ich ihr statt der 500 Kronen 1000 geben würde, dann könnte ich mitnehmen, was ich wollte. Es ist fast schon peinlich, wie viel ich aus dem Haus schleppe, aber ich kann doch all diese schönen Sachen nicht ihrem Schicksal überlassen! Über zwei

Stunden sind wir bei den Leuten, das Auto ist proppvoll, doch am Ende sind alle glücklich und zufrieden. Die beiden haben jetzt ein bisschen weniger Arbeit, doch mir steht noch eine Endlosrunde Tetris zu Hause bevor. Die Bilder lasse ich gleich bei meiner Schwester. Völlig ausgeschlossen, dass ich auch nur eines davon noch aufhängen kann.

Papa und ich haben einen tollen Tag gehabt und Mama kocht zur Krönung noch frischen Spargel, den wir im Garten verspeisen. Ein guter Tag neigt sich dem Ende zu und zum Schluss bekomme ich das meiste auch noch mehr oder weniger gut rein in unser Haus. Hey Mann, manchmal muss man einfach nur ein wenig kreativ sein.

Knytkalas

Irgendwie sind wir auf unserer Arbeit immer noch verzofft. Keiner will das richtig zugeben, besser man redet nicht mehr darüber und auch die drei neuen Kolleginnen sollen das lieber nicht mitbekommen. Auf Fragen, warum unser Urgestein auf der Abteilung Hals über Kopf die Beine in die Hand genommen hat, wird geschickt drum herumgeredet und es herrscht einmal wieder typisch schwedischer eitel Sonnenschein. Mir soll's recht sein. Ich bin schon fast so schwedisch wie meine schwedischschwedischen Kolleginnen. Hauptsache Ruhe, man kommt ja doch zu nix mit diesem konfliktscheuen Völkchen. Also besser anpassen und hoffen, dass alles gut geht.

Dann verordnet Kollegin Helena uns einen Knytkalas bei sich zu Hause. Knytkalas, das ist auch so ein Ding. An sich ist die Idee ja ganz schön. Alle bringen etwas mit. Nur was, das ist dann immer die große Frage und am Ende sitzt man im schlimmsten Fall mit hundert Portionen Nudelsalat da. Also mache ich Nudelsalat.

Zehn Personen sind wir und da ich nicht damit rechne, dass irgendwer daran denkt, auch etwas Veganes für mich zu machen, muss ich also so viel zubereiten, dass es zum Probieren für alle Kolleginnen reicht und ich auch noch satt werde. Zu meinem Nudelsalat kommen noch ein Coleslaw, selbstgebackenes Knäckebrot, eigens kreierte Brotchips und Kräuternichtbutter. Eine Flasche Bitter Lemon und zum Nachtisch und nur so für alle Fälle eine Dose Fruchtcocktail.

Ich bereite alles akribisch einen Tag vorher vor, dann kann das Ganze noch eine Nacht im Kühlschrank durchziehen und ich bin nicht am Tage des Knytkalas schon von den ganzen Vorbereitungen fix und fertig. Ich bin bereit.

Beladen wie ein Packesel komme ich bei Helena an. Johanna und ihr Nudelsalat sind auch schon da. Zum Glück hat Helena Käsehäppchen gemacht. Und auch June hat auf den guten alten Nudelsalat verzichtet und verwöhnt uns stattdessen mit thailändischen Leckereien. June hat auch an mich gedacht. Extra Gemüsetaschen, extra Soße, extra Nachtisch. Ich finde das so ganz besonders lieb und schnappe mir meine verdutzte Kollegin für ein Küsschen. Jetzt mal schauen, was die anderen dabeihaben.

-Du bist die Letzte, sagt Helena.

-Wie, die Letzte. Wo sind denn die anderen? frage ich.

Also die, die meine ganzen Salate essen sollen. Nee, es käme keiner mehr. Mimmi hat vergessen, sich frei zu nehmen und Mari hat sowieso schon gesagt, dass sie lieber arbeitet als einen Abend mit uns zu verbringen. Ah ja, so viel zum Thema Zoff. Allerdings muss ich sagen, dass ich deutliche Ansagen mag. Ist ein bisschen mehr so wie zu Hause, also da wo meine Wurzeln liegen, im Pott.

Cissi ist bei der Babyshower ihres Sohnes und ihrer Schwiegertochter. Das finde ich eine halbwegs gelungene Entschuldigung. Said hat keinen Babysitter gefunden und Anna baut das ganze Wochenende mit ihrem Mann an ihrem Wochenendhaus am Meer. Das soll nämlich unbedingt noch vor dem Sommer fertig werden. Vielleicht hätten wir unseren Knytkalas verschieben sollen?

-Och, sagt Helena, wir sind einfach eine kleine, gemütliche Runde. Man kann es ja sowieso nie allen recht machen.

Nee, ist schon klar, aber hätte sie mich nicht wenigstens vorwarnen können, als sie mir gestern die Erinnerung für unsere Sause geschickt hat? Wer soll das denn jetzt alles aufessen? Die schönen Sachen. Mir dreht sich der Magen um bei dem Gedanken, dass vieles nachher weggeschmissen werden muss. Ich zwinge meine Kolleginnen, etwas von meinem Salat zu behalten und June zwingt mich, etwas von ihrem Essen für mich mitzunehmen. Und so fahre ich mit noch mehr Essen, als ich mitgebracht habe wieder nach Hause. Essen für mehr als zehn Personen.

Zum Glück kann ich Freund Andreas am nächsten Tag mit einem Lunch für zwei, Michel ist ja noch in Berlin, beglücken. Dann zwinge ich ihn auch noch etwas vom Salat mitzunehmen. Ein bisschen bekommen dann doch noch die Hühner und der Rest wandert erst einmal in den Kühlschrank. Nee, unkontrollierter Knytkalas ist nichts für mein deutsches, gründliches Gemüt.

Kunstrunde

Es ist wieder Kunstrunde. Ortsansässige Künstler und Handwerker öffnen vier Tage lang ihre Ateliers und Werkstätten. Und weil Michel nicht da ist, verordne ich Kunstrundenneuling Andreas, der gerade aus Deutschland zu Besuch ist, eine Runde durch die småländische Kunstszene.

Ich habe uns drei Adressen rausgesucht. Erstmal langsam anfangen, lieber weniger und dafür schöne Sachen sehen und wer weiß, vielleicht kann man sich ja sogar mal etwas gönnen. Wie gesagt, Michel ist nicht da und ich habe die Visa Karte.

Als erstes möchte ich bei meiner Nachbarin Sophia gucken. Die malt lustige, bunte Bilder und macht allerlei keramisches Zeugs. Zu jedem ihrer Bilder hat sie eine Geschichte auf Lager. Ich finde das fantastisch, mein Mann hat das immer eher kindlich gefunden. Andreas und ich stranden im wahrsten Sinne des Wortes in Sophias Fabelwelt. Bilder toll, Geschichten toll, Keramik toll. Dann komme ich ins letzte Zimmer und da stehen sie, die Neuen. Sophias 101 Unwesen. 101?

- Ja, sagt die Geschichtenerzählerin, der Michel aus Lönneberga, der ja eigentlich Emil heißt, hat 100 Männchen in seinem Schuppen geschnitzt, also habe ich 101 Unwesen gemacht.

Klingt total logisch und ich bin begeistert. Ich finde die mega toll. Alle! Sie sind aus Keramik, alle haben ein Art Mantel an und alle haben einen unterschiedlichen Kopf. Es gibt große und kleine, dicke und dünne, einen großen Chor, einen kleinen Chor, Wesen die spooky sind, kleine Köpfe haben und welche, die aussehen, als ob sie aus Star Wars kommen, schweineartige, katzenartige, vogelartige usw usw. Ich kann mich gar nicht sattsehen an diesen Figuren. Ich will die haben. Alle. Eine kurze Überschlagssumme im Kopf bringt mich auf den Boden der Tatsachen zurück. Ich bräuchte 30.000 Kronen. Und ein größeres Haus, mit mehr Platz. Aber ich könnte eine Sammlung starten, gleich hier und jetzt. Ich könnte erstmal ein oder zwei Unwesen kaufen und diese dann immer weiter ausbreiten. Zum Geburtstag zum Beispiel. Jetzt muss ich mich nur noch entscheiden, wer als erstes mit nach Hausnummer fünf kommen darf. Das gestaltet sich dann wiederum als eine fast unlösbare Aufgabe.

Nach einer geschlagenen Stunde muss ich feststellen, dass es mir nicht gelingen wird, die zwei schönsten, besten Wesen für mich zu finden. Ich muss mich einfach zwischen 101 tollen Unwesen entscheiden. Doch so einfach ist das gar nicht. Irgendwann bekomme ich sowas wie Schnappatmung und Andreas erfasst die große Ungeduld. Wollten wir nicht auch noch zum Töpfer im nächsten Ort und bei Schwiegervater Cees Vögel und Aquarelle angucken? Jajaja, ich mach ja schon.

Nach einer weiteren Viertelstunde habe ich es geschafft, oder geschafft und geschafft, aber fürs Erste dürfen der mit den großen Ohren und der mit der Kerze auf dem Kopf mit nach Hause. Ich bin selig, nicht lange, denn schon beim Töpfer sehe ich eine unglaublich schöne Schale, die ich unbedingt zum Brot backen haben muss. Mit Salzglasur. Was? Ich lerne, dass die Schale im eigens dafür gebauten Holzofen im Garten gebrannt worden ist und dass man während des Brennvorganges Salz auf die Schale geworfen hat, das dann eingebrannt ist und die Salzglasur ergeben hat. Geil! Doch der Preis der Schale lässt mich zweifeln. Ich glaube, der Mann meiner Träume wird mir die Lizenz zum Kaufen entziehen, wenn ich mir jetzt auch noch diese sündhaft teure Schale kaufe. Die muss, wie die übriggebliebenen 99 Unwesen, bis zu meinem Geburtstag warten.

Weiter geht es zu Cees. Da ist es sicher, da ist sowieso alles viel zu teuer für meinen Geldbeutel. Andreas ist total begeistert von Cees Vogelkindern. Lange spazieren wir durch den Vogelpark, in den sich der Garten meiner Schwiegereltern in den letzten Jahren verwandelt hat. Meine Gedanken schweifen ab. Habe ich die richtigen zwei Wesen gekauft oder hätte ich nicht besser den mit dem Fischgesicht nehmen sollen? Oder der mit dem braunen Mantel? Die Katze? Oder den großen Chor? Zweifel über Zweifel.

Ganz aufgeregt zeige ich Michel unsere neuen Mitbewohner, als er wieder da ist und beschreibe ihm in allen Einzelheiten die übrigen 99 Unwesen, die ich alle und unbedingt noch haben muss. Obwohl er eher semi begeistert von meiner neuen Sammelleidenschaft ist, fragt er mich sofort, warum ich mir denn dann nicht gleich ein paar mehr gekauft hätte? What? Hat der Mann nicht mitbekommen, was die Dinger kosten?

-Doch, sagt er, aber nur zwei ist ja auch keine Sammlung. Geh ruhig zurück und kauf dir noch zwei, drei.

Hä? Das lasse ich mir nicht zweimal sagen. Aber er muss mit. Er muss mit aussuchen, denn das schaffe ich nicht alleine. Also ziehe ich mit einem sich leicht sträubenden Michel ein paar Tage später noch einmal los, um noch mehr Unwesen in mein Haus zu holen. Und obwohl ich mir vorher schon ein paar Gedanken darüber gemacht habe, wer denn mitkommen könnte, stehe ich wieder wie Ochs vor dem Berge. Der Mann meiner Träume gibt sein Bestes, aber trotzdem dauert es wieder über eine Stunde, bis ich mich entscheiden kann. Das Pferdegesicht, der

Dinoschädel und das Vogelwesen kommen mit. Die anderen 96 müssen auf meinen nächsten Besuch warten. Ich könne mir auch noch die Schale beim Töpfer holen sagt mein Lieblingsmensch. Ich finde den Mann gerade ganz toll, doch es gibt Grenzen, die sollten einfach nicht überschritten werden.

Ein paar Tage später fällt es mir wie Schuppen von den Augen und ich hätte es eigentlich wissen müssen. Er hat einen Bass gesehen. Er hält mir ein Foto von einem sündhaft teuren Bass unter die Nase, einem Bass, ohne den er nicht mehr weiterleben kann.

Klicks

Ich habe es geschafft! Uta von Mein Schwedenleben hat mein Buch gelesen, für gut befunden und mir gesagt, dass sie das auch ihren über 10.000 Followern auf YouTube sagen will. Einfach so, ohne Gegenleistung. Und Uta ist vom Fach, Journalistin und Autorin und ihr gefällt mein Buch. Das ist so toll, dass ich es kaum glauben kann.

Als es dann so weit ist, klicke ich schon Stunden vorher auf YouTube rum. Ungeduldig warte ich, bis endlich die große Masse von mir und meinem Buch erfährt. Uta hat ihre Sache richtig gut gemacht, antwortet auf die ihr oft gestellte Frage, was sie denn gerne liest mit meinem Buch. Es wird groß in die Kamera gehalten und sie setzt sogar einen Link unter ihr Video. Da brauchen all die potentiellen Käufer nur noch draufzuklicken. Und auch wenn die ganze Buchvorstellung nur einige Minuten dauert, bin ich doch total begeistert und so gespannt, was denn jetzt wohl als nächstes passieren wird.

Noch einmal sage ich mir, dass ich nicht aus den Augen verlieren darf, dass Schlampenacker als Ganzes mein Projekt ist, dass es mir nicht ums Verkaufen geht. Also nicht nur, nicht hauptsächlich, nur ein bisschen, vielleicht jetzt doch ein bisschen mehr, wo sich zum ersten Mal eine reelle Chance bietet, dass meine Verkaufszahlen in ungeahnte Höhen schießen könnten. Denn obwohl mir auch schon mehrere YouTuber und ein Verlag zugesagt haben, so ist es bis jetzt immer arg still geworden, nachdem ich mein Buch verschickt habe, und um ein Haar hätte ich glauben können, dass meine Geschichten gar nicht gut sind. Uta ist meine emotionale Rettung.

Ich klicke gleich mal auf den Link und lande bei Amazon. Irgendwie cool. Ich weiß natürlich, dass mein Buch

auch auf Amazon und allen einschlägigen Plattformen er-
hältlich ist, aber doch schon toll so ein Direktlink, quasi
die Direktverbindung zu meinem Wohlstand, denn hey,
wer will denn nicht ein Buch bei Amazon kaufen? Amazon informiert mich darüber, dass noch fünf Bücher auf
Vorrat sind und mehr bereits unterwegs ist. Das ist seltsam, denn ich kann mich gar nicht daran erinnern, irgendwann einmal fünf Bücher an unbekannt verkauft zu
haben.

Bis jetzt kann ich immer noch ganz gut nachvollziehen,
wer wann welches Buch bei mir gekauft hat. Und mehr
ist unterwegs? Ich schaue beim Verlag nach. Nix ist unterwegs, nix ist bestellt. Immer noch 44 verkaufte Bücher,
wie schon seit Anfang des Jahres. In dem Moment lerne
ich etwas Neues dazu. Amazon ist ein Lügner, schwin-
delt einfach so rum. Trotzdem bin ich zufrieden, denn der
drohende Ausverkauf meines Buches spornt bestimmt
ganz viele Leute an noch ein begehrtes Exemplar ergat-
tern zu wollen.

Ich hab schon wieder Dollarnoten in den Augen und
erwische mich dabei, wie ich Google die Frage stelle, wie
viele Bücher man denn verkaufen muss, um einen Bestseller zu landen. Jetzt, wo so viele Leute von mir und meinem Buch wissen. Denn Utas Video wird gut geklickt,
wahrscheinlich am meisten von mir selbst. Ruckzuck haben wir die 10.000 Klicks Schallmauer durchbrochen. Ich
bin begeistert.

Google lehrt mich, dass man ab 100.000 verkauften
Exemplaren sein Buch einen Bestseller nennen darf. OK,
doch so viele…Ich rufe mich auf den Boden der Tatsachen zurück und den Sinn und Zweck meines Projektes.
Außerdem kann ich mir beim besten Willen nicht einreden, dass sich jetzt alle 10.000 Leute, die Utas Video

geklickt haben je 10 Bücher kaufen. Trotzdem bin ich konstant auf YouTube oder checke den Verlag. Irgendwie nervt mich das selber, aber ich kann nicht damit aufhören. Ich bin so neugierig, was denn jetzt wohl passiert. Es gucken Leute in mein Facebookprofil, die ich nicht kenne und die gelogenen Amzonbücher sind angeblich alle verkauft. Da steht auch nichts mehr davon, dass mehr unterwegs ist. Hmmm, ich weiß nicht, ob ich das so gut finde, denn wenn Leute mein Buch nicht direkt kaufen können, dann vergessen sie mich auch bestimmt ganz schnell wieder. Ich hoffe inständig, dass man sich die Mühe macht und mein Buch googelt, denn nein, ich bin nicht ausverkauft, mein Buch ist lieferbar. Und das E-Buch ist ja auch noch da.

Beim Verlag passiert auch nichts. Aus Erfahrung weiß ich, dass es immer ganz lange dauert bis Bücher, die über Dritte verkauft werden, gutgeschrieben werden. Doch Geduld ist gerade nicht so meine Tugend.

Dann bekomme ich eine WhatsApp von Karsten. Ja genau, dem Karsten. Ploppschuh-Elend-Guilty Pleasure-Karsten. Er hätte mein Buch gekauft. Ich muss erst einmal in mich hineinhorchen, wie ich das finde. Ich bin enttäuscht. Hä? Was ist denn das jetzt wieder? Enttäuschung? Ja, ich hatte halt erwartet, dass er mein Buch aus Neugierde schon viel eher gekauft hat. Eye, Sylvia geht's noch? Scham macht sich breit. Scham ist eines meiner absoluten Nicht-Lieblingsgefühle.

Mann, Mann, Mann. Das fängt ja schon gut an mit meinem Ruhm. Und jetzt? Reagieren oder nicht? Aber ganz ehrlich? Jedem anderen hätte ich geantwortet und natürlich antworte ich Karsten auch. Das Sinnigste, was mir in diesem Moment einfällt, ist auweia. Also antworte ich auweia.

Na, wir schreiben ein wenig hin und her über das Buch und dann mache ich das, was ich schon längst hätte machen sollen, wovor ich mich aber immer gedrückt habe. Ich erzähle ihm, dass er in zwei Geschichten in Teil zwei vorkommt und dass ich meine Protagonisten eigentlich immer Probe lesen lasse und dass ich ihm die Rohfassungen schicke, falls er Interesse hat.

Klar, hat er. Ich schaue noch mal kurz drüber und, auweia, ein bisschen peinlich ist es schon und auch nicht alles ist nett. Aber gut, wer A sagt, muss auch B sagen und so nehme das Schicksal seinen Lauf. Kurz darauf erhalte ich eine Reihe Kreischsmilies mit dem Vermerk: geil, das ist alles so typisch du. Ah, grins, er kann drüber lachen. Das ist gut, sehr gut. Und dann tut es richtig gut endlich mal wieder zusammen zu lachen. Über mich, über mein Buch und hoffentlich auch ein bisschen über uns.

Ich sage ihm, dass das eigentlich schon wieder eine Geschichte wert ist und er sagt nur zu, ihm wäre es recht. Ich könne schreiben, was ich wolle. Na na, aufpassen wem man die Wildcard gibt. Ach, meint er, er wäre schon längst in der Klapse, wenn er immer alles so eng sehen würde.

Schon mal dabei, lasse ich auch gleich Ex Norman seine Geschichte probelesen und auch er sagt, dass ich schreiben kann, was ich will. Ihm wäre nix peinlich. Jetzt habe ich genau zwei Möglichkeiten. Entweder glauben meine Ex Männer nicht an mich und mein Buch und denken, dass es sowieso keiner liest, obwohl wir mittlerweile fast bei 12.000 Uta-Klicks sind, oder meine ehemaligen Lieblingsmänner sind unheimlich coole Socken. Ich entscheide mich für die Socken.

Dann widme ich mich wieder der Rund-um-die-Uhr-Bewachung meiner Verkaufszahlen und siehe da, es passiert was! Mein Verkaufsbarometer steigt von 44 auf 48. Eye, geht's noch? Ich krieg Schnappatmung, doch dann fällt mir ein, dass in Deutschland Pfingsten ist. Langes, freies Wochenende, auch beim Verlag. Ich muss einfach abwarten und um die Zeit zu überbrücken, schreibe ich noch einmal alle meine YouTube Kontakte an und suche mir auch noch ein paar neue Opfer aus. Ich muss jetzt einfach dranbleiben und mein Projekt am Laufen halten.

Dann passiert wirklich etwas, das alles auf den Kopf stellt und mich wieder ganz erdet und alle Gedanken an Verkaufszahlen, Bestseller und Klicks aus meinem Kopf treibt. Christian und Barbara schreiben mir eine lange Mitteilung. Barbaras Mama hat vor knapp zwei Monaten die Diagnose Blasenkrebs im Endstadium bekommen. Behandlung ausgeschlossen. Mehrere Aufenthalte auf einer Palliativabteilung folgen und am Ende geht Barbaras Mama in ein Hospiz.

Sie hätten ihr mein Buch vorgelesen. Bei jedem Besuch. Sie hätten es leider nicht mehr geschafft ihr das ganze Buch vorzulesen und zum Schluss hätte sie wahrscheinlich auch nicht mehr zuhören können, aber sie hätten ihr meine Geschichten vorgelesen. Ich bin sprachlos, habe Gänsehaut und Tränen in den Augen. Das hier ist wahrscheinlich das beste und schönste Kompliment, das mir je jemand gemacht hat. Christian und Barbara haben sich meine Geschichten ausgesucht, um ihre sterbende Mutter zu begleiten.

Weg Klicks, weg Verkaufszahlen, weg Bestseller. Genau dafür habe ich mein Buch geschrieben, weil ich Menschen Geschichten erzählen will und das kann mir jetzt keiner mehr nehmen.

Entgleisungen

Mein Leben ist durcheinander. Irgendwie bin ich alt und langsam geworden und mir rinnt die Zeit durch die Finger. Aber eigentlich stört mich das gar nicht so. Manjana ist mein neuer Slogan und er gefällt mir richtig gut. Aus manjana wir übermanjana und dann überübermanjana. Ich trödle so vor mich hin und schaffe nur den Bruchteil von dem, was ich mir eigentlich vorgenommen habe. Das ist ein tolles Gefühl. Also nicht, dass ich nix schaffe, aber dass es mich nicht stresst.

Ich versuche herauszufinden, woran es liegt. Ich bin doch eigentlich die Meisterin der Effektivität. Pläne machen ist quasi mein zweiter Vorname und jetzt versage ich auf ganzer Linie, sitze eislutschend mit einem Buch auf dem Balkon und es stört mich nicht mal. So kriegen wir unser Holz nie fertig und ich renne den Rest meines Lebens hinter meinen Plänen her. Manjana.

So what, denke ich eislutschend und mir gefällt mein neues ich. Hach wat schön. Natürlich lutsche ich nicht nur Eis, manchmal findet man mich auch im Holzstapel oder mit der Heckenschere im Garten, aber ganz oft, wenn ich das geplant habe, kommt mir etwas dazwischen und während das früher Schnappatmung meinerseits verursacht hätte, so lutsche ich jetzt lieber Eislollies. Nervennahrung. Als ob ich die bei meinem neuen Probier's-mal-mit-Gemütlichkeit-Lebensstil nötig hätte. Lutsch.

Manchmal verschieben sich sogar meine Routinen. Einmal übertreibe ich es fast ein bisschen. Ich weiß gar nicht mehr, was mir morgens wieder Schönes dazwischengekommen ist und mich daran gehindert hat, das Mittagessen pünktlich auf dem Tisch zu haben. Auf jeden Fall essen wir spät, sehr spät, aber da wir unsere geliebte Fika am Nachmittag nicht ausfallen lassen wollen, fikan wir eben spät, sehr spät, aber dafür ausgiebig.

Michel ist abends unterwegs und ich habe so gar keinen Hunger, was ja auch nicht weiter verwunderlich ist. Ich liege auf dem Sofa und besuche nacheinander alle meine Lieblings-YouTuber. Ich könnte ja zumindest ein bisschen Obst essen oder Joghurt, aber mir ist so gar nicht nach gesund. Auch sowas. Immer öfter habe ich Lust auf ungesund. Dirty-Fries sind mein neues Guilty-Pleasure. Regelmäßig ertappe ich mich dabei, wie ich meine Ofenkartoffeln mit Käseersatz, Zwiebeln, Sauce und Gewürzen überbacke. Morgens ist Schokipaste Programm und ich stecke mir auch gerne ein, zwei, drei Löffelchen extra in den Mund. Ich begründe das damit, dass ich die restliche Schokipaste im Glas glattziehen muss. Michel kommt aus dem Grinsen nicht mehr heraus.

Irgendwann bekomme ich dann doch sowas wie Hunger, da auf meinem Sofa. Nicht Hunger Hunger, eher Leckertreck, so wie wir das in Holland nennen. Lust auf was Leckeres, was in meinem Fall im Moment meistens etwas Fettiges, Ungesundes und Frittiertes ist. Und siehe da, ich habe noch meine Maitüte Chips. Also die Tüte, die ich im Mai essen darf. Heute, jetzt und sofort. Chips und ein Bier, das könnte ich mir als Abendessen vorstellen. Nur ein paar Chipse aus der Tüte. Ich kann das, ich hab mich im Griff. Ich hätte die Schüssel nehmen sollen.

Und ich hätte nicht auch noch die Brausebrocken aus dem Vorrat mitnehmen sollen. Ich hätte mich zügeln sollen, denn an diesem Abend lerne ich eine ganz neue Lektion fürs Leben. Nämlich, dass Bier, Chips und Brausebrocken weder ein gutes Abendessen noch eine gute Kombination sind. Als mir ein bisschen schlecht wird, ist schon alles zu spät. Denn was danach passiert gleicht einer Gastroapokalypse. In meinem Magen braut sich eine Art Atombombe aus Kohlensäure und Brause zusammen, getragen vom Fett der Chips. Hilfe! Ich explodiere. Danach kommt Luft aus allen meinen Öffnungen. Mein Körper ist ein einziges, großes Überdruckventil. Es würde mich gar nicht wundern, wenn jetzt auch noch Seifenblasen aus meinem Mund blubbern würden. Ich leide, sehr. Ich vergehe vor Selbstmitleid und diese kleine Stimme da in mir, die mich anschreit, dass ich ganz alleine schuld daran bin, dass ich jetzt rumple wie eine alte Dampfmaschine, die versuche ich geflissentlich, aber vergeblich zu überhören.

Hätte ich doch besser einfach nur ein bisschen Joghurt gegessen oder vielleicht auch einmal gar nichts. Das hätte mir auch nicht geschadet. Feierlich gelobe ich mir, mich nie wieder so gehen zu lassen und fortan wieder gesünder, besser und vor allem regelmäßiger zu essen.

Komfortzonen

Ich bin ein bisschen nervös, denn ich muss raus aus meiner Komfortzone und eigentlich fühle ich mich gerade pudelwohl als älter werdende Frau, eislutschend und weltfremd auf meiner Terrasse sitzend. Ich würde gerne für immer hierbleiben, doch die große, weite Welt will mich.

Zuerst soll ich mit einer Kollegin die neuen Aushilfen für den Sommer einen Abend lang über die Wichtigkeit der Hygienevorschriften aufklären. Das gelingt mir seit Jahren schon kaum bei meinen gestandenen Pflegekräften und jetzt soll ich einen Abend lang gelangweilte Aushilfen davon überzeugen, sich die Hände zu waschen, keinen Schmuck zu tragen, die Haare ordentlich hochzustecken, die Fingernägel nicht zu lackieren, kurz zu halten und sich die Hände zu desinfizieren. Tagelang brüte ich mit meinen Kolleginnen aus der Hygienegruppe über einer PowerPoint-Präsentation. Letztendlich sind wir mit dem Ergebnis richtig zufrieden und fühlen uns für den Kampf Hygiene gegen Aushilfe gewappnet.

Es geht los. An meinem Tag haben wir drei Gruppen a 14 Leute, die wir 40 Minuten lang vom Einschlafen abhalten müssen. Ich fühle mich richtig gut an diesem Abend. Fast so wie früher, als mein Körper noch vollgepumpt mit Hoch- und Runterhormonen gewesen ist und jetzt ist definitiv Hochzeit.

Die erste Gruppe ist recht handzahm. Es werden sogar Fragen gestellt und kaum etwas von dem, was wir sagen, wird in Zweifel gezogen. Doch in der zweiten Gruppe sitzt er schon. Ganz hinten in der letzten Reihe. Das Cappi schräg und verkehrt herum auf dem Kopf und das Telefon in der Hand liegt er mehr in seinem Stuhl als das er sitzt. Es gibt nur zwei Möglichkeiten. Er schläft ein oder er fängt an, an seinem Telefon zu spielen. Ich bin bereit. Da meine Kollegin Elaine die meiste Zeit das Wort hat und ich nur hin und wieder etwas einfüge und ansonsten den Computer mit dem PowerPoint betätige, habe ich viel Zeit für meinen Cappitypen. Und genau nach fünf Minuten fängt er an mit seiner Knipskiste zu spielen. Geil, darauf habe ich nur gewartet.

-Du, rufe ich durch den Raum, denkst du, du schaffst es eben ohne dein Handy oder soll ich das mal kurz für dich in Verwahrung nehmen?

Er hätte nur eben auf die Uhr geschaut.

-Da hängt ne Riesenuhr direkt neben dir an der Wand, sagt Elaine.

Die scheint auch Spaß an dem Heini zu haben. Seufzend steckt der sein Telefon ein, aber so leicht kommt der mir nicht davon.

- Es wäre echt total schön, wenn du dich eben die paar Minuten konzentrieren könntest. Immerhin wirst du ja auch dafür bezahlt und Elaine und ich stehen hier ja auch nicht mit unseren Telefonen. Wie willste denn nachher ne ganze Schicht ohne deine Knipskiste schaffen?

Teilnahmsloses Achselzucken. Aber nicht mit mir Bürschchen.

-Wenn du das alles hier schon so gut kannst, vielleicht willst du dann hier vorne stehen und weitermachen? Dann können Elaine und ich auch ein wenig auf Facebook und Insta gucken.

Müdes Abwinken aus der letzten Reihe. Ich bin fast ein bisschen enttäuscht, dass Cappi uns nicht auch noch während der letzten Minuten einpennt.

Auf jeden Fall fühle ich mich jetzt gerüstet, denn mein wahres Waterloo wartet noch auf mich. Vorlesung über die palliative Pflege im Gymnasium. Zwei Stunden lang Teenies davon abhalten, einzuschlafen und auch noch irgendwie versuchen, sie für den Beruf der Pflegefachkraft zu begeistern.

Immerhin lese ich bei einer berufsorientierten Gruppe vor. Da sollte man meinen, die wären zumindest minimal interessiert. Sollte, denn da haben wir schon Klamotten erlebt. Von totaler Lerthargie bis zum Einschlafen mit Schnarchen. Früher sind wir da wenigstens immer zu zweit hin, aber aus geldtechnischen Gründen müssen wir jetzt immer ganz alleine in die Höhle der Löwen und dieses Mal bin ich an der Reihe.

Fast komme ich zu spät, denn ich will so gerne, dass ich echt auf den allerletzten Drücker losfahre und dann zur Strafe den ganzen Weg Opi mit Hut vor mir habe. Ich habe schon vor dem eigentlichen Drama Schnappatmung. Doch dann läuft es besser als erwartet. Was ja eigentlich nicht so schwierig ist, wenn man mit dem Schlimmsten rechnet. Es ist sogar fast richtig gut, denn ich habe das Gefühl, dass sie hin und wieder zuhören. Und sie lachen mich nicht aus, das ist ja auch schon mal was.

Ein letztes Mal muss ich noch aus meiner Komfortzone. Der zweite Bildungsweg steht an. Auch diese Gruppe will eine Vorlesung über unsere Arbeit. Eigentlich die einfachste Gruppe. Oft interessiert und da sie schon erwachsen sind, gibt es meistens angeregte Gespräche und Diskussionen und eher wenig Geschnarche.

Allerdings ist der ganze Unterrichtszweig umgezogen, in einen großen, hohen Saal, in dem ganze zehn Leute sitzen und damit man mich auch versteht bekomme ich einen Art Lautsprecher umgehängt. Sehr irritierend, denn jetzt höre ich mich die ganze Zeit selber irgendwie doppelt und das bringt mich am Anfang ganz schön aus dem Konzept.

Als ich an den Punkt komme, an dem ich über meine Abteilung berichte, weise und klopfe ich voller Enthusiasmus auf dem großen Schirm herum auf dem mein PowerPoint in seinem ganzen Glanze erstrahlt.

Hier die schönen großen Zimmer, bäm. Der Gemeinschaftsraum, bäm. Und hier...hoppla, alles weg. Oder ich sag mal so, alles groß, riesengroß, megagroß, unerkennbar groß. Wie konnte das denn jetzt wieder passieren? Help?! Die Lehrerin weiß auch keinen Rat und ich krieg schon fast wieder Schnappatmung und fange an, wild am Rechner rumzufummeln. Bis irgendjemand etwas ruft. Was?

-Ist doch ein Touchscreen, einfach wieder kleiner machen, so wie beim Telefon.

Ah, ist Touchscreen, das hätte mir ja auch mal jemand vorher sagen können. Obwohl die Lehrerin selbst scheinbar bis vor wenigen Sekunden auch nicht gewusst hat, dass sie über einen überdimensional großen Touchscreen in ihrem Klassensaal verfügt.

Am Ende bekomme ich eine wunderschöne Hortensie. Ah, na bitte, hat sich doch gelohnt.

Glücklich eislutschend sitze ich später auf meiner Terrasse und sinniere darüber nach, dass es manchmal gar nicht mal so schlimm ist, wenn man aus seiner Komfortzone heraus muss. Sowieso nicht, wenn man so wie ich die Neigung hat, ein wenig schrullig zu werden. Denn dann würde man nur eislutschend auf der Terrasse sitzen oder im Garten herumkriechen.

Bababanküberfall

Schon immer verwaltet der nette Klaus das gut gehütete Geld meiner Eltern. Klaus ist der Mann, dem Mama ihre bitter ersparten Moneten anvertraut hat. Klaus arbeitet in der kleinen Bankfiliale in dem Dorf, in dem ich geboren und gezogen worden bin, in der Grauzone zwischen Münsterland und Ruhrgebiet.

Und obwohl meine Eltern nun schon sehr lange in Schweden wohnen, liegen die Pinunschen immer noch wohl behütet in deutschen Landen, denn Mama kennt den Klaus schon seit immer. Klaus besucht zusammen mit meiner Schwester die dörfliche Grundschule. Die beiden einzigen Kinder aus dem Dorf die genug Grips haben, später das Gymnasium in der Stadt besuchen zu können.

Da Ende der siebziger Jahre die Infrastruktur auf dem Lande noch zu wünschen übrig lässt, gibt es noch keine regelmäßige Busverbindung und so fährt meine Mama die Barbara und den Klaus die erste Zeit jeden Tag zur Schule. Man kennt sich also und darum ist der Klaus der beste Monetenverwalter der Welt. Er kümmert sich auch wirklich rührend, ruft meine Mutter regelmäßig an und hilft ihr bei allen Bankfragen. Auch meine Schwester schaut ab und zu mal bei Klaus vorbei, immer dann, wenn es für Mamas Geld etwas vor Ort zu regeln gibt.

Immer wieder frage ich meine Mutter warum sie sich Papas Rente und all das Ersparte nicht gleich nach Schweden überweisen lässt, warum sie lieber alle nasenlang hier zum Bankomaten rennt und dann immer mit viel zu viel Bargeld in ihrer Tasche rumläuft, die sie dann rund um die Uhr wie ein Schießhund bewachen muss. Mir wäre das alles viel zu umständlich und nervenaufreibend. Mama nennt mir eine ganze Reihe von Gründen, warum sie das so macht und nicht anders. Keiner dieser Gründe leuchtet mir wirklich ein. Im Endeffekt ist es wahrscheinlich einfach nur so, dass sie das eben immer schon so gemacht hat. Sie ist auch jemand, der zu der aussterbenden Spezies angehört, die immer noch regelmäßig zur Bank müssen. Ich frage sie dann jedes Mal, was sie da eigentlich machen muss.

-Kontoauszüge holen, sagt sie.

Oh my God! Ich wusste gar nicht, dass es das noch gibt; Kontoauszüge holen.

Dann erreicht uns eine Hiobsbotschaft. Klaus ist in seiner Bank überfallen worden. Ausgerechnet unser kleines Heimatdorf hat sich eine Gruppe Panzerknacker für einen Beutezug ausgesucht. Der arme Klaus wird erst Stunden später geknebelt und gefesselt auf dem Fußboden seiner Bank gefunden. Mama ist außer sich. Um ihr Geld macht sie sich nicht so große Sorgen, aber dass dem Klaus so etwas passieren muss, wo er doch so ein netter Kerl ist und sich immer so gut um alles kümmert. Wir können uns alle vorstellen, wie groß das Trauma sein muss, das er erlitten hat. Ob er sich jemals wieder um Mamas Geld und das kleine bisschen Extra kümmern kann?

Wahrscheinlich eher nicht. Das liegt allerdings weniger an dem Trauma, das der Klaus bei dem Banküberfall erlitten hat. Denn schon kurze Zeit später häufen sich die Zweifel und Indizien an Klausis Banküberfallgeschichte. Da ist etwas ganz gehörig faul und der Klaus gerät immer mehr in Erklärungsnot. Und dann dauert es auch gar nicht mehr so lange, bis wir zu hören bekommen, dass Klaus gestanden hat. Er hat sich selbst überfallen. Ein netter Bekannter war so freundlich, ihm gegen eine geringe Entschädigung mit Knebel und Fesseln zu helfen. Und dann wollte der FilialLeiter unseres Vertrauens mit Mamas Pinunschen auf und davon. Auf zu großem Fuße scheint er gelebt zu haben, der Klaus. Sich selbst zu überfallen, das muss man aber auch erst einmal bringen.

Nach diesem Banküberfall ist auf jeden Fall jetzt aus die Maus für den Klaus, der wandert vorläufig auf unbestimmte Zeit hinter die schwedischen Gardinen, denn das Böse ist immer und überall.

Traudi und der blaue Thron

Meine Schwiegereltern renovieren ihr Badezimmer, alles muss neu und für den Toilettensitz, den Thron, geht es nach Ikea. Kullarna soll es werden. Eine bequeme Holzvariante, Softclosing und in weiß.

Also wird eine Fahrt ins 80 Kilometer entfernte Jönköping eingeplant. Zum Glück gibt es dort auch eine Jula-Filiale, in Schweden nur Gubbdagis genannt. Männerkindergarten, der Traum eines jeden Mannes. Ein Laden vollgestopft mit stinkenden Maschinen, Werkzeug aller Art, Arbeitskleidung und allem, was das Männerherz begehrt. Schwiegervater Cees wird morgens im Gubbdagis abgegeben, nicht ohne eingebläut zu bekommen, sich mittags pünktlich zum Köttbullarlunch bei Ikea einzufinden und dann ist Traudi endlich frei, um in aller Ruhe im schwedischen Möbelparadies rumzustreunen. Natürlich wandert auch Toilettensitz Kullarna ins Körbchen.

Fast pünktlich um eins trifft man sich zum Lunch und danach ziehen beide noch ein wenig durch das riesige Einkaufszentrum, denn wenn man schon einmal in der großen Stadt ist, möchte man auch ein bisschen Flair genießen, wenn auch nur, um sich abends zu Hause im Wald wieder sagen zu können, wie schön es doch ist, einsam und alleine auf dem Lande zu wohnen.

Kullarna wird ausgepackt und der Schock ist groß. Eisblau leuchtet er in seiner Verpackung.

-Was hast du denn da gekauft? fragt Cees.

-Nee, sagt Traudi, das ist falsch, ganz falsch. Der hat am falschen Platz gelegen. Ich bin mir sicher, dass ich einen weißen genommen habe.

Die Stimmung sinkt auf den Gefrierpunkt, denn keiner der beiden kann sich mit einer leuchtend blauen Klobrille anfreunden. Es nützt alles nichts, der Sitz muss zurück, und das am besten schnell.

Also ruft Traudi ihre Freundinnen an und es wird ein Mädelstag in Jönköping geplant. Cees noch einmal im Gubbdagis abzugeben, wäre viel zu teuer.

Ganz früh geht es los, denn gibt es etwas Besseres als Frühstück bei Ikea? Nach der Stärkung stürzen sich die Frauen ins Shoppingabenteuer. Kullarna wird umgetauscht.

-Falsche Farbe, sagt Traudi zu dem netten Mann an der Umtauschtheke.

-Der hat im falschen Fach gelegen, fügt meine Schwiegermutter noch hinzu.

Denn Ordnung muss nun mal sein. Der Fehler liegt immerhin nicht bei ihr und das darf Ikea jetzt auch ruhig einmal gesagt bekommen. Es ist Ikeas schuld, dass Traudi nun zum zweiten Mal innerhalb von ein paar Tagen aus ihrem gemütlichen Wald in die große Stadt muss.

Dieses Mal passen alle Frauen gemeinsam auf, dass auch wirklich das richtige Modell aus dem richtigen Fach genommen wird.

Stundenlang wird geshoppt, geluncht und wieder geshoppt und spät, aber glücklich und zufrieden kommen die Frauen von ihrem Ausflug zurück. Müde sind sie und so bleibt Kullarna bis zum nächsten Morgen in seiner Verpackung liegen.

Und dann das dicke Ding. Wieder falsch, wieder eisblau. Das kann doch gar nicht sein!

- Warum habt ihr denn nicht sofort im Laden kontrolliert? mokiert sich mein Schwiegervater.

- Ja, sagt Traudi, aber alle haben mit aufgepasst. Die haben einfach das ganze Regal falsch eingeräumt. Dass die das noch nicht gemerkt haben!

Traudi ist jetzt so richtig sauer auf das blöde Ikea und nochmal hinfahren ist keine Option. Dann sollen die mal die richtige Klobrille schicken. Auf Kosten des Hauses natürlich.

Ein Anruf wird getätigt und Traudi klagt der Helpline ihr Leid. Sowas darf doch einfach nicht passieren.

-Welchen Toilettensitz haben Sie gekauft? fragt die nette Dame am Telefon.

-Kullarna, sagt meine Schwiegermutter, und ich will den in weiß haben. Aber jedes Mal, wenn ich den auspacke ist der eisblau.

-Kullarna? Den gibt es gar nicht in blau. Nur in schwarz und weiß, klärt die Helplinefrau auf.

-Ich habe hier aber einen blauen. Und das nicht zum ersten Mal.

Kurzes Schweigen, dann die Frage:

- Kann es sein, dass Sie die Schutzfolie nicht abgezogen haben?

Rücken, Kopf und Nacken

Mein Rücken tut weh. Das ist der typische Arbeitsrückenschmerz. Egal, wieviel ich im Garten rumkrieche oder wieviel Holz ich mache. Arbeitsrückenschmerz ist anders. Dieser bohrende, pochende Schmerz im Lendenbereich. Ich habe es schon auf der Arbeit gemerkt. Diese Verdrehungen im Rücken, wenn man viel zu viel Kraft einsetzen muss.

Egal, wie viele Kurse in Die-richtige-Arbeitshaltung man uns anbietet, im Moment Supreme merkt man immer erst zu spät -autsch, schon wieder falsch gemacht. Aber dann ist das Kind schon in den Brunnen gefallen oder besser gesagt, hat die Hexe schon in den Rücken geschossen. Wärmflasche, immer, viel und heiß, heißer als heiß, hilft mir, zumindest nicht sofort total steif zu werden.

Früher bin ich zur Massage gegangen. Das können wir nämlich. Zum vergünstigten Tarif bei Der öffentlichen-Dienst-eigenen-Masseuse. Sogar während unserer Arbeitszeit dürfen wir gehen. Theoretisch. Praktisch funktioniert das natürlich nicht, wenn ich mitten im größten Chaos zu meinen Kolleginnen sage, dass ich dann mal eben eine Stunde zur Massage weg bin.

Also gehe ich lange Zeit in meiner Freizeit zweimal im Monat zu Laila. Bei Laila ist es schön. Laila sieht schlecht, sehr schlecht. Auf ihrem Computer schreibt sie mit 10 cm großen Buchstaben, aber sie sieht mit den Fingerspitzen und nirgendwo kann ich mich so gut entspannen und so gut abschalten wie bei Laila.

Buchen kann man ganz einfach online. Man darf sich zweimal pro Monat einbuchen. Massagen sind beliebt und damit alle eine gerechte Chance auf eine Zeit bei

Laila haben, gibt es die Zweimal-im-Monat Regel. Theoretisch. In der Praxis sehe ich, dass sich bestimmte Leute schon über Monate hinaus auf immer dieselben Tage eingebucht haben. Auch öfter als zweimal im Monat. Chefs. Vor allem die Direktorin der Schule für Erwachsenenbildung scheint einen körperlich sehr schweren Job zu machen. Sie muss mindestens einmal in der Woche, immer donnerstags um neun zur Massage.

Aber auch andere Leute haben sich freigiebig zur Massage angemeldet. Das finde ich sowas von total nicht fair. Es ist fast unmöglich, eine Zeit zu bekommen. Und so buche auch ich mich auf alle möglichen noch freien Zeiten ein. Nach mir die Sintflut! Wenig später bekomme ich von irgendeinem Administrationsfuzzie eine Mail, man hätte meine gesamten Termine gestrichen, weil ich mich nicht an die Regeln gehalten habe. Wut kommt auf. Das hier ist alles andere als gerecht! Es nützt nichts, will ich zu Laila, muss ich mich in Zukunft an die Regeln halten. Denn für das niedere Fußvolk sind die Regeln nun einmal die Regeln.

Und während Laila mit ihren heilenden Händen unser aller Schmerzen lindert, geht es ihr selbst immer schlechter. Irgendwann sieht sie so schlecht, dass sie nicht mehr arbeiten kann, und ich stehe mit Rücken, Nacken und Schulter im Regen. Ich kann mich nicht dazu aufraffen, mir jemand anderen zu suchen. Ich will Laila. Ich will nicht in irgendeinen Massagesalon laufen und auf das Beste hoffen. Also gehe ich fortan steifer und unentspannter durchs Leben.

Dann bekommt mein Schwager Jörg eine schlimme Nebenhöhlenvereiterung und leiht sich Mamas alte Rotlichtlampe aus. Rotlicht! Ich erinnere mich schwach an eine außerirdisch anmutende große, weiße Lampe, die ganz hinten in Mamas Kleiderschrank gewohnt hat. Als Kind habe ich oft mit den unterschiedlichsten Wehwehchen vor dieser roten, warmen Lampe gesessen.

Ich erfrage bei Google, ob Rotlicht auch etwas für meine Beschwerden wäre und lese nur Positives. Ich bin total begeistert! Ich will auch so eine Lampe. Und siehe da, das Internet kann mich tatsächlich mit dem Rolls Royce unter den Rotlichtlampen versorgen. Natürlich muss ich dafür tief, sehr tief in die Tasche greifen. Aber dann ist sie da, meine eigene Anti-Muskelschmerzstation. Den ganzen Winter über sitze ich jeden Tag mindestens 15 Minuten lang vor dieser Lampe und lasse sie auf Nacken und Schultern scheinen. Das wird mein festes Ritual. 15 Minuten Rotlichtpause mit Buch lesen. Es hilft. Ich werde meine Verspannungen nicht komplett los, bin mir aber sicher, dass alles noch viel schlimmer wäre ohne meine Lampe. Mir tut ihre wohlige Wärme einfach unglaublich gut. Das ist fast wie Bude bauen.

Rotlicht hilft mir auch bei Druck auf Stirn- und Nebenhöhlen. Darunter leide ich besonders, als wir zur Coronazeit anfangen mit Mundschutz und Visier zu arbeiten. Leider gerät meine Rotlichtlampe im Sommer immer ein wenig in Vergessenheit. Sobald es draußen warm wird, verspüre ich nicht mehr den Drang, mich drinnen vor meine heiße Lampe zu setzen. Meine Verspannungen verschlimmern sich und immer öfter bitte ich Michel mich ein wenig zu massieren. Der macht das zwar nicht so gut wie Laila, aber schön isses trotzdem.

Eigentlich finde ich, die Stadtverwaltung müsste uns regelmäßige Gratismassagen anbieten. Oder gratis Rotlichtlampen. Oder am besten beides. Auf Dauer würde sich das sicher auszahlen, denn nur allzu viele Kolleginnen leiden unter dem Verschleiß der belastenden, körperlichen Arbeit. Ganz zu schweigen von den armen Schuldirektoren.

Ausflugszeit

Es ist viel zu tun auf unserem kleinen Landgut. Auch dieses Jahr scheint es einfach kein Ende beim Holz machen zu geben. Als wir dann endlich fast fertig sind, fällt mir auch noch auf, dass wir trotz unseres eigenen Holzes von der Tanne den Schuppen nicht voll bekommen. Auf jeden Fall nicht so voll, wie ich mir das so vorgestellt habe. Also bestellen wir uns noch einen halben Wagen Holz und haben dann auf einmal viel zu viel. Was bedeutet, dass ich jetzt auch noch einen Teil Holz umpacken muss, will ich die Ordnung in meinem Holzuniversum beibehalten. Und Ordnung im Holzschuppen ist nun einmal das A und O.

Die Sommerwärme ist schon da und mit ihr die Heuschnupfensaison und zusammen mit der glühenden Hitze wird es mir unmöglich tagsüber am Holz zu arbeiten. Abends bin ich dann oft einfach zu müde. Von mir, meinen Tieren, der Hitze. Ich fühle mich schon ganz ohne irgendeine Bewegung staubig und schwitzig, also geht es im Holzschuppen nur im Schneckentempo voran. Der Pfefferminzinhalator ist neuerdings mein bester Freund. Sieht aus wie ein Lippenbalsam, ist aber mit Minzöl gefüllt und das Einzige, was meine gepeinigten Schleimhäute ein wenig beruhigt.

Ich habe das Duschen und Wäsche waschen so gut wie eingestellt, damit ich mit dem Wasser besser meinen Gemüsegarten bewässern kann. Unser alter, gegrabener Wasserbrunnen spendet uns immer noch treu und brav das kühle Nass, nur wie lange noch?

Unsere Tiere sind doof im Moment. Dazu später noch mehr. Aber hey, irgendwie weiß ich, dass es sich nicht lohnt sich zu ärgern oder verrückt zu machen. Wird schon. Nicht jetzt, nicht heute, aber später. Ich mache es einfach so wie mein neuer Held in meinem neuen Lieblingsbuch Achtsam morden. Ich atme meine Probleme einfach mit einem Eis in der Hand weg.

Wir nehmen uns kleine Auszeiten. Die Zeiten, dass wir erst hier alles fertig haben wollen, bevor wir uns eine Auszeit gönnen können, sind schon lange vorbei. Denn fertig wird man nie, wenn man so lebt wie wir. Es ist vielmehr ein Go-with-the-Flow und jetzt ist Sommerzeit und damit auch Ausflugszeit. Heuschnupfen hin oder her, manchmal muss man einfach mal weg aus seinem eigenen kleinen Alptraumparadies.

Also packen wir erst unseren Woody und suchen uns einen schönen Platz ganz tief mitten im Wald. Wir sind gar nicht weit gefahren, denn wir haben uns vorgenommen bei den teuren Preisen für alles und noch was in diesem Jahr nur kleinere Ausflüge zu machen. Öland und die Fossilien werden vergeblich auf mich warten. Der Platz ist toll. Auf einer Lichtung und zusammen mit den Hunden sondieren wir das Gelände erst einmal. Danach koche ich uns was zu Essen. Das macht so viel Spaß, in dem kleinen Wagen zu kochen. Alles ist da, wir sind komplett ausgestattet. Ich sitze lange draußen und lese in meinen Büchern. Endlich einmal nichts, was mich ablenkt. Mein Stubenhockermann liegt im warmen Woody, spielt erst an seiner Knipskiste rum und schnarcht dann ziemlich schnell ziemlich laut. Na, so hat halt jeder seine Vorlieben.

Wir machen noch einen Nachmittagsspaziergang und dann geht es wieder nach Hause. Zum Gemüse, den doofen Enten und lauten Hühnern. Schön.

Der nächste Ausflug ist auf den See. Wir wollen paddeln. Leider kann Papa nicht mehr mitkommen. Die Knie machen nicht mehr mit und er hat das Paddeln schweren Herzens an den Nagel gehängt. Vorläufig. Am See angekommen ist es doch ganz schön windig. Ich habe die Wetter-App nur auf Regen und Temperatur, nicht auf Wind gecheckt. Gut, dass wir an den kleinen See gefahren sind. Wir paddeln los und Milow fängt sofort an Seemannslieder zu schmettern. Trotzdem ist es schön und wir finden ein sonniges, windstilles Plätzchen, an dem wir lange Pause machen. Wir essen die besten Butterbrote der Welt, lesen und die Hunde liegen faul in der Sonne. Vielleicht sollten wir einfach für immer hierbleiben.

Der See hat am Ende einen ganz langen Arm. Sicher zwei Kilometer lang, wie ein kleiner Fjord und trotz Wind paddeln wir heute bis zum Ende. Hier sind wir schon so lange nicht mehr gewesen. Schön isses hier, niemand da. Sowieso ist der ganze See leer. Es ist Feiertag. Nationaltag und alle sind in der Stadt und gucken sich Paraden an. Wegen der Tradition und so. Wir paddeln lieber. Auf dem Rückweg machen wir noch einmal Pause an unserem Platz vom Vormittag. Fikazeit! Noch ein bisschen lesen, in der Sonne liegen und dann geht es zurück. Natürlich schließen wir diesen wunderschönen Tag mit einem guten Essen beim rot-gelben Donken ab. Was muss, das muss. Wegen der Tradition und so.

Badeenten oder das Universum schießt zurück

Mein Entenpärchen ist ein Herz und eine Seele, aber so ein Pärchen ist halt auch verletzlich. Was, wenn ein Partner wegfällt? Und obwohl ich mir gesagt habe, dass ich das Problem dann löse, wenn es so weit ist, ertappe ich mich immer wieder dabei, in den Kleinanzeigen nach Laufentenmädchen zu suchen. Sehr erfolglos. Laufenten scheinen sowieso schon exotischen Seltenheitswert zu haben und Mädels sind schon mal gleich ganz und gar nicht zu bekommen. Also füge ich mich meinem Schicksal. Augenscheinlich. Denn insgeheim bestelle ich mir eine Laufente beim Universum.

Nadine von den Selbstversorger-YouTubern macht das auch immer so. Die kleine Kleinigkeit, dass sie davor warnt, dass man halt nie so genau weiß, wann und wie das Universum liefert, ignoriere ich.

Ich weiß, dass es funktioniert. Als Kind habe ich mir so heiß und innig ein Meerschweinchenweibchen gewünscht und irgendwann kam meine Schwester mit einem gefundenen Meerschweinmädel von der Arbeit nach Hause.

Also, bitte liebes Universum, einmal Laufentenmädchen. Und das Universum liefert! Ich sehe sie auf Facebook. Sie schwimmt in einem innerstädtischen See ungefähr 50 Kilometer von hier. Schon seit Wochen versuchen Tierschützer sie zu fangen und man stellt sich die Frage, wo das Mädel hin soll, wenn man sie eingefangen hat. Ja, aber hallo! Zu mir natürlich!

Ich schicke sofort eine Nachricht und mache ordentlich Reklame für mich, meine Ranch und meine Enten. Man antwortet mir, dass am nächsten Tag eine Frau kommt, die viel Erfahrung mit Enten hat und das Tier fangen will und dann mitnimmt. Oh nee! Ich bin so nah dran gewesen und obwohl die Wahrscheinlichkeit viel viel größer ist, dass es sich hier um ein ausgesetztes Männchen handelt als um eine Ente, so zweifle ich doch keine Sekunde an meiner Mädchentheorie. Ich schreibe noch eine lange Klugscheißermail, in der ich ungefragt allerhand Ratschläge gebe. Schließlich habe ich jahrelang bei der Tierrettung in Holland gearbeitet. Vögel aller Art sind unser Haupteinsatzgebiet gewesen, da wird man ja wohl ungefragt noch ein bisschen mit Rat und Tat zur Seite stehen dürfen. Besserwisserei wird in Schweden nicht gerade geschätzt und so bekomme ich dann auch keine Antwort mehr.

Wie gesagt, Vorsicht mit dem Universum. Zwei Wochen später macht es in meinem Telefon pling. Ob ich doch helfen könnte? Oh wow, ja klar. Nach einem langen Telefongespräch bin ich jedoch ernüchtert. Die Tierschützer vor Ort haben wirklich schon alles probiert. Trotzdem will Michel mit mir hinfahren und mal schauen. Wir treffen Hannah, die schon seit Wochen versucht die inzwischen auf den Namen Bianca getaufte Ente zu fangen.

Bianca, dass ist mega. Nicht nur, weil es sich tatsächlich um mein bestelltes Entenmädel handelt, sondern wegen des Wortspiels. Ente heißt auf schwedisch Anka. Bi-anca. Bianca schwimmt im See und würdigt uns keines Blickes. Sie ist ein bisschen mager und man erzählt mir, dass sie inzwischen sehr scheu geworden ist, weil immer wieder Leute versuchen sie zu fangen. Hannah traut sich kaum noch vom See weg. Ich gebe es nicht gerne zu, aber so richtig weiß ich auch gerade nicht weiter. Ich lasse mir jedoch nichts anmerken.

-Man bräuchte ein Boot, sagt sie.

Boot? Ja klar.

-Wir haben Paddelboote, flöte ich.

Ja, dann könne man Bianca wahrscheinlich einfach so aus dem Wasser fischen da sie ja flugunfähig wäre. Nja, einfach so. Ich weiß, dass Tiere Überkräfte entwickeln können, wenn sie in Panik geraten. Außerdem sind Laufenten nicht ganz so flugunfähig wie die meisten Leute annehmen. Hier haben Enten zu meinem Leidwesen schon ganz erstaunliche Strecken fliegend zurückgelegt. Darum stutze ich allen Neuankömmlingen auch erst einmal sie Flügel. Dann herrscht zumindest bis zur nächsten Mauser keine Fluchtgefahr mehr und danach ist man schon so an das Leben in Schlampenacker gewöhnt, dass man gar nicht mehr weg will.

-Wir könnten es heute Abend ganz spät versuchen. Wenn es fast dunkel ist, schlage ich vor.

Und so verabreden wir uns für zehn Uhr abends. Heimlich hoffe ich, dass Bianca dann tief schlafend irgendwo am Rand sitzt. Aber ach. Erstmal finden wir sie gar nicht. Wir müssen den ganzen See umrunden, um sie ausfindig zu machen. Natürlich sitzt sie auf dem Wasser. Inzwischen ist es Nacht geworden. Wir laden die Boote ab und paddeln auf den kleinen See hinaus. Schon nach kurzer Zeit stecken wir in den Algen fest. Ich habe noch nie so viele Algen gesehen. Unsere Boote stecken fest und auch unsere Paddel hängen in den meterlangen Algen fest. Mehr als einmal kentern wir beinahe.

Dann sind wir durch den Algenbrei und Bianca ist vor uns und natürlich flattert sie weg. Sie ist schneller als wir, aber wir bleiben immer etwas hinter ihr. Irgendwann hängt sie in den Algen fest und wir mit ihr. Sie versucht zu tauchen, kommt aber nicht los. Dann kommen wir alle gleichzeitig los. Bianca taucht neben meinem Boot. Wir sind jetzt gleich schnell. Es ist fantastisch, dieses Tier durch das Wasser tauchen zu sehen. Geschwind und pfeilförmig. Als ihr die Luft ausgeht, taucht sie direkt neben mir auf und ich brauche sie nur noch in mein Boot zu heben. Sie ist erschöpft. Kein Geschrei, kein Gezappel. Sie sitzt ganz ruhig zwischen meinen Beinen. Die ganze Jagd hat nur zehn Minuten gedauert. Ich bin mächtig stolz auf uns und kann es kaum glauben. Wie oft im Leben kann man sich schon seine eigene Laufente aus dem Wasser fischen!

Hannah ist in Tränen aufgelöst. Die ganze Anspannnung der letzten Wochen fällt von ihr ab. Wir packen Bianca ein und fahren nach Hause. Um halb drei morgens liegen wir endlich im Bett.

Zwei plus eins ist nicht gleich drei

Jetzt müssen wir Erpel nur noch davon überzeugen, dass die hübsche, weiße Bianca seine neue Frau werden soll. Noch geprägt von den Ereignissen im letzten Jahr rechne ich damit, dass uns eine harte Zeit bevorsteht. Hannah meldet sich. Das Radio hat eine kurze Reportage über sie und Bianca gemacht. Das höre ich mir natürlich sofort an. Im Garten geht es recht friedlich zu und obwohl ich dem Braten nicht so ganz traue, atme ich doch erst einmal auf.

Am nächsten Morgen meldet sich Hannah wieder. Das Fernsehen will einen kurzen Bericht im Vorabendprogramm senden. Live! Und zwar nicht irgendein Regionalsender, sondern das große, landesweite Fernsehen. Ich muss eigentlich arbeiten, setze aber alles dran freizubekommen. Wann will denn schon mal das Fernsehen vorbeikommen? Vor meinem geistigen Auge sehe ich Kameramänner, Tontechniker und Visagisten in meinem Garten rumwuseln. Ich könnte die ganze Zeit mein Buch hochhalten. Was für eine Reklame! Bis mir einfällt, dass wir in Schweden sind und mein Buch auf deutsch ist.

Meine Chefin gibt mir nicht frei. Zu viele Krankschreibungen. Ich bin stinksauer. Ich will auch ins Fernsehen, doch jetzt müssen Hannah und Michel das alleine machen. Mir bleibt nur, mir meine eigene Rettungsgeschichte von der Arbeit aus live im TV anzuschauen. Hannah sagt, es wäre ein Skype-Gespräch. Das Fernsehen würde gar nicht kommen. Aber sie würde zu uns kommen. Jemand vom Fernsehen ruft an, will die Geschichte hören. Er geht mir auf die Nerven. Der Typ ist mir zu obernett und schleimig. Ich krieg Gänsehaut von dem. Er spricht den Ablauf durch, checkt die Internetverbindung und schickt uns die Fragen, die gestellt werden. Man würde Bianca auch gerne ins Bild bringen. Vielleicht könne sie zwischen Michel und Hannah sitzen? Äh, samma geht's noch? Welchen Teil von -wir sind im Dunkeln rausgepaddelt und haben eine Ente gefangen, die man wochenlang vergeblich versucht hat zu fangen- hat der Schleimtyp denn nicht verstanden. Ich gehe raus und mache ein paar kurze Videos von der immer noch recht friedlichen Entengruppe. Das muss reichen. Ganz fix gebe ich meinen beiden Enten noch fernsehtaugliche Namen. Aus Erpel und Ente werden Drake und Nellie.

Murrend fahre ich zur Arbeit und klage dort auch noch einmal laut und deutlich meiner Chefin mein Leid. Pünktlich um 18.05 Uhr sitze ich mit unseren Patienten gespannt vor der Flimmerkiste. Die Verbindung ist schlecht. Mehrmals fällt Hannahs Stimme weg. Mein Video ist recht wuschig und es werden nicht die Fragen gestellt, die abgesprochen worden sind. Das Ganze dauert knapp zwei Minuten und irgendwie bin ich gerade so ganz und gar nicht mehr traurig auf der Arbeit und nicht im Fernsehen zu sein.

-Was ist denn da los gewesen? appe ich nach Hause.

Ja, das wüssten Michel und Hannah auch gerne. Die haben auf dem falschen Telefon angerufen. Dem Telefon ohne WiFi-Verbindung und haben einfach irgendwas gelabert.

Na ja, auf jeden Fall haben wir ganz Schweden ein Bild von einer glücklichen Entenfamilie vorgegaukelt, denn schon am nächsten Tag kommt Drake zu dem Entschluss, dass Bianca doof ist und im Gartenteich ertränkt werden muss. Drake, zu dem eigentlich der Name Erpeldoof viel besser passt, zieht mal wieder zu den Hühnern und Nellie und Bianca schließen ohne den Störenfried recht schnell Freundschaft. Während Nellie sich kaum um ihren Exilmann kümmert, sitzt Bianca stundenlang bei Drake am Zaun und unterhält sich mit ihm. Das macht mir Mut. Ich wage eine Wiedervereinigung. Drake stürzt sich sofort auf Bianca und verletzt sie am Auge. Entsetzt trenne ich die Gruppe wieder. Auch ein zweiter Versuch missglückt. Danach setze ich Drake in unserem portablen Hundezwinger mitten auf die Wiese und platziere Futter und Wasser so, dass die Enten trotz Gitter ganz dicht beieinander essen und trinken müssen. Drake ist jetzt mitten im Geschehen und sieht die beiden Mädels die ganze Zeit.

Er kocht vor Wut und Leidenschaft. Nach ein paar Tagen wird es ruhiger und an einem Regentag, dem ersten seit über zwei Monaten, wage ich einen erneuten Versuch. Zuerst sieht alles gut aus. Die Enten laufen zusammen und es herrscht eitel Sonnenschein. Bis bei Erpel irgendwo wieder was schiefgeht im Oberstübchen. Er stürzt sich mit ungeahnter Wut auf die arme Bianca, die erstmal entsetzt wegläuft und sich dann im Gebüsch verheddert. Ich befreie sie und sie rennt in Panik davon. Drake sehe ich nicht, aber ich habe die Chance Nellie zu fangen und setze sie in den Hundezwinger.

Wenig später sehe ich Bianca friedlich Seite an Seite mit Drake im Garten. Muss man nicht verstehen, oder? Sollte seine Wut gar nicht Bianca gelten, sondern mehr der Situation? Ist der Typ überfordert? Selbst als sich alle laut quakend bei Nellie am Gitter versammeln herrscht Ruhe. Keine Vergewaltigung, keine Ertränkungsversuche, keine Verletzungen.

Ich werte das jetzt mal als positives Zeichen. Irgendwie werde ich diese Gruppe schon zusammen bekommen. Kommt Zeit, kommt Rat. Aber was kapiert der Typ nicht?

Ist doch ganz einfach. Eine Frau gut, zwei Frauen besser....

Papa und das Teleshopping

Meine Schwester ruft an und eröffnet mir, dass unser Vater jetzt Teleshopping macht. Ob ich das schon wüsste.

-Er macht was? rufe ich ungläubig.

-T-e-l-e-s-h-o-p-p-i-n-g, sagt meine Schwester.

-Warum? frage ich dümmlich.

Ob ich denn noch nichts von dem Crossover gehört hätte. Doch, irgendwo klingelt da was in meinem Hinterkopf. Eine lange Geschichte über kaputte Knie und nicht mehr so gut laufen und Fahrrad fahren können und ein E-Trike.

-Das E-Trike, das er in der Reklame gesehen hat? horche ich nach.

-Den Krankenfahrstuhl bei Teleshopping, sagt Barbara.

Ah ok, da hat er es mal wieder mit dem Kleingedruckten nicht so genau genommen.

-Er will den kaufen, legt sie nach.

-Beim Teleshopping?

-Ja, kichert sie, denn es sind nur noch ein paar auf Lager.

Oh, mein Gott. Er wird doch nicht wirklich?

-Doch, der macht ernst, meint Barbara, und wir sollen ihm das Ding im Sommer mit dem Anhänger mitbringen. Er meinte, wir bräuchten ja noch nicht so viele Möbel mitnehmen.

Meine Schwester zieht nämlich sehr zu meiner Freude im nächsten Jahr ganz nach Schweden. Mein Schwager natürlich auch. Die können dann ganz wunderbar ab dem nächsten Sommer auf Mama und Papa aufpassen.

-Und jetzt?

Sie hätte im Internet genau den gleichen ausfindig gemacht. Der wäre von Rolektro, seriöse Firma in Erkrath.

Dann könne er da selber mal anrufen, mit den Leuten reden und irgendwie kriegt man das Ding bei Bedarf dann schon nach Schweden.

-Ist doch super, sag ich.

-Er glaubt mir nicht, jammert sie.

-Wieso?

-Weil der nicht Crossover heißt. Aber Crossover haben sie den nur beim Teleshopping genannt, damit sie ihn dort für ein paar hundert Euro mehr verkaufen können. Jetzt musst du helfen, bevor unser Vater irgendeinen Quatsch macht.

OK. Also lade ich Papa zu einer Runde YouTube gucken ein. Erst ein Infovideo von Rolektro. Da isser sich dann schon fast sicher, dass es sich doch um das gleiche Fahrzeug handeln könnte. Fahrzeug….

-Papa, das ist ein Krankenfahrstuhl, sage ich.

Nein! Es wäre ein Trike und die in der Reklame (beim Teleshopping) hätten auch junge Leute gezeigt, die damit fahren. Ob er denn wüsste, ob das Ding überhaupt waldwegtauglich wäre. Ja, aber hallo, das könne man ja wohl sofort sehen. Kann ich nicht, er scheinbar schon.

Guck mal, flöte ich, die haben auch noch ein Quad.

Nein! Er wolle das Trike. Ob er denn schon mal in Schweden rumgeguckt habe.

-Da gibbet dat nich, poltert er.

Woher er das wisse, will ich jetzt wissen. Mama hätte in ihre Maschine (Handy) geguckt.

-Mama hat im Handy gesucht?

Ja, dann wundert es mich nicht, dass sie nichts gefunden haben. Ich zeige ihm noch ein paar Alternativen, aber er will nur den Crossover. Von ihm aus auch den, der nicht Crossover heißt, aber doch Crossover zu sein scheint. Ich finde noch ein Video von einem Besitzer. Der erläutert dann auch gleich noch mal die Nachteile und stuft das Ding, sehr zu Recht, nur bedingt als geländetauglich ein. Ist ja auch ein Krankenfahrstuhl.

-Trike, sagt Papa.

-Für alte Leute, sage ich, in der Stadt.

Die im Fernsehen (beim Teleshopping) hätten junge Leute damit gezeigt.

-Im Gelände? frage ich nach.

Nein, aber er wisse 1000%ig, dass der Crossover für das Gelände geeignet wäre. Sagt ja auch der Name schon. Dann sagt der Videomann noch etwas ganz Wichtiges. Nämlich, dass der Crossover bei Teleshopping genau der Gleiche ist, nur viel teurer und das Teleshopping sowieso Abzocke sei.

-Hasse gehört? ruf ich.

Ich spiele ihm die Stelle zur Sicherheit noch einmal vor. Aber haben will er das Ding trotzdem, dann eben nicht aus der Reklame (vom Teleshopping).

OK, ich befrage mal das große weite Web, ob und wie wir so ein Ding nach Schweden bekommen, so dass meine Schwester auch noch ihre Möbel im Sommer mitnehmen kann. Und tatsächlich. Westfalia weiß Rat. Man kann eine Kaufanfrage machen und dann schauen die nach der günstigsten Methode das Trike zur genannten Lieferadresse zu bekommen. Man bekommt einen Preisvorschlag und ist man einverstanden, bekommt man nach nur vier Wochen Lieferzeit sein Trike.

-Vier Wochen? ruft Papa.

-Ja, so lang ist nun einmal die Lieferzeit.

-Aber die im Fernsehen…, setzt er an.

-Papa! Das ist Abzocke!

Ein paar Tage später ruft Barbara an und fragt mich, ob unser Vater jetzt ein wenig schrullig werden würde.

-Nee, sag ich, isser schon. Was ist denn los?

Papa hätte angerufen, mit einer ziemlich wirren und komplizierten Geschichte über Käufe und Lieferzeiten und ob meine Schwester nicht mal bei Herrn Westfalia anrufen könne und dem erzählen könne, dass Papa auch mit deutschem Geld aus Deutschland bezahlen würde. Das müsse die ganze Sache doch positiv beeinflussen und beschleunigen und vielleicht hätte man ja noch irgendwo so ein Trike auf Lager in einer Ecke stehen, welches dann umgehend zu ihm verschifft werden könne. Sie hätte außerdem noch auf eigene Faust bei der Herstellerfirma in Erkrath angerufen und die wären sich der Geländetauglichkeit ihres Krankenfahrstuhls gleich gar nicht mal so sicher, aber davon wolle Papa nichts wissen....

Die Herausforderung des Jahres

Als ob mein Leben nicht schon genug Herausforderungen hätte wie nicht enden wollendes Holz machen, streitende Enten, anspruchsvoller Job, chronisch unordentliches Haus, trockener Sommer mit ohne Regen, Buch ohne Bestseller, so habe ich mir für dieses Jahr noch ein ganz besonderes Etappenziel gesteckt. Der Ofen bleibt aus! Also der Elektroherd in der Küche. Ich will versuchen das ganze Jahr lang auf meinem Holzofen zu kochen und Küchenhelferlein wie Reiskocher, Eierkocher, Wasserkocher, Toastimacher und Co nur mit der Ecoflow, sprich Solarstrom zu betreiben.

-Warum? fragt der Mann.

Warum? Wieso fragt der denn noch warum? Warum, darum. Wegen Strom sparen und so? Der Strom wäre im Moment billig, meint er. Das ist mir aber sowas von egal. Dann eben wegen Stromverweigerung, wegen frei fühlen und wegen Hippie sein wollen. Ich habe mir das vorgenommen und damit bleibt der Elektroofen aus! Basta! Alles, was ich auf dem Holzofen koche, schmeckt sowieso viel besser, ganz zu schweigen von meinem Brot. Es gibt nichts Besseres als frisch gebackenes Sauerteigbrot aus dem Holzofen. Außerdem können wir dann auch gleich immer Wasser auf dem Ofen zum Abwaschen warm machen, das spart auch wieder Strom. Und wenn der Holzofen brennt, kann ich auch Wasser für die Waschmaschine aufwärmen und mit einer Solarladung zwei Maschinen Wäsche waschen.

Geboren ist meine Superchallengeidee an dem Tag, an dem ich festgestellt habe, dass ich meinen Holzofen, sofern ich ihn denn richtig anheize und brenne, genauso schnell aufwärmen kann wie den Elektroofen. Sprich, er muss nicht erst stundenlang brennen, ich heize ihn an, wenn ich ihn brauche und oft reicht es schon aus, ihn einmal ordentlich mit Holz zu füllen, um zu kochen und das Abwaschwasser aufwärmen zu können. Ich bin sogar so von meiner Idee überzeugt, dass ich dafür plädiere, den Elektroofen sofort abzugeben, rauszuschmeißen, zu verkaufen. Michel zeigt mir einen Vogel.

-Doch, doch, sag ich, dann bin ich noch mehr motiviert. Ich brauche den wirklich nicht mehr.

-Nein, sagt der Mann.

Boah ey, geht's noch? Challengeverderber! Ich will das aber. So richtig und echt. Ich könne auch auf dem Holzofen kochen, wenn der Elektroofen noch in der Küche stünde, sagt Michel. Er will einfach nicht verstehen, dass sich das dann für mich aber ganz anders anfühlt. Augenrollen. Ich sag ja, er versteht es nicht. Ich starte einen langen Endlosmonolog darüber, wie viel Platz dieser Herd einnimmt und wie viel extra Stauraum man dort haben könne. Ein extra Regal mit einer extra Arbeitsplatte. Und die doofe Dunstabzugshaube, die sowieso nur ganz schlecht funktioniert, könnte dann auch weg. Michel hört mir gar nicht mehr zu. Das finde ich jetzt voll doof, habe ich mich doch schon auf meiner neuen Arbeitsplatte Brot kneten sehen. Ich kann machen, was ich will, der Mann bleibt bockig und der Elektroherd stehen. Bläh. Jetzt zeige ich es ihm aber erst recht. Dem Michel und dem Ofen. Außerdem verhänge ich auch für die männlichen Mitglieder dieser Familie ein Elektroofengebrauchsverbot. Für immer und wehe Mann wird beim Schummeln erwischt. Schulterzucken.

Und so kommt es, dass ich treu und brav jeden Mittag meinen Holzofen anschmeiße. Auch bei hochsommerlichen 27 Grad steht Sylvia mit hochrotem Kopf in der saunawarmen Küche und kocht. Trotz- und alledem funktioniert das eigentlich richtig gut und sogar Michel findet einen gewissen Gefallen an der Challenge. Ein bisschen schwierig wird es nur, wenn ich auch noch Brot backen möchte. Dann wird es sehr sehr warm in meiner sommerlichen Küche. Doch das ist egal, Challenge ist Challenge und wenn es keine Herausforderung ist, dann ist es auch keine richtige Challenge.

Und als Michel mir den aktuellen Stromverbrauch zeigt, mit dem wir trotz Holz sägen und spalten immer noch weit unter der Hälfte vom Stromverbrauch im gleichen Monat im letzten Jahr liegen, ja da ist es auch egal, dass ich mit hochrotem Kopf und Schnappatmung mein Brot in der viel zu heißen Küche backe. Ich bin Stromverweigerer, zwar im ganz kleinen Stil, aber ein Anfang ist gemacht. Und wer weiß, vielleicht fliegt der große Elektroherd im nächsten Jahr doch noch raus.

Not a Schnucki and a Flecki

Manchmal denke ich noch an meine Kaninchen. Fanny und Fine. Die zwei Zwergkaninchen, die mein Nachbar irgendwann nicht mehr haben will und zu mir bringt. Die beiden leben zusammen mit den Hühnern in dem riesigen Auslauf. Echt zahm sind sie nicht und es ist jeden Abend ein Kampf und ein Geduldspiel sie zumindest in den Legestall zu treiben, wo sie halbwegs sicher die Nacht verbringen können.

Ich bekomme die Idee für die beiden eine Freundin zu kaufen, denn Platz ist ja genug da. Kaninchenunwissend wie ich damals bin, kaufe ich ein Kinderspielzeugkaninchen. Einmal geliebt und beschmust hat man das Interesse an dem Tier verloren. Ihren langweiligen Namen ändere ich in Madagaskar und kann es kaum erwarten sie Fanny und Fine vorzustellen. Alles scheint gut zu gehen, doch als ich am nächsten Morgen vom Hundespaziergang zurückkomme liegt ein großer Teil des Hühnerauslaufes voll mit Kaninchenfell und drei betretene Mädels sitzen so weit wie möglich voneinander entfernt. Ui, da hat wohl was nicht so ganz hingehauen.

Aber die Mädels scheinen sich zusammengerauft zu haben, denn seit diesem Tag sind sie förmlich unzertrennlich. Alles machen sie zusammen, inklusive der Stallverweigerung am Abend. Freilaufende Kaninchen sind eine wahre Freude. Jeden Abend spielen sie die wildesten Spiele, rennen, jagen, hüpfen und springen. Mit der Zeit haben die Damen sich ein ziemlich großes Tunnelsystem gegraben. Ich bin mir sicher, dass ihre Tunnel unterirdisch bis ins nächste Dorf reichen, und so wird es uns unmöglich, die wilden Hilden abends einzufangen und sie leben immer mehr wie wilde Kaninchen.

Beflügelt von so viel Kaninchenglück will ich noch zwei Kaninchen ein gutes Zuhause geben und so kommen Alma und Mr. Black in mein Leben. Während Alma eine fitte kleine Person ist, ist Mr. Black mir viel zu ruhig. Fast lethargisch. Ein Besuch beim Tierarzt bringt Klarheit. Mr. Black ist nicht gesund und in ziemlich schlechter Kondition. Leider stirbt er nur ein paar Tage später und so wird es Zeit für Alma das Dreigestirn zu treffen.

Und damit fangen meine Probleme an. Alma wird nicht akzeptiert. Heute nicht, morgen nicht, niemals nicht. Alma, die liebe gute Alma, so zahm und nett, lebt allein in einem abgegrenzten Teil im Hühnerauslauf. Ich bin viel bei ihr und sie hat viel Platz, viel mehr Platz als die allermeisten Kaninchen auf diesem Planeten, allerdings hat sie keinen Kaninchenanschluß. Das schlechte Gewissen bleibt bis heute. Und wenn ich damals gewusst hätte, was ich heute über Kaninchenhaltung weiß, dann hätte die liebe Alma einen neuen Partner bekommen und ich nicht bis zum Schluss noch darauf gehofft die Kaninchen doch noch irgendwie vergesellschaften zu können.

In der letzten Zeit denke ich immer wieder an meine Kaninchenjahre zurück. Und dann beginnt es zu kribbeln. Immer öfter schaue ich mir Kaninchen an, informiere mich über Kaninchenhaltung und dann passiere ich den Point-of-no-Return. Ich will wieder Kaninchen haben.

Ich nötige den Mann meiner Träume mir mit einem Auslauf zu helfen, schleppe den alten Stall vom Schuppen in den neuen Auslauf und mache mich auf Kaninchensuche. Nur um dann festzustellen, dass jetzt scheinbar jeder Kaninchen haben will. Es scheint schier unmöglich zu sein, Karnickel bekommen zu können. Ja, in Schweden gibt es halt immer noch Sommerkaninchen.

Jeder schafft sich so ein Tierchen über den Sommer an und im Herbst will sie dann keiner mehr haben. Ehrlich gesagt, will ich aber auch nicht bis zum Herbst warten. Junge Kaninchen will ich aber auch nicht haben. Ich will Second Hand. Ich bin Gutmensch, ich will was retten. Nur leider gibt es nichts zu retten. Da ich inzwischen gelernt habe, das Kaninchenvergesellschaftungen in der Regel schwierig sind, möchte ich gleich mit einer Gruppe von drei oder vier Tieren beginnen, muss mir aber nach ein paar Wochen eingestehen, dass hier Wunsch und Wirklichkeit niemals auf einen gemeinsamen Nenner kommen werden.

Dann sehe ich sie. Vier Wurfgeschwister. Zwei Männchen und zwei Weibchen. Auch noch in erreichbarer Nähe oder Ferne, je nachdem, wie man es nimmt und wie weit man für ein Kaninchen fahren will. Ich will auf jeden Fall und jaaaa, endlich bin ich auch mal die erste und sage zu, die gesamte Gruppe zu nehmen. Toll, die werden auf jeden Fall keine Sommerkaninchen und keine Kinderspielzeuge.

Ernüchternd muss ich allerdings feststellen, dass es sich um ein Mädchen und drei Jungen handelt und das traue ich mir nach allem, was ich inzwischen über Kaninchengruppen weiß, nicht zu. Zerknirscht ziehe ich Bilanz. Ich kann jetzt wieder ganz ohne Kaninchen nach Hause fahren oder das schöne schwarze Mädchen und einen ihrer Brüder mitnehmen. Natürlich entscheide ich mich für zweiteres. Ich entscheide mich für den kleinen siamesischen Rammler und so ziehen an diesem Tag endlich wieder Kaninchen bei uns ein.

Den ganzen Tag grüble ich über Namen für meine neuen Kinder und entscheide mich dann für Elias und Simone. Michel runzelt die Stirn. Ich finde die Namen toll.

Ich mache einen Termin mit unserer Tierärztin Maria, die den kleinen Elias kastrieren soll, denn ich will nicht in ein paar Monaten eine ganze Kaninchenkolonie haben. Sowas kann ja schneller aus dem Ruder laufen, als man denkt. Also stehen Maria und ich einmal mehr in meiner Küche und dieses Mal liegt Elias auf dem improvisierten Operationstisch. Maria hat so ungefähr ihre gesamte mobile Tierarztpraxis mitgebracht, ganz nach dem Motto: besser zu viel als zu wenig. Sie drückt mir einen Topf in die Hand und sagt, dass ich den mit Wasser füllen und aufkochen soll. Ui, wie erkläre ich jetzt meiner Tierärztin, dass ich mich in einer Ich-gebrauche-meinen-Elektroherd-nicht-Challenge befinde und jetzt erst den Holzofen anheizen muss, bevor ich ihren Topf mit Wasser zum Kochen bringen kann.

Ich entscheide mich dafür, dass außergewöhnliche Situationen außergewöhnliche Maßnahmen erfordern, und dass ich jetzt nicht mein Gesicht verliere, wenn ich den Elektroherd benutze.

Ich bin ein Nervenbündel. Irgendwie habe ich schon den ganzen Tag ein ganz schlechtes Gefühl und auch Maria findet diese Frühkastration ein wenig spannend. Dass sie mir die ganze Zeit erzählt, was alles schiefgehen könnte, beruhigt mich nicht gerade. Erst will der kleine Mann nicht schlafen, dann haben wir Schwierigkeiten die zu entfernenden Bällchen zu finden und zu guter Letzt will er nicht aufwachen. Als er dann endlich wach wird, setzt der Fluchtinstinkt ein und er versucht wild zuckend wegzulaufen, kann aber nicht auf seinen Beinen stehen. Ich bin fix und fertig und sehe meinen Elias schon mit einem Fuße im Grabe, noch bevor sein glückliches Kaninchenleben überhaupt angefangen hat. Natürlich geht alles gut. Einmal wieder richtig wach, hole ich Simone rein und die beiden verbringen die erste Nacht im Haus in unserer Badewanne.

Der Plan ist, dass die zwei eine Woche lang im Stall auf Zeitungspapier leben sollen, damit wir die Infektionsgefahr so gering wie möglich halten. Doch schon am übernächsten Tag wird es tropisch warm und ich habe nicht das Herz die beiden in dem kleinen Stall einzusperren. Also dürfen sie in den Auslauf. Ich habe wieder dieses ungute Gefühl, aber mein schlechtes Gewissen ist einfach zu groß. Alle nasenlang gehe ich gucken. Abends sind dann beide weg. Wie kann das sein? Was ist passiert? Ich krieg Schnappatmung, doch dann sehe ich sie im Hühnerauslauf rumhoppeln. Och nee, nicht jetzt schon. Damit wollte ich doch noch warten. Zumindest so lange, bis die beiden etwas größer und etwas zahmer sind.

Den Rest des Abends krieche ich heulend und fluchend hinter zwei ungezogenen Kaninchen her. Nach Stunden habe ich beide eingefangen und den Rest des Tages verbringen sie sicher im Stall und ich damit, den Zaun vom Auslauf zu erhöhen.

Am nächsten Tag hauen die beiden sofort wieder ab. Ich bin ein Nervenbündel, denn im Garten streiten sich auch schon seit Tagen die Enten. Bianca wird gemobbt, keine Lösung ist in Sicht. Was ich auch probiere, es ist zumindest immer eine Ente unglücklich, ängstlich oder unzufrieden. Und laut, die Enten sind den ganzen Tag lang laut und unausstehlich und ich weiß so langsam, aber sicher nicht mehr weiter. Jetzt habe ich auch noch ungezogene Kaninchenkinder und das Chaos ist mal wieder perfekt und ich bin völlig planlos mittendrin. Wie konnte das nur wieder passieren?

-Weil du den Hals nicht vollkriegst, wenn es um Tiere geht, sagt der Mann.

Das ist ja schon mal überhaupt und gar nicht wahr. Ich habe immerhin nur ein Pärchen und nicht eine ganze Gruppe Kaninchen gekauft. Und Gott sei Dank, muss ich mir wohl oder übel eingestehen, denn diese zwei Langohren halten mich ganz schön auf Trapp. Michel und ich berufen eine Krisensitzung ein. Damit wir Zeit haben uns um die Enten kümmern zu können, müssen wir erst das Kaninchenproblem lösen.

Ich muss erstmal spazieren gehen und denken. Gibt es eigentlich überhaupt ein Problem? Elias ist fit, die Wunde ist eigentlich jetzt schon nicht mehr zu sehen und die beiden sollten sowieso mit der Zeit den ganzen Auslauf bekommen. Warum sich also mit zwei pubertierenden Häschen streiten? Wir hoffen, dass unser Auslauf immer noch ausbruchsicher ist, und bessern einige fragwürdige Stellen nach. Wir beschließen Elias und Simone anzulernen zusammen mit den Hühnern im Stall zu schlafen.

Da sind sie sicher und im Winter ist es warm. Einige anstrengende Abende stehen uns bevor, an denen wir fluchend und entnervt Kaninchen jagen, aber schon nach ein paar Tagen hat zumindest Simone begriffen was wir von ihr wollen und hüpft abends freiwillig in den Stall. Auch für Elias besteht noch Hoffnung, doch der muss erst ein paar Runden mit meinem Stock kämpfen, bevor es ihm zu langweilig wird und er sich einfangen lässt. Und das alles, während sich im Garten die Enten sehr laut streiten.

Der Entenfamilienzusammenführungsplan

Es will einfach nicht zusammenwachsen, was nicht zusammengehört. Drake will nur Nellie und muss die meiste Zeit alleine bei den Hühnern und Elias und Simone sitzen. Nellie verzehrt sich nach ihrem rüpeligen Ehemann und schreit die ganze Zeit. Trotzdem versteht sie sich gut mit Bianca und die beiden erkunden zusammen den Garten. Doch jeder Vergesellschaftungsversuch scheitert kläglich und Bianca sieht immer mehr aus wie ein gerupftes Huhn. Und ich fühle mich immer mehr wie ein gerupftes Huhn.

Ich bin mit meinem Latein am Ende und das, obwohl ich noch eine vielversprechende Theorie im Hinterkopf habe, die sich aber leider als undurchführbar erweist. Denn gibt es schon kaum Kaninchen, so bekommt man in Schweden eben keine einzige Laufente. Ich müsste nochmal was beim Universum bestellen, denn ich bin mir ganz sicher, wenn ich noch ein Mädel dazusetzen würde, dann könnte sich die Nicht-Gruppe über Tag im Garten verteilen. Nellie kann mit dem Drachen losziehen und Bianca hätte eine Freundin für sich und auf dieser Basis könnten wir dann weiterarbeiten. Jedoch bekomme ich keine Ente weit und breit. Ich bin frustriert.

-Und wenn wir Bianca abgeben? schlägt Michel vor.

Gaaanz dünnes Eis, mein Freund! Ich rette mir nicht erst meine eigene Laufente nur um dann an einem testosterongesteuerten Erpel zu scheitern! Schulterzucken männlicherseits. Irgendwo hat er ja auch Recht, aber das würde ich nie zugeben. Jetzt, wo ich keine frechen Kaninchen mehr jagen muss, denn Elias und Simone geht es super in ihrem neuen Riesenrefugium, kann ich mich ja in jeder freien Sekunde der Entenjagd widmen. Ich melde mich erfolglos in einer Entengruppe an, bewache Annoncen und versinke in Selbstmitleid.

Ich versuche mich noch einmal mit meinen drei Enten auseinanderzusetzen und scheitere wieder kläglich. Ich schreibe auf gut Glück eine Frau an, die auf dem verhassten Tiermarkt Entenküken verkauft hat und frage nach, ob sie eventuell eine erwachsene Ente für mich hätte.

Also ich hoffe, dass ich die richtige Frau anschreibe und dass sie mir dann auch antworten will. Und tatsächlich. Ich bekomme Antwort. Ja, sie wäre auf dem Tiermarkt gewesen und hätte Entenjunge verkauft. Aber nein, sie hätte keine erwachsene Ente zu verkaufen und sie hätte auch nur die männlichen Enten verkauft und wolle alle Mädchen selbst behalten. In meiner Verzweiflung erzähle ich ihr lang und breit meine Geschichte.

-Vielleicht will sie ja Bianca haben, schlägt der Mann vor.

-Klappe! zische ich.

Also, ihre Jungen wären drei Monate alt und sie könne sich eventuell vorstellen, mir eine weibliche Ente zu verkaufen. What? Ja! Unbedingt. Sie schickt mir Fotos und die Enten haben schon richtige Federn. Das sind keine Küken mehr, das sind junge Erwachsene. Ich will das, ich brauche das, das ist meine Rettung.

Doch als ich konkret werden will, wird es erstmal wieder still am anderen Ende. Oh nein! Warum denn jetzt! Oh, worauf sie sich da eingelassen hätte. Oh nein, bitte bitte keinen Rückzieher machen! Ich bettle und nötige die arme Frau beinahe, mir eine Ente zu verkaufen und schließlich erklärt sie sich dazu bereit. Ich schicke Michel sofort los. Ich kann nicht weg, hab einen Brotteig am Start, doch jetzt bloß kein Risiko nehmen. Nicht, dass sie uns am Ende doch noch abspringt.

Und so zieht Rosi bei uns ein. Nur ein Dorf weiter hat ein hübsches Entenmädchen gewohnt, das jetzt zusammenwachsen lassen soll, was nicht zusammengehört. Die erste Nacht wird furchtbar. Die Enten schreien und streiten die ganze Zeit im Stall und ich mache kein Auge zu, bin mir sicher, dass Drake Rosi ermordet. Tagsüber im Garten geht mein Plan auf. Drake geht mit Nellie und Bianca führt Rosi. Man streitet sich, sobald man sich begegnet, doch es ist Platz genug für alle da.

Michel schlägt vor den Entenstall mit einem Kompostgitter zu trennen. Dann können alle im selben Stall schlafen, sich aber nicht mehr gegenseitig massakrieren. Denn Bianca hasst Drake inzwischen und lässt sich von dem aufgeblasenen Typen nichts mehr gefallen. Was ich irgendwie schon wieder cool finde.

Wir bauen also ein Gitter ein, das wir tagsüber hochziehen können und abends, wenn alle im Stall sind, trennen wir sie und lassen das Gitter runter. Und das funktioniert! Es ist Ruhe im Stall.

Alle schlafen und so langsam erholen sich meine angespannten Nerven auch wieder. Alles wird gut. Irgendwann. Es funktioniert jeden Tag ein bisschen besser und ich bin voller Hoffnung, dass im Herbst nach dieser ganzen Testosteronscheiße alle glücklich miteinander werden.

Schon nach der ersten Nacht bekomme ich eine Nachricht von der Frau, bei der ich Rosi gekauft habe. Ob es Rosi gut gehen würde? Bei ihr wäre spät am Abend der Fuchs gewesen und hätte Rosis Geschwister allesamt getötet und mitgenommen.

Das ist so schrecklich und ich schaue auf die junge Ente, die Seite an Seite mit Bianca durch den Garten läuft und nur um Haaresbreite ihrem Tod entkommen ist und

denke, manchmal muss man einfach eben ein bisschen
Glück haben.

Basecampträume

Unser Basecamp muss zum TÜV. Unser großer, kleiner Wohnwagen. Nicht der Inimini, nein, der Maximini. Der richtige, der, der schon seit Jahren unter seiner Schutzhülle auf unserer Einfahrt steht und wieder auf seinen Einsatz wartet.

Der polnische Predom, den wir blind in Holland gekauft haben und den Astrid und Rienk uns mitgebracht haben. Er ist viel schlechter gewesen als uns der Verkäufer hat glauben lassen wollen und kurzerhand entschließen wir uns damals dazu, einmal alles rauszunehmen, neuzumachen, aufzufrischen und dann wieder einzubauen. Er ist so toll geworden und alles ist da. Ein Bett, eine Sitzecke und eine kleine Küche. Wir haben einen Kühlschrank, eine Heizung und sogar Platz für die Trockentrenntoilette, damit wir nicht morgens auf dem Campingplatz immer zum Toilettenhäuschen sprinten oder uns nachts in die Büsche schlagen müssen. So viel Liebe haben wir in unser Basecamp gesteckt. Alle Möbel aufgearbeitet, alles neu gestrichen, beklebt, neuer Fußboden. Ich habe Gardinen genäht und alle Polster neu bezogen.

Zwei Mal sind wir zusammen im Urlaub gewesen und haben eine tolle Zeit miteinander verbracht, während in unserem Haus uns völlig fremde Leute Urlaub gemacht haben. Das hat mal mehr und mal weniger gut geklappt, ist im Allgemeinen aber immer recht zufriedenstellend gewesen und hat uns die Möglichkeit gegeben trotz unserer Tiere in den Urlaub fahren zu können. Toll ist es jedes Mal gewesen, mit uns, den Booten, den Hunden und dem Basecamp. Wandern, paddeln, abends was zusammen kochen, dann die Heizung an, Kartenspielen oder was Gestreamtes gucken. Alle zusammen rumlungern auf dem Bett, stundenlang Bücher lesen oder einfach mal nur die Seele baumeln lassen.

Dann ist Corona gekommen und danach haben wir irgendwie den Faden verloren. Die Unruhe in der Welt macht, dass wir uns sicher und geborgen zu Hause in unserer eigenen kleinen Seifenblase fühlen. Dann ist unsere Katze zu alt, oder besser gesagt zu unstubenrein und in diesem Jahr hat der Mann schon von vornherein und ganz ohne Grund gesagt, dass er wieder lieber zu Hause bleiben möchte. Mir ist das auch recht. Ich mülle mich dann mit Gemüsegarten und unmöglichen Tierprojekten zu und habe dann weder die Zeit noch die Nerven fremden Leuten mein Chaos anzuvertrauen. Wir bleiben also zu Hause, aber Basecamp muss trotzdem zum TÜV. Also fliegt die Schutzhülle runter und der ganze Predom kommt nach Jahren endlich einmal wieder zum Vorschein. Oh, was ist er doch schön! Ein richtiges kleines Haus auf Rädern. Meine kleine Küche, unser großes Bett und so viele schöne Erinnerungen.

Einmal die Tür auf und reingerochen. Ich will sofort wieder losfahren. Mit Basecamp und Familie in den Urlaub. Abenteuer erleben, mal weg von zu Hause. Schlafen im Wald, den Regen auf dem Dach hören, mit den Hunden im Bett kuscheln. Ich will losfahren und das nicht nur zum TÜV. Viel zu schade, dass unser großer, kleiner Wohnwagen so lange ungenutzt herumgestanden hat und jetzt nur einmal zur Stadt und zurückfahren darf.

Fast ein wenig wehmütig schaue ich den beiden nach. Michel und Basecamp und alle meine Erinnerungen und Träume von vergangenen und neuen Abenteuern. Ich habe so große Lust in den Urlaub zu fahren, aber ich sitze hier fest, mit ungezogenen Kaninchen und sich streitenden Enten. Notiz an mich selber: nächstes Jahr haben wir hier alles wieder voll im Griff und fahren mit Basecamp mindestens zehn Tage lang in den Urlaub!

Zwischenfälle

Dann hat es da ja auch noch diese Zwischenfälle gegeben. An dem Donnerstag, an dem Elias und Simone zu uns gekommen sind und Michel mit Sack und Pack mit dem Motorrad zum alljährlichen Motorradcampingrockfestival aufgebrochen ist.

Männer aus nah und fern packen ihre Zelte ein, schwingen sich auf ihre Mopeds und spielen ein Wochenende lang auf einem Festivalterrain harte Rocker, bevor sie mit dreckigen Socken und Schlüppern im Gepäck wieder nach Hause fahren. Michel spielt also harter Mann und ich hole mir Kindertiere ins Haus.

Es ist warm, sehr warm und schon direkt, als ich mit Elias und Simone nach Hause komme, merke ich, dass unser Auslauf nicht funktionieren wird. Hochsprungrekorde sind da noch nicht mal an der Tagesordnung, aber zuerst fällt mir auf, dass der Maschendraht, den wir noch liegen hatten, doch recht grob ist. Simone steckt ohne weitere Umschweife ihren Kopf durch und Elias knabbert ordentlich an dem doch recht dünnen Draht. Na super, so kann ich das nicht lassen.

Zum Glück liegen im Hühnerauslauf noch haufenweise kleine Lättchen und Äste rum. Die kann ich jetzt gut gebrauchen. So kann ich mir in fast null Komma nichts, nja +- 30 Minuten einen kaninchenausbruchsicheren Zaun basteln. Sieht auch gleich viel besser aus als nur der Maschendraht. Ich bin recht zufrieden mit meinem Werk, bis ich Simone vehement buddeln sehe. Klar buddeln Kaninchen und natürlich sollen die beiden auch buddeln und graben dürfen, doch Simönchen drückt und quetscht an dem ohnehin schon wabbeligen Zaun rum und ich bekomme sie so gerade noch am Schlafittchen zu packen. Menno, ich hab jetzt Hunger, Durst und mir ist hier in der Sonne auch viel zu warm. Ich hab jetzt schon keine Lust mehr auf Kaninchenkinder, hatte mich so auf Reis mit Ei gefreut und jetzt muss ich erstmal Steine schleppen und rund um den Zaun legen, damit die Langohren sich nicht schneller ausgraben als ich blinzeln kann. Viel zu spät, total überhitzt und viel zu hungrig kann ich endlich im kühlen Haus verschwinden und mich meinem Essen widmen.

Beinahe hätte ich den Salat vergessen und dabei habe ich mich gerade so auf frischen Salat aus dem Garten gefreut. Essen warmgestellt, ist doch praktisch, wenn der Ofen an ist, auch wenn es fast dreißig Grad in der Küche sind, wacker raus in den Gemüsegarten und Salat pflücken. Welch ein Luxus! Die Hunde kläffen. Papa und Mama stehen im Garten. Yeah. Ich mag Besuch. Wenn er angemeldet ist, wenn ich dann auch Zeit habe und es mir auskommt. Wenn ich nicht gerade mit Schnappatmung und hochrotem Kopf mitten in einem unmöglichen Projekt feststecke oder gerade zur Arbeit muss oder oder.

-Wir kommen gerade aus der Stadt, flötet Mama.

-Jau, kommt rein, ich muss nur schnell meinen Salat machen und dann könnt ihr mir beim Essen zugucken.

-Nur kurz, sagt Mama.

Ich will Papa noch eben die Kaninchen zeigen, der will aber nur wissen, was Michel davon hält. Mama will mir unbedingt Fotos vom letzten Ausflug zeigen und hält mir die ganze Zeit ihr krähendes Handy unter die Nase. Papa möchte sich beschweren- über Herrn Westfalia, unangemeldete Besuche und seine Töchter, die ihn nicht verstehen. Papa redet sich so richtig ins Zeug, während Mama mit dem Handy rumfuchtelt, und ich probiere in der viel zu heißen Küche zu essen. Ich habe keine Ahnung, warum wir in Gottes Namen drinnen sitzen. Dann fliegt ein Brummer vorbei. Ich kann keine Fliegen in meinem Haus leiden. Ich habe so eine Art Fliegenkacke-an-Fenster-Phobie und schaue irritiert dem brummenden Brummer hinterher, während Papa in Endlosschleife meckert und Mama fuchtelt. Es nützt nichts, ich muss aufstehen und den Brummer mit Hilfe vom Schnappi nach draußen befördern. Dann kann ich mich wieder meinem Essen widmen. Dabei geht mir das Gemecker allmählich auf die Nerven und ich mache den folgenschweren Fehler meinen Vater davon in Kenntnis zu setzen.

Was ich denn so blöd und wie von der Tarantel gestochen wäre, furzt der mich an. Dann würden sie eben jetzt nach Hause fahren. Alle Beschwichtigungs- und Erklärungsversuche meinerseits scheitern. Papa steht auf und geht. Mama packt schulterzuckend ihr Handy ein und weg sind sie. Was jetzt? Wie jetzt? Hä? Geht's noch? Ich atme tief durch und versuche mich zu beruhigen. Am besten ich gehe mal raus zu meinen neuen Kindern.

Kind. Denn nur Elias sitzt im Auslauf. Von Simone keine Spur. Ich krieg schon wieder Schnappatmung, krieche im Auslauf rum und gucke unter den Stall und da sehe ich sie. Sie hat sich von außen in den Motorradschuppen gegraben. In den Motorradschuppen, wo 362 Tage im Jahr das Moppe steht, welches jetzt mit Michel und dem Motorradschuppenschlüssel auf einem Rockfestival ist. Michel, Moppe und Schlüssel kommen erst in ein paar Tagen zurück.

Ich heule erstmal eine Runde. Dann rufe ich meinen Mann an und klage ihm schluchzend mein Leid. Ja, er käme jetzt aber nicht wegen dem Kaninchen zurück. Nee, das ist sogar mir klar. Er gibt mir jedoch ein paar Tipps, wie ich ganz einfach in den Schuppen einbrechen könnte.

Er hätte das auch schon öfter so gemacht. Ich suche mir das Werkzeug zusammen und mache mich an die Arbeit. Es ist aussichtslos. Ich habe einfach nicht genug Kraft. Wie sehr ich es auch versuche, ich komme einfach nicht in den vermaledeiten Schuppen rein. Ich rufe nochmal heulend bei meinem Alltagshelden an. Mir ist völlig klar, dass eine heulende Karnickelfrau am Telefon äußerst uncool auf einem Rockfestival ist, aber er muss doch einsehen, dass das hier ein Notfall ist!

Ich solle meinen Vater anrufen, rät er mir. No fucking Way!! Lieber probiere ich bis ans Ende der Zeit in den Schuppen einzubrechen. Ich bekomme noch ein paar neue Tipps und versuche weiterhin erfolglos mein Glück.

Irgendwann rufe ich dann doch beim krähenden Handy meiner Mutter an. Es geht keiner ran. Das kann nicht sein. Mama ist nie weit weg von ihrem Hahn. Die hat viel zu viel Angst etwas zu verpassen. Ich rufe nochmal an und nochmal und nochmal. Mann, das hier ist ein Notfall! Dann nimmt jemand ab. Ich höre nur undeutliches Geraschel.

-Hallo? rufe ich.

Geraschel.

-Hallo Mama, rufe ich lauter.

Rascheln.

-Hallo!!!! brülle ich.

Mann, ich hör doch, dass da jemand dran ist.

-Haaaallllllloooo!!!!

Dann höre ich meinen Vater. Allerdings nicht am Telefon, er scheint eher in weiter Ferne zu sprechen.

-Anita, hier dein Dingen kräht schon wieder. Die Sylvia ist schon wieder dran. Weiß der Geier was die Alte jetzt schon wieder hat. Soll wohl wieder irgendein Chaos sein. Die ruft die ganze Zeit schon an.

Ich sach ma so. Es gibt bessere Momente, um zu hören, dass der Vater gerade eben sauer auf einen ist oder generell einfach nur schlechte Laune hat als an einem Telefon, von dem er nicht weiß, dass er den Hörer schon abgenommen hat.

Ich sag meiner Mutter nur, dass es sich schon erledigt hat und lege auf. Schluchzend hole ich den Kuhfuß aus dem Geräteschuppen und breche mit Brachialgewalt den Motorradschuppen auf. Nur um festzustellen, dass er leer ist. Wie kann das sein? Ist Simone langweilig geworden und sitzt sie schon wieder bei Elias?

Leider nicht. Es ist noch viel schlimmer. Simone hat sich nicht in, sondern unter den Motorradschuppen gegraben und sitzt dort in einer winzigen Höhle aus feuchtem Kies. Sicherlich schön bei der Wärme, aber wie und ob sie da jemals wieder herauskommt, bleibt zweifelhaft. Ich bin völlig am Ende, denn ich weiß nicht, ob ihre Höhle einstürzen kann oder ob sie sich so weit unter den Schuppen graben kann, dass ich sie nie wieder erreiche. Womöglich gräbt sie sich bis zur anderen Seite durch, läuft auf die Straße und wird vom erstbesten Auto überfahren.

Heulend grabe ich mich bewaffnet mit Schüppe und Spaten unter den Schuppen und sende ein Stoßgebet nach dem anderen zum Himmel, dass ich Simone doch noch zu fassen bekomme. Ich werde erhört. Nach einer mir unendlich lang erscheinenden Zeit, Schnappatmung und Herzrasen kann ich mein Kaninchenkind an den Ohren etwas unsanft unter dem Schuppen hervorziehen und endlich wieder in meine Arme schließen. Simone versteht das ganze Trara nicht, ist es doch so schön kühl da unter dem Schuppen gewesen.

Den Rest des Tages verbringe ich damit, sehr fantasievoll alle Grabmöglichkeiten, die unter den Schuppen führen, auszumerzen. Bis spät abends bin ich damit beschäftigt. Mein Werk ist nicht schön, hat aber in seiner Ausführung Seltenheitswert. Wenn ich gewusst hätte, dass sich die Kaninchen schon drei Tage später selbst in den großen Auslauf umziehen....

Ich nehme mir eine Elternauszeit. Und meine Eltern scheinen sich auch eine Sylvia-Auszeit zu nehmen. Eine Woche halten wir durch. Michel repariert die von mir völlig unnötig demolierte Tür, Elias und Simone ziehen um und im Garten kehrt wieder Ruhe ein. Alles gerade noch rechtzeitig vor meinem nächsten Arbeitswochenende und ich bin einfach nur reif für die Insel oder einen Urlaub mit dem Basecamp.

Wenn die Bärbel mit der Hanni und der Nanni

Meine Schwester ist da und bleibt ganze wunderbare sechs Wochen lang. Da der definitive Umzug nach Schweden naht, hat sie einen Anhänger vollgestopft mit Kleinmöbeln und Blumen mitgebracht. Sehr zum Leidwesen unseres Vaters, denn er hätte allzu gerne gesehen, dass Wunder über Wunder doch noch der rote Rolektro vom schwesterschen Anhänger gerollt wäre. Die Enttäuschung ist ihm anzusehen und die Tatsache, dass wir auch beim besten Willen das Vehikel in der kurzen Zeit nicht hätten bestellen können, scheint er einfach ohne Sicherheitskopie aus seinem Gedächtnis gelöscht zu haben.

Beim morgendlichen Spaziergang sinniert er einmal mehr darüber, dass die im Fernsehen ja immerhin noch den Crossover hätten, also jetzt wieder. Denn ruck zuck sind die Dinger ausverkauft und da gibt es die Sendung erstmal nicht mehr, bis die wieder neue haben. Und ob der Crossover nicht doch besser wäre als der normale Rolektro, da der bestimmt besser für das schwedische Gelände geeignet wäre. Sagt der Name ja auch schon. Meine Schwester seufzt und ich hätte auf diese Info auch gerne verzichten können.

Ich versuche noch einmal eine letzte Reißleine zu ziehen. Da Herr Westfalia ja auch nicht auf meine persönliche Mail reagiert hat, frage ich mal beim Ploppschuh-Karsten nach. Der arbeitet inzwischen in der Wohnmobilbranche und wenn ich Westfalia höre, dann denke ich immer gleich an Wohnmobile. Karsten hilft seiner Ex-Püppi natürlich nur zu gerne. Lass mich mal machen, ich richte das schon. Püppi verspricht sich davon eigentlich nicht gerade viel, aber was tut man nicht alles für seinen alten Vater und seine entnervte Schwester. Dem Mann meiner

Träume sag ich mal besser nichts davon, dann muss er sich nicht aufregen oder, noch schlimmer, mich auch noch auslachen. Ist so schon alles anstrengend genug. Mit Winnie und dem Crossover. Barbara muss sich jetzt im Übrigen wieder mit Erkrath in Verbindung setzen, um ja auch ganz sicher zu gehen, dass der Crossover und der 25 V3 das gleiche Fahrzeug sind. Wir sichern uns dieses Mal gut ab, damit uns da im Nachhinein keine Klagen kommen.

Außer Möbeln und Pflanzen sind auch noch zwei riesige Tüten Kleidung für mich auf dem Anhänger mitgereist, denn Barbara sortiert schon mal aus. Jörg behauptet, dass man gar nicht sieht, dass schon was weg ist aus dem Kleiderschrank. Ich freue mich total über so viele neue Klamotten und lade uns alle ganz schmerzfrei auf einen Abend   Sylvia-probiert-sich-in-viel-zu-kleine-Kleidung-zu-quetschen ein.

Im Vorfeld habe ich schon mal bei mir selbst aussortiert. Von zwei langen Unterhosen, einer total zerrissenen Jeans und einem kaputten T-Shirt konnte ich mich trennen. Den Rest brauche ich noch, auch wenn ich viel zu viel Kleidung habe, um sie jemals tragen zu können. Um mein schlechtes Gewissen zu beruhigen, habe ich mir fest vorgenommen, keine weiteren Hosen mitzunehmen.

Oberteile könnte ich wohl noch gebrauchen, aber keine Hosen. Die passen mir meistens sowieso nicht. Wie es dann passieren konnte, dass ich mit sieben!! neuen Hosen nach Hause komme, wird wohl für immer ein Rätsel bleiben. Ich freue mich total, dass alles doch noch so schön in meine vollen Schränke passt.

Dabei verdränge ich komplett, dass ich mit dem Waschen, wegen keine Sonne = kein Solarstrom, ein wenig zurückliege und darum viele von meinen Klamotten schon des Längeren in der Warteschleife im Wäschekorb festhängen. Lalalalala….

Ich habe jetzt nicht nur neue Hosen, sondern auch eine ganze Menge neuer Strickjacken. Jäckchen aller Art kann man einfach gar nicht genug haben. Genauso wie Deckeldosen.

Während ich uns allen im Wohnzimmer meiner Schwester also eine ganz eigensinnige Modenschauparodie zelebriere, erzählt sie mir von einem weiteren Ausmistungsversuch bei sich zu Hause in Deutschland. Und zwar sind es die Bücher. Autsch, im Bücher aussortieren bin ich ganz schlecht. Am liebsten würde ich alle meine Bücher mit ins Bett nehmen, aber gut, Bücher sind schwer, nehmen viel Platz weg beim Umziehen und manchmal muss man sich halt auch einmal von etwas trennen.

Nach viel hin und her, wenn und aber, entscheidet Barbara sich für zwei!! Bücher, die sie zur nächsten Büchertelefonzelle bringt. Und dort passiert es dann. In genau eben dieser Telefonzelle liegt die gesamte Kindheit meiner Schwester. Die gesammelten Werke von Hanni und Nanni, Pucki und Blitz dem schwarzen Hengst warten dort auf ein neues zu Hause. Und nicht einfach irgendwelche Ausgaben, nein, dort liegen genau die gleichen Bücher, die meine Schwester als Kind gehabt hat.

Nachdem Barbara ihre zwei Bücher in der Büchertelefonzelle abgegeben hat, radelt sie glückselig mit zwei Satteltaschen voller Kindheitserinnerungen wieder nach Hause. Über so viel Ineffektivität kann ihr Mann, der übrigens drei Hosen, fünf T-Shirts und drei Pullis besitzt, nur den Kopf schütteln.

Ich habe Urlaub

Es ist so weit, ich habe Urlaub! Wunderbar, wundertoll, einfach super. Sechs lange Wochen Freiheit! In diesem Jahr nehme ich meinen Urlaub nicht so spät wie sonst. In diesem Jahr nehme ich meinen Urlaub ganz legitim in der von meinem Arbeitgeber vorgegebenen Zeit und besorge damit meiner Chefin ein paar graue Haare mehr. Denn so wie jedes Jahr, fehlt es auch in diesem Jahr an qualifizierten Aushilfen und bis zu meinem Urlaubsantritt hat man unser Schema auch noch nicht gelöst, aber das soll nicht mein Problem sein.

Um uns dazu zu motivieren, eventuell doch den ganzen Sommer durchzuarbeiten und unseren Urlaub erst später zu nehmen, hat sich die Pflegeleitung im letzten Jahr das Bonussystem ausgedacht. Pflegekräfte, die ihren Urlaub verschieben, bekommen pro aufgeschobene Woche extra Geld. Supi, denk ich mir vor einem Jahr, ich will doch sowieso erst spät in den Urlaub. Rund 1500 Euro hat mir das extra eingebracht. 1500 Euro, einen Nervenzusammenbruch und den totalen Vertrauensverlust in die Pflegeleitung. Auch in diesem Jahr verspricht man uns einen Extrabonus. 1000 Euro. Hoppla, was ist denn da passiert? 1000 Euro und man muss mindestens 80% arbeiten. Hui, also kann ich nicht meine gewohnten 55% arbeiten?

-Nicht, wenn du den Bonus haben willst, sagt meine Chefin.

Ich lehne dankend ab. Also so viel weniger wert sollten meine Arbeit und Erfahrung ja wohl nicht in einem Jahr geworden sein. Nicht viele Kolleginnen sichern sich den Bonus und in der Zeitung steht wenig später eine achselzuckende Pflegeleitung, die sich so gar nicht vorstellen kann, warum denn in diesem Jahr so wenige Leute den

Sommer durcharbeiten wollen. Mir platzt fast die Hutschnur. Trotzdem tut mir meine Chefin leid, die einfach ohne Aushilfen unser Schema nicht lösen kann und bis zuletzt biete ich an, zu etwas besseren, denn ich finde, ich habe meinen Wert, also zu etwas besseren, nicht schlechteren Konditionen als im letzten Jahr durchaus den ganzen Sommer durcharbeiten zu können. Aber nein, die Pflegeleitung hat ihre Prinzipien und ich dann eben auch.

Lange haben wir uns Sorgen darüber gemacht, wie es diesen Sommer wohl werden würde. Schickt man wieder viel zu viele schwerkranke Patienten vom Krankenhaus auf unsere unterbesetzte Abteilung? Werden wieder fast alle Aushilfen krank? Kommt Corona zurück? Wird es chaotisch werden? Werden wir alle völlig entnervt und gestresst in den Urlaub gehen? Die erste Urlaubsperiode beginnt und die Hälfte vom Kollegium verschwindet in die wohlverdiente Ferienfreizeit. Wir, die Zurückgebliebenen, halten die Luft an und sagen uns immer wieder, dass es schon irgendwie gehen wird und wir das Beste aus der Situation machen werden.

Und dann passiert…nichts. Es bleibt ruhig. Besser noch, es wird immer ruhiger. Keine Massentransporte aus dem Krankenhaus, keine chaotischen Zustände bei uns im Hause oder auf der Abteilung. Wir haben endlich einmal Zeit für alle unsere Patienten, führen Gespräche, spielen Spiele, gehen draußen im Park spazieren und sitzen auf dem Balkon und trinken Kaffee.

Ganz zum Schluss, in der letzten Woche vor dem Urlaub wird es sogar so still, dass wir gar nichts mehr zu tun haben und sogar Überstunden abfeiern können. Also, wenn ich da an letztes Jahr zurückdenke, wo wir fast im Chaos versunken wären. Ob das wohl die Ruhe vor dem Sturm ist? Kann uns aber ganz egal sein, ein letzter Tag noch und dann heißt es auch für uns ab in den wohlverdienten Urlaub und nach uns die Sintflut. Ich freue mich ganz besonders auf ein paar Wochen Freiheit mitten im Sommer. Wandern, paddeln, an meinen Büchern arbeiten und ganz viele Ausflüge mit dem Woody-Wohnwagen will ich unternehmen. Meine Schwester ist da und die Flohmärkte warten geradezu auf uns. Es gibt so viel, das bestaunt und gerettet werden muss und endlich kann ich auch einmal wieder bei der großen Auktion im Nachbardorf dabei sein. Ein wahres Happening, das ich in den letzten Jahren immer wegen meiner Arbeit verpasst habe. Der örtliche Fußballverein versteigert einen ganzen Tag lang alles, von Porzellan über Bilder bis hin zu Fahrrädern, Klavieren und Möbeln aller Art.

In meinem Gemüsegarten ist schon ganz bald das erste Gemüse reif und zu meiner großen Freude werde ich in diesem Jahr das erste Mal in meinem Leben eigene Gurken und Kohl ernten können. Ich kann es kaum noch erwarten.

Lilly und die Schlangen

Unsere rumänische Superbraut Lilly ist jetzt schon so lange bei uns und trotzdem merkt man ihr, im Gegensatz zu Idchen, den Straßen- oder besser gesagt Shelterhund noch täglich an. Sie ist eine von den Guten, unsere Lilly, aber sie zeigt uns auch oft ihre Grenzen. Berühren am Bauch ist an dieser einen kleinen, bestimmten Stelle verboten. Einen Platz teilen, nur so lange wie man mucksmäuschenstill sitzt. Bei der kleinsten Bewegung springt sie knurrend und zähnefletschend auf und geht weg. Spiele kippen oft von einem auf den anderen Moment um in Stänkereien. Plötzliche Berührungen könnten ein Todesurteil sein. Die kleinen Hunde wissen, dass man Lilly mit Vorsicht zu genießen hat. Trotzdem lieben wir unseren Rotzlöffel und können gut mit allen ihren Eigenheiten umgehen. Wir haben halt keine Ahnung, was unser Mädchen in den Jahren bevor sie zu uns gekommen ist, durchmachen musste.

Außerdem hat sie ganz viele tolle Seiten. Sie merkt z.b., dass Michel mit dem Auto nach Hause kommt, auch wenn er sicher noch einen Kilometer weit weg ist. Sie lässt sich, ohne zu murren die Krallen schneiden, was bei den anderen Hunden regelmäßig in kleineren und/oder größeren Dramen endet. Sie ist absolut stubenrein, was man von den anderen Scheißerchen nicht unbedingt behaupten kann. Also stubenrein sind die schon, aber ich habe doch immer wieder das Gefühl, dass hin und wieder gemogelt und mehr oder weniger heimlich markiert wird. Lilly liebt es zu paddeln und schmettert nicht so wie Milow die ganze Zeit Seemannslieder, wenn wir unterwegs sind. Lilly liebt sowieso Abenteuer aller Art, so unsicher sie auch ist, ihr ist kein Abenteuer zu viel. Und so wedelt sie dann auch fröhlich mit ihrem Schwanz, Propellerwedeln nennen wir das, als wir endlich unsere Rucksäcke packen. Dieses Propellerwedeln ist nur ganz besonderen Anlässen vorbehalten.

Und so ziehen wir los. Mit Sack und Pack, Hund und Kegel. Zum Wandern soll es gehen. Ins nahegelegene Naturschutzgebiet. Einmal rund um den See, 12 Kilometer auf Trampelpfaden immer am Wasser entlang. Im letzten Jahr haben wir diese Wanderung schon einmal gemacht, für gut befunden und jetzt kommt also das Replay.

Doch irgendwie kommen wir heute so gar nicht voran. Lilly, die eigentlich vor mir gehen soll, hoppelt erst eine ganze Zeit lang komisch hin und her und will dann lieber hinter mir laufen. Am liebsten mit ihrer Schnauze in meiner Kniekehle, was eher unbequem und suboptimal ist. Dieses Phänomen beobachte ich schon eine ganze Zeit lang. Immer öfter versteckt sich meine rumänische Freundin hinter mir, anstatt dass sie fröhlich und mit strammer Leiner voraus marschiert, wie sie es sonst eigentlich immer macht.

Während Hampus schon ungeduldig an der nächsten Kurve auf uns wartet, trödelt Lilly hinter mir her. Ich schieb sie wieder nach vorne, doch schon nach ein paar Metern erschreckt sie sich. Dann wieder und noch einmal und zum Schluss weigert sie sich weiterzugehen. Auf dem Pfad ist nichts. Keine Biene oder Hummel. Keine Dornen oder Äste, nur ein paar Tannennadeln und Wurzeln von den Bäumen. Es nützt nichts, ich muss vorlaufen, denn der rumänische Hund steht wie vom Donner gerührt und bewegt sich keinen Millimeter mehr vorwärts. Gehe ich vor, dann trottet sie frohgemut hinter mir her. Lasse ich sie vorgehen, dauert es nicht lange, bis sie erschrocken hochspringt oder stocksteif stehen bleibt.

-Die sieht heute Gespenster, sagt der Mann.

-Nicht nur heute, erwidere ich, so benimmt sie sich schon etwas länger. Nur heute ist es ganz besonders schlimm.

Irgendwann fällt mir auf, dass Lilly bei fast jeder Baumwurzel, die sich über unseren Pfad zieht, zögert, sich erschreckt oder ganz und gar stehen bleibt.

-Die hat Angst vor den Wurzeln, konstatiere ich.

Und dann geht mir auf einmal ein Licht auf. Sollte unsere Prinzessin etwa denken, dass es sich bei den Wurzeln um Schlangen handelt? Wenn ich mich so recht entsinne, ist Lilly auch zu Hause und im Garten viel schreckhafter als früher. Könnte es möglich sein, dass sie alt wird, schlechter sieht und sich somit vor allem Möglichen erschreckt?

Bei unserem Hund Max ist es ganz genauso gewesen, nur das der damals schon das methusalemische Alter von 16 Jahren erreicht hatte und zudem auch noch fast taub gewesen ist.

Obwohl, so genau wissen wir gar nicht wie alt unsere Lilly ist. Sie könnte theoretisch ja auch schon etwas älter als geschätzt sein. Und ist sie nicht in der letzten Zeit auch ganz schön grau geworden? Unsere einst blonde Dolly ist mittlerweile fast weiß im Gesicht. Manchmal hinkt sie auch ein wenig mit dem linken Vorderbein, aber jedes Mal, wenn ich denke, dass ich jetzt mal nachschauen muss, ob da was ist, ist es wieder weg. Ich glaube, unser Mädchen ist ganz klammheimlich hinter unserem Rücken alt geworden und wir haben es nicht bemerkt.

Ab sofort gehe ich hoch erhobenen Hauptes voraus und verjage durch lautes Stampfen und Rufen alle Wurzelschlangen, die es wagen, sich uns in den Weg zu legen. Voller Vertrauen folgt mein etwas ältliches, aber immer noch abenteuerlustiges Mädchen mir über den gefährlichen Schlangenpfad und so meistern wir dann doch noch unsere erste lange Urlaubswanderung rund um den See mit Bravour, zwei alten Hunden und ohne Verluste.

Papa und der Architekt

Mein Schwager Jörg ist Architekt und das versteht mein Vater nicht. Er versteht schon, dass Jörg Architekt ist, aber erstens versteht er nicht, wie man mit Häuser malen Geld für eine ganze Familie verdienen kann und zweitens versteht er nicht, warum der Architekt so baut, wie er baut.

Während Michel und ich auf neun Kilometern Sicherheitsabstand zu meinen Eltern wohnen, haben Barbara und Jörg das zweifelhafte Vergnügen gleich zwei Häuser in der direkten Nachbarschaft von Papa und Mama zu besitzen. Aber sie haben es ja nicht anders gewollt und jetzt sind sie mittendrin im Papa-weiß-alles-besser-Marathon.

Obwohl, ich weiß eigentlich gar nicht, wie viel die beiden da an vorderster Front eigentlich mitbekommen, aber wir, wir kriegen das volle Programm. Erstmal macht Papa sich bei jedem Hundespaziergang aufs Neue Sorgen darüber, ob mein Schwager denn das alles überhaupt finanzieren kann. Nun ist Jörg nicht gerade das Modell Glücksritter, der weiß schon ganz genau, was er tut.

-Aber gleich noch ein zweites Haus? jengelt Papa, wie will er das schaffen? Und wozu?

-Weil die beiden eine große, bunte Familie haben, die gerne zu Besuch kommt, und weil sie das eine Haus auch mal als Ferienhaus vermieten wollen. Aber das weißt du doch alles.

-Ja, aber trotzdem, sagt Papa.

-Wie jetzt trotzdem? Was trotzdem?

-Trotzdem eben.

Ah ja, ist klar. Da besteht weiterhin Redebedarf, aber heute kommen wir auf keinen grünen Zweig mehr.

-Und der dunkle Flur im zweiten Haus, jammert unser Vater weiter.

-Ja, den werden die sicher noch streichen, wenn sie Zeit haben.

-Dat hätte ich schon längst gemacht! Aber die machen ja alles in der falschen Reihenfolge.

Das will ich jetzt eigentlich nicht so stehen lassen. Vielleicht machen die beiden nicht gerade alles in Papas Reihenfolge, aber ich kann da durchaus eine Logik erkennen. Und dann vergisst Papa auch immer wieder, dass Jörg noch arbeitet und sich seine Zeit in Schweden immer genau einteilen muss.

-Ja, und darum muss die Barbara alles machen, wozu der keine Lust hat, sagt er.

-Keine Zeit, sage ich.

-Wie Zeit, dann muss er sich die Zeit nehmen.

-Ich glaube, die beiden wissen schon, was sie wann, wie, wo und warum machen.

Ja, aber für ihn wäre das halt nicht verständlich. Alles wäre so ganz furchtbar unlogisch.

-Nee Papa, muss es ja auch nicht sein.

-Und die Treppe am Anbau, mokiert er weiter, die Stufen sind unterschiedlich. Sowas geht gar nicht. Und das als Architekt. Der baut bestimmt auch ganz schiefe Häuser, wenn es schon bei der Treppe hapert.

-Der baut bestimmt ganz gerade Häuser, versuche ich zu schlichten.

Aber Papa ist jetzt im Tunnel. Sämtliche Umbaumaßnahmen, die Barbara und Jörg gemacht haben, werden mal wieder unter die Lupe genommen und hart kritisiert. Er hätte das alles ganz anders gemacht.

-Ja, aber du wohnst ja auch nachher nicht in dem Haus.

-Trotzdem.

Und dann kommt er zu seinem Lieblingsthema. Das zweigeteilte Bad. Das geht in Papas Welt überhaupt nicht. Im Haus gibt es eine kleine Toilette mit Waschbecken und dadurch, dass im Flur eine Trennwand eingezogen worden ist, ist ein zweiter kleiner Raum für eine Dusche und eine Waschmaschine entstanden. Eigentlich richtig gut, denn dann hat derjenige, der mal auf die Toilette muss, immer seine Ruhe. Und außerdem brauchen alte Häuser halt öfter mal fantasievolle Lösungen.

Joh, aber da habe ich nicht mit der Fantasie meines Vaters gerechnet, denn jetzt legt er richtig los, denn er hat Wind von dem neuen Küchenumbauprojekt bekommen. Und wenn man dann schon eine Wand herausreißt, dann hätte man ja auch wohl gleich durchpacken können und das Treppenhaus vom hinteren Teil des Hauses nach vorne verlegen können. Das kleine Schlafzimmer im oberen Stockwerk wäre dann zum oberen Flur geworden und was jetzt Flur ist, hätte ein kleines Zimmer ergeben.

-Und warum? frage ich mal kurz nach.

-Ja, holt mein Vater aus, weil dann hätte man im hinteren Teil des Hauses so viel Platz geschaffen, dass man ein großes Badezimmer hätte machen können. Aber das sieht der Architekt ja nicht.

- Eh Papa, aber der Küchenumbau soll ja die Küche vergrößern und nicht Platz für ein großes Bad machen. Also macht dein Vorschlag dann ja keinen Sinn. Außerdem wäre das eine Mammutaufgabe und kaum im Urlaub zu bewältigen.

Aber von einer größeren Küche will Papa nichts wissen.

- Hasse ma gesehen, wie die die einrichten wollen?

Und schon hat die Bauaufsicht den nächsten Faux pas des Architekten gefunden.

Neun Kilometer sind ein guter Sicherheitsabstand. Ich bin immer noch so nah dran, dass ich schnell zur Stelle bin, wenn etwas ist. Aber auf die Dauerbauaufsicht verzichte ich gerne. Hier bei uns kommt er meistens zu spät, was ihn aber keinesfalls davon abhält, trotzdem und völlig ungefragt mit Tipps und Tricks wie ein Elefant im Porzellanladen um sich zu werfen.

Auf Schimmel komm raus

Als mir vor zwei Jahren mein selbstgemachtes, ange-schimmeltes Kimchi im Kühlschrank explodiert ist, habe ich beschlossen, dass das Fermentieren ab sofort nicht mehr zu meinen Hobbies gehört. Trotzdem beginnt es wieder in meinen grünen Fingern zu kribbeln, als auf einmal alle meine Kohlköpfe gleichzeitig erntereif zu sein scheinen.

Ich weiß nicht, ob ich sie einfach noch im Beet stehen lassen soll oder ob ich jetzt alles irgendwie und sofort konservieren muss. Und hat nicht mein erstes, ganz einfaches, schnödes Sauerkraut ganz wunderbar geschmeckt? Schief gegangen ist es erst, als ich allen möglichen fernöstlichen Kimchikram mit vielen Kräutern und Zutaten ausprobiert habe.

Als ich dann noch die ersten Fraßschäden an meinen Kohlis entdecke, ist die Entscheidung gefallen. Kohl Nummer eins wird geerntet, verarbeitet und frisch gegessen. Kohl Nummer zwei darf sich zu Sauerkraut verwandeln. Aber dieses Mal will ich alles richtig machen und so kaufe ich mir zuerst einmal sündhaft teure Fermentiergläser mit Ventil.

-Dafür kannst du aber ganz viel Sauerkraut im Laden kaufen, sagt der Spielverderber.

Hier gilt es allerdings ein höheres Ziel zu verfolgen, investieren in die Zukunft, glauben an das Projekt und viele zukünftige fermentierte Gemüsegläser.

-Jaja, mummelt der Mann.

Boah, echt jetzt? Das finde ich gerade ziemlich doof von dem. Ich kann mir nämlich auch selber ausrechnen, dass ich für meine zwei Gläser ungefähr zehn Dosen Sauerkraut kaufen kann. Will ich aber nicht. Ich will selber

machen, fermentieren und mein eigenes Gemüse gebrauchen. Basta!

Ich zerlege den Kohl und stelle fest, dass das mit den
Fraßschäden gar nicht so schlimm ist. Die Köpfe sind so
dicht und fest, da kommt erstmal keiner rein. Das ist gut,
dann kann ich mir mit dem Ernten der restlichen Pflanzen
auch noch etwas Zeit lassen und erst einmal schauen wie
das mit den milchsauren Bakterien und mir in diesem
Jahr so klappt.

Fermentieren ist toll. Fermentieren ist super, denn man
braucht nur eine einzige Zutat, nämlich Salz. Ich liebe einfache, alte Methoden.

Ich wiege meinen zerkleinerten Kohl, messe das Salz
ab und fange an zu kneten. So lange, bis die Kohlschnip-
pel in ihrer eigenen Suppe schwimmen. Irgendwie ist
aber fast gar nicht mehr von meinem oh so schönen, großen Kohlkopf übrig. Also, die zu fermentierende Menge
überzeugt mich jetzt nicht gerade. Ich kann nur ein halbes
Glas füllen und bin zuerst ein klein wenig enttäuscht. An-
dererseits kann ich so erstmal in Ruhe beobachten, was
passiert und muss dann nicht im Falle eines Supergaus so
viel entsorgen.

Das Glas wandert zum Fermentieren zwei Wochen
lang in meinen Vorrat und wird jeden Tag von mir akribisch unter die Lupe genommen. Alles scheint nach Plan
zu verlaufen und ich bekomme Lust auf mehr. Noch bevor mein Sauerkraut für zwei weitere Wochen zum Ru-
hen in den Kühlschrank wandert, hängt mein Seelenheil
von neuen, mit Gemüse gefüllten Gläsern ab.

-Das wird aber teuer, der Mann wieder…

Oh, menno, dann nehme ich eben meine einfachen Ein-
machgläser!

-Ah, das geht auch? informiert Michel sich.

-Ja, das geht auch, aber nicht so gut. Da muss man dann selber immer gucken, dass die Gase entweichen können. -Sonst poff, und der ganze Kram explodiert im Kühlschrank, grinst Michel.

Ich explodier hier gleich mal, aber er hat ja recht. Als nächstes will ich Möhren fermentieren. Allerdings sind meine gesäten Möhren in diesem Jahr alle im Dauerbabystadium gefangen und ich habe die Befürchtung, dass es mit den Möhren nix mehr wird. Ich schummle ein bisschen und kaufe Biomöhren. Ja, dann könne ich doch auch gleich eingelegte Möhren kaufen, meint Michel. Klugscheißer! Dann fermentiere ich eben auch noch meine Gurken. Ich habe gerade sowieso so viele reife Gurken im Minigewächshaus.

-Die sind aber nur zum frischen Verzehr geeignet, hast du gesagt, Michel wieder.

Der scheint heute im Endlosklugscheißermodus zu sein. Egal jetzt, dann werden die Gurken eben mein diesjähriges Experiment. Gesagt, getan. Gläser desinfizieren, Salzlake zubereiten, denn im Gegensatz zum Kohl sollte man Möhren und Gurken nicht kneten und in ihrem eigenen Saft schmoren lassen, dann alles in die Gläser und ab zum Kohl aufs Regal.

Während die Möhren dort nach ein paar Tagen genau das machen, was sie machen sollen, flegeln die Gurken in ihrem Glas herum. Die wollen immer zur Oberfläche, sollen sie aber nicht und darum habe ich sie mit einem Plastikbeutelchen gefüllt mit Wasser etwas beschwert. Das haben sie jetzt unter den nicht ganz fest geschraubten Deckel gedrückt, durch den eigentlich die Gase entweichen sollen, es aber jetzt nicht mehr können, weil der Wasserbeutel den Ausgang blockiert. Unten ist ganz viel trübes Wasser. Soll das so sein? Doch Salzlake ist ja nun mal salzig und darum wahrscheinlich auch trübe. Die Gurken, die sich unter der Wasseroberfläche tummeln, sind irgendwie blass, was jedoch beim Fermentieren normal ist. Doch während Kohl und Möhren appetitlich aussehen, zieht sich mir beim Gedanken die Gurken zu probieren mein Magen zusammen. Das könnte theoretisch auch an dem Schaum liegen, der sich auf der Salzlakenoberfläche gebildet hat, was aber eigentlich auch normal ist. Man spricht dann immer von ein bisschen Schaum auf der Oberfläche.

Das hier in meinem Gurkenglas sieht allerdings mehr aus wie eine explodierte Schaumkanone. Ich weiß nicht, ob das alles so seine Richtigkeit hat, finde es aber zu früh, um aufzugeben. Behutsam schiebe ich die Gurken wieder ins Regal. Morgen noch einmal kontrollieren und bis dahin besser nichts dem Besserwisser des Hauses erzählen.

Die kleinen Afrikaner vom Schwanensee

Urlaub ist auch Flohmarktzeit und während wir bei der Auktion noch ganz tapfer gewesen sind und wirklich nur zugeguckt haben, so schleicht sich jetzt langsam, aber sicher das Loppisfieber wieder bei uns ein. Und ehe wir uns versehen, ist die böse Loppisfalle zugeschnappt und hat uns fest im Griff. Zuerst habe ich mich gnadenlos in einen riesengroßen Schwan aus Beton verliebt. Ein lebensgroßer Blumentopf, den ich unbedingt haben muss. Glücklicherweise steht der beim Loppis von der Kirche und dort verkaufen sie alles für kleine Preise. Freya hat sich dort eine Vollholzkommode für umgerechnet 10 Euro gekauft und auch sonst haben alle Sachen eher Pfennigpreise. Alle, außer mein Schwan. Der scheint das teuerste Stück im ganzen Loppis zu sein. Das finde ich gar nicht gut und als ich Michel dann auch noch ein Foto schicke und er prompt antwortet, was ich denn mit dem Ungetüm wolle, muss auch ich einsehen, dass ich vielleicht doch nicht alles kaufen kann, was ich haben will.

Ich tröste mich damit, mir ganz viele andere billigere Sachen zu kaufen, für die ich zwar auch keinen Platz habe und die letztendlich zusammengenommen gar nicht mehr so viel billiger als der Monsterschwan sind, aber immerhin. Ich habe die Taschen voller kleiner Geschenke und kann zu Hause wieder eine lange Runde Tetris spielen, damit auch alles einen schönen Platz bekommt. Und vielleicht kann ich dann ja auch den Schwan vergessen, der in einem Schuppen einsam und allein nur auf mich zu warten scheint.

Michel ist einkaufen und macht in der Stadt auch noch eine kleine Secondhand-Runde. Ich bekomme zwei Fotos von einigen kleinen afrikanischen Holzfiguren, die nebeneinander auf einem Sockel stehen und zusammen musizieren. Ich bin total begeistert. Ich liebe afrikanische Holzfiguren und besitze mittlerweile eine ganz ordentliche Sammlung, die cben auf meinem Vitrinenschrank thront. Und natürlich müssen die Musikanten unbedingt noch bei mir einziehen, auch wenn ich mir nicht so ganz sicher bin, ob die noch einen Platz auf meinem Afrikaschrank finden werden. Ah, wat, das schaff ich schon.

Viel zu spät, als Michel schon mit der afrikanischen Band unterwegs nach Hause ist, merke ich, dass es sich bei den zwei Fotos um zwei verschiedene Gruppen Holzfiguren handelt. Auweia. Das heißt im Klartext, dass jetzt nicht acht, sondern 16 kleine Musikanten bei mir einziehen werden. Ich räume schon mal den Schrank leer, denn wenn ich alles ganz neu sortieren und formatieren werde, dann passt das bestimmt und wird ganz toll.

Damit mir die Figuren beim Putzen nicht immer wie die Dominosteine umfallen, habe ich alles gut festgeklebt und jetzt ziehe und ruckle ich an meinen kleinen Afrikanern und hoffe, dass ich nicht noch aus Versehen dem einen oder anderen einen Arm oder ein Bein breche.

Sie sind schön, die Neuen. Und es sind viele. Zu viele, wie ich abends um elf Uhr nach unzähligen Runden des Aufklebens und wieder Abreißens feststellen muss. Zu diesem Zeitpunkt bin ich schon total verheult, habe Schnappatmung, sehe kaum noch was und laufe wie ein aufgescheuchtes Huhn mit der Stirnlampe auf dem Kopf im Wohnzimmer herum. Als diese den Geist aufgibt, reißt mir der ohnehin schon nicht mehr vorhandene Geduldsfaden und ich schreie mir den ganzen Afrikanerfrust von der Seele. Michel sagt gar nichts und macht sich ganz unsichtbar in seiner Sofaecke. Es nützt nichts, die

Afrikaner müssen wieder weg. Leider. Ich bin so wahnsinnig schlecht darin Sachen, die einmal bei mir eingezogen sind, wieder abzugeben und ich finde die Musiker so schön. Irgendjemand muss die Figuren einmal sehr gemocht haben, denn einige von ihnen haben wohl schon vor langer Zeit ihre Instrumente verloren und halten nun liebevoll geschnitzte neue, eher schwedisch anmutende Instrumente in den Händen. Ich habe eine unruhige Nacht, träume von verschwundenen Schwänen und zerbrochenen Afrikanern.

Am nächsten Morgen dann die Idee. Eine Musikergruppe kann in meinem Bücherregal stehen. Vor den Büchern sehen die richtig toll aus. Nur welche? Ich kann mich lange nicht entscheiden, finde die dunkleren fast schöner, aber die hellere Gruppe passt viel besser. Ok, die hellen Afrikaner dürfen bleiben, für die anderen muss ich ein neues Zuhause suchen. Mir wird ein wenig flau im Magen, denn afrikanische Kunst ist in Schweden nicht gerade sehr beliebt.

-Gut, dass du nicht auch noch den Schwan gekauft hast, legt Michel den Finger mitten in die Wunde.

-Den hätte ich ja auch auf die Terrasse gestellt und nicht ins Wohnzimmer, zische ich ihn an.

-Wo denn? fragt er.

Ach, das wäre schon irgendwie gegangen.

Ich klebe meine Figuren wieder auf dem Schrank fest und bei dieser Gelegenheit sortiere ich sie neu. Sieht gut aus. Fast ein bisschen leer. Hier in der Mitte. Da ist richtig viel freie Fläche, nja also Fläche? Aber ne Nische. Nische? Könnte ich etwa in diese Nische die übrig gebliebenen Figuren schieben? Ich kann!!! Passt perfekt und sieht richtig gut aus. Mein Tag ist gerettet! Zur Sicherheit erteile ich uns ab sofort mal wieder Flohmarktverbot auf unbestimmte Zeit und verhänge einen immerwährenden Kaufstopp. Ja, auf so viel Drama hätte er sowieso keine Lust mehr, sagt Michel.

Aus Alibigründen stellt er sich am nächsten Wochenende selber auf den Flohmarkt und verkauft einige Sachen. Ich habe auch aussortiert. Mit Mühe und Not gebe ich ihm drei bis fünf Sachen mit und bin am Ende ganz entsetzt, als er sie tatsächlich verkauft hat. Mitgebracht vom Flohmarkt hat er zwei große Massaifiguren aus Holz.

Warum ich dann eine Woche später wieder bei der Kirche vor dem Schwan stehe, ist mir völlig schleierhaft. Er ist noch da und er ist immer noch teuer. Viel zu teuer und das sag ich den Verkäufern auch. Michel hat inzwischen ein Bügeleisen in der Hand, welches ich auf gar keinen Fall haben möchte. Ich will nicht bügeln!

Und einen riesigen Adler aus Gips den meine Schwester vor ein paar Wochen auch schon mit sich herumgetragen, aber dann wegen seiner Größe doch nicht mitgenommen hat. Michel will den haben.

-Der passt noch zu den anderen Gipsfiguren auf Omas Schrank, sagt er.

Könnte sein. Ich bin da eher vorsichtig und skeptisch, weiß ich doch jetzt, dass Flächen auf Schränken oft in der Erinnerung größer erscheinen als sie in Wirklichkeit sind und somit ihre Begrenzungen haben.

-Wir haben Kaufstopp, werfe ich ein.

Warum wir dann beim Loppis wären, will der Mann wissen. Boah, ich weiß auch nicht, wollte nur mal den Schwan besuchen und Hallo sagen.

-Dann kauf ihn halt endlich, ruft Michel.

-Der ist zu teuer, jammere ich.

Vielleicht kann man ja noch was am Preis machen.

Der nette Loppismann schenkt uns das Bügeleisen- No! - und den großen Vogel und natürlich fährt der Schwan dann doch noch mit nach Slättåkra.

Im Endeffekt haben wir das verdiente Geld vom Flohmarkt ganz locker wieder ausgegeben und mehr neue Sachen gekauft, als wir verkauft haben.

Nichte Freya sagt, ich wäre im neurodivergenten Spektrum unterwegs, habe sozusagen einen eins a ewig andauernden Bude-bauen-hier-ist-es-sonst nicht-sicher-Komplex und da könnte unter Umständen sogar was Wahres dran sein.

Sommer fällt aus

Man hat uns schon ganz früh in diesem Jahr einen langen, trockenen und heißen Sommer vorausgesagt. Mir ist völlig schleierhaft, wie die Meteorologen das schon Monate vorher wissen wollen. Trotzdem wird mir mulmig. Wieder ein heißer Sommer ohne Wasser. Wieder Wasser sparen und Angst haben, dass der Brunnen trocken wird. Wieder braunes, vertrocknetes Gras, statt saftiger, grüner Wiesen.

Es wäre schön mal wieder einen normalen Sommer zu erleben mit Temperaturen, bei denen man sich noch bewegen kann, ohne in seinem eigenen Schweiß zu ertrinken. Kühle Nächte, die für einen erholsamen Schlaf sorgen, eine leichte Sommerbrise, die einem sanft um die Nase weht. Wir könnten viel draußen kochen, paddeln gehen und haufenweise frisches Gemüse ernten. Aber ach, natürlich kommt es mal wieder ganz anders als man denkt. Weder bekommen wir den heißen, trockenen Dürresommer, noch den schönen, warmen Traumsommer, denn der Sommer fällt einfach mehr oder weniger ganz aus in diesem Jahr.

Der Mai ist noch ok, im Juni wird es dann richtig heiß und trocken. Trotzdem ist die Heuernte hier bei uns super. Dann kommt der Juli und es wird kühl. Sehr kühl und nass. Sehr nass. Es regnet viel. Das Wetter ist sehr unbeständig und wenn es nicht regnet, dann ist es windig. Mir macht das alles nicht so viel aus. Habe ich wenigstens genug Wasser für alle meine Gemüsekinder. Mein Urlaub fängt ja erst im August an.

Im August wird es allerdings eher schlimmer als besser. Jetzt regnet es fast nur noch und der Wind entwickelt sich regelmäßig zum Sturm. Die Temperaturen kommen selten über 12 Grad und um nachts nicht zu erfrieren, lege ich mir zwei extra Decken ins Bett und krame die Wärmflasche wieder heraus. Die Wäsche kann man überhaupt nicht draußen trocknen und waschen geht auch fast gar nicht, weil ich mit der Ecoflow noch nicht einmal den Strom für die Waschmaschine zusammenbekomme.

Meine Urlaubs-Challenge beginnt. Ich bin fest entschlossen mir meinen Urlaub nicht durch den abtrünnigen Sommer verderben zu lassen. Ich habe YouTube, meine Malbücher und die allgegenwärtigen Flohmärkte. Ich verbringe viel Zeit mit meinen Tieren und mir gelingt es sogar, die beiden Kaninchen richtig zahm zu bekommen. Wir fahren mit unserem Woody weg und stehen im strömenden Regen im Wald. Das ist so gemütlich, dass wir fast enttäuscht sind als nachmittags doch noch die Sonne rauskommt. Wir besuchen Freunde und werden besucht. Ich bekomme viele neue Ideen für unser Haus und räume, dekoriere und träume von riesengroßen Macraméstücken, die ich anfertigen will.

Trotzdem rinnt mir der Sommer gerade durch die Finger. Nicht mein Urlaub, denn Langeweile kenne ich nicht. Ein bisschen Sommer hätte ich dennoch gerne gehabt. Ich will so gerne raus in die Natur, zum Wandern und Paddeln. Ein Sommer ohne Paddeln ist ein verlorener Sommer. Ich bin traurig, denn ehe man sich versieht, ist der Herbst da.

Ich versuche mich mit dem Gedanken an einen goldenen Oktober zu trösten. Wer weiß, vielleicht können wir in diesem Jahr noch weit bis in den Herbst hinein paddeln. Trotzdem leide ich. Mir fehlt das Paddeln und außerdem fühle ich mich gerade so ineffektiv. Ich bin unglaublich urlaubslangsam geworden, schaffe viel weniger, als wenn ich arbeiten gehe. Ich fange an zu maulen und bekomme dafür den bösen Blick von Michel. Ich solle mal langsam lernen, dass es auch mal ganz gut sein kann, Zeit zu vertrödeln.

Er hat ja recht. So oft sehne ich mich nach mehr Ruhe und stillen Momenten und wenn sie dann da sind, dann bekomme ich......, ja was eigentlich? Auf jeden Fall macht mir das schlechte Wetter Paddeltorschlußpanik. Und als der Sommer dann endlich doch noch ein kleines Intermezzo gibt wird es fast noch schlimmer, weil der Mann meiner Träume Termine hat und ich beinahe in einen gepflegten Lagerkoller stolpere.

Gerade noch rechtzeitig bekomme ich die Kurve und schaue auch mal nach rechts und links, dorthin wo der Rest von Europa mit unkontrollierbaren Waldbränden, alles verschlingenden Überschwemmungen, tropischer Hitze und einem nicht enden wollenden Krieg kämpft. Dann sollte ich mich doch wirklich nicht darüber beschweren, dass der Sommer bei mir in diesem Jahr ausfällt.

Zwei Herzen in meiner Brust

In meiner Brust schlagen zwei Herzen. Sie sind wie Yin und Yang, Venus und Mars, Katz und Hund oder Trump und Obama und manchmal machen sie mir das Leben schwer. Ich bin gerne zu Hause, will häuslich sein, backen, Gemüse ziehen, ernten und haltbar machen. Ich will aber auch immer wieder auf Abenteuer gehen. Nochmal einen Berg besteigen, Debbies B&B in Spanien besuchen, lange Paddeltouren auf den Lofoten machen und reisen.

Ich möchte einen kleinen Fußabdruck hinterlassen, nachhaltig leben, esse aber wirklich gerne beim rot-gelben Donken.

Ich möchte viel draußen sein, in meinem Garten, liebe es aber gleichzeitig YouTube Videos von Menschen zu gucken, die das alles machen, was ich machen möchte, während ich faul mit der Chipstüte auf dem Sofa hänge.

Ich will kreativ sein, Sachen herstellen, Musik machen, finde aber für mein Gefühl viel zu selten die Ruhe dafür. Ich will vom Stromnetz ab, Stromverweigerer werden, Off-Grid leben, habe aber viel zu viel elektrische Geräte und ein großes Aquarium.

Ich will gesund, nachhaltig und vegan essen, aber meistens fehlt mir die Inspiration Fleischersatzprodukte selbst herzustellen und darum wandert nur allzu oft Fertigkrempel in unseren Einkaufswagen. Ich nenne es das Doktor-Jekyll-and-Mister-Hyde-Syndrom.

Ich bin mir sicher, ich bin nicht alleine mit diesem Problem. Meistens stört es mich auch gar nicht so sehr. Doch im Moment habe ich Urlaub und auch wenn es sich nicht so anfühlt, habe ich doch scheinbar viel Zeit und Freiraum, mir immer wieder selbst zu begegnen und im

Wege zu stehen. Ich will alles, alles gleichzeitig und alles sofort. Es soll Spaß machen, mir federleicht gelingen und vor allem darf es keine Zeit kosten. Jaaaaa! Keep on Dreaming!

An manchen Tagen kann ich mich einfach nicht entscheiden, welches Babe ich gerade sein will, und an manchen Tagen ist es ganz deutlich, wer ich gerade bin.

Heute zum Beispiel. Heute bin ich die Garten- und Gemüsefrau. Inspiriert von zwei Gläschen selbstgemachter Marmelade, die ich geschenkt bekommen habe und meinem neuen Lieblings-YouTube-Helden Bram, der auch hier in der Nähe wohnt und alles aus seinem Garten konserviert und einmacht, was nicht niet- und nagelfest ist, will ich doch noch ein paar Gläser schwarze Johannisbeermarmelade machen. Die Beeren sind fast schon überreif und ich freue mich, dass ich noch mal so gerade die Kurve gekriegt habe zum Beeren pflücken.

Dass in meinem Vorratsregal noch zwei Gläser Marmelade von Anno Toback stehen, die nur darauf warten endgültig von mir vergessen zu werden, schiebe ich in den hintersten Winkel meiner kleinen grauen Zellen. Dieses Mal schmeckt mir meine eigene Marmelade ganz bestimmt. Dieses Mal esse ich sie auch auf und stelle sie nicht einfach nur ins Regal.

Genauso wie mit deinem eingelegten Gemüse von vor drei Jahren und die inzwischen schon sehr alten getrockneten Apfelringe, meldet sich mein Gehirn völlig ungefragt. Ja, nee, da kann ich ja nichts dafür, wenn mir das nicht schmeckt.

Darum habe ich in diesem Jahr ja auch fermentiert und im letzten Jahr die Äpfel als Winterfutter für die Tiere gelagert. Ertappe ich mich gerade wirklich dabei, wie ich mich vor mir selbst rechtfertige?

Ich habe ganz vergessen, wie wenig Spaß mir das Johannisbeeren pflücken macht. Doch jetzt gibt es kein Zurück mehr. Ich schaffe es tatsächlich noch ein ganzes Kilo zu pflücken, sterilisiere die Gläser nach allen Regeln der Kunst und fische sogar den Schaum von der Marmelade. Ich gebe mein allerbestes, dass mir mein Gebrausel nachher auch schmeckt und nicht wieder im Regal dahinsiechen muss.

Sechs kleine Gläser stehen vor mir und machen mich sehr zufrieden. Jetzt bin ich richtig traurig, dass die Kirschensaison schon vorbei ist, denn so ein paar Gläser von meinen schwarzen Kirschen wären sicher mega lecker gewesen.

Wieder einmal nehme ich mir vor, es doch wenigstens zu versuchen, etwas mehr mit den Früchten, die mein Garten mir jedes Jahr so großzügig schenkt zu machen.

Und morgen gehen wir dann hoffentlich paddeln oder auf ein anderes Abenteuer.

Wärmflaschenrevolution

Ich bin im großen weltweiten Netz unterwegs und kann nicht glauben, was ich da gerade sehe. Es gibt einen Wärmflaschengürtel! Es gibt einen Gürtel für die Wärmflasche und ich, der Wärmflaschenjunkie schlechthin, weiß nichts davon. Einen Gürtel, in den man die wohlig warme Wärmflasche stecken kann und den man sich um den Bauch bindet. Dann sitzt die warme Flasche ganz nach Wunsch, entweder auf dem Bauch oder dem Rücken. Oder man geht ganz crazy und bindet sich den Gürtel wie eine Handtasche schräg über die Schulter. Dann erreicht man Nacken, Schulterblätter und verspannte Seiten. Ich bin sprachlos.

Und noch während ich so sprachlos auf diesen revolutionären, mir bis vor ein paar Minuten völlig unbekannten Gürtel schaue, klingelt mein Telefon. Ich bin zu langsam, kann mich gar nicht mehr vom Gürtel meiner Träume losreißen. Das Klingeln hört schneller wieder auf, als ich am Handy bin.

10.36. Sie haben einen verpassten Anruf von Mama, informiert mich mein Äpfelchen freundlicherweise. Ich ruf am besten gleich mal zurück. Vielleicht ist Papa wieder weg oder im Rolektrostress. Ja, der Rolektro ist tatsächlich unterwegs nach Schweden. Ploppschuh-Karsten hat wirklich eine kleine Firma gefunden, die sich bereit erklärt hat, den Rolektro hierher zu schicken!

Obwohl Papa ganz sicher gewesen ist, dass sich der nette Rolektromann mit den Pinunschen nach Thailand abgesetzt hat, scheint das Vehikel jetzt doch auf dem Weg zu uns zu sein. Hauptsache, keiner ist hingefallen oder irgendwo runtergefallen oder hat sich anderweitig verletzt.

Mama geht ran. Ja, sie habe gerade mit Klaus-Jürgen telefoniert. Ok, aber sie hat doch sicherlich nicht bei mir angerufen, um mir das zu erzählen. Ich solle eben kurz warten, weil das Dingens irgendwie jetzt nicht laut geht. Der Lautsprecher wäre verschwunden.

-Der Lautsprecher ist was? frage ich ungläubig.

Keine Reaktion, nur Geraschel am anderen Ende.

-Sylvia, das geht hier nicht. Das Telefon spinnt wieder. Der Lautsprecher ist weg. Da steht nur Sylvia ruft an auf dem Bildschirm und wenn ich da jetzt draufdrücke, ist gleich bestimmt alles wieder weg.

Ja, ich weiß auch nicht. Mamas seniorenfreundliches Handy ist ein Buch mit sieben Siegeln für mich und so auf Abstand will ich mich da schon mal gleich gar nicht so weit aus dem Fenster lehnen und ihr irgendwelche gut gemeinten Tipps geben.

-Ja gut, sag ich, dann nicht telefonieren?

Doch, sie könne das Teli ja auch einfach ans Ohr halten, so wie früher. Jau, das geht natürlich auch. Dann wird es wieder still in der Leitung. Kein Geraschel, nichts.

-Biste noch da? ruft Mama.

-Ja, bin ich.

Wieder Stille.

-Du hattest mich angerufen. Was gibt es denn? versuche ich meiner Mutter und unserem Gespräch auf die Sprünge zu helfen.

-Nee, Mama ist entrüstet, ich habe die ganze Zeit mit Klaus-Jürgen telefoniert. Ich kann gar nicht angerufen haben!

-Du hast mich um 10.36 angerufen, sagt mein Handy.

-Das spinnt.

-Mama, ich habe es klingeln gehört und bin nur nicht schnell genug dran gewesen.

-Unmöglich, lautet Mamas Antwort, ich hab nämlich mit Klaus-Jürgen telefoniert.

-Ja, das weiß ich ja jetzt. Haste danach angerufen?

-Das hat das Handy dann alleine gemacht. Ich sag ja immer, das ist fast kaputt.

-Mama, dein seniorenfreundliches Handy macht nichts, was du ihm nicht aufgetragen hast.

-Ich kann aber gar nicht angerufen haben, weil…….

Jaja, ich weiß mit Klaus-Jürgen…

-Wahrscheinlich hast du wieder so feste mit dem Finger auf dem Bildschirm rumgewischt beim Auflegen, dass du deinem Telefon unbemerkt das Kommando Sylvia anrufen gegeben hast. Ich sag es ja immer wieder, Mama, nicht so vehement auf den Bildschirm hämmern. Das ist nicht nötig. Einfach ganz normal drücken.

-Ja, kann sein, Mama ist hörbar genervt.

Dann wieder Stille.

-Mama?

Ja, es wäre halt nix passiert. Sie könnten ja auch nicht weg, wegen dem Rolektro. Hä? Wieso? Wieso können die nicht weg? Weil doch der Rolektro jeden Moment kommen könnte.

-Mama!!! Der Rolektro kommt in zwei Wochen und die Spedition meldet sich vorher bei euch. Die kommen nicht einfach so und laden euch den vor die Haustür, egal, ob ihr da seid oder nicht. Habe ich euch doch alles erklärt.

Ja, aber sicher wäre nun mal sicher. Und darum gäbe es auch nichts Neues. Ich beende das Gespräch. Ich will mich wieder dem warmen Gürtel widmen. Ich will den unbedingt haben. Der kommt ganz oben auf meine neue und schon ziemlich lange To-Have-Liste. Michel mischt sich ein und meint, ich könne doch bis zum Winter warten. Macht der Witze? Ich brauche den Gürtel schon vorher, am besten sofort, am allerliebsten hätte ich den schon. Bei diesen Sommertemperaturen habe ich sowieso den ein oder anderen kleinen Wärmflaschenrückfall gehabt, obwohl ich mir jeden Tag vornehme, nicht so zimperlich zu sein. Aber Wärmflasche bedeutet auch Trost. Trost bei Migräne, schmerzenden Muskeln, Müdigkeit und allen anderen Wechseljahresgemeinheiten, bei denen sonst nichts hilft und die die Frau von heute am besten totschweigen soll. Ja logisch, wir hüpfen alle frohgemut, freudestrahlend und vor allem wunderschön durch die jahrelang andauernde Hormonhölle.

Egal, als ich sehe, dass der von mir heiß begehrte Gürtel auch noch als Muff funktioniert, bin ich vollends begeistert. Wow, dann könnte ich den ja sogar im Winter mit nach draußen nehmen und mir die Hände darin wärmen. Michel verdreht die Augen.

Doch ich bin mir ganz sicher. Ein Leben ohne Flaschengürtel ist nicht mehr möglich. Wie wunderbar wird es sein endlich die heiße Flasche nicht mehr vorne oder hinten in die Hose oder den Schlüppi stecken zu müssen, wo sie nie richtig sitzen bleibt und bei jedem Schritt rumwabbert, bis sie irgendwann runterrutscht und ich sie zwischen meinen Beinen auffangen muss, was mich dann wiederum am Gehen hindert oder mich dazu zwingt mich in einem entwürdigenden Entenwatschelgang fortzubewegen.

Kanini-Houdini

Als ich morgens aus dem Garten auf die Straße gehe, um gegenüber am Feldrand das Frühstück für Elias und Simone zu pflücken, sitzt Simone mitten auf der Fahrbahn und winkt mir zu. Schreiend renne ich zurück ins Haus.

-Michel, die Simone sitzt auf der Straße, kreische ich panisch.

Ich bin mir ganz sicher, dass jeden Moment ein Auto angerauscht kommt und meine wunderschöne, kleine Moni plattwalzt wie einen Pfannkuchen.

Das hier ist nicht das erste Mal, dass die Kaninchen ausbüchsen. Beim ersten Mal haben sie sich in den Garten durchgegraben und das, obwohl ich immer und Zeit meines Lebens behauptet habe, dass Kaninchen nur runter und nicht hoch graben können und sich mal alle Leute nicht so anstellen sollen mit Zaun eingraben und so. Schließlich haben sich meine Kaninchen von damals nie ausgegraben!

Ein Blick ins allwissende Netz belehrt mich eines Besseren und seitdem ich weiß, wie sich so ein Karnickel seinen Bau gräbt, kontrolliere ich die Kaninchengrundstücksgrenzen mehrmals täglich. So ist mir dann auch nicht entgangen, dass die Puberbande dabei ist sich unterm Bootsschuppen Richtung Einfahrt einen Gang zu graben. Erstens ist es aber fast unmöglich unter den Bootsschuppen zu kommen, um das genaue Ausmaß der Grabarbeiten mal in Augenschein zu nehmen und zweitens bin ich mir sicher, dass die es niemals durch die dicke Lage Schotter schaffen, die auf unserer Einfahrt liegt und mit den Jahren durch unser Auto sehr fest gewalzt sein dürfte. Ich bin mir auch noch sicher, als ich die Karnickel schon unter dem Schotter graben höre, in welchem jetzt ein perfektes, rundes Kaninchenbauausgangsfallrohr klafft.

Das mit dem Fallrohr hat Google mich gelehrt. Zum Glück sitzt der faule Elias noch im Auslauf, denn viel mehr Stress verträgt mein ohnehin schon geplagtes Ich so früh am Morgen nicht. Michel kommt rausgerannt und mit vereinten Kräften schaffen wir es nach gefühlt unendlich langer Zeit die Simone wieder auf die Einfahrt zu treiben und schließlich mit dem großen Netz zu fangen.

Ich weiß inzwischen, dass Kaninchen recht standfest sind, was ihr Revier betrifft und dass sie sich nicht so schnell über alle Berge davonmachen. Außerdem sind die zwei Rabauken inzwischen richtig zahm geworden. Ich bin auf jeden Fall froh, meine Moni wiederzuhaben und verbringe eine ganze Zeit damit, das Fallrohr mit einem Kompostgitter und einer sehr großen und sehr schweren Metallplatte zu versiegeln. Was die Safarigänger zumindest so lange drinnen halten sollte, bis wir die Zeit und einen Plan haben, wie wir das Loch richtig zumachen können.

Sollte es nicht. Denn schon am nächsten Morgen prangt ein neues Loch direkt neben der Metallplatte. Von beiden Kaninchen keine Spur. Ich krieg Schnappatmung. Wir finden die beiden in Nachbars Garten. Das ist jetzt aber schon ein recht großes Revier und wie sollen wir die denn von da aus jemals wieder zurück in den Hühnerauslauf bekommen?

Der Plan ist, dass Michel sie händeklatschend in meine Richtung treibt und ich mit dem großen Netz am Carport Schmiere stehe und im Moment Supreme gnadenlos zuschlage und im besten Falle beide Karnickel mit einer Klappe fange. So viel zu unserem Plan. Unsere Kaninchen haben jedoch andere Pläne und den ungemeinen Vorteil, dass sie wesentlich schneller unterwegs sind als wir. Ich bilde mir noch ein, dass Simone mich angrinst, als sie geschwind wie der Wind an mir vorbei hoppelt. Wohlgemerkt in die falsche Richtung. In Richtung große, weite, offene, gefährliche Welt. Ich könnte heulen. Und das alles noch vor dem Frühstück.

Richtig weglaufen tun unsere Hasis dann aber zum Glück doch nicht. Elias bekommen wir nach einer Endlosrunde fangen spielen doch noch ins Netz und Simone wird es dann auch irgendwann zu langweilig. Sie nimmt einen Sprint Richtung Einfahrt und lässt sich in das von ihr gegrabene Fallrohr fallen. Und wieder könnte ich schwören, dass die Göre mich angrinst. Michel muss alleine mit den Hunden spazieren gehen.

Ich fahre unterdessen großes Geschütz auf unserer Einfahrt auf und bereite diesem Spuk jetzt ein für alle Mal ein Ende. Ich grabe den Gang von hinten auf, blockiere ihn mit großen Steinen und grabe am Anfang zwei Kompostgitter ein. Während ich von der einen Seite alles zumache, versucht Elias von der anderen Seite alles wieder aufzugraben. Irgendwie tut er mir auch leid, aber wie erkläre ich ihm, dass die Welt außerhalb des Zaunes viele Gefahren für kleine Kaninchen birgt?

Dann ist erstmal Ruhe. Ich sehe keine Grabarbeiten, die Ninchen sind lieb und nett wie immer, doch dann sind sie wieder draußen an der Straße. Ich krieg die Krise! Schnappatmung, Heulkrampf, das ganze Programm. Dieses Mal haben sie sich von ihrer Schlafhöhle aus direkt nach vorne zur Straße durchgegraben.

-Das geht jetzt immer so weiter, sagt Michel.

-Oh bitte nicht, heule ich.

-Du hast das so gewollt, legt der Mann nochmal nach.

Dieses Mal lassen sich die beiden nicht mehr von uns fangen und spielen ein ewiges Katz- und Mausspiel, wobei sie sich entweder an oder auf der Straße aufhalten oder drohen, durch Nachbars Garten auf Nimmerwiedersehen zu verschwinden.

Nach 1,5 Stunden sind wir fix und fertig und geben auf. Erstmal frühstücken. Ich stelle mein Netz an den Bootsschuppen und füttere noch schnell Hühner und Enten, aber dann muss ich selber etwas essen. Die Enten schreien und Mando, der gerade Richtung Einfahrt pirscht, ist in null Komma nix im Anschleichmodus. Das ist seltsam. Eben noch mal gucken, ob die Kaninchen wieder auf der Einfahrt sitzen.

Ich glaube meinen Augen nicht. Das Netz ist umgefallen, drin gefangen sitzt Simone und scheint sehr verärgert zu sein. Ich geh mal wacker hin, bevor mein Kater sich ein zweites Frühstück gönnt. Elias ist nicht zu sehen. Der ist über alle Berge geflüchtet. Ich bringe Simone in den Stall. Ich habe die Faxen satt. Jetzt gibt es Hausarrest auf unbestimmte Zeit. Elias finden wir ganz hinten beim Nachbarn im Garten und nach weiteren 30 Minuten Kaninchenjagen ist er so müde, dass er sich letztendlich doch mit dem Netz fangen lässt und zu der beleidigten Simone in den Stall wandert.

Mir steht wieder ein Tag voller Grabarbeiten bevor.

-Oder die Kaninchen abgeben? fragt Michel zaghaft.

-Niemals! Die machen mir so viel Freude, plädiere ich mit meinem verheulten Gesicht.

-Das seh ich, sagt der Mann.

Wieder Steine und Gitter eingraben, dieses Mal begleitet vom bösen Summen besoffener Wespen, die an den überreifen Kirschen auf dem Boden eine gigantische Party gefeiert haben und da jetzt in Ruhe ihren Rausch ausschlafen wollen. Ich versuche die Schlafhöhle intakt zu lassen und baue meinen Flegeln sogar einen überdachten Eingang. Ab sofort wird der Bau wie die Pest gemieden, dabei könnten sie doch jetzt so schön in die andere, die richtige Richtung weitergraben. Aber nein, man gräbt einen neuen, tieferen Tunnel am Bootsschuppen. Nicht mit mir Freunde! Ich krieche in die klaustrophobische Enge unter den Schuppen und vereitle jeden Ausbruchsversuch, noch bevor er Gestalt annehmen kann.

Ich bekomme ein ganz schlechtes Gewissen, denn nun haben sie keinen Bau und keinen Gang mehr. Obwohl, mal ganz ehrlich. Die könnten unterm Hühnerstall ohne Ende graben, die können abends in den Winterstall gehen, ihr eigener Stall steht immer offen und auch die alte Schlafhöhle könnte so wieder in Gebrauch genommen werden. Aber nein, sie quetschen sich unter die Äste, direkt an den Zaun damit ich sie auch ja immer leiden sehe, sobald ich aus der Haustür komme.

Zum Schluss baue ich den beiden eine gigantische Kaninchenburg mitten im Auslauf. Ein großer Haufen Äste bildet das Dach einer wunderbaren Höhle, die ich mit Streu und Heu kaninchengemütlich einrichte. Zumindest so lange, wie ich an meinem Kunstwerk baue, finden die beiden das auch interessant.

Mir graust vor dem Tag in nicht allzu ferner Zukunft, an dem ich Frühschicht habe, mich viel zu spät in mein Auto schwinge und auf der Straße sitzen Elias und Simone, die grinsend in Nachbars Garten verschwinden.

Mit Möllemanns Bötchen

Ich bin noch klein, irgendwann in den Siebzigern, es ist Winter und es ist Sonntag. Wir sitzen vor dem Fernseher und gucken Riesenslalom der Herren. Das ist Pflichtprogramm, denn Mama ist ein großer Ingemar Stenmark Fan und die gesamte Familie muss vor der Flimmerkiste sitzen und den Ingemar anfeuern. Warum und wieso Mama ausgerechnet den Ingemar so toll findet, weiß ich nicht und ist mir als kleines Kind wahrscheinlich auch ziemlich egal. Wir sitzen gerne vor dem Fernseher und schauen dem schwedischen Superstar bei seinem zigsten Sieg zu. Mama kriegt sich vor Freude gar nicht mehr ein. Doch irgendwann ist auch der längste Winter vorbei und die lange Ingemar-Sommer-Abstinenz steht unweigerlich vor der Tür.

Mama wäre aber nicht Mama, wenn sie sich für dieses Problem nicht etwas ganz Besonderes ausgedacht hätte. Wir fahren den Ingemar einfach besuchen! Liegt ja quasi auf dem Weg. Wenn wir ohnehin schon nach Norwegen wollen, können wir doch ruhig den kleinen Schlenker über Tärnaby in Nordschweden machen und dem Ingemar mal guten Tag sagen. Mama ist sich sicher, dass der sich sowas von freuen wird, uns zu sehen und wenn Mama sich sicher ist, dann bin ich das auch.

Der Rest unserer illustren Reisegesellschaft, also Papa, meine Schwester und unsere Freunde Jupp und Hildegard mitsamt den Teenagern Ralf und Monika, sind sich da gleich gar nicht mal so sicher. Und wie sollen wir denn den Ingemar in Tärnaby überhaupt finden? Doch mit so Kleinigkeiten kann Mama sich jetzt nicht beschäftigen und so kommt es, wie es kommen muss. Wir landen an einem warmen Sommerabend in Tärnaby.

Ein Wohnmobil mit einem vollgepackten Bootsanhänger, ein Wohnwagengespann total überladen, weil Hildegard mal wieder vom Bügeleisen über Haarfön, Waffeleisen und Schnellkochtopf den gesamten Hausrat in den Wohnwagen gequetscht und Jupp auch noch drei Boote auf das Autodach geladen hat, plus acht Menschen, die in Tärnaby rumfahren und Ingemar Stenmark suchen.

Mama ist in ihrem Element, denn das hier ist der Tag, auf den sie so lange hingefiebert hat. Tärnaby ist nicht so groß und so fahren wir die Straßen auf und ab und hin und her, immer in der Hoffnung, irgendwo Mamas Superstar zu entdecken. So langsam, aber sicher wird es allen jedoch ein wenig peinlich. Beim Boxenstopp kurbelt Jupp das Fenster runter.

-Da kommen se wieder vorbei, mit Möllemanns Bötchen aufm Dach, ruft er.

Mama lässt sich nicht beirren und fragt kurzerhand in ihrem besten Denglisch einen Ortsansässigen, wo denn der Ingemar wohl wohnt. Man kann es glauben oder nicht, aber in den Siebzigern scheint es so etwas wie Privacy und Datenschutz noch nicht zu geben. Mama bekommt tatsächlich eine Straße genannt und schon setzt sich die Karawane mit Möllemanns Bötchen auf dem Dach wieder in Bewegung. Wir fahren diese Straße nicht zum ersten Mal rauf und runter an diesem Abend und auch nicht zum letzten Mal, doch weit und breit kein Ingemar zu sehen.

-Der hat sich sicher versteckt, mompelt mein Vater.

Doch Mama kann jetzt, so kurz vor dem Ziel, unmöglich aufgeben. Kurzerhand wird der junge Mann gefragt, der da vor dem Haus auf der Treppe die Abendsonne genießt. Mama also wieder los mit ihrem Denglisch, dann aufgeregtes Winken. Wir müssen alle aussteigen und herkommen zu dem jungen Mann, der ein wenig schüchtern in unsere Richtung grinst.

-Der Ingemar ist nicht da, ruft Mama, aber da, genau hier gegenüber wohnt er! Und das hier, Mama zeigt auf den jungen Mann, der inzwischen krampfhaft versucht, ein riesiges Loch in seinem Socken zu verstecken, das hier ist Ingemars kleiner Bruder!

Sofort werden alle verfügbaren Kameras gezückt und das Objekt der Begierde von allen Seiten abgelichtet.

Klein Sylvia bekommt einen Schubs in den Rücken, so dass sie neben Ingemars Bruder auf der Treppe landet. Und so will es das Schicksal, dass es in der umfassenden Diakollektion meiner Eltern auch ein Bild gibt, auf dem eine kleine Sylvia neben einem verlegenen, jungen Mann an einem Sommerabend auf einer Treppe in Tärnaby sitzt, während dieser versucht, ein Loch in seiner Socke zu verbergen.

Broccoli

Juchhu, es ist Flohmarkt. DER Flohmarkt! Der Flohmarkt, auf den Michel sich das ganze Jahr gefreut hat. Der Flohmarkt, an dem sich die ganze Stadt in ein einziges Shoppingparadies verwandelt und der Mann meiner Träume muss da unbedingt hin. Ich möchte da auch gerne hin, doch meine Wetter-App sagt sintflutartige Regenfälle voraus.

-Na und, sagt der Mann trotzig.

-Dann kommt doch keiner, belehre ich ihn.

-Dann kann ich wenigstens ganz in Ruhe gucken, beharrt der Optimist.

-Ich meine, es kommt doch kein Verkäufer, wenn es aus Kübeln regnet.

-Doch doch, da haben sich so viele Verkäufer wie noch nie angemeldet. Du kannst ja machen, was du willst, aber ich geh da hin, basta!

Ich mach dann auch, was ich will. Ich lasse mir einfach alle Möglichkeiten offen für den Tag.

-Ich will aber gaaanz früh weg, der Optimist wieder, und dann will ich nicht auf dich warten müssen.

Nehe, is klar, Chef. Dann bereite ich mal abends vorher alles schon vor, damit wir dann auch am Morgen-Supreme, im Falle des Falles früh wegkönnen und niemand nicht auf mich warten muss. Siehe da, das Wetter ist sogar ganz passabel. Nebel und ein bisschen Nieselregen können uns doch nicht vom Komashoppen abhalten.

Wir ziehen einfach unsere Regenanzüge an und auch wenn wir dann nicht wirklich richtig stadtfein sind, so sind wir jetzt auf alle Eventualitäten vorbereitet. Wir könnten sogar einer wahren Sturmflut standhalten. Obwohl wir früh sind, sind wir bei weitem nicht die ersten.

Zuerst sehen wir den Flohmarkt gar nicht und Michel wird schon ganz unruhig.

-Haste dich mit dem Datum vertan? frag ich mal kurz nach.

- Nee, echt nicht, brummelt der Mann.

-Dann fällt der Flohmarkt wohl doch wegen dem Wetter aus.

-Mach keinen Scheiß, der Optimist fängt an zu zweifeln.

Doch dann sehen wir die ersten Stände, nur viel weiter hinten als sonst.

-Jaja, so viele Verkäufer wie noch nie, motze ich.

-Ist doch egal jetzt. Und hetz mich bloß nicht. Ich will ganz in Ruhe und überall gucken.

Ist ja schon gut. Ich hab ja auch richtig Lust auf Flohmarkt. Allerdings ist er heute ein wenig klamottenlastig und Kleidung habe ich ja nun mal schon im Überfluss. Ok, alles andere habe ich eigentlich auch im Überfluss. Was soll's. Für mich ist es vielleicht auch gut einfach nur mal zu gucken, Leute zu treffen und ein bisschen zu quatschen. Natürlich sehe ich dann doch wieder ganz viele schöne Sachen, die ich alle unbedingt haben möchte, für die ich mir dann aber leider beim besten Willen keinen Platz mehr vorstellen kann. Also lasse ich es. Heute bin ich vernünftiger Kopfmensch. Das klappt so lange, bis ich ihn sehe, Broccoli. Ich bin sowas von entzückt und will Broccoli unbedingt haben.

-Was willst du denn mit einem Broccoli-Plüschtier? der Spielverderber hat sich unbemerkt von hinten angeschlichen.

Aber er hat ja recht. Hier steh ich, eine gestandene Frau, über fünfzig, mitten in den Wechseljahren und lächle einen Plüschbroccoli an. Der mich übrigens auch anlächelt.

Sofort lege ich das Gemüse zurück. Nie und niemals werde ich zugeben, dass mich sein Lächeln angesprochen hat. Ich bin jedoch noch nie so freundlich von einem Broccoli angelächelt worden und habe mich schon jeden Morgen gut gelaunt und ausgeschlafen neben ihm in meinem Bett aufwachen sehen.

-Der würde mir aber gute Laune machen, rutscht es mir raus.

Sowieso eye, der Mann hat ein ganzes Sofa voller Plüschis. Was labert der denn so doof jetzt.

-Das sind Sammlerstücke und du hast ja im Schlafzimmer auch deinen ganz privaten Friedhof der Kuscheltiere auf der Kommode sitzen, holt mich Michel auf den Boden der Tatsachen zurück.

Außerdem wartet zu Hause im Bett ja auch schon Little Big One auf mich. Meine himmelblaue Ratte, die mich auf einem Flohmarkt vor ein paar Jahren auch so wunderbar angelächelt hat, dass ich sie nicht zurücklassen konnte.

Ich will noch einen letzten Blick auf Broccoli werfen, ein letztes Mal sein Lächeln sehen bevor ich in die große Menschenwelt zurückkehre, in der erwachsene Frauen sich keine Plüschis mehr fürs Bett kaufen. Und was sehen meine Augen?

Eine fremde Frau hat Broccoli in der Hand. NEEIIIIN!!! Die will den doch nicht etwa kaufen? Die soll den nicht kaufen! Der ist mir! Mein! Ich will den haben! Wie angewurzelt bleibe ich stehen. Das hier geht gar nicht. Keine zehn Pferde bringen mich hier weg. Ich muss hier stehen bleiben und Schmiere stehen, sodass ich gnadenlos zuschlagen kann, sobald die fremde Frau meinen Broccoli auch nur eine Millisekunde aus der Hand legt. Es werden schier endlose Sekunden, doch dann kommt meine Chance. Die Frau zweifelt zwischen Broccoli und einem

Äffchen und lässt das Gemüse kurz los. Wrapsch! Ich greife zu.

-Den kaufe ich, sage ich, den Broccoli fest an mich gedrückt. Glückselig hole ich meinen Mann ein paar Stände weiter wieder ein und sehe gerade noch, wie er eine recht große Luke Skywalker Figur mit einem gigantischen Laserschwert verstohlen in seine Tasche hineingleiten lässt. Er grinst mich an, ich grinse ihn an und dann beginnt es wie aus Eimern zu schütten. Uns ist es egal, wir haben unsere Schlacht geschlagen und fahren mit unserer Beute nach Hause, aber nicht bevor wir auch noch beim überdachten Second Hand unser Glück gesucht und gefunden haben.

Papa und der Rolektro gehen in die zweite Runde

Mama schickt mir von ihrem seniorenfreundlichen Handy eine eingesprochene Nachricht, die ihr freundliches Handy freundlicherweise gleich in eine schwer zu entziffernde geschriebene Nachricht verwandelt hat. Mit ein bisschen Mühe und Fantasie lese ich dort, dass der nette Speditionsmann sie heute morgen angerufen hätte und dass sie ihn auch wirklich gut verstanden hätte, weil er so langsam und deutlich gesprochen hätte.

Na, das ist doch mal wirklich schön. Ich würde allerdings auch gerne wissen, warum ein netter Speditionsmann meine Mama morgens früh anruft.

Und was hat er gesagt, tippe ich mal kurz zurück.

Dass der Rolektro heute kommt, erscheint es prompt auf meinem Bildschirm.

Ja, das ist doch toll, dann kommen wir mal gucken, ich wieder.

Ja, aber erst später. Papa darf den noch nicht auspacken, wir kriegen heute Besuch.

Ok, also erstmal hier ganz normales Tagesprogramm machen und dann am späten Nachmittag mal gucken, ob denn der Rolektro jetzt wirklich auch der Crossover ist. Was uns allen nur zu wünschen wäre, denn sonst stehen der gesamten Familie ganz schlechte Zeiten bevor.

Als wir bei meinen Eltern ankommen, kommt Papa uns schon auf seinem roten Blitz entgegengejuckelt.

-Oh mein Gott. Das Ding sieht wirklich aus wie ein Seniorenfahrzeug, rutscht es Michel raus.

Ich stupse ihn in die Seite. Jetzt bloß keinen Fehler machen. Und vor allen Dingen nicht anfangen zu lachen. Irgendwie sieht Rolektro auch ein wenig seltsam aus. So lädiert. Papa hupt fröhlich. Mähpmähp. Jetzt nur nicht zu

Michel gucken, denn der zuckt auch schon so verdächtig neben mir.

-Isser gut? ruf ich meinem Vater entgegen.

-Jau.

Gott sei Dank.

-Isses der Richtige? noch könnten wir fliehen.

-Jau.

Halleluja!

Trotzdem, irgendwas ist komisch an dem Vehikel.

-Samma Papa, müssen die Spiegel so hängen? frage ich mal kurz nach.

-Ah wat! Ich hab den doch gerade erst ausgepackt. Der Besuch ist so lange da gewesen. Ich habe ja auch noch die Schutzbezüge auf den Reifen.

Ah genau, das isses. Die Reifen sehen wirklich sehr seltsam aus. Aber klar, wenn der Mann ja auch noch die himmelblauen Vliesüberzieher draufhat.

-Warum haste die denn noch drauf? wundere ich mich nicht ganz zu Unrecht.

-Ja kumma wie der Weg aussieht! Die Kühe sind hier die ganze Woche gewesen. Der ganze Weg ist vollgeschissen. Da fahre ich mir ja den ganzen Dreck in die Reifen! poltert mein Vater.

Er müsse erst den ganzen Weg kuhkackefrei machen, bevor er Rolektro die Überschuhe ausziehen kann. Ja nee ist klar. Ich hätte es eigentlich wissen müssen. Wahrscheinlich wird der rote Blitz die meiste Zeit Boxenstopp haben, weil es zu warm, zu kalt, zu nass, zu windig oder eben zu dreckig ist.

-Papa, der ist doch dazu da, um damit auch mal durch den Dreck zu fahren, versuche ich es.

-Papperlapapp! Damit wird nicht durch die Kuhkacke gefahren. Der Weg wird erst sauber gemacht!

Papa ist unnachgiebig. Vorsichtig fährt er im Slalom den Boliden wieder heile und sauber in den Garten und dort dürfen wir dann auch ein bisschen rumfahren. Hui, ich finde den Rolektro schon im ersten Gang recht schnell. Zumindest auf der Rasenfläche meiner Eltern. Ich bin mir nicht ganz sicher, ob ich das so toll finde, wenn Papa damit wie ein Berserker durch den Wald flitzt. Zumal er jetzt schon davon redet die komischen Überrollbügel da hinten abzumachen.

-Die sind dazu da, dass du nicht umkippst, belehre ich ihn.

-Ich kippe nicht um, empört sich mein Vater.

Na, ich bin mir da leider nicht so sicher. Im dritten Gang könne man damit auch richtig schnell über die Straße flitzen. Zum Einkaufen setzt er noch einen drauf.

-Du willst damit einkaufen fahren?

-Ja klar, warum denn nicht? fragt Papa.

-Weil es gefährlich ist, mit dem Rolli über die Landstraße zu fahren.

-Crossover, werde ich belehrt.

-Ja, auch wenn der Crossover heißt, isses gefährlich, sage ich, Mama, was sagst du denn dazu?

Mama zuckt nur mit den Schultern und grinst. Ich meine, immerhin scheint das Ding bis zu 25 km/h fahren zu können. Aber jetzt ist es ja sowieso zu spät.

Darum hätte er ihn ja extra in Rot genommen, versucht Papa mich noch zu beruhigen. Damit er auch immer gut gesehen wird. Dann stiefelt er los und ruft den netten Rolektromann in Deutschland an und bedankt sich ausgiebig für die gute Zusammenarbeit, den netten Service und die tolle Lieferung.

Na, wenn der wüsste, denke ich. Immerhin hat Papa noch bis vor ein paar Stunden ganz fest daran geglaubt,

dass der nette Rolektromann sich mit seinem Geld nach
Thailand abgesetzt hat.

I'm a Monster

Ich fühle mich wie Gollum. Die meiste Zeit sehe ich auch aus wie Gollum. Morgens auf jeden Fall. Manchmal stelle ich mir doch ernsthaft die Frage, was denn eigentlich mit mir los ist. Geht so das Älterwerden? Geht das jetzt immer so weiter? Der Abbau, der Zerfall? Morgens wache ich auf und fühle mich wie nach einer durchzechten Nacht. Meistens sind meine Nächte auch durchzecht. Die Hormonhölle sorgt zuverlässig dafür, dass ich im Fegefeuer meiner Hitzewellen verglühe oder bibbernd ohne Decke zu erfrieren drohe.

Morgens schäle ich mich also kopfschmerzgeplagt, übellaunig und unausgeschlafen aus dem Bett, nur um mich im Bad vor meinem eigenen Spiegelbild zu erschrecken.

Erst einmal muss ich jedoch bis ins Bad kommen. Trockenen Fußes, denn jeden Morgen nach dem Aufwachen ist meine Blase übervoll. Sofort und auf der Stelle muss ich Pippi und wenn ich ins Bad stürmen könnte, dann würde ich das auch locker schaffen. Kann ich aber nicht. Denn ich habe Rücken. Rücken, Nacken und Hüfte. Alles tut mir nach meiner durchzechten Nacht weh.

Ich sollte mich stretchen, doch dann würde ich mich einnässen. Und es ist ja nicht so, dass ich nicht nachts schon mindestens zwei Mal zum Klo gehumpelt bin, nur um dort von den heimtückischsten Hitzewellen der Welt heimgesucht zu werden, die mir die Luft zum Atmen nehmen. Die Treppe hoch ins Schlafzimmer scheint plötzlich einer Himalayaüberquerung in nichts nachzustehen. Ich stütze meinen Kopf in die Hand. Ich könnte ja auch hier sitzend auf der Toilette die letzten paar Stunden bis zum Aufstehen verbringen. Doch jetzt zieht die

Hitzewelle von dannen und mir wird sofort kalt. Ab ins warme Bett. Auf dem halben Weg nach oben ergreift mich die nächste Monsterwelle und droht mich zu fällen. Irgendwie schaffe ich es ins Bett und genau in dem Moment, wo ich einschlafe, wird mir bitterkalt. Dann versuche ich lange unter meiner Decke warm zu werden. Jetzt ist mein Gehirn wach und fängt an zu denken. Über alle To-Dos, die Tagesplanung, die Wochen-, Monats- und Jahresplanung, die ich ja eigentlich gar nicht mehr habe.

Darüber, ob Elias und Simone noch im Auslauf sind, ich gerne für immer zu Hause bleiben würde, Lust zum Malen habe und und und. Der Hahn fängt an zu krähen. Jetzt wird es unmöglich sein, wieder einzuschlafen. Ungefähr fünf Minuten bevor der Wecker zwitschert, schlafe ich doch noch ein und dann beginnt mein allmorgendlicher Todeskampf mit meinem inneren Schweinehund. Wenn ich endlich aus dem Bett krabble und versuche trockenen Fußes auf die Toilette zu kommen, liege ich schon hoffnungslos hinter meinem imaginären Tagesschema zurück.

Sowieso scheine ich unglaublich langsam geworden zu sein. Oder die Zeit ist schneller geworden. Auf jeden Fall dauert alles, was ich mache, unendlich lange. Ich bin auch nicht mehr gut im Multitasking. Meistens ende ich heulend und mit Schnappatmung im Chaos. Schnappatmung ist sowieso mein treuer Begleiter geworden. Immer scheine ich zu wenig Luft zu bekommen. Mein Herz flattert und rast, ich habe Ohrensausen, Schwindelgefühl und ganz oft wird mir einfach so mir nichts, dir nichts schlecht. Ich bin doch nicht etwa krank?

Oh Gott! Ich bin alt und das hier ist erst der Anfang! Wenn es mir schon mit Mitte fünfzig so geht, wie soll das denn dann erst in ein paar Jahren werden? Mir tut jetzt schon alles und immer weh. Nja immer, wenn ich einmal in Gang gekommen bin, dann geht es mir eigentlich ganz gut. Dann bin ich fast die Alte. Fast.

Wäre da nicht die Sache mit der Vergesslichkeit. Werde ich jetzt etwa auch noch dement? Wie oft stehe ich in einem Raum und habe vergessen, was ich dort eigentlich will. Wie oft suche ich irgendetwas, das ich dann an den unmöglichsten Orten wiederfinde. Vorausgesetzt ich finde das Gesuchte überhaupt wieder. Oder ich erinnere mich erst gar nicht mehr daran, dass ich etwas suche. Oder wenn ich mich daran erinnere, dass ich etwas suche, habe ich garantiert vergessen, was ich suche.

Darum schreibe ich mir alles auf. Akribisch führe ich Listen über Sachen, die gemacht oder gekauft werden müssen. Diese lege ich an einen festgelegten Platz und kontrolliere sie mehrmals täglich darauf, dass sie noch da und vollständig sind. Ich kontrolliere sowieso alles. Ich bin ein wahrer Kontrollfreak geworden und will bei allem die Regie führen, damit ich auch ja den Überblick habe, denn sonst könnte ich womöglich, ohne dass ich es selber merke, im Chaos versinken.

Und wo ist eigentlich mein Geduldsfaden geblieben? Ich scheine immer auf einem Vulkan zu reiten, der kurz vor dem Explodieren ist. Oft, zu oft, explodiert er auch, der Vulkan in mir. Oder ich halte mich zurück und rufe damit unweigerlich die gute, alte Schnappatmung auf den Plan. Ich bin klumpig, remple Dinge und Mitbewohner an und mir fallen ständig Sachen aus der Hand oder ich schubse was um. Wenn das so weitergeht, dann haben wir bald nur noch kaputte Dinge und unser schönes Haus ist ruiniert.

Isses das jetzt? Die Zukunft? Sieht so mein weiteres Leben als alternde Frau aus? Wie gesagt, trotzdem fühle ich mich weder krank noch deprimiert, aber so richtig toll ist es halt auch nicht. Ich harre ganz einfach der Dinge, die da kommen mögen und auch kommen werden. Kari Anne Wright kommt auf YouTube vorbei. Kari Anne, selber mitten in den Wechseljahren hat es satt, dass sämtliche Ärzte ihre Symptome weder deuten noch ihr erklären können oder wollen, was eigentlich los mit ihr ist. Also startet sie ihren eigenen Aufruf an andere Frauen über fünfzig und hat eine lange Liste Wechseljahrsymptome zusammengestellt, die sie mit viel Witz und Humor auf YouTube teilt.

Und siehe da, die Frau hält mir einen Spiegel vor. Alle meine Symptome könnten auch von anderen Krankheiten kommen, doch angesichts meines Alters und weil ich alle Symptome auf einmal habe, liegt der Verdacht nahe, dass ich mitten in der Hormonhölle festhänge. Das ist an sich keine Neuigkeit für mich, doch tut es gut zu hören, dass auch andere Frauen genauso doof in den Wechseljahren werden wie ich. Und dann gibt es doch noch etwas Neues für mich. Gute Neuigkeiten. Wenn ich so intensiv auf die letzten Jahre meines Lebens zurückblicke, dann bin ich wahrscheinlich schon länger in den Wechseljahren.

Die Wechseljahre sind wie eine Bergbesteigung und ich bin wahrscheinlich hoffentlich schon ganz kurz vor dem Gipfel. Müde, ausgelaugt und auf dem steilsten und schwierigsten Stück, kämpfe ich mich meinen persönlichen Mount Midoriyama hinauf. Ich bin fast oben und wenn ich auf dem Gipfel stehe, dann kann ich endlich kurz durchatmen. Dann kommt der Abstieg. Der wird auch anstrengend, doch der schwierigste Teil liegt dann hinter mir. Der Abstieg wird einfacher und ich habe dann das Ziel schon vor Augen. Irgendwann werde ich auf der anderen Seite unten im Tal ankommen. Nee, dort wird nicht alles so wie früher sein, kein grüneres Gras, kein klareres Wasser, aber es wird besser sein. Die Strapazen liegen dann hinter mir und ich werde endlich wieder zur Ruhe kommen. Doch bis es so weit ist werde ich ein kontrollfreakiger, kurzatmiger, übellauniger und kopfschmerzgeplagter Gollum sein. Gott steh uns bei!

Olle Zähne

Juchhu, es ist so weit. Ich habe endlich wieder einen Termin beim Zahnarzt. Obwohl Zahnarzt? Ich habe einen Termin bei der Zahnschwester, denn den Herrn Doktor bekommt man hier nur im äußersten Notfall zu sehen. Schwester Emelie wird sich nach drei langen Jahren meine Zähne anschauen und das ist auch bitter nötig. Zum Glück bin ich mit einem guten Gebiss gesegnet und pflege es auch immer nach bestem Wissen und Gewissen. Bis vor drei Jahren durfte ich jedes Jahr die nette Zahnschwester besuchen, die meine Zähne untersucht und sauber gemacht hat. Nicht ohne jedes Mal die Notwendigkeit von Zahnseide und Zahnstocher hervorzuheben, und dass obwohl mir diese Utensilien bekannt sind und ich sie brav jeden Abend benutze.

Vor drei Jahren, mitten in der coronigsten Coronazeit habe ich meinen letzten Zahnschwestertermin gehabt. Erst streikt der Rechner, dann klappen die Röntgenfotos nicht, danach bin ich mit ihrer Hand-zu-meinem-Mund-Hygiene nicht zufrieden und zu guter Letzt ist wohl einfach meine Zeit rum. Ich werde ohne Zahnreinigung nach Hause geschickt und das, obwohl mir bei der Untersuchung mitgeteilt worden ist, dass ich mal wieder super viel Zahnstein hätte und ob ich denn auch immer schön mit Seide und Stocher hantieren würde. Auf meine Nachfrage, warum sich denn jetzt niemand mehr um den ach so schlimmen Zahnstein kümmern will, werde ich nur schulterzuckend in die Freiheit entlassen.

-Bis in drei Jahren, ruft man mir noch hinterher.

Drei Jahre? Wie soll das gehen? Soll ich drei Jahre mit meinen Zahnsteinzähnen rumlaufen? Die machen wohl Witze! Nein, haben die nicht gemacht, denn pünktlich nach drei Jahren darf ich jetzt also die nette Emelie treffen, die mir auf den ersten Blick auch wirklich recht sympathisch erscheint. Sie hat zumindest ein nettes Lächeln im Gesicht und das, obwohl sie zehn Minuten zu spät dran ist, was aber nicht so schlimm ist, da ich auch zwei Minuten zu spät gewesen bin und das so wenigstens nicht auffällt. Zu spät sein mögen die da nämlich gar nicht beim Zahnarzt.

Emelie holt mich also lächelnd im Wartezimmer ab und lächelt dann immer weiter. Die ganze Zeit, immer und ohne Unterbrechung. Was erst sympathisch rüberkommt, wird nach einigen Minuten eher unheimlich. Lacht die mich aus? Wieso grinst die denn die ganze Zeit so. Zumindest leiert sie nicht die Zahnseidennummer wieder runter und die Röntgenbilder klappen auch auf Anhieb. Lächelnd fragt sie mich nach Beschwerden. Ich habe mir vorher schon vorgenommen, dieses Mal wirklich über den komischen Knubbel innen an meinem Kiefer zu reden, denn manchmal tut der mir richtig weh. Meistens spüre ich ihn nicht, aber hin und wieder meldet er sich laut und deutlich.

-Hier? lächelt Emelie und piekst in mein Zahnfleisch.

-Wreite unnen im Kiescher, versuche ich mich so gut wie möglich mit offenem Mund und ihren Werkzeugen in meiner Mundhöhle zu artikulieren.

Ihr Interesse erlischt. Kiefer scheint nicht zu ihrem Aufgabenbereich zu gehören. Allerdings sagt sie mir auch nicht, wer sich dann einmal meinen Knubbel angucken könnte. Stattdessen schlägt sie mit einem Blick auf die Uhr einen neuen Termin für die Zahnreinigung vor, denn ich hätte ja so unglaublich viel Zahnstein dieses Mal. Ja, und das kann ich ihr ja auch nur allzu gut erklären. Lächelnd hört sie sich meine Geschichte an und auch meine

Forderung, mein Gebiss sofort zu reinigen, scheint ihr nicht die gute Laune zu verderben.

Stattdessen vergreift sie sich in den nächsten zehn Minuten hemmungslos an mir und meinen ohnehin schon empfindlichen Zähnen. Ich leide Höllenqualen und bin mir jetzt ganz sicher, die Emelie ist eine ganze fiese Type, die mag Leute quälen und tut das Ganze auch noch mit einem Lächeln im Gesicht. Nach der Behandlung sind meine Zähne wieder blitzeblank, aber ich bin fix und fertig. Mit einem Lächeln werde ich entlassen.

-Bis in drei Jahren, ruft die Sado-Emelie mir noch hinterher.

Die durch den Zahnstein gut eingebettet gewesenen Zahnhälse liegen jetzt wieder frei und beschweren sich mit ziehenden Schmerzen bei mir. Ich muss jetzt ganz stark sein, morgen ist bestimmt alles besser. Ist es aber nicht und auch übermorgen und überübermorgen nicht. Zu meinen ohnehin schon unruhigen Nächten gesellen sich jetzt auch noch schmerzende Zähne. Ständig muss ich mit der Zunge an den Zähnen rumfühlen, nur um festzustellen, dass der Schmerz eher schlimmer als besser wird. Selbstmitleid liegt auf der Lauer.

Dann sehe ich Anna auf YouTube, die sagt, dass Harz kauen gegen Zahnschmerzen hilft. Das muss ich unbedingt ausprobieren!

-Leg mal deine vegane Zahnpasta ein wenig zur Seite und putz mal mit meiner nicht-veganen-für-alte-Zähne-ich-putz-mir-was-drauf-Zahnpasta die Zähne, sagt Michel.

Ich verklebe mir erstmal Mund und Zähne mit Harz. Das ist auch gar nicht soooo eklig, wenn man aufpasst, dass nicht zu viel Dreck mit in den Mund wandert. Doch das Beste ist, dass es hilft. Der Schmerz lässt nach. Sei es, dass das Harz hilft oder einfach nur die Tatsache, dass meine Zahnhälse jetzt wieder gut mit Klebemasse einge-packt sind. Doch irgendwann ist das Harz dann wieder weg aus meinem Mund, die Zunge spielt wieder an den Zähnen herum und das Gehirn schickt einen Schmerzim-puls nach dem anderen aus.

Ich verordne meinem Hirn meiner Zunge zu verbieten an die Zahnhälse zu kommen und klebe sie ab sofort un-ter meinem Gaumen fest. Das ist zwar am Anfang ein et-was befremdliches Gefühl, zeigt aber durchaus Wirkung. Mit verharztem Mund und festgeklebter Zunge komme ich einigermaßen durch meine Tage. Ich greife auch noch zur Nicht-veganen-alte-Zähne-ich-putzt-mir-was-drauf-Zahnpasta von Michel und nach über einer Woche ge-wöhnen sich meine Zahnhälse langsam, aber sicher an das Leben in freier Wildbahn. Gerade noch rechtzeitig zum Ende meines Urlaubs.

Paddeln gehen

Doch bevor der Ernst des Lebens losgeht und ich mich wieder in die große, echte Menschenwelt hinauswage, möchte ich unbedingt noch einmal paddeln gehen. Nicht, dass wir nicht nach meinem Urlaub auch noch paddeln gehen und Ausflüge machen können, aber ich finde, dass wir viel zu wenig auf dem Wasser gewesen sind in diesem Jahr.

-Das findest du immer, sagt der Stubenhocker.

Da ist auch was Wahres dran. Wenn wir im Sommer nicht jede freie Millisekunde auf dem Wasser gewesen sind, finde ich halt sofort, dass wir zu wenig gepaddelt haben. Nun will es das Schicksal, dass uns in diesem Jahr das Wetter nicht so hold gewesen ist und der Mann meiner Träume einige wichtige Spieljobs gehabt hat. Also, entweder hat das Wetter nicht mitgespielt oder der Michel hat woanders gespielt, was bei mir fast zum Lagerkoller geführt hätte. Also möchte ich als Ausklang zum Urlaub unbedingt noch einmal paddeln gehen. Und darum laden wir abends noch die Boote auf das Autodach, denn unsere Wetter-App verspricht uns zumindest einen trockenen, wenn auch nicht sonnigen so doch windstillen Tag.

Morgens beim Blick aus dem Fenster und anschließend in eben jene Wetter-App sieht das Ganze dann allerdings gar nicht mehr so frohlockend aus. Es soll schon ab zwölf Uhr anfangen zu regnen. Also vielleicht, vielleicht auch nicht, wahrscheinlich eher nicht, doch ab drei Uhr dann wahrscheinlich doch. Und es soll viel Regen kommen, sehr viel. Meine Laune droht sofort in den Keller abzusinken. Boah nee, ich habe mich so auf den Tag gefreut. Michel schlägt vor, die Boote wieder abzuladen und stattdessen den Woody hinterzuhängen und sich irgendwo in den Wald zu verkrümeln, was Leckeres zu kochen und mit den Hurden im Regen unsere Woody-Bude zu genießen. Klingt auch verlockend. Jetzt ist Spontanität aber leider nicht gerade eine meiner ganz großen Stärken und ich will nun mal so so gerne paddeln.

Außerdem soll es ja wahrscheinlich erst ab drei Uhr regnen und bis dahin könnten wir ja dafür sorgen zumindest wieder in der Nähe unseres Autos zu sein. Nur so für den Fall der Fälle. Dass wir dann im Regen aufladen müssten, verdrängt der Superoptimist, der ja nicht gerade oft in mir zu Tage tritt, jetzt einfach mal. Außerdem würden wir erst viel zu spät wegkommen, wenn wir jetzt erst noch wieder alles umpacken, weil wir nämlich dank meines inneren Schweinehundes schematechnisch schon wieder spät dran sind. Also schlagen wir alle Zweifel in den nicht vorhandenen Wind und ziehen los.

Auf dem Wasser ist es wunderbar. Der große See liegt uns menschenleer und spiegelblank zu Füßen. Der Himmel ist großartig. Ein Gemisch aus irren Wolkengebilden, dazwischen Fetzen von blauem und stahlgrauem Himmel. Obwohl die Sonne nicht scheint, ist es mild und wir sitzen lange auf einer einsamen Insel und essen mal wieder die besten Butterbrote der Welt.

In der Ferne ziehen die ersten Regenwolken über das Wasser und entleeren sich. Ein fantastisches Schauspiel, den Regen zu beobachten, wenn man selber im Trockenen sitzt. Wir beschließen, nicht mehr weiter rauszupaddeln und halten uns stattdessen zwischen den vielen kleinen Inseln auf, beobachten einen Fischadler und den Regen, der jetzt immer näherkommt. Etwas zu spät entscheiden wir, dass es nun doch langsam Zeit wird, zum Ufer zurückzupaddeln und auf halbem Weg erwischt uns der Regen dann auch. Ok, Zeit unser noch nie erprobtes Regenszenario auszuprobieren, denn vorne in den Booten sitzen die Hunde jetzt im Regen und gucken traurig aus der Wäsche. Zuerst die Spritzdecken aufziehen, dann die kleinen Hunde zwischen Michels Beinen platzieren und vorne den Lukendeckel schließen.

Jetzt müssen wir das gleiche nur noch mit der wesentlich größeren und komplizierteren Lillyfee machen. Ich fahre zur Sicherheit schnell an eine kleine Insel, damit wir nicht noch alle bei dem Versuch unseren widerspenstigen Hund umzuparken im Wasser landen. Doch siehe da, mein Mädchen hat gut aufgepasst. Ohne Zögern steigt sie aus, kommt zu mir und springt dann zwischen meine Beine. Sie muss ordentlich pressen und drücken, findet dann aber eine bequeme Position, um sich hinzulegen. Jetzt die Spritzdecke drauf. Man muss wissen, dass Lilly keine Nähe mag und schon gar keine engen, dunklen Räume ohne Fluchtmöglichkeit. Doch sie macht das souverän, liegt entspannt zwischen meinen Beinen und wir finden, dass Paddeln im Regen mit vier Hunden super funktioniert. Die Hunde liegen warm, trocken und gemütlich in unseren Booten, wir haben Regenkleidung an und es ist immer noch windstill. Ein herrliches Abenteuer.

Auspacken und Aufladen ist im strömenden Regen dann nicht mehr so herrlich und genau, als wir fertig sind und losfahren, öffnet der Himmel dann wirklich alle Schleusen. Unsere Lukendeckel halten so viel Wasser einfach nicht aus. Als wir zu Hause ankommen, nicht ohne uns im Supermarkt vorher noch Chips und Cola zur Belohnung gekauft zu haben, ist alles, was noch in den Booten liegt, klatschnass. Wir räumen, so gut es im Regen geht, die Boote aus und schleppen haufenweise nasse

Sachen ins Haus. Im Obergeschoss wird der große Wäscheständer aufgestellt und alles zum Trocknen aufgehängt. Wir heizen den Küchenofen ordentlich an und backen uns ein Riesenblech Pizza mit allem Drum und Dran. Das haben wir uns wirklich verdient. Abends gibt es noch einen Film mit Cola und Chips und dann ist er vorbei, mein langer Sommerurlaub ohne Sommer.

Back to Work 2023

Ich muss wieder raus in die Große-Menschen-Welt. Bin ich dafür gewappnet? Nein. Würde es besser werden, wenn ich noch ein bisschen zu Hause bleiben könnte? Nein. Es würde immer schlimmer werden, denn ich bin richtig tief drinnen in meinem schrulligen Ich-will-für-immer-zu-Hause-und-Aussteiger-sein-Modus. Also ist es besser meinen derzeitigen Circle of Life zu durchbrechen und ohne allzu viel Gejammer wieder arbeiten zu gehen.

Und dann isses auch eigentlich gleich wieder wie immer. Inzwischen ist die Abteilung voll. Alle Patienten sind nett und ich gehe voll auf in meiner Arbeit. Schließlich weiß ich ja auch immer noch, warum ich mich für die Pflege entschieden habe.

Außerdem habe ich geflissentlich jeden Artikel in der Zeitung oder auf den Socials gemieden, der den Kopf unserer Pflegeleitung mit irgendeiner irren Überschrift gezeigt hat. Ich bin mir halt immer noch nicht sicher, ob die Frau immer wieder und ohne mit der Wimper zu zucken lügt oder ob sie wirklich so wenig über ihr eigenes Fachgebiet weiß, dass sie den ganzen Schwachsinn, den sie so von sich gibt wirklich glaubt. Ich weiß auch nicht, was schlimmer wäre. Vielleicht sollte sie besser ganz schrullig zwischen Hühnern und Gemüsebeeten zu Hause sitzen?

Aber nachdem ich letztes Jahr mit den mir zur Verfügung stehenden Mitteln erfolglos in den Kampf gezogen bin und nach mir auch noch mehrere mutige Pflegekräfte an gleicher Mission gescheitert sind, stecke ich einfach auf die gute schwedische Art den Kopf in den Sand. Obwohl, nee. Ich bin kein Kopf-in-den-Sand-stecken-Typ. Ich mache das so wie Michel. Ich seh nix und ich hör nix. Ob ich es schaffe auch nichts zu sagen sei noch dahingestellt. Doch bis jetzt habe ich dazu auch noch gar keine Gelegenheit gehabt.

Denn natürlich meldet sich nach meinem leichten Start mit nur zwei Diensten am Wochenende und dann zwei freien Tagen am Spätschichtmittwoch meine Migräne zurück. Obwohl, meldet zurück. Kopfschmerz ist in den letzten Wochen mein zweiter Vorname gewesen. Mein erster Name ist Hormonhölle. Die-mit-ohne-Schlafen-oder-Hitzewelle wäre auch noch ein passender Name für mich. Egal, ich wache auf und fühle mich schon den zweiten Tag Scheiße.

Habe ich am Vortag noch die guten alten Kopfschmerzen gehabt, so ist das hier jetzt konfuser. Irgendwie Kopf mit Ganzkörper. Oder eher Ganzkörper mit Kiefer. Kiefer und Zahn. Und Ohr. Außerdem will mein Körper schon vor dem Frühstück einen neuen Hitzewellenrekord aufstellen. Ich habe schlecht geschlafen, bin jengelig und schon vor dem Aufstehen fix und fertig.

Gestern ist es auf einmal Sommer gewesen. Heiß und sonnig, aber mit viel zu viel Wind. Jetzt ist es wieder wolkenverhangen und frisch. Viel zu viele Veränderungen für meinen geplagten Körper. Ich komme nicht richtig in Gang. Muss ich aber, denn ich kann mich ja wohl nicht schon nach zwei Tagen auf der Arbeit wieder krankmelden? Ich krieg Stress, Schnappatmung und fühle mich klein. Ich fühle mich nackt mit Fackel und das ist gar nicht gut. Wer nackt mit Fackel ist, hat schon verloren.

Dann erreicht mich die Nachricht, dass mein Nachbarsjunge, mit dem ich früher in Deutschland gespielt habe, ganz plötzlich gestorben ist. Nachts, nur 44 Jahre alt. Einfach so, aus und vorbei. Er ist so ein besonderer Mensch gewesen. Er will schon als Kind immer nur Förster werden. Was anderes kommt ihm nicht in die Tüte und alle

Einwände, dass Förster werden ein vielleicht nicht ganz realistischer Berufswunsch ist, halten ihn nicht davon ab, um, ja genau, Förster zu werden. In meinem angeschlagen Zustand zieht mir das die letzte Energie aus dem Körper.

Ich schreibe seiner mir unbekannten Frau eine Nachricht und bekomme postwendend zurück, dass ich ihr gar nicht so fremd bin, da Michael immer von früher gesprochen hat und mein Buch bei ihnen im Schrank liegt. Jetzt geht gar nichts mehr. Die Tränen kullern und ich bekomme einen regelrechten Heulkrampf. Viel zu spät melde ich mich krank. Ich kann gar nicht mehr sagen, was ich eigentlich habe. Es ist wohl Seelenschmerz.

Bei der Krankmeldezentrale bekomme ich die spitze Bemerkung zu hören, dass ich ja diese Woche nur den einen kleinen Dienst am Mittwochnachmittag hätte. Suggerieren die jetzt ernsthaft, dass ich mir ein bisschen extra Urlaub gönne? Den ich zudem auch noch selber bezahlen muss, da der erste Tag immer ein Karenztag ist? Ich finde das so gemein. Als ob ich das alles nicht selber wüsste. Mir ist durchaus bewusst, wie das rüberkommt.

Wieder öffnen sich alle Schleusen und jetzt kann ich überhaupt nicht mehr aufhören. Ich heule mir meinen ganzen Weltschmerz von der Seele. Solange, bis mir der Kopf explodiert und dabei denke ich die ganze Zeit an Michael, der nur 44 Jahre alt werden durfte, noch voll im Leben gestanden hat und sicher noch so viele Pläne, Träume und Wünsche für sich und seine Familie gehabt hat.

Heute ist kein guter Tag, aber wenn ich mich wieder eingesammelt habe, freue ich mich auf die nächste Runde Back to Work. Hoffentlich dann mit weniger Kopf- und Weltschmerz.

Papa geht mit paddeln

Wir gehen paddeln und mein Gefühl sagt mir, dass es das letzte Mal in diesem Jahr sein könnte, denn der Sommer ohne Sommer neigt sich nun definitiv dem Ende zu. Und wenn man mangelnden Sonnenschein beim Paddeln noch verschmerzen kann, so macht uns der ewige Wind mehr als einmal einen Strich durch unsere Paddelrechnung.

Sogar Papa, der den ganzen Sommer gejammert hat, dass er doch noch ein allerletztes Mal mit uns paddeln gehen möchte, jedoch jedes Mal andere, viel dringendere Dinge zu tun gehabt hat will unbedingt mit. Wahrscheinlich weiß auch er, dass diese Tour unsere letzte sein könnte. Natürlich entscheiden wir uns für den guten alten Saljen, Papas Lieblingssee. Kommt er schon nur noch dieses eine Mal aufs Wasser, dann soll er wenigstens auch auf seinem geliebten Saljen paddeln dürfen.

Das Wetter ist uns hold. Es ist warm, sonnig und windstill. Der Tag könnte perfekt werden, wenn nicht mein Kopf andere Pläne für mich hätte. Schon beim Aufwachen merke ich es. Schwindel, Kopfschmerz und ein allgemeines Bäh-Gefühl lassen nichts Gutes ahnen. Schon wieder. Jetzt bloß nichts anmerken lassen, denn dann wird sich der Mann meiner Träume sorgen und im schlimmsten Fall die Paddeltour kurzerhand absagen, mit enttäuschten Hunden und Vätern zur Folge. Nein, womöglich verpasse ich dann die allerletzte Chance dieses Jahr noch einmal aufs Wasser zu kommen. Also jetzt ganz stark sein, gute Miene zum bösen Kopfspiel machen und versuchen, mir nix anmerken zu lassen. Klappt natürlich nur bedingt. Der Mann kennt mich einfach zu gut, aber die Paddeltour lasse ich mir weder ausreden noch verbieten. Wahrscheinlich wird es draußen an der frischen, warmen, lauen Spätsommerluft besser. Zur Vorsicht nehme ich brav eine Schmerztablette, die ich zur Sicherheit auch noch mit dem roten Bullen auf ex runterspüle und los geht`s.

Es ist wirklich wunderschön auf dem Wasser. Wir paddeln zwischen einigen Inseln hindurch und schauen beim Wasserablauf nach dem Rechten. Ich trödle den ganzen Morgen so vor mich hin, fange dutzende Wanzen aus dem Wasser, die alle auch noch einmal diesen vielleicht letzten schönen Tag genießen wollen. Ich finde, sie sollten heute nicht sterben. Zeitweise habe ich mehr als zehn Tierchen auf meinem Boot herumkrabbeln. Gegen Mittag paddeln wir langsam Richtung Lieblingsinsel, um dort zu essen. Ich komme mit meinem Krabbelsurium viel später als die anderen an. Michel verzieht bei so viel Trödelei schon das Gesicht.

Genau dort, auf diesem schönen Fleckchen mitten im See, beschließt mein Kopf, dass es ihm reicht und er jetzt keine Lust mehr auf mich und paddeln hat. Er schaltet einen Gang höher. Migräne!!! Nein, nicht hier, nicht jetzt, denke ich noch. Die Sonne brennt zu heiß, kein laues Lüftchen, das weht, kein Schatten weit und breit, keine Möglichkeit mich hinzulegen und ein weiter Rückweg über den See. Ich kriege Panik und versuche mir gleichzeitig nichts anmerken zu lassen. Ich will meinem Papa seine letzte Tour nicht vermiesen.

Michel ist so warm, dass er schwimmen geht. Das erste und einzige Mal in diesem Jahr. Ich versuche meine Schnappatmung unter Kontrolle zu bekommen. Heute paddeln zu gehen ist wirklich eine ganz schlechte Idee gewesen und jetzt weiß ich nicht, wie ich jemals wieder zurück zum Auto kommen soll. Ich werde hier auf dieser kleinen Insel stranden, womöglich sterben. Warum bin ich nicht zu Hause geblieben? Selbstmitleid ist ja bekanntlich eine meiner Stärken.

Es nützt nichts, ich muss wieder ins Boot und noch einmal quer über den See paddeln. Trotz meiner starken Schmerzen kann ich mich gar nicht sattsehen an dieser wunderschönen Natur. Die Inselchen, die Schäfchenwolken, der spiegelglatte fast schon surreal anmutende See. Ich versuche, das alles in mir aufzunehmen und mitzunehmen nach Hause, damit ich mich noch lange an der Erinnerung dieser Schönheit erfreuen kann.

Nach einer gefühlten Ewigkeit kommen wir am Ufer an. Papa ist so unglaublich happy und gut gelaunt. Zum Glück hat er noch nichts von meinem inneren Kampf gemerkt. Michel schon. Er hilft mir aus dem Boot, hilft mir mit all meinen Sachen und zusammen schaffen wir es dann irgendwie auch noch die Boote auf das Auto zu laden. Ich bin so froh, als wir endlich zu Hause sind und ich mich aufs Sofa legen kann, um zu sterben. Oder Pommes zu essen. Oder beides. Ich bin traurig, dass mein letzter Tag auf dem Wasser so anstrengend und schmerzverzerrt geworden ist, aber glücklich, dass wir überhaupt noch einmal mit Papa zusammen zum Paddeln auf den Saljen gekommen sind.

Septembersommer und das große Erntedankfest

Dann kommt er doch noch, der Sommer, der die ganze Zeit durch Abwesenheit geglänzt hat. Im September. Warm, sonnig, windstill. Wir werden so richtig verwöhnt. Ganz so, als ob er sich für Juli und August entschuldigen will, gibt er jetzt nochmal alles. Leider erlauben es uns unsere Termine nicht, noch einmal Paddeln zu gehen oder einen Ausflug zu machen und so leide ich eigentlich nur noch extra unter diesem späten Septembersommer. Der Sommer ist da und ich kann ihn nicht auskosten. Selbstmitleid, mal wieder. Irgendwann wird mir bewusst, dass es der totale Schwachsinn ist, mir selbst leid zu tun, wenn das Wetter so toll ist. Ich weiß nicht, warum ich immer so schnell einen Lagerkoller bekomme. Ich wohne im Paradies, ich liebe mein kleines Haus und den Garten. Also verordne ich mir zwanghaftes Genießen.

Kaffeetrinken auf der Veranda, Spaziergänge durch meinen schönen Garten, Hühner besuchen, meinen Enten beim Baden zuschauen und mit den Kaninchen schmusen. Nja, mit Simone, denn Elias beäugt unser Treiben eher skeptisch. Manchmal kommt er kurz gucken, was wir da so machen, lässt sich von mir mit ausgestrecktem Finger berühren, nur um dann verständnislos den Kopf zu schütteln und wieder wegzuhoppeln. Nee, gestreichelt werden ist nicht sein Ding.

Mir fällt auf, was für ein riesiger Brocken mein kleiner Eli geworden ist. Als Kind einer Zwergkaninchen-Mama und eines Widder-Papas und mit einer Frühkastration habe ich immer vorausgesetzt, dass er ein kleines Wichtelmännchen bleibt. Klein und zart. Doch was mich da aus sicherer Entfernung anfunkelt, ist ein ganz schöner

Brocken-Karnickel-Arnold-Schwarzenegger. Ein schönes Pärchen sind sie, die sanfte schwarze Simone und der große, coole Elias.

Mein Gemüsegarten legt sich noch einmal so richtig ins Zeug. Sehr zu meiner Freude. Ich erlebe den ganzen September hindurch ein einziges großes Erntedankfest. Die Bohnen feiern eine unglaubliche Renaissance. Es gibt Gurken ohne Ende und zum ersten Mal schaffe ich es eine zweite Charge Salat zu ziehen, ohne dass mir die Schnecken oder die Enten alles wegfressen. Die schon totgeglaubten Kohlrabi entwickeln sich fast alle noch zu unglaublich leckeren, milden Knollen und so ist auch in diesem Jahr Kohlrabi mit weißer Soße einige Wochen lang unser absolutes Lieblingsessen.

Ich ernte so viel Kohl. Ich habe zum ersten Mal in meinem Leben Kohl gesät, die kleinen Pflänzchen behütet und betüddelt und jetzt können wir die Früchte meiner Arbeit pflücken. Was mir fast schon wieder Skrupel bereitet. Mir fällt es schwer meine Kohlkinder aus der Erde zu reißen, zu zerstückeln und dann aufzuessen. Aber ich muss mir auch eingestehen, dass sie verdammt lecker sind. Und weil mir die erste Ladung Ferment so gut geglückt ist, setze ich gleich noch ein großes Glas Sauerkraut an.

Ich liege draußen auf der Terrasse und lese viel. Eigentlich sollte ich mein Buch redigieren, habe aber überhaupt keine Lust bei dem tollen Wetter im Haus am Rechner zu sitzen. Ich verschiebe die Veröffentlichung kurzerhand auf irgendwann im Oktober. Das klingt noch so schön weit weg. Jetzt will ich erst noch so viel wie möglich Sonne tanken.

Doch der Herbst steht unweigerlich vor der Tür und die Tage werden immer kürzer und die Abende feucht und kühl. Und so verziehe ich mich immer öfter doch noch am Spätnachmittag an den Computer und mit ein bisschen Glück und Verstand, man vergesse Word-War und das große Geheule vom letzten Jahr nicht, werde ich meinen Termin irgendwann im Oktober halten können. Und auch wenn sich der Lagerkoller nicht so ganz legen will, genieße ich doch ungemein mein verspätetes Sommerglück zu Hause in meinem Garten mit meinen Tieren und Pflanzen. Ich übe mich darin, glücklich und zufrieden mit dem zu sein, was ich habe und nicht immer zu versuchen über den Tellerrand zu schielen und dem hinterherzutrauern, was ich im Moment nicht haben kann.

Langsam, aber sicher freunde ich mich mit dem Gedanken an schon ganz bald mein Boot Vega auszuräumen und winterfest zu machen, denn der Mann meiner Träume hat mich unbarmherzig davon in Kenntnis gesetzt, dass er nicht gedenkt, dieses Jahr noch einmal paddeln zu gehen. Er kommt ohne Umschweife, ganz ohne Probleme und schlechtes Gewissen schon wieder in den Wintermuckelmodus, während ich noch mit mir kämpfe und hadere, mich an jedem warmen Sonnenstrahl festzuhalten versuche. Doch schon ganz bald werde auch ich mich über einen goldenen Herbst freuen und auf den gemütlichen Winter mit horrenden Vogelfutterrechnungen und Holzknauserei warten.

Die Enten sind los

Noch eine schöne Nebenwirkung des kommenden Herbstes ist es, dass Erpel so langsam, aber sicher das Testosteron ausgeht. In den letzten Wochen ist mein Drache immer milder geworden und das tut der ganzen Entengruppe gut. Lange hat es gedauert, bis die kleine Schar ohne Trennwand im Stall schlafen konnte, ohne sich nachts abzumurksen. Lange laufen zwei Gruppen durch den Garten und lange ist eben jener Garten in zwei Reviere geteilt.

Hinten regiert Drake mit Königin Nellie und vorne leben Bianca und Rosi. Trifft man sich einmal mehr oder weniger zufällig, gibt es meistens Zoff. Meistens, nicht immer. Dann meistens nicht mehr und ich sehe die Enten immer öfter zusammen liegen. Es gibt zwar viele Streitereien, doch sind die irgendwie anders als noch vor ein paar Wochen. Bianca ist so wütend. Sie sagt dem doofen Drachen immer öfter laut und deutlich die Meinung, lässt sich längst nicht mehr alles gefallen. Mehr als einmal sehe ich den Herrscher des Gartens dumm aus der Wäsche gucken. Besonders dann, wenn sich First Lady Nellie auch noch auf die Seite der Mädels schlägt.

Dann habe ich die im Nachhinein grandiose Idee vorne im Garten die Bademuschel für Rosi und Bianca aufzustellen. Da der Erpel sie nicht in den Teich lässt und mir auf einmal bewusst geworden ist, dass die zwei Mädels den ganzen Sommer über nicht haben baden können. Damit verändert sich alles. Die Bademuschel wird so eine Art neutrales Terrain. Immer öfter trifft man sich dort zum gemeinsamen Baden oder Chillen. Immer relaxter gehen die Enten miteinander um und immer größer wird das Revier, welches Bianca und Rosi benutzen, ohne dass der Drache ihnen nachstellt und Beleidigungen aller Art in den Wind schnattert.

Dann laufen sie alle zusammen durch den Garten. Morgens jagt der Erpel die Enten nicht mehr vom Futter weg und ich kann endlich die extra Futternotstation vorne im Garten abbauen, denn ab jetzt essen alle Enten hinten im Garten.

Den ganzen Tag zieht die kleine Truppe gemeinsam herum. Es gibt zwar immer noch kleine Auseinandersetzungen, aber ich sehe, wie die Entenschar immer mehr zusammenwächst. Mir fällt ein großer Stein vom Herzen.

Ich gebe es nicht gerne zu, aber ich habe mir in den vergangenen Monaten öfter mal die Frage gestellt, ob ich Bianca wirklich so einen großen Gefallen damit getan habe sie zu mir zu holen. Immer in Angst vor dem nächsten Angriff vom bekloppten Testosteronerpel zu leben, sich kaum frei bewegen zu können, am laufenden Band verjagt oder vergewaltigt zu werden, das ist doch kein schönes Leben.

Doch jetzt sehe ich, wie Bianca immer mehr aufblüht. Sie bekommt ein wunderschönes, dickes, gepflegtes, schneeweißes Federkleid und legt ordentlich an Gewicht zu. Sie rennt der Gruppe nicht mehr hinterher, nein, sie ist mittendrin. Laut schnatternd läuft sie mit dem Rest durch den Garten, sucht Futter, ruft nach mir, wenn ich mich mal mit dem Abendessen verspäte, schwimmt im Gartenteich und erkundet endlich zusammen mit den anderen ihr neues Revier.

Mir macht diese kleine Gruppe so viel Freude und mein Herz geht jedes Mal auf, wenn ich die glückliche, weiße Ente sehe. Dieses Jahr werden wir vorsichtiger sein als im letzten Jahr. In diesem Jahr werden die Enten schon früher zu den Hühnern ziehen und damit es ihnen dort an nichts mangelt, hat Michel ihnen einen großen, neuen, warmen Winterstall gebaut. In diesem Winter werden wir einfach vorsichtiger sein, damit unseren Vögeln nichts passiert und hoffentlich alle gut durch den Winter kommen und im nächsten Jahr die gesamte Schnatterbande wieder den ganzen Sommer gemeinsam durch den Garten ziehen kann.

Papa und die Balken

Papa und Rolektro sind immer noch die besten Freunde und da ändert auch der kleine Fauxpas, der Papa letztens im Wald passiert ist nichts dran. Dass der Rolektro zwischendurch immer wieder an die Ladestation muss, also quasi Boxenstopp hat, ist Papa bekannt. Er ist da auch sehr gewissenhaft, denn wer will denn schon mitten im Wald liegen bleiben? Doch genau das passiert ihm dann trotzdem. Nicht seine Schuld, sagt er. Es wären die Balken gewesen.

-Die Balken? frage ich mal kurz nach.

-Ja.

-Welche Balken? ich verstehe nur Bahnhof.

-Auf dem Tacho, sagt mein Vater.

-Auf dem Tacho? Du meinst auf dem Display?

So langsam kann ich mir denken, worauf Papa hinauswill. Er meint wahrscheinlich die Batterieleistung.

-Ja, genau. Da sind noch fast drei Balken gewesen, als ich losgefahren bin.

Wie können denn auf einem Display noch fast drei Balken sein? Also zwei oder drei, aber fast drei? Er wäre halt mit drei Balken losgefahren und oben anne Ecke wären es dann nur noch zwei Balken gewesen. Er wäre dann aber trotzdem in den Wald gefahren.

-Warum? frage ich schwach.

Weil er mit dem Fahrradtrike dann immer noch ganz weit fahren könne, meint er. Ja, da trampelt er ja auch ordentlich mit, während er sich von Rolektro durch den Wald kutschieren lässt. Immer schön bergauf und -ab und wieder bergauf. Und dann immer über die Schotterwege. Wir haben es ihm ja gesagt, da muss die Batterie gut geladen sein.

Er hätte ja auch noch fast drei Balken gehabt, mault er.

-Und? Wo biste stehengeblieben? frage ich.

-Hinterm Bauernhof im Wald.

Ah, so gut 2 km von zu Hause. Hätte bei Papas Wirkungsradius auch wesentlich schlimmer ausgehen können.

Das Trike, das Fahrrad hätte das aber noch locker geschafft. Zweimal, wahrscheinlich vielleicht sogar dreimal, denn da kann er mit zwei Balken noch die ganz große Runde am See machen. Papa kann sich immer noch nicht mit dem Gedanken anfreunden, dass zwei Balken Trike nicht gleich zwei Balken Rolektro sind.

-Haste Telefon mitgehabt um Hilfe zu rufen? frage ich nach.

Obwohl ich die Antwort natürlich schon kenne.

Nee, so einen Quatsch brauche er nicht. Er hätte Rolektro geschoben.

-Zum Bauern?

-Nein, fast bis nach Hause, sagt er.

-Nur fast?

-Ja, du weißt ja gar nicht, wie schwer das Dingen ist. Da dreht sich nix mit, da muss man ordentlich schieben, erklärt mein Vater mir.

Man könne das gar nicht mit dem Fahrrad vergleichen und eigentlich wäre er beim Bauern schon fix und fertig gewesen, wollte sich aber nicht die Blöße geben, dort nach Hilfe zu fragen. Also ist er weitergelaufen, bis ihm beim nächsten Nachbarn endgültig die Luft ausgegangen ist. Also Papa, nicht dem Rolektro. Dort hat er ihn hinter der Garage versteckt, ist nach Hause gelaufen und hat Mama zur Hilfe geholt. Zusammen haben sie das Gefährt dann den letzten, langen, steilen Hügel nach Hause hinaufgeschoben.

Trotzdem ist Papa immer noch ein großer Fan seines neuen Vehikels. Der wäre so stark, so schnell und so sicher, prahlt er in einer Tour. Er hätte unten in der steilen Kurve sogar schon den Elchtest gemacht.

-Du hast was? rufe ich.

-Elchtest. Volle Pulle durch die Kurve.

-Papa!!!!

Warum macht der Mann immer sowas? Wäre ja nichts passiert. Der Rolektro wäre halt so sicher und stark und, und, und. Dann ruft er an und sagt, dass er nicht mehr mit dem Crossover fahren darf.

-Damit du keine Dummheiten mehr machst oder im Wald stecken bleibst? frage ich.

Nee, Mama hätte ihm das Dreirad weggenommen und würde jetzt immer selbst damit rumfahren.

-Mama hat was? ich glaub grad nicht, was ich da höre.

Mama und fahren? Mama und was Neues ausprobieren? Ja, Mama wäre ganz begeistert. Sie würde damit jetzt jeden Tag alleine die Post holen und morgen würden die beiden die ganz große Runde zum See runter machen. Mama mit dem Rolektro und Papa mit dem Fahrrad. Na, ich hoffe mal, dass die Batterien gut aufgeladen sind und die beiden ein Telefon für alle Fälle dabeihaben.

The Show must go on

So wie jeder andere werde auch ich älter. Jetzt bin ich schon über 50, aber ich muss sagen, dass es mir doch recht gut geht. Von der Hormonhölle und dem Gollumwahn einmal abgesehen.

Das ist nicht immer so gewesen. Als ich so um die vierzig bin, bekomme ich einen Burnout. Lange habe ich darüber nachgedacht: warum gerade ich, warum gerade jetzt? Aber eine richtige Antwort habe ich nie darauf gefunden. Mittlerweile habe ich Frieden mit mir geschlossen, bin nicht mehr so streng zu mir und gestatte mir auch mal total unperfekt zu sein. Seitdem geht es mir wieder gut. Nicht immer, denn keinem Menschen kann es immer gut gehen, aber die Grundstimmung ist gut und ich fühle, dass ich ganz dicht bei mir selbst bin, während ich mir früher oft im Weg gestanden habe.

Ist es die Weisheit des Alters oder hat man einfach nicht mehr so hohe Ansprüche an sich? Auch darauf habe ich keine richtige Antwort gefunden. Das macht aber nichts, denn ich bin glücklich und fühle mich wohl.

Mit Mitte vierzig fühlt es sich für mich an, als ob mein Leben schon fast vorbei ist. Ich bekomme regelrecht Panik und kriege das Gefühl, dass es sich kaum noch lohnt bestimmte Projekte anzufangen. Das Beste vom Leben ist quasi schon vorbei, der Sensenmann schon auf dem Weg zu mir. Diese Gedanken habe ich lange gehabt und kann sie damals auch nicht abschütteln.

Jetzt, beinahe zehn Jahre später habe ich diese Gedanken nicht mehr.

Ich bin gemütlicher geworden, älter, vielleicht auch weiser und das tut mir gut. Es ist einfach gut so wie es ist, meistens jedenfalls. Ich jage nicht mehr den ganz großen

Träumen hinterher, finde es schön irgendwo gelandet zu sein, ein Zuhause zu haben. Ich mag mein Leben. Auch wenn es immer noch andere Facetten von meinem Leben gibt, viele Dinge, die mich interessieren, viele Abenteuer, die ich aber wahrscheinlich nicht mehr erleben werde- es ist gut so, wie es ist. Und das ist so ein wertvolles Gefühl, vielleicht das Wichtigste, was ich im Leben erreicht habe. Die Erkenntnis, dass es gut so ist.

Ich finde es zwar nicht schön, dass mein Körper sich immer öfter meldet, kann aber damit leben. Mir bleibt ja auch nichts anderes übrig.

Schulter, Arm, Hüfte, sie alle haben schon viele Jahre harte Arbeit geleistet. Ich kann meinen älter werdenden Körper mögen. Ich sehe seine Gebrechen nicht mehr als sein Versagen. Mein Körper erzählt eine Geschichte, meine Geschichte und ich mag ihn so wie er ist. Es ist OK, dass er jetzt öfter mal eine Ruhepause braucht, sich ab und zu mal bei mir meldet, sein Recht aufs Älterwerden einfordert. Besonders nachmittags zu meiner Fika- und YouTube-Pause-Zeit.

Leben ist Veränderung, Leben ist Entwicklung, Leben ist Leben. Es ist schön sich durch sein Leben treiben zu lassen, nicht alles schon vorbestimmt zu haben, offen für Neues zu sein. Flexibel zu bleiben, das Leben zu umarmen, sich an den kleinen Dingen erfreuen zu können.

Eigentlich ist es gar nicht so schlimm, dass ich nicht mehr mein ganzes Leben vor mir habe. Ich werde es einfach immer jeden Tag genießen und bewusst erleben.

Mit Mitte vierzig hätte ich nie gedacht, dass es mir mit über fünfzig so viel besser geht, dass ich mich viel sicherer und geborgener fühle. Und dass ich sogar einmal damit meinen Frieden finden kann, dass mein Leben nicht unendlich ist.

Wenn ich jetzt noch irgendwann die Hormonhölle hinter mir lasse, bin ich wunschlos glücklich.

Highway to Hell

Ich wache mit Halsschmerzen auf, denke mir aber nicht viel dabei. Ich fühle mich fit und normal und außerdem habe ich fast frei. Ich habe nachmittags nur zweieinhalb Stunden Teamtreff mit meiner Arbeitsgruppe und eigentlich macht mir das meistens sogar Spaß, auch wenn ich oft nach all dem Gesabbel und Probleme wälzen Kopfschmerzen bekomme. Unser Teamtreff ist jedoch die einzige Möglichkeit, dass die ganze Arbeitsgruppe sich trifft und wichtige und unwichtige Sachen bespricht. Es werden Entscheidungen getroffen, an die sich dann doch wieder niemand hält und ganz wichtig; wir fikan lange und ausgiebig, denn ohne die schwedische Fika geht eben gleich schon mal gar nichts.

Ich rede auch ganz viel, denn Reden ist quasi mein zweiter Vorname. Wäre ja auch doof, wenn man als Geschichtenerzähler nichts zu sagen hätte. Nach dem Treffen sind sie wieder da, die Halsschmerzen und ein wenig seltsam fühle ich mich auch. Bestimmt bekomme ich wieder meine Nach-dem-Teamtreff-Kopfschmerzen. Abends bin ich dann extrem müde und gehe freiwillig fast früh ins Bett. Um fünf Uhr ist meine Nacht vorbei und ich bin mir sicher, ich bin krank.

Mein Gott, was fühle ich mich elendig und 38,7 Grad Fieber bestätigen meine schlimmsten Vorahnungen: ich werde heute sterben. Also lege ich mich zum Dahinsiechen aufs Sofa und schalte den Fernseher ein. Denn Kranksein bedeutet New Amsterdam gucken. Eine Serie, die ich, wenn ich ganz bei Sinnen bin, eher nicht schauen würde. Die sich jedoch in den letzten Jahren zu meinem absoluten Guilty-Pleasure-ich-bin-krank-Favoriten entwickelt hat. Schon seit Monaten weiß ich, dass wieder eine neue Staffel online steht. Sehr beruhigend. Und jetzt, um fünf Uhr morgens an meinem ersten Krankseintag ist es so weit. 13 Stunden später bin ich durch. Mit mir, dem Fieber, den Halsschmerzen und der letzten Staffel New Amsterdam. Denn was ich nicht gewusst habe, lässt mich nach der letzten Folge zur Salzsäule erstarren. Es ist Schluss, aus und vorbei mit New Amsterdam. Nicht nur jetzt, nicht nur für dieses Mal Kranksein, nein es ist unweigerlich und für immer und ewig vorbei. Ich kann nie wieder krank mit New Amsterdam auf dem Sofa liegen, nie wieder.

Ich erwäge kurz, sofort noch einmal mit der letzten Staffel anzufangen. Ich könnte um sieben Uhr morgens fertig sein. Oder am besten, ich fange noch einmal ganz von vorne an. Mein Mann zeigt mir einen Vogel und verweist auf alle meine YouTube-Helden und die noch nicht geschauten Videos.

-Die sind aber nicht für wenn ich krank bin, maule ich, die sind für gesunde Tage.

Ich bekomme den bösen Blick und muss mich ab sofort ohne mein Lieblings-Guilty-Pleasure durch meine furchtbare Bronchitis schleppen. Bei näherer Betrachtung ist meine furchtbare Bronchitis eigentlich gar nicht so furchtbar, zumindest nicht, wenn man sie mit dem Superbazillus vom letzten Jahr vergleicht. Trotzdem fesselt sie mich tagelang ans Sofa und den Fernseher und noch bevor ich wieder richtig fit bin, wird auch der Michel krank. Och nee. Ich hasse es, wenn ich zuerst krank werde und er dann nachzieht.

Ich will noch ein bisschen länger leiden und nicht halb angegammelt schon wieder Haus und Hof versorgen müssen. Aber da der Mann meiner Träume mit 39,8 Grad Fieber noch einen draufsetzen muss, bleibt mir wohl oder

übel nichts anderes übrig, als zumindest das Allernö-
tigste zu machen. Nur so viel, dass hier niemand verhun-
gert und wir nicht in unserem eigenen Dreck umkom-
men. Und so vegetieren wir mehr als zehn Tage vor uns
hin. Krank, übellaunig, stinkend, schlecht hörend und
mit ohne New Amsterdam.

Uns ist der Bronchus auf die Stirnhöhlen geschlagen
und unsere Schleimhäute sind entzündet. Die drücken
jetzt von innen gegen unsere Ohren und machen uns fast
taub. Alles hört sich so an, als ob man unter Wasser ist
und ständig bekommt man Druck auf die Ohren.

Für mich nix Neues. Ich darf bei jeder Erkältung in den
Genuss einer zeitweisen Taubheit kommen, doch Michel
wird fast wahnsinnig. Ihm verdirbt der Druck auf den
Ohren jeden Spaß am Leben, kann der Musiker doch jetzt
seine eigene Musik kaum noch oder wenn, dann nur ver-
zerrt hören. Schwindelig ist ihm auch ständig und die
Laune sinkt weit unter den Gefrierpunkt. Bei uns beiden.

Irgendwann so ab Tag zwölf bin ich durch mit meiner
Bronchitis. Ich raffe mich auf und gehe wieder zur Arbeit,
wo inzwischen so einiges an Viren kreucht und fleucht.
Von Corona über Lungenentzündung und Grippe, alles
ist dabei. Während ich mich wieder voll ins Leben stürze,
bleibt Michel krank. Wochenlang fühlt er sich schlapp,
kopfschmerzig, schwindelig, hustig und verschnupft.
Mal mehr, mal weniger, meistens mehr. Der Lieblingsmensch leidet und schleppt sich müde und nörgelig
durch seine Tage.

Und dann, nach wochenlangem Gehuste und Genörgel
fange auch ich wieder an zu husten und zu schwächeln.
Nee ne, und jetzt muss ich das Ganze ohne New Amsterdam hinter mich bringen. Das Leben kann so grausam
sein!

Buchblockk(r)ämpfe

Es ist so weit. Der zweite Teil meiner Schlampenacker-Trilogie ist von meiner Schwester korrigiert zurückgekommen. Ich habe alles noch einmal durchgelesen und noch einiges verbessert. Oder eventuell auch verschlechtert. Jetzt ist es an der Zeit den Buchblock zu machen. Der letzte große Schritt vor der Veröffentlichung und für mich eine fast unüberwindliche Hürde.

Mit Grausen denke ich an letztes Jahr zurück, an die unendlich lange Zeit, in der wir streitend und heulend, also heulend nur ich, vor dem Rechner gesessen haben und uns einen wahren Word War geliefert haben. Mit dem Programm, dem Buchblock-mach-Tutorial, der zu neuen Version von unserem Word, der Vorgabe, wie so ein Buch auszusehen hat und unserer eigenen Unsicherheit.

Es ist die reinste Tortur gewesen und nie nie nie wieder will ich so etwas machen müssen. Doch wenn ich ein zweites und danach sogar noch ein drittes, also dieses Buch auf den Markt bringen will, werde ich mich wohl oder übel dieser Aufgabe ein zweites und drittes Mal stellen müssen. Aber nicht jetzt, nicht sofort. Vielleicht sollte ich meine Buchvorlage einfach noch einmal durchlesen? Nur so zur Sicherheit. Ganz langsam und ganz von vorne. Damit auch wirklich alles stimmt.

-Du willst bloß den Buchblock nicht machen, sagt Michel.

-Nee, du? kontere ich.

Augenrollen.

-Siehste.

Keiner will hier irgendeinen Buchblock machen und riskieren, dass im Schlampenacker Paradies wieder tage-

oder gar wochenlang der Haussegen in ungeahnte Schieflage kommt. Nur weil Doof und Döfer versuchen, ein Word Dokument in einen akzeptablen Buchblock zu verwandeln. Es kann einfach so furchtbar viel schiefgehen. Beim letzten Mal habe ich die ganze Zeit Angst gehabt, mein Dokument durch einen Druck auf eine falsche Taste zu zerstören, verschwinden zu lassen und/oder unbemerkt falsch abzuspeichern. Das ist eine traumatische Zeit gewesen und ich erlebe zahllose schlaflose Nächte und gruselige Tage.

Der Mann meiner Träume hat in meinen Augen auch nur unkontrolliert auf so ziemlich alle Knöpfe in diesem Word Programm gedrückt. Das hat mich ganz verrückt gemacht und eventuell auch ein bisschen aggressiv und ungerecht. Und dem Ganzen sollen wir uns jetzt wieder aussetzen? Ich mache erstmal Pause. Vielleicht vergesse ich das Manuskript von Neues aus Schlampenacker ja auch einfach da auf dem Rechner? Aus den Augen, aus dem Sinn. Klappe zu, Affe tot, Buch weg.

Funktioniert natürlich nicht und dann kommt der Abend, an dem wir uns hoch ins Herrenzimmer schleichen und uns voller Demut dem zu machenden Buchblock widmen. Nur ganz kurz, nur um anzutesten wie schlimm es dieses Mal wohl werden wird.

Es passiert etwas sehr Seltsames da am Rechner. Nämlich nichts. Aus dem nur mal kurz gucken wird konzentriertes Arbeiten, das Tutorial ist kein Buch mit sieben Siegeln mehr, es wird nicht gestritten und keine falschen Tasten werden gedrückt. Kleinere Stolpersteine räumen wir gemeinsam aus dem Weg, da immer einer von uns gerade den richtigen Geistesblitz zu haben scheint. Schon nach einer Stunde haben wir mehr geschafft als beim letzten Mal in drei Tagen. Ich bin begeistert. Nach zwei

Sitzungen am Rechner ist es vollbracht, der gefürchtete Buchblock ist in seiner Rohfassung fertig. Aber über 500 Seiten? So viele? Wie konnte das passieren? Laut meinen Berechnungen und Vergleichen sollte mein Buch so bei 400-450 Seiten liegen. Michel wischt meine Zweifel mit einer Handbewegung weg. Ist doch cool!

Jetzt also nur noch ein bisschen kosmetisch nacharbeiten, so dass auch jedes Kapitel auf einer neuen Seite beginnt, alle Überschriften fett gedruckt sind und alle Seiten gleich viele Zeilen haben. Und genau da fällt mir auf, dass etwas nicht stimmt. Die Seiten sehen zu leer und irgendwie komisch aus, anders als ich es mir gedacht habe. Anders als bei Schlampenacker eins. Eine Kontrolle zeigt, dass mein Gefühl stimmt. Aber wo liegt der Fehler? Herzklopfen, leichte Panik kommt auf. Ich habe also doch was falsch gemacht. Wäre ja auch zu schön um wahr zu sein. Ratlosigkeit macht sich breit, bis ich die Idee habe mal den alten Buchblock zu öffnen und die Daten zu vergleichen.

Aha, wir haben uns scheinbar beim Formatieren des ersten Buches doch nicht so genau an das Tutorial gehalten, wahrscheinlich eher unbeabsichtigt und dann doch tatsächlich etwas falsch abgespeichert. Der Zeilenabstand ist geringer, aber da mein Buch gut aussieht und mir mein neues Layout nicht so zusagt, baue ich den Fehler auch in meinem neuen Buchblock ein. Und siehe da, die Seitenanzahl vermindert sich von über 500 auf 444 Seiten.

Wusste ich's doch! Immer noch dick, aber gut dick, nicht dick dick. Leider muss ich jetzt noch einmal mit meiner Kosmetikrunde von vorne anfangen. Was soll's. Es hätte schlimmer kommen können. Ein paar Tage lang verschönere ich also meinen Buchblock und dann darf ich endlich den Umschlag gestalten. Auch das geht wesentlich schneller als beim letzten Mal. Eine Vorauswahl der Fotos habe ich im letzten Jahr schon getroffen, und dass mein Buch blau sein soll, habe ich auch schon festgelegt.

Nur einmal stürzt mir das Umschlagmachprogramm ab und viel schneller als erwartet ist es dann so weit. Neues aus Schlampenacker ist fertig und ich schicke mit zitternden Händen meinen Buchblock ein. Sogar das Uploaden funktioniert einwandfrei. Kein lustiger Astronaut mit dem Text, Houston wir haben ein Problem, tanzt auf meinem Bildschirm, keine Mail, dass mein Buchprojekt bereits existiert und ich noch einmal ganz von vorne anfangen soll, landet in meinen Posteingang. Kein Nervenzusammenbruch, keine Heulattacke. Alles läuft einwandfrei, fast schon gruselig und ein paar Tage später ist es dann so weit. Mein zweites Buch ist ab sofort zu bestellen.

Ich fühle mich wie ein Vollprofi. Autorin, Bücherschreiberin. Ich bin angekommen. Viel schneller als erwartet stecke ich dann aber auch schon wieder fest. Denn nach ganzen vier verkauften Exemplaren stagniert der Verkauf und ich plumpse mit meinem breiten Hintern auf den Boden der Tatsachen zurück. Und darum fasse ich einen Entschluss.

Sylvia und die Algorithmen

Schon eine Zeitlang fällt mir auf, wie schnell mich mein Algorithmus auf YouTube bedient. Schaue ich mir ein Haarschneide-Video an, schlägt der Algorithmus mir viele viele, zu viele andere zu schauende haarige Videos vor. Es dauert lange, bis ich mich aus den Klauen der traurigen Hundevideos befreit habe, nur um dann sofort in die Falle der Einrichtungsvideos zu stolpern. Ist das noch im Sinne meiner Interessen oder werde ich schon fremdbestimmt irregeleitet? Bin ich schon eine Marionette meiner selbst?

Ich habe da so meine Zweifel und ärgere mich desto mehr, dass ich immer noch jeden Abend mit den kleinen Videos versacke, anstatt endlich mal früher ins Bett zu gehen und mir auch noch einrede, dass ich alle diese extra für mich herausgesuchten Sachen unbedingt anschauen muss, anstatt zu schlafen. Und sei es nur um mich über Leute und ihre Videos zu ärgern, von denen ich dann natürlich prompt noch mehr vorgesetzt bekomme. Ich bin zum YouTube-Hampel geworden und das ist sehr peinlich und bedenklich.

Doch dann fasse ich den Entschluss mein Buch auf Instagram vermarkten zu wollen. Damit ist mein digitaler Detox dann endgültig vorbei, denn was Insta aus mir, meiner Telefonanwendungszeit und meinen Prinzipien macht, ist schon richtig schlimm. Am Anfang peile ich gar nicht, wie die Fotoplattform denn so genau funktioniert und als ich es verstehe, bin ich schon gefangen im Netz aus schöner heiler Welt, Fotomarathon, der einzigen wichtigen Frage, welche Musik ich doch unter mein Minivideo setzen soll und dem ewigen Kontrollieren, ob ich schon neue Follower habe, die ausnahmsweise keine

Single-Daddys aus Amerika sind. Insta macht mich nervös, lenkt mich ab und lässt mich Strategien bedenken, die nicht gerade das Beste in mir nach oben holen. Alles gefüttert durch einen rasend schnellen Algorithmus, der mir immer wieder vor Augen hält, wo ich hinkommen kann, wenn ich mich nur mehr anstrenge noch bessere Fotos zu machen und häufiger uppzuloaden. Kontakte mit Gleichgesinnten sind wichtig und mein Algo sorgt dann auch dafür, dass ich massenweise Leute sehe, die sich für die gleichen Sachen interessieren wie ich. Mit denen soll ich Kontakt aufnehmen, ihre Posts kommentieren, damit sie hoffentlich bei mir kommentieren, ihre Fotos liken, damit sie irgendwann auch einmal neugierig auf mein, inzwischen aus dem Boden gestampftes, Profil werden.

Die Sache hat nur einen Haken. Ich habe mit meinen 47 Followern und meinen zu verkaufenden Büchern ein großes Interesse daran, mit den anderen Instastars in Kontakt zu kommen. Immer in der Hoffnung, dass auch für mich ein paar Follower abfallen. Die anderen haben auch ein Interesse daran, dass ich ihre Sachen kommentiere und like, um instatechnisch am Leben zu bleiben. Nur leider haben die großen Insta Mädchen und Jungen kein Interesse an meinem Iniminiprofil. Also putze ich den ganzen Tag Klinken, gehe selber aber meistens leer aus in diesem fiesen Spiel. Und dabei will ich nicht einmal sagen, dass die Leute die ich dort treffe, nicht wirklich interessant sind. Aber eben auch unerreichbar für mich.

Dann merke ich, dass alle virtuellen Leute um mich herum fast ausschließlich Vanlifer sind, die sich vor kurzem ein Haus in Schweden gekauft haben, jetzt renovieren, Sauerteigbrot backen, stricken und vegan leben. Kauft die ganze Welt auf einmal Häuser in Schweden?

Oder lässt mein superschneller, supergefährlicher Algorithmus meine Welt so klein werden? Es gibt noch eine Gemeinsamkeit. Alle meine Objekte der Begierde haben mehr als 100 000 Follower und ich fühle mich wie das dicke Kind mit der Hornbrille, mit dem keiner spielen will. Mein nächster Single Dad hilft meinem virtuellen Selbstwertgefühl auch nicht auf die Sprünge. Sollte es an meinem Namen liegen? Neues aus Schlampenacker habe ich mich genannt. Da ich ja in meinem Profil auch Neues aus Schlampenacker erzählen will. Wer weiß was Google-Translate für eindeutig zweideutige Dinge aus meinem Profilnamen macht!

Ich überlege, mein Buch mal in Unterwäsche zu präsentieren. So, dass das ganz zufällig aussieht. Machen die jungen Mädels ja auch so. Bauch rein, Po und Brust raus und sich dann ganz unnatürlich natürlich verrenken und klick, das Selfie machen.

-Eben, sagt der Mann.

-Was eben? gifte ich zurück.

-Eben, die sind jung.

-Aber wie bekomme ich dann bloß Follower auf Instagram?

-Auf jeden Fall nicht in Unterwäsche, konstatiert Michel.

Dann erzählt mir ein Arbeitskollege, dass er auch auf Instagram gewesen ist und zum Schluss 30 000 Follower gehabt hat. What? Wie hat er das denn geschafft? Und dann hat er keine Lust mehr gehabt und sein Konto verkauft. Er hat was? Sein Konto verkauft? Google klärt Mutti auf. Man kann sich Konten und auch echte Follower einfach kaufen. Ich krieg die Instakrise. Das hier ist schlimmer als schlimm. Faker als Fake. Das ist überhaupt nicht lustig. Ich sollte sofort mit dem Kack aufhören, doch eine kleine Stimme sagt mir, dass aber wohl auch ein kleiner Teil vom Instazirkus echt sein muss und ich wenigstens noch ein bisschen versuchen sollte, dort mein Buch anzupreisen. Und wenn nicht, dann bleibt wenigstens eine Erfahrung und eine Geschichte übrig, sage ich mir. Oder eventuell versuche ich auch nur meine neue Instasucht zu rechtfertigen.

Glitzerhemd und Cowboystiefel

In den frühen Neunzigern bin ich so richtig verliebt in
Norman. Ich habe meine Ausbildung abgeschlossen und
arbeite inzwischen am Theater. Die meiste Zeit bin ich mit
den Schauspielern unterwegs und versorge ihre Kos-
tüme. Ich finde das alles mega spannend und fühle mich
auf einmal richtig erwachsen. Und ich will raus zu Hause,
ich will endlich auf eigenen Füßen stehen. So hat es dann
auch angefangen mit Norman und mir.

Norman arbeitet auch am Theater, als Beleuchter und
so kreuzen sich unsere Wege. Er muss damals aus seinem
Ein-Zimmer-Apartment ausziehen und so suchen wir gemeinsam etwas, also WG-technisch. Und schwupp die
wupp, noch ehe wir eine geeignete Wohnung gefunden
haben, sind wir bis über beide Ohren verknallt. Und weil
wir jung und ungeduldig sind, ziehen wir einfach sofort
zusammen. Noch Jahre später, als wir völlig zermürbt
und innerlich tot unsere schwierige Beziehung beenden,
hätten wir uns vielleicht gewünscht uns erst etwas besser
kennengelernt zu haben. Viele Jahre später führt uns das
Internet dann doch wieder zueinander, die alten Wunden
können heilen und wir werden Freunde.

Aber jetzt sind wir noch ganz am Anfang, sogar noch
vor der ersten gemeinsamen Wohnung. Wir sind mit dem
Theater unterwegs. Die Techniker sind die ganze Woche
weg. Sie reisen immer schon zum nächsten Ort voraus,
um aufzubauen, während wir mit dem Ensemble jeden
Tag nach Hause fahren und morgens dann wieder zum
nächsten Spielort kommen. Norman und ich sehen uns
also eine Woche lang nur auf der Arbeit und ich will mich
natürlich ganz besonders hübsch für meinen neuen
Freund machen.

Also stehe ich an einem Morgen nochmal extra früh auf und male mir dicken schwarzen Kajal um meine noch müden Augen. Ich bin den Kajal nicht gewohnt und ich muss jetzt ganz stark sein, um mir nicht ständig die Augen zu reiben. Damit meine Augen nochmal extra betont werden, benutze ich auch noch Mamas alte, klumpige Wimperntusche.

Ich gebe mir ganz besonders viel Mühe mit meinen Haaren, denn heute ist dieser eine, allererste Tag, der Tag an dem ich es endlich schaffe, meinen Pony mit in den Pferdeschwanz zu bekommen. Ich muss nur ganz feste ziehen und dann alles mit viel Haarspray festkleben. Ein gemeiner Pferdeschwanz ist mir jedoch nicht gut genug. Ich drehe mir noch einen ganz festen Dutt, den ich, um auf Nummer sicher zu gehen, mit hunderten Haarnadeln in meiner Kopfhaut verankere und mit dem letzten Haarspray bombenfest verklebe. Die Betonfrisur sitzt. Sie bereitet mir allerdings jetzt schon höllische Schmerzen. Egal, wer schön sein will, muss leiden! Das hat meine Oma schon gewusst.

Dazu ziehe ich mein Glitzerjeanshemd an. Als ich es mir kaufe, bin ich ganz sicher, dass es kleidungstechnisch mein All-Time-Hero wird. Aber es fristet die meiste Zeit ein trauriges Dasein in meinem Kleiderschrank, ganz hinten. Dabei mag ich es eigentlich gerne. Ein weites Jeanshemd, an Kragen und Taschen mit Pailletten im Blümchenmuster verziert. Heute ist unser großer Tag, heute überraschen wir zusammen den Norman.

Ich sitze die lange Fahrt über im Theaterbus und bin noch so müde. Aber ich darf absolut nicht einschlafen. Augen Make-up und Frisur könnten irreparablen Schaden nehmen oder ich könnte mir eine der vielen Haarnadeln durch den Schädel direkt ins Gehirn bohren. Ich kämpfe die ganze Zeit mit der Müdigkeit. Die Fahrt dauert eine Ewigkeit und ist die reinste Tortur.

Endlich sind wir da. Die Techniker sind spät dran, Norman ist noch auf der Bühne beschäftigt und hat kein Auge für mich. Im Nachhinein könnte es auch durchaus möglich sein, dass er mich einfach nur nicht erkannt hat.

Als er dann doch guckt, rutscht ihm fast alles aus dem Gesicht und ich merke sofort, ich habe einen großen Fehler gemacht, denn es ist überdeutlich, dass ihm nicht gefällt, was er sieht. Obwohl er es irgendwie noch zu verbergen versucht, ist das Kind schon in den Brunnen gefallen. Ich bin enttäuscht, habe ich mir doch so viel Mühe gegeben. Ich schäme mich auch ein wenig, denn vielleicht habe ich wirklich etwas übertrieben. Jetzt habe ich ganz umsonst in den letzten Stunden so gelitten.

An ihm ist aber auch etwas komisch. Der läuft so steif und klappert beim Laufen. Irgendwie sieht das anders aus als sonst, so staksig. Als ich richtig hinschaue, sehe ich, dass mein Beleuchter sich neue Cowboystiefel gekauft hat. Und zwar nicht irgendwelche, nein, die mit den höchsten Hacken, die er gefunden hat und die ich bei einem Mann je gesehen habe, und es fällt ihm nicht gerade leicht, auf ihnen zu laufen, geschweige denn damit zu arbeiten.

Warum hat er das jetzt wieder gemacht? Wir sind uns doch von Anfang an darüber einig gewesen, dass es uns überhaupt nichts ausmacht, dass er ein paar läppische Zentimeter kleiner ist als ich. Jetzt kommt zu meiner eigenen Scham auch noch das Fremdschämen hinzu und erst viel später begreife ich, dass es ihm wahrscheinlich in diesem Moment ganz genauso ergangen ist.

Die Cowboystiefel Extrahacke wandern mit Glitzerhemd Blümchenmotiv zurück in die hinterste Ecke in den

Kleiderschrank und fortan gehen wir als Norman und Sylvia Normalo durchs Leben. Das ist viel sicherer und erspart uns eine Menge Fremdschämerei.

Kater Maunz

Es ist der 16. Oktober 1978, fast auf den Tag genau 45 Jahre her, dass Kater Maunz in mein Leben tritt. Ich weiß das noch so genau, weil ich damals im Wohnzimmer auf unserem großen blauen von Mama selbst geknüpften Teppich mit den Drachenköpfen in den Ecken sitze. Der Fernseher läuft und zu sehen ist eine gigantische Volksmenge und ein Schornstein, aus dem weißer Rauch kommt. Wir haben einen neuen Papst, ich bin sieben Jahre alt, meine Mutter kommt aus der Küche und bringt mir den Kater Maunz mit.

Maunz habe ich vor Wochen in einer Zeitschrift gesehen. Ich kann mich noch genau erinnern. Kater Maunz steht auf der einen Seite und Hund Bello auf der anderen. Ich will den Kater. Ich wünsche mir schon lange eine Katze, aber da Papa eingefleischter Katzenhasser ist, stehen meine Chancen auf ein Kätzchen mehr als schlecht. Und wenn ich schon keine echte Katze bekommen kann, dann wenigstens den Kater Maunz.

Maunz ist ein Häkelmuster und lange bettle ich meine Mama an, mir die Katze zu häkeln. Mutti setzt sich tatsächlich hin und macht sich ans Häkeln. Braun soll er werden, mein Kater. Braun mit grünen Augen. Tagelang verkrümelt Mama sich jede freie Minute, um in Ruhe am Katzentier zu arbeiten. Ungeduldig warte ich auf meinen neuen Freund. In meiner Fantasie haben wir schon so viele Abenteuer erlebt. Maunz wird für den Rest meines Lebens mein allerbester, treuester Begleiter sein. Maunz und ich gegen den Rest der Welt.

Ich bin mir sicher, dass Mama wirklich ihr Allerbestes gibt, aber trotzdem erscheint mir die Wartezeit unendlich lang. Immer wieder schleiche ich in die Küche, wo meine

Mutter über der Häkelanleitung sitzt. Vor ihr auf dem Tisch liegen einzelne Katzenteile ausgebreitet. Irgendwie sieht der Kater komisch aus. So platt. So gar nicht wie auf dem Bild in der Zeitschrift. Ich fange an, mir Sorgen zu machen.

-Der muss doch noch ausgestopft werden, erklärt Mama mir.

Vorerst beruhigt ziehe ich mich zu einer meiner Kinderserien ins Wohnzimmer zurück, nur um wenig später schon wieder in der Küche bei Maunzens Einzelteilen rumzulungern. Mann, das dauert aber auch lange. Es würde nicht schneller gehen, wenn ich sie ständig stören würde, sagt meine Mutter. Also verziehe ich mich und hänge wieder in meiner Endloswarteschleife ab.

Und dann ist es so weit. Wir haben einen neuen Papst. Es kommt weißer Rauch aus dem Schornstein. Die Welt begrüßt Papst Johannes Paul ll und ich begrüße den Kater Maunz.

Mama kommt ins Wohnzimmer. Im Arm hält sie eine lange braune Wurst. Etwas entschuldigend guckt sie mich an, zuckt mit den Schultern. Maunz wäre irgendwie nicht ganz so geworden wie auf dem Bild. Sie könne sich auch nicht erklären, was da so genau schiefgelaufen wäre.

Ich sag's mal so. Mein Maunz ist ein Unikat. Nicht zu vergleichen mit all den anderen tausenden Maunzes, die andere Mütter für ihre Kinder und Omas für ihre Enkel gehäkelt haben. Mein Maunz ist ein Zwischending zwischen einer gigantisch unförmigen Maincon Katze und einem Wackeldackel. In einem dezenten Durchfallbraun gehalten. Mit seinen großen, grünen, mandelförmigen Augen schielt er mich aus seinem unförmigen Gesicht an.

Ich bin total begeistert! Endlich habe ich eine eigene Katze. Ich finde Maunz ganz wunderbar. Mir macht es nichts aus, dass sein Körper eher korpulent und unförmig ist. Auch dass seine Beine ihn nicht tragen wollen, kann meine Freude nicht schmälern.

Ich kann mich nicht mehr daran erinnern, ob Maunz und ich dann wirklich so viele gemeinsame Abenteuer erlebt haben, wie ich mir das im Vorfeld erträumt habe, aber der Kater liegt auch 45 Jahre später noch im Schlafzimmer auf meiner Kommode. Zusammen mit all meinen anderen haarigen Kindheitsfreunden.

Fensterfail und die Zeit zum Durchatmen

Ich fühle mich gelebt und das ist doof. Ich will mich nicht gelebt fühlen, ich will relaxt durch mein Leben tanzen. Leichtfüßig und gut gelaunt. Ich will morgens aufwachen und mich auf den Tag freuen, gemütlich mit einer warmen Tasse Tee am Frühstückstisch sitzen, ein Buch lesen, tagträumen und das alles mit Weichzeichner und in Slowmotion. Wahrscheinlich bin ich doch zu viel auf Instagram gewesen. Fakestagram. Denn im Hier und Jetzt jage ich schon wieder hinter meinem Zeitplan her, damit ich die im Bett vertrödelte Zeit irgendwie wieder aufhole und nicht schon gleich nach dem Hundespaziergang mit dem Kochen anfangen muss.

Es ist nicht von der Hand zu weisen, dass ich mich schon eine ganze Weile so fühle, also quasi pre Instagram. Ich will immer alles, alles an einem Tag, alles sofort und für alles genug Zeit haben. Stattdessen fühle ich mich gejagt und unruhig. Gerade weil ich eben alles immer und jeden Tag will. Das liegt zum einen auch an meiner Art. Ich bin halt so. Zum anderen hat das sicher auch mit der Tatsache zu tun, dass ich nachts immer noch schlecht schlafe, weil mich dann Hitzewellen und Co wachhalten und daran hindern, überhaupt irgendwann einmal in sowas wie eine Tiefschlafphase zu kommen. Neuerdings habe ich auch noch wildes Herzklopfen nachts.

Ich versuche mich zu beruhigen, sage mir, dass doch alles halb so wild ist. Zwischendurch einfach immer mal wieder durchatmen. Das Leben ist doch so schön!

Winterfenster! Dieser Gedanke zieht nur eine Millisekunde durch mein Gehirn und besorgt mir sofort Schnappatmung und Bauchweh. Es ist Zeit, die Vorsetzfenster einzusetzen. Draußen ist es Herbst geworden, ein kalter

Nordwind treibt eiskalte Polarluft zu uns herüber und im Haus weht eine frische Brise. Es hilft nichts. Ich weiß jetzt schon, dass es eine Katastrophe wird. Ich fühle mich irgendwie nicht in der Verfassung für die Winterfenster. An einem schönen Tag putze ich erstmal draußen alles. Dabei fällt mir auf, dass die Fliegen bei unserer Glasveranda ganze Arbeit geleistet haben. Mein Gott, ist die vollgeschissen! Super, dann kann ich das Horrording jetzt auch noch zusätzlich saubermachen. Nicht, dass ich meine Glasveranda nicht toll finde, nur saubermachen mag ich sie nicht. Meine Laune ist im Keller.

Hitzewellen und Schnappatmung machen meinen Fensterputzmarathon nicht gerade angenehmer. Selbstmitleid macht sich breit. Ich tu mir jetzt schon so unglaublich leid und habe noch so viele Fenster zu putzen. Warum stresst mich das jetzt so? Eigentlich habe ich doch gar keinen Zeitdruck. Ich will allerdings das mit den Fenstern so schnell wie möglich hinter mich bringen, denn ich habe das Gefühl, dass ich vorher nicht mehr zur Ruhe komme und durchatmen kann. Ich mag mich selbst gar nicht leiden. Ich will so nicht sein, aber es wird wirklich richtig schlimm mit mir und den Fenstern in diesem Jahr.

Alle Eventualitäten treten ein. Die Fenster klemmen und obwohl ich gefühlt stundenlang mikroskopisch kleine Fliegchen mit dem Schnappi von der Scheibe fange, habe ich am Schluss bei fast jedem Fenster noch Fliegen zwischen den Scheiben. Wohlgemerkt nach dem Abkleben. Gefühlt habe ich jedes Fenster zwei- bis dreimal eingesetzt. Beim Versuch eine Fensterbank trockenzuföhnen, um das Winterfenster schneller einsetzen zu können springt eine Außenscheibe. Michel ist mehr als sauer und ich bekomme ganz viele böse Blicke. Ich bin im Fenstereinsetzalbtraum gefangen und das Schlimmste ist noch, dass ich mir den Schlamassel selbst eingebrockt habe. Ich müsste ja nicht 24/7 Fenster machen. Irgendwann bin ich fertig. Fix und fertig. Das ist definitiv das allerletzte Mal gewesen, dass ich den Krampf alleine mache! Definitiv!

Warum kann ich das nicht? Sachen ruhig angehen lassen, zwischendurch mal Pause machen. Warum muss ich alles immer erst fertig machen, bevor ich mich entspannen kann? Und wenn ich dann Zeit zum Entspannen habe, kriege ich Hobbystress, weil ich, wie gesagt, immer alles gleichzeitig machen will.

Doch dann passiert was, womit ich nicht gerechnet habe. Nach dem Fensterdebakel kommt die lang ersehnte Entspannung. Irgendwie fällt all der Druck der vergangenen Monate von mir ab. Ich mauschle ein bisschen in meinem Gemüsegarten rum, ernte noch das restliche Gemüse, mache die Beete winterfest und alles fühlt sich so natürlich an. Jeden Tag mache ich ein bisschen und bereite mich so langsam auf den Winter vor. Das ist ein verdammt gutes Gefühl. Der Winter, mit kurzen, dunklen Tagen. Ich freue mich aufs Puzzeln und darauf meine Schlampenacker-Trilogie fertig zu stellen.

Dann sitze ich wieder am Klavier. Oh, wie ich es vermisst habe! Klavierspielen. Ich hole meine pippeligen Pflanzenkinder ins warme, jetzt fast zugfreie Haus. Endlich fühle ich mich wieder wohl, kann atmen und die Unruhe, die mich die letzten Monate begleitet hat, ist verschwunden.

Meine Schwester kommt ein paar Wochen zu Besuch und wir planen unser alljährliches Familientreffen. Michel und ich machen die Boote winterfest und auch der Woody wird ausgeräumt. Ich finde immer noch, dass wir auch in diesem Jahr zu wenige Ausflüge gemacht haben.

Doch mit dem definitiven Aus für Ausflüge jeglicher Art verschwindet auch mein latenter Lagerkoller. Und einmal mehr wird mir klar, dass der Sommer doch eine recht anstrengende Jahreszeit ist. Er verlangt mir immer recht viel ab und ich freue mich darauf in den wohlverdienten ruhigen Herbst und Winter abzutauchen.

Ich kuschle viel mit den Kaninchen und mir reißt nicht einmal der Geduldsfaden, als die ungezogenen Kinder sich wieder einmal ausgraben und einen ganzen Morgen lang an der Straße rumlaufen, während ich auf der Arbeit bin. Allerdings bitte ich Michel, mich fortan nicht mehr über solche Kaniniaktionen zu informieren. Zwei Tage lang spielen wir Katz und Maus, dann verlieren die Ninchen vorerst die Lust daran, meterlange Gänge zu graben und ich kann mich dem nächsten Problem widmen. Es spukt nämlich neuerdings in unserem Garten.

Das Gespenst von Gartenville

Es spukt in unserem Garten, und zwar ganz gewaltig. Ich merke es, als eines Morgens rund um den Hühnerauslauf Grabarbeiten zu bewundern sind. Irgendjemand hat versucht sich von außen Zutritt zu den Hühnern und Kaninchen zu verschaffen. Zum Glück vergebens. Ich tippe sofort auf Ida Pegida, die sicher wieder auf der Suche nach vergessenen Leckerlis bei der letzten abendlichen Pipirunde am Zaun gegraben hat, anstatt sich dem Pipi machen zu widmen.

Wieder einmal liegen meine Pflanzenkinder traurig ihres gewohnten Habitats beraubt auf dem Weg und eine wütende Sylvia muss mit der Schüppe erstmal den gröbsten Schaden beseitigen. Dann erst kann ich die Hühner rauslassen und die Enten füttern. Obwohl füttern? Bei den Enten fehlt ein Futternapf. Weg, wie vom Erdboden verschwunden. Hä? Was ist denn hier los? Es ist doch gar nicht windig gewesen. Hat Ida jetzt auch noch mit den Futternäpfen von den Enten gespielt und sie irgendwo im Garten versteckt? Ich fange an zu suchen, finde aber erstmal Michels rechten Schlappen. Der liegt ganz hinten im Garten unter dem Kirschenbaum und hat ein ganz neues minimalistisches Design bekommen. Vom linken Schlappen fehlt jede Spur.

So viel Unsinn kann Ida in der kurzen Zeit, in der die Hunde abends unbeaufsichtigt im Garten sind, gar nicht gemacht haben. Dachs ist wieder da, schießt es mir durch den Kopf. So viel Zerstörung kann nur Meister Grimbart angerichtet haben. Aber warum haben die Hunde dann nicht angeschlagen? So viel Unsinn muss doch einen Heidenkrach gemacht haben. Ich laufe sofort Patrouille an der gesamten Grundstücksgrenze, finde aber keinen

Durchschlupf. Im Gebüsch finde ich allerdings den vermissten Futtertopf, auch der mit neuem Design, aber durchaus noch zu gebrauchen. Der Schlappen bleibt spurlos verschwunden.

Am nächsten Tag scheint im Garten alles in Ordnung zu sein. Ich habe mich schon fast nicht nach draußen gewagt. Dann haben vielleicht doch unsere Hunde Unsinn gemacht oder ist etwa ein Fuchs im Garten gewesen? Und dann finde ich auch noch Michels linken Schlappen wieder. Hinter dem Gewächshaus im Rosengestrüpp. Er ist sogar unversehrt.

Es bleibt dann auch wirklich eine Zeit lang ruhig und ich fühle mich schon fast wieder sicher, bis unser Gartengespenst es kunterbunt treibt.

Zuerst ist mal wieder am Hühnerzaun gegraben worden. Nicht so viel und nicht so tief. Wenn ich nicht ganz genau hinschaue, kann ich so tun, als ob gar nichts passiert ist. Das bisschen rausgeschaufelte Erde vom Weg zurück auf die Beete schüppeln und in die Löcher stopfen und das Ungemach ist ruckzuck vergessen. Dann fehlen beide Futternäpfe bei den Enten. Nur die zwei Wassertröge sind noch da. Nach langem Suchen finde ich zumindest einen im Gebüsch wieder. Der andere bleibt verschwunden.

Den finde ich am nächsten Tag auf der anderen Seite im Garten, gut versteckt zwischen den Johannisbeeren. Der Wüterich bewegt sich mit seiner Beute durch den gesamten Garten. Mir ist völlig schleierhaft, welches Tier einen so großen Bewegungsradius hat und meint einen ohnehin schon leeren Futternapf durch den ganzen Garten schleppen zu müssen, um ihn dann zwischen den Johannisbeeren zu verstecken. Was soll's. Ein Futternapf reicht auch.

Am nächsten Morgen will Michel den Kaffeefilter in den Komposteimer werfen, der vor unserer Haustür steht. Stehen sollte, denn da ist kein Komposteimer mehr. Wohlgemerkt, unser Eimer steht oben auf einem Treppenabsatz und hat einen Deckel. Kommt ein Dachs da hin? Und das, ohne dass unsere Hunde das hören und anschlagen? Sollte ich mir doch nicht eingebildet haben, dass die Meute in letzter Zeit so unglaublich flegelhaft und laut abends im Garten unterwegs ist? Mit Kampfgebrüll stürzen sich die Hunde jeden Abend in den Garten und pöbeln und stänkern dort mehr denn je.

Vielleicht ist ja doch jemand unbefugt in unserem Revier unterwegs. Aber wenn wir kein dachsgroßes Loch im Zaun finden können, dann würde das ja bedeuten, dass der Dachs schon bei uns im Garten eingezogen ist. No, no way. Bitte nicht! Wir suchen den ganzen Garten ab und finden dabei erstmal unseren geplünderten Komposteimer wieder, auch den Karton, der vor der Haustür auf einem Bänkchen steht und in dem wir unseren Glas-, Metall- und Plastikmüll vorsortieren. Den haben wir noch gar nicht vermisst. Auch er liegt wohlbehütet unter den Johannisbeeren.

Wir suchen alles ab, finden jedoch keinen Dachs und auch nichts, was auf einen Dachsbau hindeuten würde. Ich bin halbwegs erleichtert, denn ich kann mich noch gut an die Warnungen erinnern, die Google mir im letzten Jahr mit auf den Weg gegeben hat, als ich Dachs-im-Garten gegoogelt habe. Trotzdem wurmt es mich, dass wir das Rätsel um unser Gartengespenst nicht lösen können.

Zu guter Letzt verschwinden dann alle vier Näpfe bei den Enten. Futter- und Wassernäpfe, alles weg. Ich suche und suche, finde aber nur zwei wieder. An völlig unterschiedlichen Stellen. Die anderen zwei sind wie von

Geisterhand aus unserem Garten verschwunden. Wochen später finde ich beide Näpfe auf dem Feld hinter unserem Haus wieder und kann mir keinen Rein darauf machen, wie sie durch den Zaun dorthin gekommen sind.

Drama in 3D

Michel fragt mich, ob er sich ein paar tausend Kronen leihen könnte. What? Ja, er hätte da so einen gebrauchten 3D-Drucker gesehen und das wäre schon immer sein absoluter Traum gewesen. 3D-Drucker? Auf gar keinen Fall! Ein paar tausend Kronen! Geht's noch? Er brauche das aber, mault der Mann mit leicht kindlichem Unterton. -Erinnerst du dich noch an die Sache mit der Plottermaschine? Dem Aufklebermacher? frag ich mal kurz nach.

-Ja, wieso? sagt Michel.

-Weil es einen triftigen Grund gegeben hat, dass wir keine Plottermaschine gekauft haben, weil wir dann nämlich in Aufklebern aller Art versunken wären. Und jetzt willst du einen 3D-Drucker haben, mit dem du Sachen drucken kannst, die dann auch noch irgendwo stehen müssen? kläre ich meinen Alltagshelden auf.

Ich würde das nicht verstehen, jammert er.

-Erkläre es mir, fordere ich ihn auf.

Ja, es würde ihn halt faszinieren, das Ding. Ah, er will es einfach nur haben. Nee, er wolle da schon Sachen mit drucken. Ah ha, also doch. Ja, nützliche Sachen wolle er drucken.

-O.K., überzeug mich, sag ich.

Er wolle einen Gollum drucken. Er will was? Einen Gollum? Was ist an einem Gollum nützlich? Ist das jetzt echt das nützlichste Ding, was ihm einfällt, um den Kauf eines 3D-Druckers zu rechtfertigen? Verarscht der mich? Nee, tut er nicht. Er beharrt darauf, dass ich das eben nicht verstehen würde. Nee sorry, kann ich nicht. Denn das ist ja gerade meine größte Angst, dass wir hier in Figuren und gedrucktem Krempel aller Art versinken.

Außerdem hat der Mann schon einen Plastikgollum. Gollum..., echt eye.

Er könne dann auch Haken drucken. Haken?

-Wofür willst du Haken drucken? ich frag doch mal kurz nach.

-Zum Sachen aufhängen, erklärt der Mann.

Ich bin ja nicht gerne der Spielverderber, aber ich muss es ihm doch sagen.

-Siehst du hier irgendwo noch einen Platz, an dem du einen von dir gedruckten Haken aufhängen kannst, an dem ich dann wieder etwas aufhängen kann?

Er wolle den Drucker aber trotzdem haben. Irgendwie ist seine Stimme jetzt viel höher. Das ist nicht gut, gar nicht gut, denn dann wird das hier ein harter Kampf.

Ich halte einen langen Endlosmonolog übers Stromsparen, Ökostrom. und eine Waschmaschine, die hier nur noch auf Solarstrom läuft und wie paradox es dann doch wäre, wenn er jetzt einen Drucker kaufen würde, der sicher ganz viel Strom verbraucht. Irgendwie kommt meine Message nicht bei ihm an.

-Und jetzt? fragt Piepsstimmchen.

-Nein, sage ich bestimmt.

Besser, wir bringen das hier ganz schnell über die Bühne. Das Pflaster einfach mit einem ordentlichen Ruck abreißen, zack.

-Wie jetzt?

Hui, er könnte jetzt ohne weiteres bei den Bee Gees mitsingen.

-Nein!

-Nein?

-Ja, nein, nein, nein, kein Drucker.

Er sagt nichts mehr. Hehe. Er geht rauf in sein Zimmer und ich höre nichts mehr. Es ist ruhig, wunderbar ruhig, zu ruhig. Ich schleiche mal hoch und erwische den Mann beim vehementen Tippen. Ich will wissen, was er da macht.

-Nichts, kreischt er.

Echt jetzt? Der fragt wirklich nach, ob der Drucker noch zu haben ist. Geht's noch?

-Du schickst das nicht ab! Mutti wird jetzt echt böse.

Er hätte ja nur mal fragen wollen, das wäre ja wohl noch erlaubt. Nein, isses nicht.

Zum Abkühlen gehen wir mit den Hunden raus. Michel schleicht wie Gollum höchstpersönlich hinter mir her. Boah nee, ne. Ich habe eine Idee. Da der Drucker schon eine ganze Weile zu verkaufen ist, stehen meine Chancen nicht schlecht, dass er mit ein bisschen Glück schon weg ist und hier ganz schnell wieder Ruhe einkehrt.

-Dann frag halt nach, sag ich.

Hoffentlich habe ich mich jetzt gerade nicht verzockt.

Gollum verwandelt sich in den glücklichsten Menschen der Welt und innerhalb von Millisekunden ist die schon geschriebene E-Mail verschickt. Und damit nimmt das Unheil seinen Lauf, denn der Drucker ist noch da. Morgen schon wird er bei uns einziehen und damit sind wir dem Untergang geweiht und es ist auch noch meine eigene Schuld.

Barbara und die blaugrüne Farbe

Leinölfarbe ist toll. Man kann sie in vielen schönen Farbtönen mischen, sie riecht gut und sie deckt ganz wunderbar. Leinölfarbe ist vor allen Dingen dann ganz besonders toll, wenn sie da ist, wo sie hingehört. Die Erfahrung, dass sie weniger toll ist, wenn sie dort hinkommt, wo sie auf gar keinen Fall hinkommen soll, macht meine Schwester, als sie nur mal eben kurz was mit ihrer blaugrünen Leinölfarbe in der neu gemachten Küche anstippen will und dabei mit dem Fuß den Farbtopf umkippt.

Nächsten Sommer kommen meine Schwester und mein Schwager ja dann auch endlich für immer nach Schweden und darum renovieren sie ihr altes Ferienhaus, das praktischerweise direkt neben dem Haus unserer Eltern liegt. Was am Anfang erstmal nur ein abstrakter Gedanke gewesen ist, wird nun ganz bald Wirklichkeit und ich kann kaum beschreiben, wie sehr ich mich darüber freue, dass Barbara und Jörg bald hier wohnen werden. Einerseits, damit Mama und Papa nicht ganz so alleine, sprich unbeaufsichtigt, in ihrem Häuschen sind, aber ganz sicherlich auch, weil mein Leben dann noch so viel schöner wird.

Jemanden zum Reden, jemanden zum Loppisen (Flohmarkt), jemanden zum Besuchen, Rezepte austauschen, Bücher ausleihen, Spiele spielen. Ach, es wird einfach so viel geselliger, jemanden in der Nähe zu haben, der zwar anders, aber irgendwie auch wie ich ist. Meine Freude ist auf jeden Fall riesengroß und ich kann es kaum noch erwarten.

Barbara und Jörg renovieren also ihr Haus. Die Küche entpuppt sich als ein wahres Großprojekt, denn dort ist der Boden kaputt. Lange sieht es in dieser Küche so aus, als ob ein Meteorit eingeschlagen wäre. Wo vorher noch ein, wenn auch kaputter Fußboden gelegen hat, ist jetzt nichts mehr. Und mit nichts meine ich auch nichts. Die gesamte Küche ist ein großes Loch, ein Krater, ein Fass ohne Boden. Da ist ein leerer Raum auf einem metertiefen Loch. Jörg sagt, er hätte alles im Griff. Papa hat da so seine Zweifel, denn er hätte natürlich mal wieder alles ganz anders gemacht. Ich vertraue meinem Schwager, habe ja auch leichtes Spiel, da es sich nicht um mein metertiefes Loch in meiner Küche handelt. Barbara meidet das, was einmal ihre Küche gewesen ist und hoffentlich irgendwann wieder ihre Küche wird. Ganz nach dem Motto, nicht hingucken, dann isses auch gar nicht da.

Das Loch, der endlose Krater. Jörg leistet ganze Arbeit. Es wird alles von Grund auf wieder aufgebaut, isoliert, verkleidet und ein neuer Holzfußboden wird verlegt. Meine Schwester behandelt diesen Boden mehrere Male mit Leinölseife, ganz auf die gute alte schwedische Art. Der Boden wird dadurch widerstandsfähig gemacht, behält jedoch sein natürliches Aussehen. Dann werden alle alten Küchenmöbel auseinandergebaut, umgebaut, neu zusammengesetzt und mit eben jener blaugrünen Leinölfarbe gestrichen. Die Küche ist ein Traum. Ich bin total begeistert und möchte am liebsten gleich für immer dortbleiben.

Allerdings ist es leider beinahe verboten, diese wunderschöne neue Küche zu betreten. Meine Schwester hat Angst um alles. Der neue Holzofen z.B., oh weh, wenn der beim Kochen einen Fettspritzer abbekommt und der sich in die Platte brennt. Ihr ist völlig klar, dass sich das nicht vermeiden lässt, aber besser nicht jetzt sofort, nicht heute. Ich kann sie ja verstehen, bin jedoch froh, dass ich da ausnahmsweise etwas pragmatischer angelegt bin als sie. Ich bezeichne einfach alles, was ich nicht mehr sauber bekomme als Patina. Und während Dreck und Schmutz bekämpft werden müssen hat Patina den ungemeinen Vorteil, dass sie ein Berechtigungsdasein hat. Mein Leben mit vier Hunden hat mich Dreck aller Art ertragen lernen lassen und ich habe es aufgegeben mir mein Leben mit Angst um meine Sachen schwer zu machen oder mir gar einzubilden ich könnte in einem sauberen Haus leben. Was uns nicht überlebt, taugt halt nichts.

Barbara ist da mehr wie Papa. Der hat das mit der Angst um seine Sachen bis zur Perfektion gebracht. So trägt der Mann immer noch mit aller Vorsicht über 40 Jahre alte Schuhe und wir haben nach fast 30 Jahren die Clubgarnitur meiner Eltern verkauft, die noch wie neu ausgesehen hat. Im Übrigen, für diese Clubgarnitur würde jetzt so manch einer, ich inbegriffen, einen Mord begehen. Die wäre jetzt wieder total hipp.

Also benutzen der Küche meiner Schwester erstmal nur ganz vorsichtig und das gilt auch für den neuen Fußboden. Am besten schwebt man durch den Raum, was vor allem dem Hund schwerfällt. Der erste Kratzer ist ein wahres Drama, aber richtig schlimm wird es dann, als Barbara den Farbtopf umschmeißt, aus dem sich sofort ein großer Schwall dunkler Leinölfarbe auf den noch fast jungfräulichen Boden ergießt. Ich glaube, das wäre selbst mir zu viel Patina gewesen.

Meine Schwester sieht, was passiert ist und bricht sofort in hysterisches Geheule aus, schnappt sich den Spüllappen und fängt an die Farbe immer mehr zu verteilen. Dann versucht sie das meiste davon auf den ohnehin jetzt ruinierten Flickenteppich zu scheffeln, was nur bedingt klappt. Noch lauteres Geheule. Sie zieht sich die verschmierten Socken aus, um aus dem Bad die Leinöl-seife zu holen. Vielleicht ist ja doch noch was zu retten? Stellt aber fest, dass auch ihre Füße blaugrün sind. Sie kann keinen Schritt machen, ohne eine Spur durch die Küche zu legen.

Irgendwie hat mein Schwager das hysterische Gekrei-sche im Garten gehört und geht mal nach dem Rechten schauen. Er findet ein heulendes blaues Häuflein Elend hockend auf dem Küchenfußboden vor.

Dann ist Teamarbeit angesagt. So viel Farbe wie mög-lich auf den ruinierten Teppich und dann gemeinsam mit der Leinölseife versuchen zu retten, was zu retten ist. Und das Wunder geschieht. Sie bekommen tatsächlich den ganzen Fußboden wieder sauber. Nach ganz viel Ar-beit, stundenlangem Gekratze und Geschrubbe ist der wunderschöne Fußboden gerettet. Barbara ist fix und fer-tig und schleppt sich verheult und Trost suchend zu un-seren Eltern.

-Da haste aber ma so richtig Kacke gebaut, ist Papas si-cherlich aufbauend gemeinter Kommentar.

Die Sache mit der Psychiatrie

Als ich vor über zehn Jahren meine Ausbildung zur Pflegefachkraft mache, muss ich drei Praktika ablegen. Das erste Praktikum habe ich in der ambulanten Pflege gemacht. Zuerst habe ich da gar nicht hingewollt, aber dann hat mir dieses Praktikum so viel Spaß gemacht, ich habe viel gelernt und vor allem meine Meinung über die ambulante Pflege grundlegend geändert.

Meine zweite Praktikumsstelle ist auf der Palliativabteilung, auf der ich auch heute noch arbeite. Meine absolute Traumstelle. So viel durfte ich lernen und der Arbeit in der Palliativpflege habe ich zu verdanken, dass ich mich immer weiterentwickelt und so viel Neues gelernt habe. Sie hat mich zu der Pflegefachkraft gemacht, die ich heute bin.

Mein drittes Praktikum muss ich im 50 km entfernten Krankenhaus ablegen. Was für eine Juckelei ist das gewesen. Ich wollte unbedingt in die Psychiatrie, habe mir von dem Praktikum sehr viel versprochen, wollte meine Grenzen kennenlernen. Allerdings habe ich dort vor allem die Grenzen des Systems kennengelernt. Ich habe Menschen getroffen, die ihr Leben damit verbringen, zwischen zu Hause und der geschlossenen Psychiatrie hin- und herzupendeln, ohne Hoffnung auf Erleichterung oder gar Genesung. Selten habe ich so viele traurige Schicksale gesehen.

Doch was mir vor allem zu denken gegeben hat ist, dass ich mich in eine andere Zeit zurückversetzt gefühlt habe. So hatte ich mir die moderne Psychiatrie nicht vorgestellt. Ich habe mich oft wie in einem Gruselfilm gefühlt. Der Ton gegenüber den Patienten ist unglaublich hart und beinahe menschenverachtend gewesen und mehr als einmal habe ich mich darüber erschrocken, wie Menschen einfach so in irgendwelche Kategorien eingeteilt werden. Gedacht wird in schwarz- weiß. Bleib auf Abstand, sonst saugen die dich aus, habe ich oft als Warnung gehört. Sei vor allem nicht du selbst. Gib den Leuten nichts von dir, spiele deine Rolle. Ich bin entsetzt und froh, als mein Praktikum vorbei ist. In meinem Evalutionsschreiben habe ich noch meine ungesalzene Meinung über diese Art der Behandlung gegeben, aber wer wird schon dem Schreiben einer Praktikantin Gehör schenken.

Ich habe es danach noch einmal in der Sozialpsychiatrie versucht. Dort leben Menschen, die auf dem Weg zurück in die Gesellschaft sind. Schon nach einem Tag bin ich schreiend weggelaufen. Der gleiche harte, menschenverachtende Ton, die gleichen konspiratorischen Gedanken über Menschen mit psychischen Problemen. Nee, ich bin zuerst wieder zurück zur Demenzpflege und dann kurze Zeit später in die Palliativpflege. Dort, wo wirklich der Mensch, das Individuum im Vordergrund steht.

Und jetzt sitze ich in einem Vortrag, der uns darauf vorbereiten soll, dass immer mehr Menschen mit psychischen Diagnosen in der kommunalen Pflege landen. Und wie diese Menschen zu behandeln sind, das will uns der nette Psychodokter nun erklären. Ich höre den gleichen Krampf wie vor zehn Jahren. Es wird ein Plan gemacht und alle halten sich an diesen Plan, denn gibst du einem Psycho einmal den kleinen Finger nimmt er gleich den ganzen Arm. Ob der Plan dem kranken Menschen guttut oder nicht, kann man immer noch später evaluieren. Nein, natürlich geht es einem psychisch kranken Menschen nicht gut, wenn er nicht bekommt, was er möchte, aber wenn du ihm gibst, was er sich wünscht, saugt er dich aus und davor muss ein Handlungsplan dich und alle deine Kollegen und Kolleginnen beschützen.

Es scheint egal zu sein, dass ein Mensch sich schlecht fühlt. Es wird sowieso nicht mehr von einem Menschen, einem Lebewesen gesprochen, sondern nur noch über Verhalten, das nicht der Norm entspricht und korrigiert werden muss. Ich bin entsetzt. Er nennt es professionell. Ich verstehe die Logik nicht. Warum soll ich in der Pflege etwas tun, was einem Menschen nicht guttut, nur damit er seinen Willen nicht bei mir durchdrücken kann? Denn gerade eben jener Psychoarzt hat seinen Vortrag damit eröffnet, dass wir alle und ausnahmslos immer so handeln, dass es uns selbst weiterbringt oder Nutzen für uns hat. Warum ist das also als Normalo total normal und als Mensch mit einer psychischen Diagnose konspiratorisches Verhalten, welches im Keim erstickt werden muss?

Ja, auch wir haben schon Patienten mit psychischen Diagnosen gehabt. Ich erinnere mich noch an A, der so schwer depressiv gewesen ist und immer wiederkehrende Episoden von totaler Lethargie gehabt hat, dass die Psychiatrie, nachdem sie ihm durch zu viele Schockbehandlungen beinahe das Gehirn verbrutzelt hat, ihm nicht mehr weiterhelfen konnte oder wollte. Da man keine Ahnung hat, wohin man mit A soll, hat man ihn kurzerhand bei uns abgeschoben mit den Worten, dass wir ja so tüchtig sind und das Kind schon irgendwie schaukeln würden.

Alle unsere Proteste, dass wir für so eine Pflege nicht ausgelegt sind und auch gar nicht die Ausbildung oder das nötige Wissen haben, werden mit dem Argument, dass wir doch alle so gute Pflegefachkräfte sind, weggewischt. Da sitzen wir nun mit A und guter Rat ist teuer. Also behandeln wir ihn wie alle unsere Patienten. Mit viel

Liebe, Geduld und dem Recht über sich selbst bestimmen zu dürfen. Nach einigen Monaten kann A wieder nach Hause und ich habe ihn danach noch ein paar Mal mit seiner Mutter in der Stadt gesehen. Wie es A heute geht, weiß ich nicht, aber dass unser intuitives Vorgehen A geholfen hat, ist nicht von der Hand zu weisen und jetzt gerade bekomme ich zu hören, dass das alles falsch gewesen sein soll?

Mal ganz davon abgesehen, dass schwer psychisch kranke Patienten nicht in der kommunalen Pflege zwischen anderen Patienten landen sollten, genauso wenig wie man demente mit nicht dementen Menschen mischen sollte oder, wie bei uns, schwerkranke Patienten, die noch Hoffnung haben, mit sterbenden Patienten. Das tut einfach keinem gut und zum Schluss bekommt niemand mehr die Pflege, die er braucht.

Eine Pflege, die meiner Meinung nach immer mit Herz und liebevoll betrieben werden sollte und jetzt höre ich gerade, dass das nicht für Menschen mit nicht wünschenswertem Verhalten gilt. Ich stehe noch vor Ende des Vortrags auf und verlasse den Saal. Draußen zähle ich erstmal bis 100000, bevor sich meine Schnappatmung einigermaßen beruhigt und ich wieder wünschenswertes Verhalten an den Tag legen kann.

Into the Jungle

Es ist mal wieder so weit. Wir brauchen einen neuen Teppich. Nja, brauchen, brauchen. Wir wollen einen neuen Teppich für die Küche haben. Bei uns ist das ja mit den Teppichen so eine Sache. Schön sollen sie sein, bezahlbar und vor allen Dingen vier Hunden und zwei Katzen müssen sie gewachsen sein. Schmaddelhunde, Katzenpfoten und dass ein oder andere Unglückchen sollte auf ihnen nicht zu sehen sein. Und ganz wichtig, sie dürfen auf gar keinen Fall billig aussehen, denn bei jedem neuen Teppich reden wir uns ein, dass wir nun den Teppich fürs Leben gefunden haben.

Jetzt ist es nicht so, dass der aktuelle Teppich-fürs-Leben aus der Küche das Zeitliche gesegnet hat, aber irgendwie sind wir mit der Form nicht mehr zufrieden. Unsere Küche ist klein und darum haben wir uns beim letzten Teppichkauf für einen Läufer entschieden. Doch jetzt wird es kühler und wir sehnen uns nach etwas mehr Wärme und Geborgenheit. Außerdem ist der Linoleumfußboden doch recht glatt für die haarigen Kinder. Wir haben den Läufer schon von lang nach breit gedreht, aber so richtig zufrieden sind wir nicht. Erst liegt er zu weit vor der Spüle und jetzt liegt er zwar Richtung Wohnzimmer, kann aber von den Hunden nicht mehr als Absprungschanze für das Küchensofa genutzt werden, was uns in letzter Zeit in den zweifelhaften Genuss waghalsiger und unfreiwilliger Salti Mortale von den Kläffern hat kommen lassen.

Es nützt nichts, wir brauchen einen neuen Teppich. Etwas größer, gemütlich und gerne bunt. Nur zu groß darf er dann auch wieder nicht sein, damit er nicht vor den Küchenofen kommt. Wir finden nichts. Im WWW sind uns die meisten Sachen zu spießig, zu klein, zu groß, zu teuer, eben einfach zu wenig wir und viel zu wenig Teppich-fürs-Leben. Ich gebe mal bunt und farbenfroh ein. Man zeigt mir einen Spielteppich. So einen Straßenteppich für das Kinderzimmer und irgendwie finde ich die Idee leider geil. Michel auch. Allerdings stimmen die Maße wieder nicht und außerdem haben wir uns etwas Dickeres vorgestellt. Doch jetzt sind wir einmal in der Kinderteppichabteilung gelandet und kommen da auch nicht mehr weg.

Von rosa Einhörnern über Hüpfteppichen zu Schaffellen und Straßenteppichen unterschiedlichster Art. Es gibt alles, was das Herz begehrt, in allen Größen und Preisklassen. Dann sehe ich ihn. Den Dschungelteppich. Er ist dick, bunt und hat genau die richtige Größe, liegt in unserer Preisklasse und kommt nicht aus Timbuktu. Er ist perfekt. Ich bin total begeistert. Das sich auf dem Produkt meiner Wahl ein lustiger Elefant, eine lachende Schlange, ein grinsendes Zebra mitsamt einem Eichhörnchen, einem Affen, einem netten Löwen, einem Tukan und einer Eule in einem dichten Dschungel tummeln finde ich einfach nur toll und überhaupt nicht seltsam. Manchmal muss man eben auch mal fünfe gerade sein lassen.

-Das isser, rufe ich laut, unser Teppich-fürs-Leben.

Und wenn der Mann meiner Träume in diesem Moment mit einem Fünkchen Erwachsensein das Unheil noch hätte abwenden können, so hat auch er gerade die rosarote Kinderbrille auf.

-Jau, sagt er, der isses.

Und so kommt es, wie es kommen muss. Wir bestellen nicht nur einen Teppich in der Kinderabteilung, nein, denn weil es so schön lustig ist, bestellen wir auch noch einen großen Tigerkopf. Der soll das Ganze Richtung

Wohnzimmer abrunden. So bekommt niemand mehr kalte Füße, rutscht aus oder muss gar Salti Mortale schlagen, um irgendwo drauf zu kommen. Schon zwei Tage später sind unsere Teppiche da und unsere Küche verwandelt sich nun endgültig in ein Kinderzimmer. Wir sind total begeistert! Die Tigermatte wird sofort von allen Hunden geliebt und der Dschungelteppich ist einfach spitze. So schön dick und bunt. Hiervon bekomme ich ganz bestimmt jeden Morgen gute Laune.

Trotzdem erwägen wir ab sofort keinen erwachsenen Besuch mehr zu empfangen. Nur so zur Sicherheit. Damit uns nicht wieder jemand irgendein unverarbeitetes, nicht behandeltes Kindheitstrauma unterschiebt. Doch dann sagen wir uns, dass es uns eigentlich auch egal ist. Es gibt Schlimmeres, um seine seelischen Abgründe zu bewältigen, als sich mit Zeugs aller Art vollzustopfen. Hauptsache, wir fühlen uns wohl. Und das tun wir. Wir fühlen uns gerade wie Bude bauen im Endstadium. Wer hätte das gedacht, dass wir ausgerechnet in der Kinderabteilung unseren Traumteppich finden, den Für-immer.

Zwei Tage später kommt meine Schwester, um sich zu verabschieden und sagt nichts. Nix, gar nicht nichts, sagt sie. Das ist definitiv kein gutes Zeichen und wir können uns besser schon mal auf solche Reaktionen vorbereiten. Aber wenn sie nichts sagt, dann sag ich auch nichts und schon mal gleich gar nichts von dem Spielstraßenteppich, den wir zuerst ins Auge gefasst haben.

Zaubern im Quadrat

Michel sammelt Zauberwürfel. Von Rubiks. Also nur die einzigen echten Rubiks. Oben im Männerzimmer tummeln sich Sachen, die Snake oder Pyramide heißen. Michel jagt sie meistens auf Flohmärkten, am besten originalverpackt.

Doch dann wendet sich das Blatt. Es muss ein neuer her, ein Speedcube. Ein was?

-Ja, mit einem Speedcube kann man den Würfel ganz schnell lösen, werde ich aufgeklärt.

-Den Würfel lösen? Willst du den Würfel lösen? frage ich ungläubig.

Was denn daran so komisch wäre, will der Mann wissen. Ich weiß nicht recht. Außer, dass Michel farbenblind ist und ich mich daran zu erinnern glaube, dass zauberwürfeln doch sehr viel mit richtiger Farbe am richtigen Platz zu tun hat und dass der Mann meiner Träume so gar kein Wettkampf-ich-will-gewinnen-Typ ist.

Das fängt ja schon beim Flippern an. Eigentlich putzt er unseren Flipperkasten lieber, als dass er ernsthafte Rekorde beim Spielen aufstellen will. Er spielt auch gerne, will aber halt nie gewinnen. Und jetzt will dieser Mann einen Speedcube haben, damit er so schnell wie möglich den Zauberwürfel lösen kann? Ich liebe diesen Menschen, ziemlich viel und schon ziemlich lange, aber ich bezweifle, dass er einen Zauberwürfel lösen kann. Der hat auch irgendwie nicht den Ehrgeiz zu sowas. Egal, der Würfel kommt und der Mann fängt an zu üben. Tagelang werden YouTube Videos geschaut, Tutorials analysiert und dann hat er es geschafft. Er hat den Würfel gelöst! Jede Farbe am richtigen Platz. Ich bin baff. Ich glaube, er selbst auch. Das ist was ganz anderes als der Trick, mit dem ich ihn mal vor ein paar Jahren an der Nase herumgeführt habe. Wenn der Würfel fertig ist und man dreht immer wieder rechts nach unten und dann nach rechts, dann wieder rechts nach unten, unten nach rechts und so weiter und so fort, dann sieht der Würfel zwischendurch richtig durcheinander aus, ist aber nach vielen Zügen wieder fertig. Beeindruckend, aber fake. Nee, Michel kann das richtig. Am Anfang mit Hilfe, dann alleine, dann immer schneller.

Ob ich das auch lernen wolle, will er wissen. Oh nein, bloß nicht! Ich kenne mich. Bloß nicht das Biest in mir wecken. Ich könnte nicht mehr aufhören, bis ich den Weltrekord geknackt hätte. Oh, da bräuchte ich mir keine Sorgen machen, sagt Michel. Der läge bei drei Sekunden noch was.

-Drei Minuten, verbessere ich meinen Mann.

-Nee, Sekunden, beharrt er.

Ja nee, ist klar. Ich glaub dem kein Wort. Drei Minuten könne er doch schon, sagt er. What? Und so zeigt Michel mir die wunderbare Welt der Speedcube-Nerds. Was ich da auf YouTube sehe, ist einfach nicht zu fassen. Wie kann man sich einen wild durcheinander gewürfelten Cube anschauen, den dann weglegen und in drei Sekunden fertig huscheln. Wie geht das? Ich bin tief beeindruckt und mir wird klar, dass ich mir über einen Weltrekord am Würfel meinerseits keine Gedanken mehr machen muss. Ich bleibe jedoch trotzdem lieber auf der sicheren Seite, sonst leisten wir uns hier in Zukunft die unglaublichsten Speedcube-Matches. Ich habe jetzt schon alle Hände voll zu tun mit meinen ganzen Hobbies und Fakestagram.

Michel macht Übungsmatches und weil sein neuer Speedfreund auch digital kann, misst sein Telefon seine

Zeit. Ah ok. Die sind irgendwie miteinander verbunden. Spooky.

Dann kommt der Moment, wo Michel mir verkündet, dass er jetzt schnell genug wäre, um gegen andere Anfänger zu spielen.

-Ah, ok und wo finden wir die, frage ich ein bisschen dümmlich.

-Online, sagt er.

Der Cube kann nämlich auch machen, dass man online live gegen andere Leute spielt. Oh wow. Das wäre der Todesstoß für mich. Ich würde für immer und ewig gegen alle Leute der Welt spielen und gewinnen wollen.

Und so spielt Michel dann gegen einen gewissen Stephen aus London und verliert. Stephen will wohl nochmal und Michel verliert wieder. Stephen verliert das Interesse und Michel das Selbstbewusstsein. Ich pushe meinen Superhelden zu neuen Supertaten und so spielt der Mann meiner Träume jetzt gegen Sandy. Das muss doch klappen.

Nee, muss es nicht. Denn wie gesagt, der Michel ist kein Wettkampftyp, unter Zeitdruck fangen die Hände an zu zittern und das Gehirn hört auf zu denken. Längst gekonnte Züge verschwinden auf Nimmerwiedersehen in den Gehirnwindungen und als auch Sandy nach zwei Spielen keine Lust mehr auf Michel aus Schlampenacker hat, hat dieser keine Lust mehr auf Würfelwettkampf.

Tagelang werden wieder Videos zur Optimierung des Ablaufes geguckt, Fingerübungen gemacht und Zeiten gemessen. Inzwischen sind wir bei rund zwei Minuten. Ich bin beeindruckt. Von der Fingerfertigkeit und dem ungewohnten Ehrgeiz und Biss, den mein Lieblingsmensch da an den Tag legt. Ich bin mir sicher, die ersten Siege lassen nicht mehr lange auf sich warten.

Sieben Sorten Kuchen

Ich bin noch ziemlich neu in Schweden und auf meiner ersten Arbeitsstelle, damals noch als Aushilfe in der Pflege, fragt man mich immer wieder, ob ich denn backe. Jo, klar backe ich immer mal wieder zu Geburtstagen z.b. oder meinen die Pizza und Brötchen aufbacken?

Es dauert ein bisschen, bis mir klar wird, dass hier auf dem Land noch regelmäßig richtig gebacken wird. Einfach nur so, zum Wochenende oder zur überlebenswichtigen Fika, dem Vormittags- und Nachmittagskaffee mit Plätzchen. Hier in Schweden schon seit immer Tradition und Traditionen sind gut und wichtig und dürfen auf gar keinen Fall geändert werden. Auch wenn wir alle inzwischen wissen, dass so viel Süßes und Backwerk niemals gesund sein können, Tradition ist Tradition.

Hier wird viel gebacken. Und es wird eingefroren, damit man immer was zum fikan hat, wenn mal jemand langskommt. Ein Plätzchen oder Küchlein muss es immer geben.

Also fange ich als gute Schweden-Novizin an zu backen. Und dafür kaufe ich mir natürlich die schwedische Backbibel Sju Sorters Kakor, zu deutsch sieben Sorten Kuchen, denn das ist Tradition. Dieses Buch darf in keinem Haushalt fehlen. Ein Buch mit weitaus mehr als sieben Kuchenrezepten und alle richtig typisch schwedisch. Vom Kanelbulle über kleine Plätzchen, vom Kuchen bis hin zu richtigen Torten.

Ich bin total begeistert und lege voller Elan los. Aber irgendwie werden alle meine Teige komisch. Irgendwie habe ich immer viel zu wenig Teig und wenn ich überhaupt so etwas Ähnliches wie einen Teig zusammen bekommen sollte, dann ist er zu fest, zu locker, zu süß oder zu fade. Meistens fällt einfach alles auseinander. So ein doofes Buch, so doofe Rezepte. Ich wusste es ja schon immer. Keiner kann so gut backen wie die Deutschen. Der schwedische Kuchen ist halt scheinbar genauso schlecht wie das schwedische Brot. Basta! Sju Sorters Kakor wandert in die hinterste Ecke im Bücherregal. Nee, backen ist nicht meins und wenn, dann höchstens ein idiotensicheres Rezept zum Geburtstag.

Ob ich auch backe, werde ich mal wieder gefragt. Nee, backen ist nicht meins. Ob ich denn Sju Sorters Kakor kennen würde?

-Ja, kenn ich, aber backen ist nicht meins.

Immer wieder werde ich mit Sju Sorters Kakor konfrontiert und irgendwie scheint jeder hier in Schweden mit diesen seltsamen Rezepten super zurechtzukommen. Alle, außer mir. Wie kann das sein? Selbstzweifel machen sich breit. Vielleicht sollte ich doch noch mal reinschauen und etwas Einfaches ausprobieren.

Gesagt, getan und dann sehe ich es. Mir fällt es wie Schuppen von den Augen. Wie konnte das passieren? Wie konnte ich so blind sein?

Ich bin volle Luzy in die Andere-Länder-andere-Sitten-Falle getappt. Aber sowas von und ich muss mir selber eingestehen; wer lesen kann, ist stark im Vorteil.

Während in Deutschland die Zutaten ausschließlich in Gramm und/oder ml angegeben werden, so arbeitet man hier in Schweden mit dl, und zwar ausschließlich mit dl. Ja, kein Wunder, dass bei mir nichts geklappt hat!

Jetzt muss ich nur noch wacker herausfinden, wieviel ml 3 dl sind. Besitze ich doch nur ein deutsches Litermaß, so ganz ohne dl Angabe. Und ich darf mir jetzt nicht noch mehr Fehler erlauben. Google muss es richten und dann geht es wieder los mit der Backerei.

Und endlich endlich kann auch ich sieben Sorten Kuchen backen, für uns, die Fika, die Friese und eventuellen Besuch. Endlich kann ich auf die Frage, ob ich backe, vollmundig mit ja antworten. Ich bin der Schwedin in mir einen großen Schritt nähergekommen.

Mit der DB in DE

Es ist wieder so weit. Mein jährlicher Deutschlandbesuch steht an und ich freue mich schon wie Bolle. Dieses Jahr habe ich richtig früh gebucht und zwei extra Tage angehangen. Viel Zeit für die Familie, Freunde, ein neues Tattoo von Freya und massenweise Bretzel vom Dietsch. Mama winkt nur ab, als ich sie frage, ob sie dieses Jahr noch einmal mit von der Partie ist.

-Auf gar keinen Fall, ruft sie beinahe entsetzt aus.

Na, dann muss ich mich wohl oder übel alleine in den DB-Fernverkehr-Dschungel stürzen. Die Verbindung ist gut. Växjö, Kopenhagen, dann ein etwas längerer Aufenthalt zum Essen und für den ersten Boxenstopp beim Bäcker Dietsch in Hamburg und dann durch nach Münster. Am 18. November soll es losgehen.

Am 17. informiert meine Schwester mich über den morgigen Generalstreik der Deutschen Bundesbahn. Ah ja, muss ich wieder haben. Einmal im Jahr fahre ich nach Deutschland und dann streikt die Bahn? Ja hallo! Doch von so einem bisschen Gestreike lasse ich mich allerdings nicht aufhalten, bin schließlich schon einmal in einen Lokführerstreik geraten und dann tatsächlich noch ans Ziel gekommen.

Lange Zeit hege ich die völlig unberechtigte Hoffnung wenigstens noch bis nach Hamburg zu kommen. Aber abends spät muss ich mich leider geschlagen geben.

Ich versuche noch allerhand mögliche und unmögliche Konstruktionen, die mich meinem Ziel eventuell etwas näherbringen könnten, denn geht nicht, gibt es bei mir eigentlich nicht, doch letztendlich muss ich die Sinnlosigkeit meiner Versuche einsehen. Zähneknirschend bleibe ich zu Hause. Dann eben einen Tag später fahren, auch wenn man im Vorfeld schon vor überfüllten Zügen warnt.

Meine Schwester ruft an. Sie wäre jetzt total krank. Völlig erkältet und nahe am Knock-Out. Auch meine Cousine Linda meldet sich aus Berlin. Ihr Freund hat Corona und sie fühlt sich auch schon ganz usselig. Irgendwie stehen meine Reise und unser Familientreffen unter keinem guten Stern. Sollte ich besser zu Hause bleiben? Die Versuchung ist groß, aber wer wird sich denn schon von so ein bisschen Gegenwind den lang ersehnten Familientrip verderben lassen? Nein, ich fahre.

Vor allem, nachdem Nichte Freya mir von dem Kleidermarkt erzählt hat, bei dem wir noch wacker langs können, wenn ich halbwegs pünktlich bin. Eine ganze Turnhalle voll mit gebrauchter Kleidung. Es soll ein wahres Happening sein. Da will ich natürlich unbedingt hin und meine Freundin Manuela will ich treffen und Christian und den noch gesunden Rest der Familie. Und tatsächlich, es klappt. Die Fahrt verläuft relativ reibungslos, der Kleidermarkt ist toll und auch das Treffen zum Frühstück mit Manuela und Christian ist schön.

Dann meldet sich Anna, bei der am morgigen Tag das Familientreffen sein soll. Die gesamte Familie hat Magen-Darm. Meine Tante erklärt sich bereit, den inzwischen nur noch kleinen gesunden Rest der Familie barmherzig in ihrer Wohnung aufzunehmen. Es wird ein kurzes, aber geselliges kleines Familientreffen.

Am nächsten Tag bekomme ich mein neues Tattoo und Manuela die Kotzerei. Meine Schwester ist inzwischen zumindest wieder im Kriechmodus angekommen.

Dann beginnt mein abenteuerlicher Rückweg. Natürlich hat der erste Zug sofort Verspätung. Saftige 45 Minuten und damit bleiben mir in Hamburg sage und schreibe drei Minuten zum Umsteigen. Kein Bäcker Dietsch, keine vegane Falaffelrolle. Das Leben kann so grausam sein. Man kann mir auch nicht versprechen, ob der Zug nach Kopenhagen überhaupt auf uns warten wird. Ich sprinte mit meinem schweren Rucksack durch den Bahnhof und nur weil ich mich einigermaßen gut in Hamburg auskenne, bekomme ich meinen Zug noch. Mit drei Minuten Verspätung verlassen wir den Bahnhof und jetzt sollte doch eigentlich alles gut gehen. Weit gefehlt. Weil wir durch die drei Minuten Verspätung jetzt auf einer Alternativstrecke fahren müssen, die wahrscheinlich über Timbuktu nach Kopenhagen führt, wird unsere Verspätung immer größer. Aus unerklärlichen Gründen bleibt unser Zug auch immer wieder stehen. Letztendlich informiert man uns darüber, dass die Verspätung jetzt so groß sei, dass man auch allen anderen Fernverkehrszügen auf der Strecke Vorfahrt gewähren müsse. Mit über einer Stunde Verspätung kommen wir in Kopenhagen an und natürlich ist mein Anschluss da schon längst über alle Berge.

Doch dank meiner funkelnigelnagelneuen DB-Navigator-App habe ich mir schon vor Stunden verschiedene Alternativen aussuchen können und mit ein bisschen Glück schaffe ich es dann auch noch die mir letzte verbliebene Alternative zu erwischen. Mit einer Stunde Verspätung falle ich dann meinem Liebsten in die Arme.

Aus Deutschland erhalte ich die Mitteilung, dass Freya und die Kinder jetzt alle Corona haben und auch mein Supermann kränkelt. Ich bereite mich auf das Schlimmste vor, werde ich doch schon im Normalfall nach jeder Deutschlandreise krank und jetzt fallen um mich herum die Leute um wie die Fliegen. Ich sehe mich schon sterbend auf dem Sofa dahinsiechen.

Es passiert…nichts. Ich bleibe gesund, hege und pflege meinen quengeligen Mann und meine schwerkranken Patienten und ich freue mich jetzt schon wieder auf das nächste Familientreffen, dass wir vorsorglich auf den Frühling verschoben haben, denn das scheint uns nach diesem Jahr die wesentlich bessere Alternative zu sein. Und so kann ich wahrscheinlich schon in ein paar Monaten wieder auf eine abenteuerliche Reise mit der DB Richtung alte Heimat gehen.

Vom gelebten Sommer über den ruhigen Herbst in den geruhsamen Winter

Den ganzen Sommer über habe ich mich gelebt gefühlt. So viel haben wir machen wollen und so viel ist uns immer wieder dazwischengekommen. Oder sollte ich hier lieber in der Ich-Form sprechen? Denn der Mann meiner Träume hat mit Planänderungen, innerem Schweinehund, ausgefallenen Paddeltouren und aufkommendem Lagerkoller keine Probleme.

Während ich rückblickend die meiste Zeit des Sommers haarscharf am Nervenzusammenbruch gelebt habe oder besser gesagt, gelebt worden bin, habe ich den Herbst mit offenen Armen empfangen. Endlich Ruhe, endlich mehr rein ins Haus. Ab ins Projektzimmer. Puzzeln, malen, Book Nooks bauen. Oh ja, die Book Nooks sind meine neue Leidenschaft. Sehen aus wie Buchrücken, sind aber komplett eingerichtete kleine Zimmer. Sozusagen die Puppenstube für den Erwachsenen. Wichtig dabei ist, dass diese wundervollen kleinen Zimmer unglaublich vollgestopft sind. Es sieht darin aus wie in meinem Haus.

Mit wachsender Begeisterung baue ich mein erstes Book Nook in stundenlanger Arbeit zusammen. Und weil das Blut nun einmal immer da kriecht, wo es nicht kriechen kann, werde ich ziemlich schnell ziemlich größenwahnsinnig. Habe ich doch da bei YouTube gesehen, wie jemand ein komplettes Zimmer in den Karton von einem Mobiltelefon gebaut hat. Das will ich auch! Nachher, im Winter, wenn die Tage kalt und dunkel werden. Wenn ich nur ganz fest dran glaube, dann kriege ich das auch hin. Es kann doch nicht so schwer sein, eine komplette Bibliothek in einen kleinen Karton zu frickeln.

Ich mauschle im Gemüsegarten herum, decke meine Beete ab und bereite alles auf den nahenden Winter vor. Die Enten gehen dieses Jahr schon früh ins Hühnerexil. Ich möchte kein Risiko eingehen. Meine Tierkinder sollen gesund und fit bleiben und gut durch den Winter kommen. Ente Rosi hat schon nach ein paar Tagen richtig viel Spaß im Hühnerstall. Rennen mit den Kaninchen, zanken mit den Hühnern, schnattern mit den anderen Enten und vor allen Dingen schon ab mittags auf das Abendessen lauern und dabei unglaublich laut sein. Regelmäßig erwische ich unsere Rosi bei den Hühnern im Hühnerstall und ich bin froh, dass auch in diesem Jahr die unfreiwillige Enten-Hühner-Kaninchen-WG funktioniert.

Der erste Wintereinbruch kommt früh. Mir soll es recht sein. Es wird kalt, weiß und still. Die Natur schläft und ich komme endlich zur Ruhe. Ich sitze in meinem Projektzimmer und male und bastle. Meine Rotlichtlampe ist wieder jeden Tag im Einsatz. Ich gönne mir ein wenig Ruhe, lese viel und mache mir sogar eine kleine Winterliste mit Dingen, die ich schon länger mal machen wollte oder sollte.

Darauf steht auch; Fotobücher bestellen. Ich habe immer noch drei Fotobücher bei Herrn F, die ich bestellen muss. Danach ist dann aber Schluss mit den Fotobüchern. Mein altes Lappi schafft das nicht mehr, die Bücher sind teuer und wir gucken sie uns ehrlich gesagt nur selten an. Ich starte den ollen Lappi und nach einer halben Stunde ist das gute Stück startklar. Nach einer weiteren halben Stunde fragt das Fotobuchprogramm nach einem Update. Ich bekomme ein Deja Vu. Echt jetzt? Das kann doch nicht wahr sein! Das letzte Fotobuch habe ich doch noch Anfang des Jahres gemacht, oder nicht? Ehrlicherweise habe ich aber danach den Laptop nicht mehr benutzt.

Sollte Herr F etwa schon wieder sein Programm verändert haben? Jau, sollte er, denn alle meine fertigen Bücher sind nicht mehr aufzurufen. Ich weiß nicht, ob ich lachen oder hysterisch weinen soll. Winter Wonderland ist mir gerade also zum zweiten Mal abgeschmiert. Und für diese Erkenntnis habe ich jetzt eine Stunde gewartet? Und jetzt? Meine neu gewonnene Ruhe ist wie weggeblasen und ich bekomme Schnappatmung, knalle den Lappi zu und verziehe mich heulend aufs Sofa. Alles nochmal machen? Ich will das nicht, ich schaffe das nicht. Der Laptop schafft das nicht.

Nach einigem Hin und Her entschließe ich mich dazu, nur das Winterfotobuch noch einmal neu zu machen und den Laptop mitsamt dem Fotobuchprogramm danach ganz ehrenvoll zu beerdigen. Für immer!!! So langsam, aber sicher beruhige ich mich wieder. Ich mache einfach erstmal etwas anderes von meiner Winterliste, z.B. mein Buch fertig schreiben oder unsere Schränke mal wieder aufräumen. Oder ich baue das Minizimmer, bestelle neue Samen für den Gemüsegarten und mache einen Pflanzplan. Hach wat schön, dass es draußen kalt und dunkel ist. Ich brauche diese paar Monate Auszeit im Jahr.

Shampoo und Pirschelbär

Sylvia, mein Name ist nicht sehr ungewöhnlich. Auch nicht so gewöhnlich. Zu meiner Schulzeit gibt es gleich vier Sandras in unserer Klasse. Auch Petra ist gut vertreten und Monika, Claudia und Nicole sind modern. Sylvia heiße nur ich. Aber mein Name ist auch nicht so exotisch, als dass er Aufsehen erregt. Allerdings hat die Geschichte, wie ich zu meinem Namen gekommen bin, zumindest bei meiner Oma väterlicherseits Aufsehen erregt.

Mein Papa ist damals noch selbstständiger Fuhrunternehmer und arbeitet viel und sowieso ist das Zeitalter, in dem Männer dabei sind, wenn ihre Kinder geboren werden, noch nicht angebrochen. Also ist meine Mutter erst einmal alleine im Krankenhaus. Und nach ein paar Tagen dann mit mir, ihrem namenlosen Baby.

Eigentlich sollte man meinen, dass meine Eltern doch zumindest mehr oder weniger neun Monate lang Zeit gehabt haben sich einen Namen auszusuchen. Und so mehr oder weniger haben sie sich auch darauf geeinigt, dass ich Monika heißen soll. Nun findet meine Mutter aber so gar nicht, dass ich eine Monika bin, und ihr kommen Zweifel an der Namenswahl. Papa ist auf der Arbeit im Dauereinsatz und ein Mobiltelefon wird erst in 25-30 Jahren zur Grundausstattung der Menschen gehören.

An Tag drei fängt die Krankenschwester an zu drängen, das Kind muss doch einen Namen haben und der erste, der meiner Mutter einfällt, ist Sylvia. Oma hat die Hände über dem Kopf zusammengeschlagen, hatte sie doch eine Monika bestellt.

Jahre später gibt meine Schwester ihrer ersten Tochter den wunderschönen Namen Anna. Bei der Einschulung dann die bitterböse Erkenntnis; Anna ist Modename

Nummer eins. Die halbe Klasse heißt Anna, Anna-Lena, Anna-Lisa, Anna-Lotta, Anna-Louise oder Anna-Karin. Die andere Hälfte der Klasse sind Jungen. Tochter Nummer zwei haben sie lieber gleich den Namen einer nordischen Göttin gegeben, Freya. Und das ist sie auch wirklich, eine Xenia, eine Warrior-Princess. Aber auch ihr Name birgt so einige Fallstricke. So macht Mamas seniorenfreundliches Handy, das, mit dem man Sprachnachrichten aufnimmt, die es dann selbstständig in die abenteuerlichsten Texte umsetzt, die arme Freya immer wieder zum Freier.

Und dann gibt es da noch die Eltern, die mit ihren Namenskreationen alles sprengen. Und damit meine ich nicht die Chantalle und ihre Brüder Melvin, Justin und Kevin.

Ich rede hier von Shampoo und Pirschelbär.

Michel ist ungefähr sechs Jahre alt, als er vom Spielen mit seinem neuen Freund Shampoo nach Hause kommt. Mama Traudi traut ihren Ohren nicht. Es gibt keine kleinen Jungen, die Shampoo heißen.

Doch, doch behaart Michel, der im Übrigen nach der Platte Michelle von den Beatles benannt worden ist, in der es doch aber ganz offensichtlich um eine Frau geht. Aber ach….

Michel hat also einen neuen Freund und der heißt Shampoo. Erst Wochen später stellt sich heraus, dass das Kind Jean-Paul heißt, aber selbst nicht in der Lage ist, seinen Namen richtig auszusprechen.

Freya macht ein Praktikum im Kindergarten und trifft dort den Pirschelbär. Ein Kind schwört ihr hoch und heilig, dass es Pirschelbär heißt. Freya versucht dem Kind noch schwach zu erklären, dass Pirschelbär kein richtiger Name ist, höchstens ein Spitzname. Aber der Junge behauptet immer weiter, dass Pirschelbär sein richtiger Name ist.

Freya fragt die anderen Kindergärtnerinnen.

-Der heißt doch nicht echt Pirschelbär?

-Nja, sagen die, beinahe. Der heißt nämlich Pierre-Gilbert.

Wie geil ist das denn? Und so ist der Name dann auch bei uns hängen geblieben. Seitdem heißt unsere Katze Mando auch immer mal wieder Pirschelbär und er ist dann auch ganz ohne Zweifel unser einziges echtes Pirschelkind.

Ungeliebte Vorweihnachtszeit

Ich bin noch mitten in meinem Herbst-Winter-Muckel-Bude-bauen-Taumel wo alles so gemütlich, schön und ruhig ist, da werde ich auch schon brutal und unsanft von der Vorweihnachtszeit aus meinem Glückstaumel gerissen. Irgendwie habe ich mir das anders vorgestellt dieses Jahr. Geruhsamer, besser und vor allen Dingen nicht so traurig.

Michel spielt auch in diesem Jahr wieder in der Vetlanda-Revue mit und das bedeutet viele Proben zwischen den Feiertagen. Da ich aber nicht Weihnachten, Neujahr und dazwischen auch noch frei haben kann, habe ich mich freiwillig für alle ungeliebten Dienste zur Verfügung gestellt und die dann auch prompt bekommen.

Heiligabend geteilter Dienst. Da arbeitet man morgens, ist mittags ein paar Stunden zu Hause und darf abends wieder ran. Ganze zehn Stunden lang. Am Weihnachtstag lange Tagesschicht. Silvester Spätschicht, Neujahr Frühschicht. Yeah! Zwischen den Tagen sitze ich alleine und ohne Auto zu Hause fest, kann weder zu meinen Eltern noch meine Schwester besuchen. Ich weiß jetzt schon, dass ich danach fix und fertig bin. Körperlich und im Kopf, denn rund um Weihnachten suchen mich eh schon auch ohne doofe Dienste, Einsamkeit und Selbstmitleid fast jedes Jahr meine Dämonen heim. Aus und vorbei ist es mit meinem puren Winterglücksgefühl, willkommen in der Endjahres-Endstimmung.

Bevor ich also mental komplett abstürzen werde, treffen wir uns noch einmal mit Traudi und Cees und ich lade meine Eltern, Schwester und Schwager zum Weihnachtskaffee ein. Unglücklicherweise meldet sich prompt meine Arbeit mit der Mitteilung, dass wir über die Feiertage leider komplett überbelegt und unterbesetzt sind, denn wer will schon zu Weihnachten extra arbeiten gehen. Ich bin kurz vor Schnappatmung, doch was dann passiert, zieht mir komplett den Boden unter den Füssen weg.

Ich habe gerade das Gespräch mit meiner Arbeit beendet und warte auf meinen Weihnachtskaffee-Besuch, als meine Freundin Carmen anruft. Erst will ich gar nicht abnehmen, aber irgendetwas sagt mir, dass es dringend ist. Ich höre gleich an Carmens Stimme, dass etwas nicht stimmt und dann sagt sie mir, dass ihr Mann gestorben ist. Ich höre, was sie sagt, aber in meinem Kopf kommt das nicht an. Ja, er ist krank gewesen, schon lange und das letzte Jahr ist es auch schlimmer geworden, doch von sterben ist nie die Rede gewesen.

Mein Weihnachtskaffee zieht an mir vorbei. Ich bin zwar körperlich anwesend, aber mein Geist ist ganz woanders. Meine langen, schweren Dienste sind nebensächlich geworden. Ich verbringe viel Zeit mit Carmen und in diesen Tagen wachsen wir schnell zusammen. Das ist schön, aber mich stimmt das auch nachdenklich. Warum haben wir das nicht eher hinbekommen, als die Welt noch halbwegs in Ordnung gewesen ist? Wir reden viel, weinen, lachen und trauern. Unglaublich viel Papierkram muss erledigt werden und Carmen packt die Aufräumwut.

Zwischen den Tagen, meinen freien, autolosen Tagen kommt die Kälte. Eine eisige, lange nie dagewesene Kälte hält uns fest im Griff. Die Temperaturen gehen auf unter -20 Grad und ich mache mir natürlich sofort Sorgen um meine Tiere. Vor allem, als es auch tagsüber nicht mehr wärmer als -17 Grad wird. Völlig zu Unrecht, wie sich zeigt. Enten und Hühner sind fit und meistern die eisigen Tage mit Bravour. Den Kaninchen scheint die Kälte überhaupt nichts auszumachen. Die sitzen selbst in der kältesten Kälte draußen und scheinen sich pudelwohl zu fühlen.

Wir hingegen frieren in unserem kalten Haus. Morgens sind es nur noch zehn Grad in unserer Küche und letztendlich heize ich alle drei Öfen an. Es wird zumindest über Tag recht warm, nachts kühlt es furchtbar aus. Ich friere auch im Bett, trotz drei Decken und Wärmflasche, aber am schlimmsten ist es zu sehen, wie unser Holzvorrat vor meinen Augen dahinschwindet. Ich kann gar nicht so schnell gucken, wie eine Reihe nach der anderen in die hungrigen Schlünde unserer Öfen wandert. Der Holzknauserer in mir bekommt Schnappatmung und dagegen hilft nur eines: Holz sparen und in Bewegung bleiben.

Also fange auch ich an aufzuräumen. Aufräumwut scheint ansteckend zu sein. Alle Schränke, Schubladen, Regale und Fächer werden ausgeräumt, sauber gemacht, aussortiert und neu formatiert. Eine ganze Woche lang arbeite ich mich durch unser gesamtes Haus und wider Erwarten macht es mir sogar richtig Spaß. Ich bekomme den Kopf frei, meine Endjahres-Depressionen verschwinden in den Hintergrund und im Gegenzug bekomme ich ein zwar kaltes, aber aufgeräumtes und gut organisiertes Haus zurück. Das ist so befriedigend und ich bin im wahren Endorphin-Taumel. Das gibt mir wieder Kraft für die Arbeit.

Ich fasse sogar gute Vorsätze für das kommende Jahr. Etwas, das in meinem Leben eigentlich ein No-Go ist. Ich werde früher ins Bett gehen (hahaha), damit ich früher aufstehen kann und nicht schon vor dem Aufstehen schon hinter meinem imaginären Zeitplan herrenne und ich nehme mir vor extra viel zu trinken. Ich will wirklich darauf achten, dass ich genug Flüssigkeit zu mir nehme.

Und so endet mein 2023. Traurig, getroffen, ergriffen und gestärkt erwarte ich das neue Jahr. Ich bin bereit, was auch immer passieren mag, mit mir und der Welt um mich herum. Ich bin bereit!

Wer hat an der Uhr gedreht

Jetzt ist es dann also soweit. Ich schreibe an meinem Epilog, dem allerletzten Stück Schlampenacker. Für euch sind die Geschichten aus Schlampenacker hier zu Ende. Für mich natürlich nicht. Meine Geschichten gehen immer weiter, ich werde sie eben nur nicht mehr aufschreiben. Ich werde auf jeden Fall noch eine ganze Zeit lang mit diesem letzten Teil meiner irren Idee, eine Trilogie zu schreiben, beschäftigt sein. Für mich bricht jetzt die lange Phase des Korrigierens an.

Es ist schön gewesen, mit Schlampenacker. Durch das Schreiben habe ich mein Leben intensiver gespürt, habe alles noch einmal aus einer anderen Perspektive erleben, durchleben, be- und verarbeiten dürfen.

Mir hat das Schreiben sehr viel Freude bereitet, aber es ist auch gut so. Es ist vollbracht und ich freue mich auf neue Abenteuer, denn das Schreiben eines Buches nimmt auch viel Zeit in Anspruch und man sitzt bisweilen viel zu viel am Bildschirm finden meine Augen und ich. Die Zeit ist reif für etwas anderes, für ein Leben ohne das Schreiben von Geschichten aus Schlampenacker, die mir über die Jahre so sehr ans Herz gewachsen sind. Oder zumindest für ein Leben mit einer großen, unbestimmt langen Schreibpause.

Außerdem glaube ich, dass meine nicht immer ganz freiwilligen Protagonisten ganz froh sind, wenn sie ab jetzt wieder entspannt ihr Leben leben können, ohne dass ich alle ihre Ecken, Macken und unglaublichen Abenteuer ans Licht zerre, um sie völlig ungefragt mit dem Rest der Welt zu teilen.

Wenn dieses Buch fertig ist und durch Jedermann, Frau, Fräulein, Männlein, Eslein und wem auch immer in den Händen gehalten werden kann, habe ich vier Jahre am Projekt Schlampenacker gearbeitet. Ich bin extrem stolz darauf, dass ich durchgehalten und es abgerundet habe und dass es mir so viel Freude bereitet hat. Na ja, meistens jedenfalls.

Und jetzt ist es also so weit. Ich verabschiede mich, vorerst. Von meinen Geschichten, dem Bücherschreiben und von Schlampenacker mit all seinen lebens- und liebenswerten Figuren.

Hejdå!

Spoiler Alert!

Ich wäre nicht ich, wenn ich es jetzt einfach bei diesem Ende belassen würde. Denn inzwischen schreiben wir Dezember 2024 und wenn ich auch die meiste Zeit glücklich und zufrieden ohne die allerneuesten Geschichten aus Schlampenacker mein Leben gelebt habe, so hat es mich doch so manches Mal in den Fingern gejuckt. Mehr als einmal habe ich gedacht, wie schade es doch ist, dass ich diese oder jene Geschichte nicht mehr aufschreiben werde.

Allerdings muss ich auch gestehen, dass ich mir die meiste Zeit ernsthaft die Farge gestellt habe, wie ich das alles geschafft habe, die letzten vier Jahre.

Geschichten erleben, aufschreiben, Klinken putzen, Buch korrigieren, Word War und bisweilen habe ich mich um drei Bücher gleichzeitig gekümmert.

Natürlich ist auch dieses Jahr wieder unglaublich viel passiert und damit nicht alles einfach sang und klanglos im großen Nichts verschwindet, habe ich mir gedacht uns alle noch auf eine kleine Zusammenfassung des vergangenen Jahres einzuladen. Damit uns der Abschied nicht ganz so schwerfällt und Schlampenacker ein nicht ganz so abruptes Ende nimmt.

Im Frühjahr stürzt unser aller Lieblingsprotagonist beim unbefugten Klettern an Regenrinnen und Dächern doch noch in die Tiefe. Der Mann bricht sich so ziemlich alles, was man sich in einem Oberkörper brechen kann, perforiert sich die Lunge und klemmt sich eine große Ader ein. 1000 Schutzengel hat unser Vater an diesem Tag gehabt und vor allem meine Schwester, die durch ihr schnelles Handeln wohl das Allerschlimmste verhindert hat. Lange haben wir nicht gewusst, ob er sich wieder ganz erholt, und viele Wochen des Bangens und Hoffens haben uns alle viel abverlangt. Aber Papa wäre nicht Papa, wenn er nicht wieder ganz der Alte geworden wäre. Ein bisschen schiefer vielleicht als vorher, aber kein bisschen weiser möchte ich mal behaupten. Meine Schwester zieht endlich nach Schweden. Wir grasen alle Flohmärkte ab und haben uns zudem noch angewöhnt dem anderen ständig Fotos von irgendwelchen Sachen zu schicken, wenn wir mal getrennt voneinander unterwegs sind. Das hat zumindest in Schlampenacker dafür gesorgt, dass das Sammelsurium an Kuriosa ungeahnte Ausmaße angenommen hat und ich mir langsam, aber sich doch immer häufiger die Frage stelle, wo das noch alles hinführen soll.

Bei den Enten hat es auch in diesem Sommer wieder das ganz große Erpel-ist-im-Testosteronrausch-und-mag-Bianca-auf-einmal-nicht-mehr-Drama gegeben. Es hat bis in den Herbst gedauert, bis die Gruppe wieder zusammengefunden hat. Beim Umsetzen in den Hühnerauslauf im Spätherbst fliegt Rosi auf und davon und ich stehe nur fassungslos im Garten und schaue meiner Ente hinterher, wie sie sich Richtung Sonne in die Lüfte schwingt. Zum Glück kommt sie zurück, nur um einige Tage später im Dämmerlicht, in dem sicher geglaubten Auslauf, von einem Raubvogel geschlagen zu werden. Die Enten sind tagelang völlig verängstigt und verstört und auch bei uns ist die Trauer groß. Lustige, pfiffige, kleine Rosi, R.I.P..

Wir verkaufen unser Basecamp. Schweren Herzens haben wir uns eingestanden, dass wir in den nächsten Jahren nicht mehr reisen werden. Außerdem brauchen wir ein zweites Auto, da Michel immer mehr Spieljobs bekommt und ich mein Arbeitsschema nicht mehr selber legen kann. Sowieso herrscht auf meiner Arbeit meistens das große Chaos. Krankschreibungen, Überbelegung, keine qualifizierten Aushilfen und chronisch schlechtes Zeitmanagement, sorgen dafür, dass ich mich doch zu einem Jobwechsel entschlossen habe. Ab nächstes Jahr mache ich sowas wie bei „Ziemlich beste Freunde".

Im Badezimmer verwöhnt uns ein Kaktus wochenlang mit wunderschönen Blüten, die jedoch so furchtbar stinken, dass jeder Toilettengang zur Herausforderung wird. Es stinkt im ganzen Haus nach altem Männerpipi. Besonders schlimm ist es, wenn die Sonne scheint.

Apropos Sonne. Natürlich haben wir auch in diesem Jahr wieder viel zu wenige Paddeltouren gemacht und weil der Mann meiner Träume immer wieder durch Abwesenheit geglänzt hat, habe ich kurzerhand Freundin Carmen das ein oder andere Mal mit halbwahren Versprechungen aufs Wasser gelockt.

Ich rutsche auf der Treppe aus und prelle mir den Hintern. Jawoll, ich prelle mir den Gesäßmuskel und kann nur immer wieder betonen, dass ich auf diese Erfahrung gerne verzichtet hätte.

Winter Wonderland ist gestorben. Es wird kein Winterfotobuch mehr geben. Nachdem ich es nach drei Anläufen endlich geschafft habe, mein Buch bei Herrn F zu bestellen, scheint irgendetwas mit der Bestellung falsch gelaufen zu sein. Visa reserviert zwar den Betrag für das Fotobuch, aber hier bei mir in Schlampenacker kommt nix an und abgebucht wird auch nichts. Als man mir nach Monaten mitteilt, dass ich mein Buch noch einmal bestellen müsse, hat Herr F sein Programm schon wieder erneuert und diesmal weigert sich der alte Lappi, oder besser gesagt das alte Windows-Programm, das neue Herr F-Programm zu installieren. Aus und vorbei, game over.

Natürlich hat mir das einen ganzen Tag lang Schnappatmung beschert.

Sowieso habe ich auch in diesem Jahr unter Hitzewellen, Schnappatmung und Schlaflosigkeit gelitten. Und als ob das nicht schon schlimm genug wäre, habe ich einen bedenklichen Kontrollzwang entwickelt und immer wieder mit Angstschüben zu kämpfen, die mir in diesem Ausmaß nur aus meiner Burnout-Zeit bekannt sind. Ich versuche zur Ruhe zu kommen, was mir allerdings schlecht gelingt. Natürlich habe ich es auch das ganze Jahr über nicht geschafft früher ins Bett zu gehen, geschweige denn früher aufzustehen. Das wird mein neuer, alter Vorsatz fürs nächste Jahr.

Wir haben Mäuse im Haus. Nja, nicht direkt im Haus, aber auf dem Dachboden, wo alle meine Stoffe und Tapeten lagern und alles, wofür ich keinen Platz im Haus habe, was mir aber lieb und wichtig ist. Seit Wochen fangen wir jeden Tag Mäuse mit der Lebendfalle, bringen sie ein paar hundert Meter weit weg zu einer alten Steinmauer und fangen am nächsten Tag, und da bin ich mir inzwischen fast sicher, die gleichen Mäuse wieder. Ich will einfach nicht glauben, dass auf unserem Dachboden hunderte Mäuse leben, nein, nein, nein. Die finden den Weg zum Fresschen zurück, daran will ich heilig glauben. Auch hören wir die Mäuse dieses Jahr ganz extrem in unseren Zwischenwänden laufen und rumoren. Ich will mir gar nicht vorstellen, was die alles anstellen.

Ich habe es tatsächlich geschafft, mich mit einer dermaßen großen Flut an neuen und alten Winterhobbies einzudecken, dass ich mir mehrmals täglich die Frage stelle, welcher Teufel mich denn da wohl wieder geritten hat. 15 Puzzles wollen gepuzzelt werden und von dem Knüpfkissen, dem neuen Malbuch und, ich sag es nur ganz leise und hinter vorgehaltener Hand, dem Diamondpainting, mal ganz zu schweigen.

Der November ist toll und ungeahnt sonnig gewesen, der Dezember mild, regnerisch und bisweilen auch leider mit spiegelglatten Straßen. Das ist nicht gut für das ohnehin schon geplagte Gemüt und die Winter-Weihnachts-Stimmung. Allerdings macht der Holzknauserer in mir Luftsprünge, denn wenn jetzt nicht alles schief geht, dann werden wir in diesem Winter einmal sowas von locker mit unserem Holz auskommen.

So, das soll es dann aber endgültig gewesen sein mit den Geschichten aus Schlampenacker. Ich verabschiede mich von meinem Projekt und der Schreiberei, vielleicht nicht für immer, aber bis auf weiteres.

Ende

.........*und sie leben noch lange, glücklich und zufrieden*.........